Karen Köhler

MIROLOI

Roman

Carl Hanser Verlag

Die Arbeit der Autorin am vorliegenden Buch wurde
vom Deutschen Literaturfonds e.V. gefördert.

Erscheint als Hörbuch bei Roof Music/tacheles!,
gelesen von Karen Köhler

1. Auflage 2019

ISBN 978-3-446-26171-6

Umschlag: Peter-Andreas Hassiepen, München
Motiv und Lettering: Karen Köhler
Satz: Satz für Satz, Wangen im Allgäu
Druck und Bindung: CPI books GmbH, Leck
Printed in Germany

FSC
www.fsc.org
MIX
Papier aus verantwortungsvollen Quellen
FSC® C083411

Kein Mensch hat das Recht zu gehorchen.

HANNAH ARENDT

FÜR MIZAR

ERSTE STROPHE

(Der Weg)

Eselshure. Schlitzi. Nachgeburt der Hölle. Ich war schon von Anfang an so hässlich, dass meine eigene Mutter mich lieber hier abgelegt hat, statt mich zu behalten. So eine wie ich, sagen sie, so eine kann nicht von hier sein, so hässlich ist hier niemand, solche Mütter gibt's hier nicht. Sie sagen, in einen Karton voller Zeitungspapier hat sie mich gelegt, die eigene Mutter, wie Müll, den man zum Müll legt. Den Karton, sagen sie, hat sie auf eine Stufe der Treppe zum Bethaus gestellt. Mitten in der Nacht, mitten im Regen, mitten im Winter. Was für eine Mutter, sagen sie, was für eine Sünde, und schauen nach oben dabei, das ganze Dorf hat sie damit befleckt. Und dass ich von drüben bin, das ist ja offensichtlich, und dass von dort seit jeher nur Schlechtes gekommen ist. Und sie machen diese Bewegung mit der Hand, die sie immer machen, wenn sie klagen. So eine wie mich, sagen sie, so eine hätten sie weggemacht.

Und ich mach mich weg, jeden Tag mach ich mich weg. Jetzt gerade, mit dem Einkaufsnetz in der Hand, mach ich mich weg, weil: *Eselshure. Schlitzi. Nachgeburt der Hölle.* Das rufen mir die Kinder hinterher, das war noch nie anders, die Worte waren schon immer da, nur die Kinder sind immer andere Kinder, sie wachsen stets wieder nach und folgen mir als schimpfende Traube durchs Dorf auf dem Weg vom Laden hoch zum Bethaus. Und wegen der Sache mit meinem Bein kann ich nicht schnell, und das wissen sie nur zu gut.

Ich mach mich also weg, drehe die Welt einmal um und setze mir die Schimpftirade als Krone auf, bis die Kinder von mir ablassen, weil in der Kurve beim Brunnen die alten Frauen auf ihren Stühlen sitzen und die jetzt dran sind. Alle in Schwarz, alle ganz starr, alle ganz Auge, stumm, verschlossen, zu. Und wie sie gucken und zischeln und mit den Mundwinkeln zucken, als ich auf ihrer Höhe bin. Und Handbewegungen, und Himmelwärtsblicke.

Ich weiß nicht warum, weiß nicht, was heute anders ist, vielleicht bin ich voll wie ein Gefäß, in das nichts mehr hineinpasst, kein Blick, kein Zischeln, kein Schnalzen mehr. Vielleicht ist es, weil ich blute und mich alles leichter reizt, aber heute bleibe ich vor den Frauen stehen, hebe meinen Blick und schaue zurück. Eine nach der anderen schaue ich mir an, ganz langsam schaue ich direkt in ihre Gesichter. Sie sind die Ältestenfrauen, sie ziehen sich das Leid der Anderen an wie ein Gewand, das ihnen ganz genau passt. Sie sind die Klageweiber, die über unsere Leichen gebeugt weinen, sich die Zöpfe lösen und die Haare raufen. Sie sind die Lebensgeschichtenbewahrerinnen, die nach deinem Tod dein ganzes Leben besingen. Sie sind die Mütter, Groß- und Urgroßmütter des Dorfes, von Regeln gebeugt, vom Leid verzerrt, vom Alter verrunzelt, von Arbeit, Krankheit und Dreck zermürbt, von Hass und Missgunst zerfressen. Ich sehe sie mir an. Sehe sie mir ganz genau an.

Bald schon werdet ihr tot sein, denke ich, bald schon trägt man euch mit den Füßen voran vom Bethaus runter ins Dorf zur Feuerstelle. Bald schon fressen die Flammen eure toten Leiber, bald schon höre ich eure Schädel im Feuer knacken. Ich aber, ich werde leben, denn ich bin jung.

Noch nie habe ich so etwas gedacht. Ich warte darauf, dass mich ein Blitz trifft, aber nichts passiert. Haben mich die Götter etwa vergessen? Komme ich einfach so ungestraft davon? Hallo, hier bin ich, und ich habe gesündigt. Aber nichts. Nichts passiert.

In mir drinnen ist alles möglich, das begreife ich jetzt. Mein Miroloi muss ich mir selber singen, damit kann ich nicht warten, bis ich gestorben bin, sonst wird es mich nicht gegeben haben.

Und ich nicke ihnen zu, lächle, gehe weiter, summe mein Lied, und das Netz mit den Eiern baumelt gefährlich.

ZWEITE STROPHE

(Das Dorf)

Unser Dorf ist kalkweiß und liegt hoch oben am Berg. Wie eine Schafherde in der Landschaft, alle Häuser dicht beieinander, eng, schattig, drübensicher, so liegt das Dorf am Berg. Einzig das Bethaus liegt noch höher, deswegen ist der Weg vom Laden nach Hause für mich auch der längste. Unsere Gassen, Wege, Treppen haben wir Stufe um Stufe, Stein um Stein mit Kalk umrandet, damit uns nachts der Mond zeigen kann, wo es lang geht. Ich darf nicht auf die Linien treten, das habe ich so mit mir ausgemacht.

Im Dorf trage ich stets mein dummes Gesicht zur Schimpfwortkrone. Ich schwenke mein Einkaufsnetz am Platz vorbei. Da sitzen die Männer im Schatten der Bäume vorm Lokal, trinken Kaffee und Schnaps, rauchen Tabak, zählen Betperlen, spielen Spiele, diskutieren Männersachen, lesen, machen Pläne, warten darauf, dass sie endlich nach Hause gehen können, warten darauf, dass ihre Frauen, Töchter, Enkeltöchter endlich das Feld, den Hof, das Haus, das Essen bereitet haben.

Mit den Kindern im Nacken zickzacke ich durch die Gassen, weiche grüßend aus, gehe stetig bergauf und halte meinen Blick gesenkt. Für mein rechtes Bein kann auch der ebenste Boden jederzeit zum Hindernis werden. Vorbei am Lokal, an der Schule, vorbei an der stinkenden Rinne, an den Frauen in den Fenstern und Türen, vorbei an den Blicken, dem Schweigen, dem Argwohn der Männer, dem Spott. Unter meinen Füßen wird der Boden von Stein zu Zement zu Staub.

Hinter dem Dorf bin ich sicher, hier lassen die Kinder von mir ab, hier fängt die Treppe an, auf der ich vor vielen Jahren lag, in einem Bananenkarton unter der Zeitung vom Sommer davor. Auf der ersten Seite stand etwas von einem Krieg und einem großen Fußballturnier. Von beidem weiß ich nicht genau, was das ist, habe nur eine Phantasie davon, und das Wort *Bombe* denke ich. Kann sein, dass es da irgendwo diese Welt aus der Zeitung von damals noch gibt, so wie es mich noch gibt. Hier. Jetzt. Schritt um Schritt.

Die Treppe ist weichgetreten von unzähligen Füßen in unzähligen Jahren. Speckig glänzen die Steine in der Sonne und erzählen still davon. Wenn du nicht aufpasst, bringen sie dich zu Fall. Und weil jetzt Frühling ist, sprießen aus allen Ritzen dazwischen wilde Blumen. Margeritenköpfe schauen sich eine Spur aus Mohnkleksen an, Storchenschnäbel erobern großflächig die Ränder, an den Mauern wechseln sich Inseln aus Absinth, Salbei und Oregano ab. Ein Gelbling tanzt vor meiner Nase, fliegt mir voraus und lässt sich auf einer Blüte nieder. Auf dem Weg nach oben siehst du sie alle: Auch Spitzschwänze, Königsfalter und Vieraugen flattern mit ihren dünnen Flügeln in seltsamem Taumelflug. Jetzt ist wirklich die beste Zeit. Alles blüht und duftet, es ist nicht mehr kühl, aber tagsüber noch nicht zu warm, so dass du gut arbeiten kannst. Doch wart nur ab, in ein paar Wochen ist alles wieder braun und gelb und du sehnst dich nach dem Grün und nach der wilden Blüte.

Endlich bin ich am Bethaus und die Zeit steht gut für mich, der Schatten der Sonnenuhr ist langsam heute, so dass ich innehalten und Atem schöpfen kann. Von hier oben überblickst du alles; das Dorf, das Tal, die Insel, das Meer. Schwalben gleiten mühelos am Berg aufwärts, über mich hinweg und hoch zum Fels, wo sie ihre Nester haben, wo ihre Jungen piepsend ihre Schnäbel aufspannen. Fliegt nur! Fliegt!

Hinter dem Bethaus, den Eselspfad und Berg hinauf, an unserem Garten und unseren Feldern vorbei, am Müller und an den Windmühlen vorbei, über den Berg rüber und auf der anderen, der steilen Seite wieder runter, da liegt die Siedelei mit ihrem Glänzedach, einsam und versteckt in einer Mulde. Da wohnen die Betmänner mit ihren Schülern in Stille und All-Einheit. Da stört sie nichts, nicht einmal das Gerausch des Meeres, das tief unten an die steile Küste donnert, das hält die Mulde ihnen vom Leib. Ich war erst einmal dort, um ihnen Öl zu bringen, mit meinem Bein ist das nicht einfach, wenn du es ohne Esel schaffen musst. Als ich verschwitzt und durstig ankam, haben sie rasch die Schüler vor mir versteckt. Aufgerissene Augen wegen meiner Mädchenhaut, meinem Mädchenhaar und meinen Mädchenaugen. So hinkend, so hässlich, so anders, so fremd. Drum schnell weg mit den Blicken, weg mit den Schülern, weg vom Feld und weg vom Tisch. Schnell rein mit ihnen in den Betraum, die Tür zu mit dem großen Schlüssel vom Bund, klack und klack und klack. Sollten sich ihre Augen an mir nicht verderben.

Unter dem Dorf beginnt das Tal. Und weiter unten, sehr weit weg und sehr weit unten, da liegt die Bucht und liegt das Meer. Dort drängeln sich ein paar Hütten an einen winzigen Hafen. Sie sagen, das da unten ist kein Dorf, kein richtiges, ein paar Fischer nur, mehr nicht. Ich war noch nie dort. Wir bleiben hier oben, hier sind wir sicher.

Unser Dorf hat einen Namen, es heißt *Schönes Dorf*, und es gibt eine Straße aus Steinen mit einer Kurve darin. Die Straße heißt *Straße*, fängt mitten im Dorf an und hört hinter der Kurve auf. Die Kurve heißt *Kurve*. In der Kurve liegt der Platz mit dem Brunnen, den alten Bäumen, mit der Feuerstelle und dem Pfahl. In der Kurve sitzen die alten Frauen in Schwarz. Von hier oben kannst du das alles nicht richtig sehen, brauchst du auch nicht, wenn du ich bist, dann steckt dir das Dorf sowieso in den Knochen, den Adern, den Träumen.

Um den Platz herum stehen wie zur Zierde die wichtigsten Häuser: Das Ältestenhaus, das Bücherhaus, der Laden und das Lokal. In der zweiten Reihe schauen ihnen die Schule, das Badehaus, die Materialverwaltung und die Bäckerei über die Schultern. Und drum herum ein Gewimmel aus Wohnhäusern, Gassen und Treppen, Torbögen und Stiegen, spitzen und stumpfen Winkeln. Darin verstecken sich der Tischler, der Heiler, der Töpfer, die Hebamme, der Kaminbauer, undundund. Alles drängelt sich zur Mitte hin, ein richtiges Verwirrspiel. Das ist so gebaut, damit kein Fremder hier jemals allein wieder herausfindet, sagen sie.

Am Dorfrand liegen die Pressen, da wird das Öl gemacht und der Wein. Und noch weiter unten, zum Tal hinunter, da ist der Flicker, ist der Gerber, da endet die Rinne, da sind die Latrinen. Aber jetzt siehst du nur Dächer.

Unser Dorf hat tausend Augen, die sehen alles, alles, alles. Unser Dorf hat Nasen, die riechen sich bis in deine Seele, schnuppern das letzte Geheimnis aus dir heraus. Und was die Augen nicht sehen und was die Nasen nicht riechen, das hören die Ohren. So leise kannst du gar nicht sein, so gut kannst du dich gar nicht waschen, so versteckt kannst du gar nicht leben, dass das Dorf etwas von dir nicht wüsste. Unser Dorf hat hundertfache Münder, die plappern, zischeln, schnalzen und flüstern immerfort. Sie verbreiten alles, was Augen, Nase und Ohren wissen, verändern es nur ein kleines bisschen, fügen etwas Neues hinzu oder nehmen etwas Unnötiges weg und tragen, was übrig bleibt, bis in den letzten Winkel. Bis zu den Hirten. Bis zum Müller. Bis zum Latrinenmann und bis zu mir. Wahrheit ist ein Band, geflochten aus Hunderten von Zungen. So ist unser Dorf.

Und du guckst weiter runter zum Meer, heute ist es so blau wie unsere Fenster und Türen. So blau wie der Himmel an manchen

Tagen. Das Meer mit tanzendem Sonnenglitzer drauf, ein Schatz, der nur zum Ansehen da ist. Das Meer mit Schaummäulern drauf, die rauschen und donnern und schlecken, ein Tier, das Fischer frisst und zum Fürchten da ist. Das Meer mit Regen und Blitzen obendrauf, ein Kochtopf mit grauer Höllensuppe, die die Götter saufen. Das müde Meer mit nichts obendrauf als einer Silberspiegelfläche, die ist zum Erkennen da, ist ein Fenster, ist eine Tür, ist eine Sehnsucht aus Blei.

Und über mir, über dem Dorf, über der Insel und über dem Meer, da ist der Himmel. Der Himmel mit seinem Wechselkleid. Der Himmel mit dem atmenden Mond und seinen Sternen. Der Himmel mit der Sonnenglut, die nimmermüde ihre Bahnen zieht. Der Bethaus-Vater sagt, dass wir es sind, die die Bahnen ziehen, dass alles, das Dorf, die Insel, das Meer, auf einem riesigen Klumpen Erde klebt, der in dunkler Ödnis schwebt und sich um die Sonne wandernd stetig um sich selber dreht. Die Sonne und der Klumpen, die Sterne und das alles sind aber nur ein kleiner Teil, ein Körnchen Staub in der endlos weiten Ödnis. Die Götter haben all das erschaffen, sagen sie, so steht es in der Khorabel geschrieben.

Und ich finde, dass es doch schwer ist, das zu glauben, wenn du von all dem gar nichts merkst, und das, was du siehst, dir doch Anderes erzählen möchte: Ist nicht der Horizont da vorne eine gerade Linie? Wie kann die Erde da ein Klumpen sein? Und ist der Himmel nicht am Tage blau? Wie können wir da in dunkler Ödnis schweben? Geht die Sonne nicht auf und unter, ist sie es nicht, die sich bewegt? Und von einem Kreisen um mich selbst kann ich rein gar nichts spüren. Ich fühle mich viel mehr wie eine Mitte, um die alles, was ist, sich stets verändernd seine Bahnen zieht. Der Bethaus-Vater sagt, dass wir zu nah dran sind, um es zu erkennen. Aber von wo aus soll ich denn schauen, wenn nicht von hier aus, vom Berg, aus meinen Augen. Hab ich etwa Flügel, bin ich ein

Vogel, ein Blinker, ein Stern? Siehst du, ich kann es nicht wissen, ich muss den Kosmos genauso wie die Götter glauben.

Unter dem Dorf ist das Tal. Da wohnt der Wind. Da wohnen die Vögel. Da wachsen die Oliven, die Mandeln, die Aprikosen, die Feigen, die Granatäpfel, und an den Hängen, da wächst der Wein. Da machen die Bienen den Honig. Da wuchern die Kräuter. Da krabbeln die Käfer, da spinnen die Spinnen und zirpen die Zikaden. Da führen die Wege und Pfade abwärts, aber nur der eine führt runter bis zum Meer. Da wacht der Wächter und lässt nur den Händler durch, und der braucht zu uns einen halben Tag mit seinen Eseln.

Der Wächter mit seinen Riesenpranken, der dich packt, wenn du wegwillst von der Insel. Seine Arme reichen bis in dein Bett, und er raubt dir nachts den Schlaf und den Verstand. Er trinkt dein Blut zum Frühstück und putzt sich mit deinen Knochen die Reste aus den Zahnlücken in seinem stinkenden Wächtermaul. Der Wächter, der dich zermalmen kann in seiner Faust, der Wächter, der achtgibt, uns beschützt, nimmermüde, immerwach, ewigstark. Tausendfach besungen, beklagt, gepriesen.

Links und rechts sind die Berge, kantig strecken sie sich dem Himmel entgegen, und die Berge sind nichts als die Berge. In manche haben wir Terrassen gebaut, mit Mauern aus Steinen, damit die Erde uns nicht abhaut in jedem Winter. Da stehen die Oliven. Da steht der Wein. Da weiden die Schafe und Ziegen. Da haben die Hirten ihre Ställe. Da wohnt der Käse in seinen Höhlen, bis er reif geworden ist.

Sie sagen, unser Dorf ist das schönste von allen Dörfern. Aber ich kenne kein anderes, niemand hier kennt das, wie soll man da vergleichen.

Alles hat hier einen Namen, nur ich habe keinen.

DRITTE STROPHE

(Der Einsiedler)

Ich rieche ihn, noch bevor er *Wasser* sagt. Mit Esel und vollgepisster Hose steht er hinter mir, ich war wohl so versunken, dass ich ihn nicht habe kommen hören.

— Grüßt Euch. Gehts gut?

Er nickt und lächelt, entblößt seine zwei braunen Zahnstumpen und hält mir seine Wasserschläuche hin.

— Wasser.

— Na, dann kommt.

Ich gehe vor zur Wasserquelle in unserem Hof, er folgt mir mit kleinem Trippelschritt, seine Füße stecken in Lumpen. Er stinkt fürchterlich, ich atme nur durch den Mund. Während er den ersten Schlauch füllt, bringe ich die Lebensmittel in die Küche und versorge sie in der Kammer. Ich nehme zwei Eier aus dem Netz und schneide ein Stück vom Brot. Ich höre den Bethaus-Vater in seinem Zimmer sprechen. Er hat Besuch. Von gestern ist noch Ofengemüse übrig, das nehme ich dem Einsiedler auch noch mit, atme tief ein und gehe raus. Er ist bereits beim dritten Schlauch.

— Hier hab ich noch etwas zu essen für Euch.

— Danke, danke, danke.

— Schon gut. Bringt Ihr mir nächstes Mal die Schale wieder mit?

— Danke, danke, Mädchen.

— Ja, ja, aber die Schale bringt Ihr? Ihr habt noch zwei.

— Danke, danke, Mädchen.

Ich gebe auf, schnappe mir einen Wasserschlauch und gehe voraus zu seinem Esel, leider folgt er mir dicht. Wir verstauen das Wasser, verstauen das Essen, dann trippelt er wieder los, mit Esel im Schlepptau bergauf. Sein Gestank steht noch in der Luft, als Mariah aus dem Hof kommt.

— Ui. War der Einsiedler da?
— Ja.
— Riecht man. Komm an mein Herz, Mädchen.
Sie drückt mich kurz und deutet auf das Bethaus.
— Er hat sich eben hingelegt, und ich mach mich jetzt auf den Weg.

Mariah winkt zum Abschied und steigt die Treppe runter ins Dorf. Ich sehe ihr hinterher.

VIERTE STROPHE

(Die Insel)

Das Dorf liegt am Berg, der Berg liegt auf der Insel, die Insel liegt im Meer. Auch unsere Insel trägt einen Namen: *Schöne Insel*, auf ihr stehen fünf Berge. Die Insel ist klein, sagen sie. Aber woher weiß ich, ob es fünf Berge sind oder die Insel klein ist, eine andere kenne ich nicht, ich kenne noch nicht einmal diese ganz. Kenne nicht das versteckte Unten, nicht das Ufer, nicht den Hafen, nicht die Hütten der Fischer, und kenne nicht die Berge hinter unserem Berg. Kenne keine andere Insel, nicht das Feste Land, kenne nicht das Land von der Musikscheibe unseres Grammophons, nicht die Sonne, nicht den Mond und nicht die Welt. Und ich kenne niemanden, der all das kennt.

Manchmal kommen Schiffe von drüben und gehen in der Bucht vor Anker. Da rudert der Händler hin mit seinem Boot, beladen mit unserem Öl, mit unseren Oliven und unserem Schnaps, es zieht ihn zum Schiff wie ein Lamm zur Zitze seiner Mutter. Dann löscht er seinen Drübendurst, löscht seine Ladung und rudert vollbeladen und betrunken zum kleinen Hafen zurück. Schwankend leert er sein Boot und packt am nächsten Tag seine Esel voll, schnürt ihnen die Drübensachen auf den Leib und treibt sie hoch zu uns ins Dorf.

Was der Händler bringt: Alles aus Metall, alles aus Plastik, Medizin, Zahnbürsten, Kohlen, Gas, Glas, Sonnenschirme, blaue Farbe, Bücher, Zeitungen, Papier, Tinte, Stifte, Kaffeebohnen, Reis, Linsen, Mehl, Zucker, fremde Gewürze wie Pfeffer und Bananen in Kartons, wie der, in dem ich lag. Oder das Grammophon mit der Musikscheibe, die wir bei unseren Festen abspielen.

Im Sommer bringt er frischen Fisch, den wir in guten Zeiten sofort essen und in schlechten Zeiten trocknen. Manchmal bringt er auch eine Neuheit von drüben, die er dem Ältestenrat vorstellt und wieder mitnimmt, wenn sie für uns nicht in Frage kommt. Das entscheidet der Ältestenrat, aber die dreizehn Männer sind für Veränderung nur schwer zu gewinnen, deswegen muss der Händler fast alles Neue wieder mitnehmen. Hat er aber keinen Platz mehr auf seinen Eseln, um die abgelehnte Neuheit wieder mitzunehmen, weil seine Esel schon mit unseren Tauschwaren voll beladen sind, irgendwer will unser Öl, will unseren Schnaps, will unsere Oliven, sie nennen das Handel, dann kommt es vor, dass etwas gegen den Willen des Ältestenrates für eine Weile bei uns hängen bleibt. Wie zum Beispiel ein Fernseher, ein Ventilator, ein Toaster oder ein Telefon. Solche Drübensachen funktionieren hier aber nicht, wir haben keinen Strom aus Kabel-Adern, wir haben hier nur Wind und Esel, nur Hände, Arme und Füße.

Angeguckt werden die Sachen trotzdem von allen, und wir überlegen gemeinsam, was wir damit anfangen könnten. Es ist selten etwas Nützliches dabei. Den Fernseher haben wir trotzdem behalten müssen. Der Händler hat uns erklärt, wie er funktioniert: Eine Reinguckkiste. Du drückst einen Knopf und dann ist da zum Beispiel ein Mensch drin, der Nachrichten aufsagt. Das geht aber nur mit Strom und einer Stangenantenne. Strom, Antenne, was soll das schon wieder sein, haben wir beides nicht, haben wir gerufen, das weißt du doch, du Depp, und einer hat den Fernseher aufgemacht, um zu sehen, ob da wirklich ein Mensch drin ist. War aber keiner drin, nur Metallsachen wie Eingeweide, die haben sie ihm ausgerissen. Dieses Teufelszeug, haben die Ältesten gebrüllt, unsere Nachrichten sagen wir uns selber auf. Da hat der Händler gesagt: Jetzt ist der Fernseher hinüber, so kann ich das Gerät nicht wieder mitnehmen, der ist ja jetzt kaputt, aber doch noch immer ein schöner Schmuck für euer Lokal. Hat er gesagt. Also haben wir den Fernseher behalten, erst stand er im Lokal, jetzt schmückt er einen Stall, die Ziegen von Jakup Jakupsohn benutzen ihn als Fresstrog, und der Händler hat von uns Olivenöl dafür bekommen.

Im Winter kommen die Schiffe seltener, kommt der Händler seltener und bringt uns nur noch Essbares, Gas und Kohlen.

Menschen von drüben sind zum Beispiel die Betschüler und der Arzt. Er kommt unregelmäßig und nur in der warmen Jahreszeit. Er kann Menschen, Tiere und Zähne. Wenn du im Winter krank wirst, musst du allein vom Dorfheiler, von seinen Kräutern, Tees und Umschlägen wieder gesund werden. Einen schmerzenden Zahn zieht er dir zur Not mit seiner Zange. Der Heiler hat alles von der Hebamme gelernt, aber das gibt er nicht zu. Die Frauen im Dorf wissen es trotzdem.

Alle paar Jahre kommt ein Schüler von drüben, der Betmann werden will, meistens nachts und meistens bei Vollmond. Der Vorsteher holt ihn beim Wächter ab, und gemeinsam steigen sie hoch zur Siedelei. Da hängen die Männer im Dorf die Fenster zu, damit die Dorffrauen vor fremden Blicken sicher sind, damit sich die Betschüleraugen nicht aus Versehen an den Mädchenkörpern verhaken. Aber ich saß schon drei Mal unterm Baum bei der Treppe und habe sie von meinem Mondschattenversteck aus beobachtet. Habe gesehen, wie sie am Bethaus vorbei zur Siedelei steigen. Sah ihren unsicheren Tritt, ihre scheuen Blicke zurück zum Hafen, sah die Hoffnung in ihren Herzen glimmen, hier eines Tages wieder wegzukommen. Sie wissen es noch nicht, wissen nicht, dass die Insel niemanden zurück lässt nach nirgendwo.

Andere Fremde kenne ich nicht. Andere sind für mich nur Fischerleute mit Boot, unten im falschen Dorf am Hafen. Niemals kommt ein Fischer hier hoch, niemals kommen wir runter. Von uns kann keiner schwimmen.

Die Insel gehört zu einem Land. Sie sagen, das Land hat eine Fahne und noch mehr Inseln. Wir haben uns unsere eigene Fahne gemacht, sie hängt am Ältestenhaus. Drauf sind drei Kreise, die sich schneiden, für jeden Gott einen. Die Ältestenfrauen haben sie bestickt. Sie sagen, unsere Insel ist die schönste, nirgends ist es so schön wie hier.

Und wie ich hier stehe, übers Dorf, übers Tal, bis zum Hafen blicke, jedes Ding bei seinem Namen nenne und immer wieder daran hängenbleibe, dass ich keinen Namen trage, da kommt mir der Gedanke, dass da etwas nicht stimmen kann, dass irgendwo ein Fehler sein muss. Wieso gibt es für jeden und alles einen richtigen Namen oder ein Wort, nur nicht für mich? Es gibt mich doch genau wie den Berg oder das Meer, wie den Einsiedler oder wie Mariah. Entweder da stimmt was mit dem Ganzen nicht, oder nicht mit den Gesetzen, oder nicht mit mir. Ich will so lange jedes Ding beim Namen nennen, bis mir aufgegangen ist, wo der Fehler verborgen liegt.

Jetzt hat der Schattenzeiger meine Zeit überholt, und ich muss schnell sein, wenn ich ihn wieder einholen will.

FÜNFTE STROPHE

(Das Signal)

Ich greife die beiden Schnüre, die aus dem Turmfenster des Bethauses hängen. Vier Mal beide, zwölf Mal nur die rechte ziehen und es singt durchs ganze Tal: Der Mittag ist da. Jetzt wissen es alle, auch die Hirtenmänner in den Bergen. Jetzt ruhen wir uns über die Mittagshitze hinweg aus. Die Männer jedenfalls. Im Haus gibt es ja immer viel zu tun.

Es gibt zwei Uhren in unserem Dorf, eine hier am Turm vom Bethaus und eine am Ältestenhaus. Unsere hier oben geht nur mit der Sonne, die unten am Ältestenhaus ist mechanisch und funktioniert auch bei Wolken, aber man muss sie aufziehen, und das wird oft vergessen, deshalb zeigt sie nie die richtige Zeit. Sie läuft nur, weil wir sie haben. Zwei Mal jagt ihr großer Zeiger den kleinen herum, dann ist ein Tag vorbei, egal wo die Sonne gerade ist. So gibt es zwei Zeiten bei uns, die echte von der Sonne geworfene hier oben, und die falsche menschengemachte unten.

Das Signal kommt nur von uns, wir geben es mehrmals am Tag. Der Bethaus-Vater und ich, wir hüten die Zeit, die richtige.

Gerade habe ich die Schnüre wieder festgemacht und will zum Haus, da sehe ich Sofia die Treppe hochsteigen. Mitten am Tag, mitten in der Hitze.

– Hallo Sofia!

Sie antwortet nicht. Das bedeutet vielleicht, dass sie nicht gesehen werden will, wegen ihrer großen Traurigkeit. Vielleicht will sie im Bethaus allein sein. Oder zum Friedhof. Oder zum Wunschbaum. Ich drehe mich gerade wieder weg, als sie außer Atem ruft:

– He! Gut, dass ich dich seh. Kannst du sauber nähen?

– Ja! Kann ich!

— Feine Stiche?

— Ja.

— Prima.

— Willst du Kaffee?

— Nein.

— Wasser?

— Danke, aber nein, lass nur.

Schon dreht sich Sofia wieder um, winkt kurz und steigt ohne weitere Worte die Stufen zurück ins Dorf. Dann sucht sie wohl nicht die Stille, dann will sie wohl nicht allein sein, dann will sie mich wohl bald ausleihen. Weil das nämlich so ist, dass man mich ausleihen kann. Da muss man den Bethaus-Vater fragen, der schickt mich dann und ich mache alles, was ich kann.

Ich mag Sofia und habe ihr schon oft mit der Wolle geholfen. Sie scheut sich nicht vor mir, ihr ist egal, was das Dorf sagt. Ihre Launen wechseln trotzdem manchmal schneller, als ich es verstehen kann. Den einen Tag umarmt sie dich und ist freundlich, und am nächsten Tag erkennt sie dich nicht in der Gasse. Ich dachte lange, es ist wegen mir, aber sie ist mit allen so. Jeden Herbst und jeden Frühling liegt Sofia unter der großen Traurigkeit im Bett. Die Traurigkeit ist so schwer, dass sie nicht aufstehen kann. Heute ist sie aufgestanden, das ist ein gutes Zeichen.

Vorbei am Bethaus, unter dem Torbogen durch, an den Blumen und Beeten, am Gemüsegarten und an den Kräutern vorbei, unter dem Weindach und durch die Küchentür ins Haus, ins Kühle, ins Warme, ins Herz.

Der Bethaus-Vater hat sich zurückgezogen und schläft sich schon durch den Mittag, ich bin ganz leise.

Unsere Tage sind bis an den Rand mit Arbeit gefüllt, es passt kaum noch etwas hinein. Wir stehen mit dem Tageslicht auf und gehen mit der Nacht zu Bett. Am frühen Morgen bin ich auf dem Feld und im Garten und gieße und rupfe und ernte, bevor die Sonne über den Berg ist. Früher hatten wir mehrere Hühner, jetzt nur noch zwei und die legen nicht mehr. Der Bethaus-Vater sagt, ich soll sie schlachten, aber ich bringe es nicht fertig. Ich hasse es, wenn sie noch zucken und flattern, obwohl der Kopf schon ab ist. Das Signal morgens, das vor und nach der Mittagsruhe, das gebe ich. In der achten Morgenstunde mache ich endlich den Kaffee und einen großen Krug Salbeitee, ich röste Brot, schneide Käse und Domates auf und bringe dem Bethaus-Vater sein Frühstück. Danach kümmere ich mich ums Haus, ums Wasser und um die Vorräte. Wir haben hier oben eine kleine Quelle, die kommt direkt aus dem Berg und fließt auch im Sommer, das erspart mir den Brunnen unten im Dorf. Den Winterregen sammeln wir in Zisternen, von unserem Wasser wirst du groß und stark. Das Wasser in unserem Dorf ist das beste Wasser, sagen sie, es formt uns zu dem, was wir sind. Im Haus koche, putze, räume, schrubbe und wasche ich, während der Bethaus-Vater betet, nachdenkt und mit den Göttern spricht. Wenn noch Zeit bleibt, gehe ich runter ins Dorf, zum Laden, oder ich helfe Mariah mit irgendwas oder bin irgendwo ausgeliehen. Zum Mittagssignal bin ich wieder zurück am Bethaus. Nachmittags geht es dann wieder in den Garten und auf die Felder. Oder du hängst über dem Bottich, weil, so wie jetzt im Blutmond, die Schafe geschoren und die Lämmer geschlachtet werden, weil die Wolle gewaschen werden muss, bevor sie verharzt, das Blut getreten werden muss, bevor es gerinnt. Oder es ist Herbst und die Oliven müssen geerntet, das Öl muss gepresst werden. Oder es ist Winter und du machst Handarbeit. Oder du arbeitest am Kostüm für den Großen Tanz. Oder du sammelst Feuerholz oder Kräuter in den Bergen. Wir haben hier ein Blattkraut, das musst du nur kurz in heißes Wasser geben und es ergibt den besten Salat. Ist gut für die Leber, genau wie Artischocken. Das Blattkraut wächst vom Winter bis in den Frühling. Genau dann, wenn du es nicht mehr sehen, riechen und essen magst, erlöst dich der Sommer. Oder du erntest Bohnen, Getreide, Gemüse, Färberkrapp, oder du bist oben bei den Windmühlen zum Mehlholen.

Du siehst, nie ist nichts, aber das stört mich nicht, weil ich beim Waschen wasche und beim Flicken flicke, beim Lachen lache und beim Schlafen schlafe. Am liebsten aber koche ich beim Kochen. Mariah hat mir alles gezeigt. Was ich an den Töpfen kann, weiß ich nur von ihr. Mariah hat ein Herz, da kann die ganze Welt drin wohnen. Ich darf sie Jahjah nennen.

Mariahs Mann hatte das Lokal im Dorf, er ist schon tot. Bei der Hochzeit seines Sohnes ist er am Herd einfach umgekippt und nie wieder aufgestanden, ein Skandal war das, sagen sie. Aber dass er gekocht hatte, war für das Dorf viel schlimmer, als dass er tot war, weil den Männern bei uns ja das Kochen verboten ist. Mariahs Mann wurde am Herd vom Tod gefällt, noch vor den Vorspeisen, während die Musik spielte und der Tanz tanzte, während die Mägen knurrten und der Wein floss. Skandal, sagen sie, als sei er absichtlich so gestorben. Jetzt streitet sein Sohn Kristof mit seiner Frau in der Küche an den Töpfen. Das schmeckt man auch, sagen sie, aber nie direkt zu ihm. Weil ein anderes Lokal gibt es hier nicht, und weil alle trotzdem anständige Portionen wollen, vor allem beim Wein und beim Schnaps.

Mariah ist zwar schon alt und ihre Augen sehen schlechter, aber keine schält so schnell und sauber die Patatas, keine putzt so flink den Knoblauch. Und immer noch holt sie täglich morgens vom Feld das Gemüse oder steigt fürs Mehl zum Müller auf den Berg wie eine junge Frau. Sie kennt die besten Rezepte, aber zum Kochen brauchst du Gefühl, sagt sie. Rezepte kannst du lernen, das Kochen aber wird Kristofs Frau nie können, weil ihr immer diese eine Zutat fehlt.

Damit ich am Nachmittag ohne Unterbrechung arbeiten kann, gibt der Bethaus-Vater alle Signale, bis ich wieder zu Hause bin. Wenn das erste Signal am Abend ertönt, sollen wir die Arbeit ruhen lassen. Das klappt natürlich nicht, außer du bist ein Mann oder alt und krank. Und das letzte Signal des Tages sagt uns, dass jetzt Zeit ist, ins Bett zu gehen. Aber das sagt uns auch die Nacht.

Es gibt keinen Augenblick am Tag, der nicht ausgefüllt ist, keinen Augenblick, der nicht der Arbeit und der Angst vor dem Hunger gewidmet ist. Schmerz und Dreck schreiben sich mit jedem Lebensjahr tiefer in unsere Körper, so dass man uns leicht lesen kann. Wir belohnen uns mit unserem Glauben, unseren Festen und dem Wissen um die Erlösung nach dem Tod.

SECHSTE STROPHE

(Die Ältesten)

Wie wir leben, entscheidet der Ältestenrat, das sind die dreizehn Ältestenmänner im Dorf, die noch richtig denken können. Sie haben Erfahrung, sie haben Weisheit, sie haben Ruhe und Gleichmut, und deswegen können sie gut Entscheidungen treffen, sagen sie. Die Ältestenmänner machen die Gesetze, beschließen und verwalten sie. Sie sagen, was gut und recht ist und was nicht. Sie sind die Bewahrer. Es soll sich so wenig verändern wie möglich. Was stabil ist, sagen sie, das hält. Und wenn etwas hält, sagen sie, dann hält es auch etwas aus. So wie mich. Das Dorf und die Gesetze halten mich aus. Denn so eine wie ich ist hier eigentlich nicht vorgesehen.

Ich finde, Mariah wäre auch ein guter Ältestenmann, aber das sage ich nicht, das singe ich nur. Und mein Lied hat viele Strophen.

SIEBTE STROPHE

(Der Tanz)

Die Küche ist mein liebster Raum im Bethaus. Hier bin ich nur ich, und hier bin ich glücklich. Sie ist das Herzstück, von hier kommen die Liebe, die Wärme und der Duft ins ganze Haus. Hier wird zusammengefügt und gesäubert, hier entsteht Neues, Nährendes, Gutes. Das ist wie Zaubern.

In der Küche ist der Ofen, ist der große Tisch, hängen die getrockneten Kräuter. Alles hat einen Namen. Alles ist an seinem Platz. Die Küchenseite vom Haus liegt mittags schon im Bergschatten, das haben sie gut gebaut, so wie es ist.

Am Vormittag habe ich Blattkräuter geschnitten. Ich seihe sie ab und tupfe sie trocken. In einer Tonschale vermenge ich Mehl, Eier und Öl mit Salz und Pfeffer und knete einen geschmeidigen Teig daraus. Für mich ist das ein Wunder: Dass aus den einzelnen Zutaten am Ende so etwas Gutes wie eine Kräuterpastete werden kann. Ich lege Äste auf die Glutreste im Ofen und lasse ihn Luft ziehen, bis das Feuer Holz frisst, dann schnüre ich ihm fast die Luft ab und wuchte die große, schwere Pfanne auf den Ofen, gieße vom Olivenöl hinein, lasse es heiß werden, aber nicht zu heiß, jetzt die Zwiebeln, dann der Knoblauch und zum Schluss die Blattkräuter. Es zischt und brutzelt und duftet und dampft. Etwas Salz dazu, wir bekommen es aus der Siedelei. Jeden Vollmond bringt ein Betschüler nachts einen Sack und stellt ihn beim Bethaus ab. Der Bethaus-Vater verteilt das Salz nach jeder Pujachatt an die Dorfbewohner.

Ich zerstoße Pfefferkörner im Mörser, wie wächst der eigentlich? Hier auf der Insel jedenfalls nicht. Würzen, umrühren, bis alles Grüne weich geworden ist, die Pfanne vom Feuer und alle Flüssigkeit abschöpfen, jetzt den Käse hineinbröseln. Es ist der erste Käse des Jahres, er ist ganz weich und körnig. Wieder umrühren. Während die Füllung abkühlt, mehle ich die Steinplatte ein, schneide den Teig in fünf gleiche Stücke, die ich zu Kugeln forme. Mit dem Nudelholz rolle ich aus der ersten eine hauchdünne Teigschicht, nehme das runde Blech, öle es ein und hebe mit beiden Händen den dünnen Teig hinein. Jetzt kommt eine Schicht Füllung darauf, dann die nächste dünne Teigschicht darüber. Das wiederhole ich, bis Teig und Kräutermischung aufgebraucht sind.

Ich koche beim Kochen. Wenn alles seine Reihenfolge hat, bleibt kein Augenblick frei, ist jede Bewegung da, wo sie sein soll. Dann fließt du wie bei einem Tanz durch die Zeit, und am Ende kommt eine Kräuterpastete heraus. Ab in den Ofen damit.

Minki sitzt neben mir auf dem Küchenboden und nervt.

ACHTE STROPHE

(Das Knäuel)

Im Dorf leben fast genauso viele Katzen wie Menschen. Die Katzen sind frei und können gehen, wohin sie wollen. Sie bleiben aber, so wie wir. Damit sie uns nicht über die Köpfe wachsen, macht der Arzt die neuen Kätzchen einmal im Jahr unfruchtbar. Damit man erkennt, welche er schon hatte, macht er ihnen einen Schlitz ins Ohr. Die Katzen haben alle möglichen Farben, sie sind wild gemischt, gestreift, getigert, gefleckt ... Aber keine ist so wie Minki.

Sie hat langes Fell, das so wunderbar durcheinander ist, dass du manchmal die Augen nicht findest, wenn sie schläft. Sie sagen, bei der ist alles Mögliche mit drin, ein Nichtsnutz noch dazu, was soll die denn bitteschön fangen, lahm wie sie ist, mit ihren dreieinhalb Beinen, sagen sie. Aber gerade deswegen liebe ich sie so sehr. Minki ist mein Trostmoment.

Als ich sie fand, war sie ein Baby, ich hörte ihr Maunzen und Schreien aus dem Hof des Kaminbauers. Es war Abend, ich kam von Mariah und wollte zurück ins Bethaus. Ich blieb stehen, mir zersprang fast das Herz vom Geschrei, da musste ich einfach nachsehen. Das Katzenbaby lag im Hof am Boden, blutend, das rechte Bein steckte in einer Drahtschlinge und war in der Mitte fast vollständig abgetrennt. Aus dem Haus rief jemand: Ich erschlag das Viech! Ich ersauf es! Da habe ich das Kätzchen in meine Schürzentasche gehoben, mitsamt dem Draht, dem Blut und dem halben Bein, und bin, so schnell ich konnte, mit schreiender Schürze nach Hause.

Habe das Kätzchen auf den Küchentisch gelegt, es war schon ganz schwach, habe die Drahtschlinge entfernt, der Lauf hing nur noch an einem Stück Fell, habe das Beil genommen, habe mit der einen Hand das Tier, mit der anderen das Beil gehalten und den

Lauf endgültig abgetrennt. Es ging ganz leicht. Habe die abgetrennte Beinhälfte weggeschmissen, das halbe Bein verbunden und dem Kätzchen in meinem Bett ein Nest gebaut. *Minki.* Auf einmal war der Name da. Ob auch mein Name irgendwann einfach da sein wird? Warum dauert es so lange, bis einer ihn findet. Nach drei Wochen war der Stumpf fast verheilt.

NEUNTE STROPHE

(Die Mutter)

Sie war ein Esel, war eine Hure. Sie war von drüben und sehr hässlich. Sagen sie.

Oder sie war die schönste Frau, die jemals gelebt hat. Leider hatte sie kein Zuhause, kein Feld und keinen Garten, um mich zu ernähren. Deswegen. Oder sie war ein Paradiesvogel und ich bin aus ihrem Ei geschlüpft. Oder sie musste zu dem Fußballturnier. Ganz dringend. Oder zu dem Krieg. Oder sie war ganz krank und ist gestorben. Oder sie ist die Frau aus dem Mond. Oder sie ist eine von den Tausendaugen.

ZEHNTE STROPHE

(Die Strafe)

Als ich noch ein Kind und klein und wild war, meine Augen noch nicht bodenblicks, ein Kind neben anderen Kindern, das von der Schule mittags nach Hause ging, habe ich die Schimpfwortattacken eines Sommertages nicht mehr ertragen. Da habe ich eine Faust gemacht, mich umgedreht und dem Enkel von Jakup Jakupsohn ein blaues Auge verpasst. Ich hatte nicht bedacht, dass Jakup Jakupsohn gerade erst in den Ältestenrat berufen worden war und der Schlag aufs Auge seines Enkels mir den Pfahl einbringen konnte. Das ist mir erst hinterher eingefallen. Ich schlug zu, sah sein Gesicht, das von verdutzt zu hasserfüllt zu überlegen wechselte. Dann erst hielt er sich das Auge und begann laut nach seiner Mutter zu rufen.

Aus Angst vor der Strafe bin ich anstatt nach Hause aus dem Dorf gelaufen. Bergab, bergab, weiter bergab, mein Ziel war das Unten, die Fischerhütten, der Hafen, mein Ziel war ein Schiff, war das Drüben, die Welt, alles, alles, nur nicht bleiben. Alles, alles nur nicht der Pfahl. Aber mit dem Weglaufen machte ich es nur noch schlimmer. Weil fürs Weglaufen, das weiß jedes Kind, kriegst du nicht nur den Pfahl. Wenn sie dich erwischen, und sie erwischen dich immer, dann holt dich der Angstmann. Aber je weiter ich lief, desto weniger konnte ich umkehren.

Ein Hirte hat mich noch vor dem Wächter erwischt, als ich, vom Rennen durstig, aus einer Eselstränke Wasser schöpfen wollte.

Einen Tag und eine Nacht musste ich am Schandpfahl auf dem Platz stehen. Wenn Mariah und mein Finder mir nicht zu trinken gegeben hätten, wäre ich zusammengebrochen. Zum Glück war noch nicht Sommer. Zwei Mal mussten die Zeiger rum, bevor sie mich losbanden. Und so blieb ich stehen, aufrecht und stolz und brach nicht zusammen.

Aber das war noch nicht alles, am Tag darauf kam noch das mit dem Bein.

ELFTE STROPHE

(Die Schule)

Die Pastete ist längst aus dem Ofen und erfüllt die Küche mit ihrem Duft. Ich gebe das Signal, vier Mal beide Schnüre, fünfzehn Mal die rechte. Die fünfzehnte Tagesstunde habe ich als Kind immer gefürchtet. Jetzt ist unten die Schule aus. Jetzt können die Kinder nach Hause oder zum Brunnen oder in den Olivenhain. Jetzt können sie sich zum Einsiedler schleichen oder Steinschleudern bauen und Eidechsen töten. Jetzt können sie vom wilden Honig naschen oder verirrte Schafe mit Steinen bewerfen. Jetzt können sie den Tabak ihrer Väter und die Lampen vom Hausaltar stehlen, sich wackelige Zigaretten drehen und hinter alten Steinmauern versuchen, Ringe zu paffen. Sie können irgendwo kokeln, sich prügeln, spielen, oder sie können zusammen mit den Kleinkindern schimpfend hinter mir her.

Die kleineren Kinder werden nur ein paar Stunden zum Spielen und Singen in der Schule behalten, aber ab acht Jahren musst du länger bleiben. Und ab dem zwölften Lebensjahr fordern die Eltern ihre Kinder zurück, damit sie bei der täglichen Arbeit helfen. Nur die klügsten Jungs dürfen weiterlernen. Nur die zartesten Jungs dürfen bleiben, nur von den schwächsten wird erhofft, dass sie, wenn schon schwach, doch bitte wenigstens klug sind.

Die Schule liegt im unteren Teil des Dorfs. Es gibt zwei Räume für den Unterricht. Einen für die Mädchen und einen für die Jungen. Es gibt einen Lehrer und eine Frau. Der Lehrer ist immer noch der, den ich auch schon hatte, die Frau hat gewechselt.

Die jüngeren Mädchen lernen durch Spiele das Dorf, die Gesetze und die Regeln. Sie lernen die Namen für die Menschen und für die Dinge von hier und von drüben. Sie lernen die wichtigsten

Gebete und Gesänge auswendig. Sie lernen die Melodien für die Zeremonien.

Den Jungs bringt der Lehrer die Gesetze bei, die geschriebenen und die ungeschriebenen. Er bringt ihnen das Dorf, die Insel, das Meer, das Drüben und die Welt bei. Den Auserwählten unter den Jungs bringt der Lehrer sogar Lesen und Schreiben bei und schlägt vor, wer von ihnen weiter gefördert werden soll. Der Ältestenrat entscheidet. Der Lehrer ermutigt auch die Jungen, die Betmänner werden wollen. Der Ältestenrat entscheidet.

Wenn der Lehrer dich aussortiert, brauchst du nicht mehr in die Schule kommen.

Die Frau bringt den älteren Mädchen die Sachen bei, die man können muss, um eine gute Frau zu werden. Kochen, Backen, Nähen, Putzen, Waschen, Sticken, Stricken, Weben, Flechten, Gemüse, Kräuter … Welche Kräuter für welchen Tee, was wächst wo, wann wird was ausgesät, was wächst womit zusammen. Du lernst, wie du Flecken herausbekommst aus Stoffen. Du lernst, wie du Essen haltbar machst für den Winter. Du lernst, die Körper von Frau und Kind zu pflegen. Du lernst das alles auswendig und probierst nur wenig, weil fürs Zeigen sind die Mütter da. Und weil ich ja, wie sie sagen, vom Esel abstamme, hat Mariah mir so viel beigebracht, wie sie konnte.

Der Lehrer bringt den älteren Jungs bei, was man können muss, um ein guter Mann zu werden. Wie man mit der Frau umgeht. Wie man Käse macht. Wie man Lämmer und Ziegen schlachtet. Was man mit dem toten Tier machen muss. Fleisch, Knochen, Haut, Fell. Wie man sein Haus baut. Wie man seinen Acker pflügt. Wie man Tiere züchtet. Altes repariert. Welches Feld wann mit was bepflanzt wird. Wie man Wein macht, und Schnaps. Wie man ein Ältester wird. Wie das mit dem Geld geht. Das alles lernst du nicht nur auswendig. Das musst du am Lamm probieren. Und an der Milch. Und mit den Bienen.

Ich hatte mich im ersten Schuljahr irgendwann mit in den Unterricht für die Jungen gesetzt. Das mit dem Lesen und Schreiben, das wollte ich unbedingt können. Was ich hier bitteschön zu suchen habe, brüllte der Lehrer. Das mit den Buchstaben will ich können. Du willst lesen lernen, rief der Lehrer. Ich nickte. Dann zeig deinen Zipfel! Lesen darf nur, wer einen Zipfel hat. Was für einen Zipfel? Da sagte der Lehrer: Zieh mal hoch das Kleid, und lass mal sehen. Ich zog das Kleid hoch. Zieh mal runter das Höschen und lass mal sehen. Ich zog das Höschen runter. Na, wo ist der Zipfel? Ich hatte keinen. Du hast nur einen Schlitz, sagte der Lehrer. Und die Jungs: Schlitzi! Schlitzi! Schlitzi! Ich wurde rot, die Wangen brannten mir vor Scham und der Bauch. Raus, brüllte der Lehrer. Verstanden habe ich es nicht. Bis heute nicht.

Ich bin auch gut mit dem Beil. Ich hacke gutes Holz. Ich mache gutes Feuer. Ich kann Bienen, Wein und Schnaps. Ich kann pflügen wie ein Mann. Und ich will immer noch gerne lernen, wie das mit den Buchstaben geht. Aber der Lehrer, aber die Gesetze, aber die Ältesten, aber die Tradition, aber die Khorabel, aber die Götter, aber die Ordnung. Dann kam der Tag mit Jakup Jakupsohns Enkel, da war ich im zehnten Lebensjahr, danach dufte ich nicht mehr in den Unterricht kommen.

Der letzte Klang vom fünfzehnten Schlag verweht, ich binde die Schnüre vorsichtig fest. Die Aussicht ist heute besonders schön. Das kannst du vom Dorf aus nicht so sehen wie von hier oben. Die Luft so klar, die Berge gestochen scharf, wie aus der Wirklichkeit herausgeschnitzt. Alles zum Greifen nah, alles hat Knochen und Kanten. Ich möchte ein Pfeifer sein und einfach abwärts gleiten, hinein in diese geschnitten schöne Welt. Aber die Arbeit, die Pflicht, die Gewohnheit drängen meine Schritte zum Haus zurück. Minki spielt mit einer Zikadenhaut. Der Bethaus-Vater ist wach, jetzt wird er Kaffee wollen.

ZWÖLFTE STROPHE

(Die Worte)

Worte, die ich weiß:

Dorf, Tausendaugen, Insel, Himmel, Welt, Universum, Ödnis, Fruchtbarkeit, Feld, Garten, Früchte, Essen, Fava, Erntemond, Oliven, Melitzane, Banane, Lehrer, Zipfel, Schlitz, Wäsche, Mutter, Karton, Weltmeisterschaft, Fußballturnier, Krieg, Bombe, Hauptstadt, Affe, Tabu, Kot, Kotze, Angst, Angstmann, Strafe, Pfahl, Schmerz, Platz, Tausch, Handel, Öl, Schnaps, Lokal, Feuer, Lamm, Glut, Feuerstelle, Grammophon, Hymne, Drüben, Fernseher, Toaster, Telefon, Bügeleisen, Känguru, Beutel, Siedelei, Arzt, Krankheit, Katze, Frau, Kinder, Brille, Gebiss, Spritze, Pille, Salbe, Heiler, Alleskraut, Leber, Herz, Adern, Blut, Krappwurzel, Rot, Band, Jungfrau, Tuch, Wolle, Kadern, Harz, Schaf, Hirten, Bethaus-Vater, Salz, Mehl, Müller, Einsiedler, Pisse, Rinne, Scheiße, Nase, Auge, Imker, Bienen, Blüten, Blume, Margerite, Storchenschnäbel, Trompetenblume, Wunschbaum, Mandel, Aprikose, Wasser, Brunnen, Quelle, Beet, Garten, hatte ich den schon, Mist, Esel, Ziege, Fernseher, den hatte ich schon, Stall, Mauern, Skorpion, Schlange, Salamander, Eidechse, Krokodil, Zähne, Meer, Götter, Opfer, Khorabel, Pujachatt, Signal, Kanah, Bethaus, Satvastan, Tod, Miroloi, Schwarz, Frau, Mädchen, Schande, Kurve, Straße, Brunnen, Wasser, Zahnbürste, Glas, Gold, Geld, Ältestenrat, Gesetze, Mann, Stammbuch, Name, Stammname, Vater, Liebe, Mond, Vollmond, Jupiter, Venus, Mars, Finsternis, Fest, Honig, Kaffee, Zucker, Bombe, Traum, Wächter, Nacht, Sterne, Weltall, Weltenei, Bewahrer, Zerstörer, Schöpfer, Urknall, Ei, Huhn, Stall, Stroh, Winter, Frost, Erntevernichterin, Hungermond, Holz, Regen, Schnee, Sonne, Frühling, Milchmond, Blutmond, Lamm, Schlachten, Saat, Ernte, Weihe, Ehe, Tanz, Musik, Rausch, Schwangerschaft, Geburt, Baby,

Brust, Junge, Enkel, Blauauge, Tausendauge, Zeit, Zeitung, Bücherhaus, Wut, Nachtpfeifer, Grillen, Zikaden, Sommer, Hitze, Vorrat, Marmelade, Ofen, Zeit, Hüter, Uhr, Sonne, Hafen, Ameisen, Insekt, Vorrat, Salz, Siedelei, Kalender, Leben –

Manche Worte sind von hier. Manche sind von drüben. Ein Spiel geht so, dass wir sagen müssen, welches Wort von drüben ist und was es bedeutet.

DREIZEHNTE STROPHE

(Die Tausendaugen)

Alle Dorfaugen, die ich kenne, von oben nach unten: Auf dem Berg über uns, da lebt der Müller bei den Mühlen. Lebt da allein, lebt beim Korn, lebt beim Mehl, redet nicht viel und hat große Hände. Das Dorf mag den Müller nicht, weil er grob ist und poltert wie seine Mahlsteine. Der Müller mag das Dorf nicht, weil zu viele Menschen, zu viele Worte, zu viel Probleme. Er geht nur runter, wenn's unbedingt nötig ist oder ihm die Lebensmittel ausgehen. Der Müller reiht die Worte so schnell aneinander, dass du genau hinhören musst, wann eins aufhört und wann das nächste anfängt. Er redet so schnell, damit er mit dem Reden schnell wieder aufhören kann.

In den Bergen hüten die Hirten die Schafe und Ziegen, hüten das Fleisch, den Käse, die Milch, und hüten das Dorf. Wenn ein Schaf oder ein Mensch vom Weg abgekommen ist, fangen sie uns wieder ein.

Weiter unten, abseits des Dorfes und abseits des Bethauses, da lebt der Einsiedler, ganz allein mit sich selbst in einem kleinen, eingefallenen Haus, lebt da nur mit seinem Esel, seiner Sense und den paar Pflanzen, die er hat. Er redet nicht mehr mit dem Dorf, kommt auch nicht mehr runter. Er redet nur noch mit dem Müller und den Hirten, mit den Tieren und den Pflanzen. Er redet mit den Steinen, mit den Bienen, mit dem Wetter, und er braucht keine Worte dafür. Sie sagen, dass er seine tote Mutter aß, sagen, dass er das linke Bein schon fast aufgegessen hatte, als man ihn beim Großen Tanz im Frühjahr fand. Hungrig, stumm und ohne Lebensmut. Da haben sie ihm die angegessene Mutter und seinen Verstand weggenommen. Den hat er bis heute nicht wieder zurück, sagen sie. Jetzt sitzt er da, macht sich seinen eigenen Schnaps, aus

Feigen, aus Kakteen, aus allem, was gären kann. Der brennt ihm den Schmerz und die Kehle weg. Der brennt ihm die Worte raus. Eine Mutprobe unter den Kindern ist, sich möglichst nah an sein Haus ranzutrauen und dann zu rufen: Eselsschrauber! Mutterfresser! So lange, bis er mit Steinen nach ihnen wirft. Zu mir ist er immer gut, wegen dem Wasser und dem Essen, das ich ihm gebe, treffe ich ihn aber am Berg allein, gehe ich trotzdem schnell weiter, weil mir unheimlich wird.

Und dann kommen auch schon wir, der Bethaus-Vater und ich. Wir wohnen im Bethaus und hüten die Zeit, das Herz, das Gewissen des Dorfes. Bei uns kommt alles zusammen: Die Götter, die Menschen, das Alte und das Neue. Das Opfer und die Sühne. Essen, trinken, schlafen, scheißen und pissen müssen wir aber genau wie alle anderen.

Weiter unten, am oberen Dorfrand, wohnt der einäugige Imker, wohnt da wie ein Bienenkönig mit seiner Frau in seinem Haus, mit seinen Kindern und Enkelkindern. Sein linkes Auge hat er beim Holzhacken verloren, ein Splitter sprang unglücklich vom Beil, deswegen muss es eigentlich Tausendminuseinaugen heißen. Jetzt trägt er eine Klappe, die hat seine Frau ihm genäht. Seine Bienen wohnen in bunten Kästen und Körben, die stehen in unseren Gärten, Feldern und Olivenhainen, befruchten uns die Pflanzen und machen uns den Honig. Sie sagen, dass der Honig eigentlich Bienenkotze ist, aber uns schmeckt er trotzdem. Der Imker ist im Dorf beliebt, sitzt aber noch nicht im Ältestenrat, dafür ist er noch zu jung.

Gleich neben dem Imker wohnt Nizra mit ihrer ältesten Schwester, ihren Eltern und Großeltern. Nizra und ich waren zusammen in der Schule. Der Kaminbauersohn Stanis wollte sie, aber die Eltern haben auf eine bessere Gelegenheit gewartet, letztes Jahr hat sie geheiratet. Die älteste Schwester von ihr hat nicht viel mehr im Kopf als ein Schaf, sagen sie, dafür ist sie aber gut mit der Häkelnadel. Vielleicht hängt das zusammen, wegen der Wolle. Nizras Oma heißt Panagiota und hat mit Mariah seit über 30 Jahren Streit, sie sprechen kein Wort miteinander. Sind beide Frauen zufällig zur selben Zeit am Brunnen oder im Laden, ignorieren sie sich. Panagiota stichelt dann und sagt absichtlich Dinge laut zu jemand anderem, um Mariah aufzubringen. Als ich Mariah einmal fragte, ob sie das nicht stört, hat sie geantwortet: Ich kann mich nicht um jede Fliege kümmern, die mich umschwirrt und von meiner Scheiße fressen will. Für mich sind auch sehr viele Menschen Fliegen, habe ich geantwortet, und Mariah hat gelacht.

Auch die Hirtenfrauen und ihre verlausten Kinder wohnen am oberen Dorfrand, hausen da in ihren Hütten, Ställen und Verschlägen, hausen da mit ihren Tieren, die gemolken, geschoren oder geschlachtet werden müssen. Machen den Käse, machen die Wolle, machen das Fleisch.

Der bucklige Weber mit seiner Familie hat sein Haus ganz in der Nähe, der macht den Stoff aus der gesponnenen Wolle und aus dem feinen Garn. Er wohnt da mit seiner Mutter und seiner Tante, wohnt da mit seiner Frau und seinen zwei unverheirateten Töchtern. Keiner will sie, aus Angst, dass der Buckel sich vererbt.

Etwas bergab wohnt Vikram mit seiner Frau und seinen Eltern, sein Vater hört schlecht, und so brüllen die Eltern den ganzen Tag Banalitäten, als wär es eine Nachricht. Ich geh in den Garten! Worauf soll ich warten? In den Garten! Was soll ich braten? Nein! Ich ge-he in den Gar-ten! Sag das doch gleich! Vikram und seine Frau sind überall immer kurz angebunden. Seit der Sache mit ihrem Sohn Dimitri sehen sie zehn Jahre älter aus.

Dann kommt der Töpfer mit Frau und Kindern, in den Häusern nebenan wohnen sein Bruder und seine Eltern. Die Mutter vom Töpfer ist auch die Schwester vom Weber-Vater. Du siehst, es ist kompliziert und irgendwie sind hier alle mit allen verwandt. Nur mit mir keiner.

Je weiter du in Richtung Dorfmitte gehst, zum Platz hin, zum Herz, desto wichtiger sind die Leute, die da wohnen. Die Jakupsohns wohnen alle platznah. Sie sagen, dass ein Jakupsohn im Ältestenrat sitzt, ist so sicher wie die Abfolge von Tag und Nacht. Mariah wohnt auch am Platz, mit ihrem Sohn Kristof, seiner Frau, deren Tochter und Mann und den Urenkelkindern. Alle leben zusammen über und neben dem Lokal. Kristofs Tochter heißt Tilda, und ihr Mann arbeitet beim Tischler. Das ist praktisch wegen der Tische und Stühle, deswegen sind sie ja verheiratet.

Den Laden führt die Säge, er heißt so, weil er im Schlaf so schlimm schnarcht. Die Säge ist der Sohn von Nähmaschinen-Ida und von Lazarus, der auch im Ältestenrat sitzt. Sie sagen, dass die Säge mit den Gewichten schummelt, aber nur bei denen aus dem Dorf, die niemanden im Ältestenrat haben. Sie sagen, dass er leichtere und normale Gewichte hat. Und wenn du niemanden im Ältestenrat hast, bekommst du weniger Ware als Gegengewicht. Die Großmutter der Säge sitzt mit den anderen alten Frauen in der Kurve und häkelt immer weiter schwarze Dreieckstücher.

Ui, jetzt muss ich mich beeilen.

VIERZEHNTE STROPHE

(Der Finder)

Was der Bethaus-Vater mir früher zum Einschlafen erzählt hat:

Ich habe dich gefunden. Auf den Stufen zum Bethaus habe ich dich gefunden. Ich kam vom Dorf aus dem Lokal und wollte nach Hause. Winter war es. Spät war es. Kalt war es. Geregnet hat es. Da tauchte der alte Obstkarton im Schein meiner Lampe auf. Und da lagst du, im Karton, zwischen Zeitungen gebettet, in ein Tuch gewickelt. Die Pappe durchweicht, das Tuch pitschnass, dein Köpfchen ganz kalt. Du hast dagelegen und warst still. Hast nicht geschrien. Hast nicht gestrampelt. Nicht gezittert. Du hast mit offenen Augen dagelegen und zu mir hochgeschaut, als würdest du auf mich warten. Mit dem Karton habe ich dich unter meinen Umhang genommen. Dich in der einen, die Lampe in der anderen Hand, so sind wir ins Bethaus gestiegen, ins Trockene, ins Warme, in die Küche, wo der Ofen noch Glut hatte. Ich habe dich getrocknet, gesäubert, gewindelt, in eine Decke gewickelt und dein Anderssein erkannt. Geleuchtet hast du. Ruhig warst du. Als kämst du direkt von den Göttern. Wer dich hier abgelegt hat, kannte das Dorf, kannte den Weg hinein und wieder hinaus. Auf dem Karton waren Bananen abgebildet, und die Zeitung im Karton war vom Sommer davor. Von einer Fußballweltmeisterschaft stand da etwas auf der Titelseite, und von einem Krieg. Welches Unglück hat dich hier angeschwemmt. Wer ist deine Mutter und wer dein Vater. Soll ich dich behalten. Soll ich dich weggeben. Aber wohin … Und dann erst hast du gewimmert und geweint. Ich habe dir Tee gegeben und Joghurt. Du bist in meinen Armen eingeschlafen und ich wusste, ich würde dich behalten. Gegen alle Widerstände des Dorfes behalten. Mein Mädchen, dein Papa bin ich nicht, aber ein Finder bin ich dir.

Ich mahle die Bohnen für seinen Kaffee. Dieser Duft. Kein Krümchen wird verschüttet, die Bohnen sind so kostbar, sie kommen von drüben, anders als der elektrische Strom haben es die Bananen und der Kaffee zu uns auf die Insel geschafft. Der Bethaus-Vater mag ihn stark und süß. Duft steigt auf, als ich brühendes Wasser über die gemahlenen Bohnen gieße. Ich öffne die Küchentür zum Hausinneren, damit der Duft die Nase vom Bethaus-Vater findet. Das klappt immer. Er wird hereinkommen und sagen: Ah, den kann ich jetzt gebrauchen. Er wird sich die Hände reiben und sich an den Tisch setzen und mich ansehen und lächeln, und ich werde ihm seinen Kaffee hinstellen.

Und er kommt rein und tut alles und sagt alles und setzt sich und schaut mich an.

– Bedrückt dich etwas?

– Warum fragt Ihr?

– Wegen der Falte auf deiner Stirn, die ist neu.

Ich betaste meine Stirn und fühle nichts.

– Möchtet Ihr etwas essen?

– Nur eine Feige. Komm, setz dich zu mir. Nimm dir auch vom Kaffee.

Wir sitzen und pusten in unsere Becher.

– Nun sag, ich kenne dich doch, was ist mit dir? Ist etwas geschehen im Dorf?

– Nein. Nur das Übliche.

Er hört nicht auf, mich anzublicken, so dass ich fürchte, jetzt ist er ganz in mir drinnen und kann meine Gedanken lesen. Auch die schlechten von vorhin. Ich glaube fast, er sieht jede Regung, jeden Zweifel, der heute auftauchte, und auch, was ich über die alten Frauen dachte und über die Welt.

– Es ist nur … Es steht ja geschrieben, dass die Götter in allem sind, was ist. Und dass alles miteinander zusammenhängt, und jedes Wesen oder Ding ein Teil von einem Ganzen ist.

– Ganz genau.
– Warum hat dann aber jedes Einzelne einen Namen?
– Damit wir es erkennen, benennen und ihm seinen Platz zuweisen und uns ins Verhältnis setzen können.
– Und warum habe ich dann keinen? Da stimmt doch was nicht.
– Das ist es also wieder … Es geht nicht, das weißt du.
– Aber ich bin doch da! Es gibt mich doch!
– Mein Mädchen …
– Nicht Meinmädchen! Einen richtigen Namen will ich.
– Ich weiß.
– Soll ich denn nicht erkannt sein und einen Platz haben? Will sich denn niemand mit mir ins Verhältnis setzen?
– Mir sind die Hände gebunden. Die Gesetze, das Dorf, die Ältesten.
– Verschimmelte Gesetze!
– Sag mal! Du sollst nicht fluchen. Nicht in diesem Haus.

Der Bethaus-Vater trinkt den Kaffee in einem Zug leer, steht auf, und ich denk schon, jetzt kriegt er seine Wut, aber er hat sie gebändigt und verlässt die Küche mit rotem Gesicht.

Da ist ein feiner Riss in meine Welt gekommen, und ich vermag ihn nicht zu flicken.

FÜNFZEHNTE STROPHE

(Die Nachrichten)

Das ganze Dorf duftet nach dem Dakosbrot, das Irini mit ihren Frauen heute gebacken hat. Mariah flucht schon die ganze Zeit, weil sie es so liebt, aber mit dem Gebiss nicht richtig gekaut bekommt. Sie weicht es so lange in Öl ein, bis es vollgesogen ist und sie es mit der Zunge zerdrücken kann. Aber das ist nicht dasselbe, sagt sie. Beim Backen hilft sie trotzdem immer. Sie glaubt, Irini macht es extra hart, nur um sie zu ärgern. Aber alle wissen, dass Irini das beste zweifach gebackene Dakosbrot der ganzen Welt macht und Mariahs Gebiss einfach schlecht sitzt. Das ist schon richtig so, dass Irini die Dorfbäckerin ist. Sie ist gut mit dem Teig und ihre Tochter gut mit dem Ofen.

Mariah kühlt sich eine Brandblase am Daumen mit Kurgettenschalen. Langsam füllt sich der Platz. Die Musiker sind auch schon da, der Ältestenrat sitzt um einen Tisch und zählt Betperlen, Michalis, der Dorfschreiber, hat den Stift in der Hand und die Nase in den Büchern, irgendetwas ist immer aufzuschreiben, der Bethaus-Vater nimmt gerade neben ihm Platz. Sofias Mann kommt auf dem Esel angeritten, obwohl er um die Ecke wohnt. Er ist schon betrunken.

Das Dorf hat sich Wein und Oliven mitgebracht, Domates und Käse werden in Scheiben geschnitten, Sesamkringel verlieren ihre Form in Kinderhänden. Manche Tausendaugen sitzen vorm Lokal und lassen sich bedienen, Kristof saust mit seinem Tablett von Tisch zu Tisch. Da hinten kommt Jannis, unser Nachrichtensprecher, mit wippendem Gang über den Platz und schüttelt Hände. Irgendetwas ist mit seinen Haaren.

– Was hat Jannis denn mit seinen Haaren gemacht?, frage ich Mariah.

— Ich kann doch nicht so weit gucken, Mädchen.
— Hat er sie geflochten?
— Gib mir mal die Oliven. Ist Panagiota da?
— Hab ich noch nicht gesehen.
— Gut. Wenn sie kommt, sag mir, wo sie sitzt, damit ich nicht aus Versehen in die Richtung schaue.
— Ja, ja.

Unsere Nachrichten sind das Lustigste, was wir im Dorf haben. Jannis sagt sie uns auf. Am schönsten ist es, wenn er beleidigt ist und nicht mehr weitermachen will, weil das Dorf ihn unterbricht, aber der Ältestenrat ihn bittet und überredet. Er hat die lauteste Sprechstimme, singt aber trotzdem am schönsten von den Männern. Er sagt, er hat die besten Worte, wir sagen, er hat die blühendste Phantasie. Deswegen wurde er unser Nachrichtensprecher. Aber wegen der Nachrichten kommt hier keiner, die bekommst du ja auch am Brunnen, im Laden oder in den Gassen. Wir kommen nur wegen Jannis.

Jannis begrüßt den Ältestenrat, holt sich die zu verkündenden Neuigkeiten ab. Dann spricht er mit den Musikern, die danach sofort beginnen, die Nachrichtenmelodie zu spielen.
— Endlich, ruft das Dorf und klatscht.
— Willst du Wein?, fragt Mariah.

Jannis stellt sich auf seine olle Kiste und verbeugt sich.
— Guten Abend, Schönes Dorf, hier ist wieder euer Jannis mit den Nachrichten. Als Erstes muss ich euch leider mitteilen, dass der Saufkopf von Händler sich mit seinem nächsten Besuch verspäten wird, und er verspätet sich, weil das Schiff später kommen wird, und das Schiff kommt später, weil ein Streik der Kapitäne angesagt ist.
— Was, ruft das Dorf, ein Streik?

– Ich streike auch gleich, ruft Kristof.

Jannis kämpft schon jetzt.

– Im ganzen Land wollen die Kapitäne ihre Arbeit für eine Weile, wir wissen nicht wie lange, niederlegen.

– Wann kommt wieder Kaffee?

– Wann Zucker?

– Ich brauche einen neuen Topf.

– Zucker, Kaffee, Schnickschnack. Wir brauchen Klingen für die Sensen!

– Genau. Bald muss der Weizen vom Feld!

– Beruhigt euch, ruft Michalis.

– Wie lange dauert der Streik?

– Weiß er nicht.

– Wieso nicht?

– Auf den Händler ist kein Verlass, ich sag nur Antriebsriemen.

– Hör mir damit auf.

– Werde ich den Tag noch erleben, an dem der Riemen ankommt?

– Ruhe!

– Schau auf deinen Zettel, Jannis, ruft der Bethaus-Vater.

Jannis winkt beleidigt ab und steigt von seinem Podest.

– Jetzt beginnt der Spaß, sagt Mariah.

SECHZEHNTE STROPHE

(Die Erntevernichterin)

Heute ist Jahjahs Geburtstag. Das ist noch so eine Sache: Alle hier haben einen Geburtstag, nur der Bethaus-Vater und ich nicht. Wenn du Betmann wirst, legst du deinen Stammnamen und deinen Geburtstag ab, und bei mir weiß man ihn eben nicht. Wir wissen nur das Lebensjahr, in dem ich gerade drinstecke. Sie sagen, ich stecke jetzt im sechzehnten drin.

Ein richtiger Name steht mir deswegen nicht zu, sagen sie, und geben mir falsche Namen. Am häufigsten sind: *Dievondrüben,* oder *Eselstochter* oder *Erntevernichterin*. In dem Winter, in dem mich der Bethaus-Vater auf der Treppe gefunden hat, wurde es so kalt, dass die Saat im Boden zerfror. Sie sagen, der Schnee lag mannshoch, der Frost saß noch bis zum Blutmond im Boden, und die Ernte fiel schlecht aus. Sie sagen, dass die nächsten zwei Jahre die schlimmsten überhaupt waren und ich mit den Erdhexen im Bunde bin.

Wenn jemand im Dorf krank ist, sagen sie, ich bin schuld. Ist die Ernte wieder schlecht, naht ein Sturm, lahmt ein Tier, dann heißt es, die Götter bestrafen das ganze Dorf, wegen mir. Schwangere meiden meine Nähe, ebenso die Frauen, die es werden wollen. Zerbricht eine Klinge oder ein Gefäß, heißt es: Sie ist schuld.

Da braucht der Bethaus-Vater immer viel Geduld und gute Worte aus der Khorabel, um alle zu überzeugen, dass es nicht so ist, dass ich an der Trockenheit oder dem Wind nicht schuld sein kann.

Mariah und der Finder haben sich *Mein Mädchen* für mich ausgedacht, das ist kein richtiger Name, und deswegen ist er sicher, sagen sie. Dabei bin ich jetzt gar kein Mädchen mehr, sondern eine Frau, ich blute und trage das rote Band um meine Taille.

Weil niemand meine Mutter oder meinen Vater kennt, habe ich keinen Stammnamen. Und weil ich keinen Geburtstag und deswegen keinen Namen und auch keinen Stammnamen habe, stehe ich auch nicht im Stammbuch, also gibt es mich eigentlich nicht. Das ist ein Kreis, aus dem kommst du nicht mehr raus. Ich komme in der Geschichte des Dorfes, die irgendjemand irgendwann in ferner Zukunft vielleicht einmal aufschreiben möchte, gar nicht vor, und gegen das Vergessensein singe ich hier an.

Ich werde immer die Fremde bleiben, auch wenn ich alles genauso mache wie sie. Da kann ich mich anstrengen, wie ich will. Dabei kann ich, wenn ich mich vergleiche, mehr Gemeinsamkeiten erkennen als Unterschiede. Mit Nizra, die mit mir in der Schule war, zum Beispiel. Wir sind beide Menschen. Wir haben beide einen Körper. Zwei Arme, zwei Brüste, zwei Beine, zwei Hände, zwei Augen, zwei Ohren. Einen Kopf, eine Nase, einen Mund, einen Bauch, ein Geschlecht. Wir bluten beide einmal im Monat. Wir sprechen dieselbe Sprache. Wir halten uns an dieselben Gesetze, an dieselben Regeln, wir leben im selben Dorf. Wir haben beide kein Fell, keine langen Ohren, laufen nicht auf vier Beinen wie ein Esel.

Und weil ich mich daran gewöhnt habe, dass ich für das Dorf immer die Andere und an allem schuld sein werde, spiele ich die Rolle, die sie mir geben, so gut ich kann. Wo könnte ich schon hingehen? Seit dem Bein habe ich nicht mehr versucht wegzulaufen. Wozu auch, wohin auch, sie fangen dich ja doch. Der Wächter, die Hirten, der Händler, die Fischer, alle wissen ja Bescheid: Wer von hier wegläuft, wird zurückgebracht. Wenn du wegwillst, kannst du nur Betmann oder verrückt werden oder dein Leben freiwillig abgeben. Und wenn du eine Frau bist, fällt das mit dem Betmann weg.

Den Dimitri Vikramsohn haben sie auch erwischt. Er konnte sehr gut lesen, und nachdem er das erste Mal ins Bücherhaus durfte, hat er sich stunden-tage-wochenlang über alte Zeitungen geklemmt, sagen sie. Dimitri wollte immer mehr und noch mehr wissen, und schließlich war ihm das Dorf zu klein geworden, er wusste einfach zu viel vom Drüben, ihn hat die Sucht gepackt und er wollte weg. Sie sagen, du musst schon das Zeug dazu haben, das Lesen auch aushalten zu können, sonst ergeht es dir wie ihm, dann wirst du drübensüchtig und läufst weg. Aber sie haben ihn natürlich erwischt, und bevor sie ihn am nächsten Morgen zur Korrektur an den Pfahl stellen konnten, hat er sich an einem Olivenbaum aufgehängt. Das Drüben macht gierig, verführt dich, verrückt dir die Sinne, sagen sie.

Dimitris Vater behauptet seitdem, er hatte nie einen Sohn, und seine Mutter ist vor Kummer ganz und gar ergraut. Niemand aus dem Dorf spricht mehr über ihn. Eine Grabplatte hat Dimitri nicht bekommen, eine Satva auch nicht, kein Miroloi wurde ihm gesungen, und aus dem Stammbuch ist er auch gestrichen, sagen sie. Es ist, als habe es ihn nicht gegeben. Und ebenso kann ich über mich sagen: Eigentlich bin ich schon tot, denn all das werde auch ich nie haben. Wenn wir uns nicht mehr an Dimitri erinnern, ist er unbezeugt, unbenannt und ungekannt. Aber er hat gelebt, und ich bin sein Zeuge.

Ich schneide ein Stück aus der Pastete und hebe es vorsichtig in eine Schale, wickle ein Tuch drum und lege das Bündel ins Tragenetz. Mit einem Stück Schnur binde ich die Blumen zusammen, die ich für Mariah im Garten gepflückt habe. Dann breche ich auf, nehme die Treppe runter ins Dorf, mache mich weg, denn die Kinder und die Frauen in Schwarz in der Kurve, die fühle ich schon von weitem.

SIEBZEHNTE STROPHE

(Die Feste)

Früher wohnte Kristof bei seinen Eltern, jetzt wohnt Mariah bei ihrem Sohn und seiner Familie, in der kleinen Kammer über dem Lokal. So dreht das Leben alles um im Älterwerden.

Kristof ist über meinen Besuch nicht gerade erfreut, weil aber niemand im Lokal ist, und weil er weiß, dass ich weiß, dass er manchmal kocht, lässt er mich ohne großes Gezeter zu Mariah hoch. Sie liegt im Bett in ihrer Kammer, im Zimmer nebenan streiten die Zwillinge.

Der Lokalbesitzer hat nur ein Mädchen zustande gebracht, sagen sie, und seine Tochter hat wieder nur Mädchen zustande gebracht, was für eine Familie, was für eine Schande, sagen sie, aber nur, wenn Kristof es nicht hören kann. Elende Heuchler. Hintenrum Himmelwärtsblicke und Handbewegungen und vorne lächeln sie und wünschen Ewiggutetage. Über die Frage, wer nach seinem Tod das Lokal führen wird, denken sie jetzt schon seit der Geburt der Zwillinge nach und versuchen seit Jahren, ihre Söhne, Enkel und Urenkel an die beiden zu vermitteln.

— Alles Liebe zum Geburtstag, Jahjah.

— Meimädchen!

Mariah lächelt mir nachmittagsschlafmatt mit ihrem letzten Zahnstumpen entgegen. Ohne Zähne sieht sie viel älter aus. Sie fingert sich ihr Gebiss vom Nachttisch in den Mund.

— Wie schön. Komm her. Hast deine Jahjah nicht vergessen.

— Nein. Hab ich nicht.

Wir halten uns, küssen uns auf die Wangen, ich streiche ihr über das unbedeckte, weiße Haar, und wir legen kurz unsere Stirnen aneinander. Für einen Augenblick ist alles gut.

– Schau.

Ich gebe ihr die Blumen. Habe alle Farben mit in den Strauß gepflückt, und Jahjah strahlt mit ihnen um die Wette.

– Hab dir auch etwas Gutes gebacken. Riech.

Mariah packt die Pastete aus und beginnt mit kleinen Mäusebissen zu essen: Mit der Zunge zerdrückt sie die Stückchen am Plastikgaumen, weil das Gebiss nicht richtig sitzt. Aber was willst du machen, ein anderes hast du nicht, und so leicht ist kein neues zu bekommen, da muss erst einer sterben, oder der Arzt kommt von drüben und hat welche dabei.

Wir sprechen über ihre Geburtstagsfeier am Abend und Mariah sagt, dass ich auch ein Fest haben sollte. Da werde ich kurz traurig, weil die Feste, die man hier feiert, das sind: Geburtstag, Weihe, Hochzeit. Hab ich nicht und darf ich nicht … Na ja, kannst du dir ja denken.

Mariah sagt, dass sie mich schon in einem schönen Kleid sieht. Es wird Blumen regnen, sagt sie, und du wirst darunter stehen. Und ich sage, ja, das wär schön, und gehe runter ins Lokal, um eine Vase zu suchen. Kristof fragt, was für Blumen, Mariah braucht keine Blumen, ich zeige ihm den Strauß und er rückt murrend ein Tongefäß raus.

Als ich zurück in Mariahs Kammer bin, sitzt sie aufrecht im Bett, ganz wach und klar, ganz da. Sie hat ihre Zöpfe hochgesteckt und funkelt mich aus ihren faltenumrandeten Augen an. Lächelnd hält sie ein Päckchen in den Händen. Ich sehe ihre Finger an und denke *Knollen*. Was ist das nur für ein Wort? Knollen. Knollen. Ich stelle ihr die Blumen neben das Bett.

– Komm, setz dich zu mir.

Ihre Stimme ist kräftig.

– Es ist an der Zeit, mein Augenstern. Das hier soll deins sein.

Dann legt sie das Päckchen in meine Hände.

– Wickel es erst aus, wenn du allein bist. Ich könnte mir niemanden denken, bei dem es besser aufgehoben wäre. Ich bin alt, meine Kraft reicht nicht mehr lang. Es soll deins sein, mein Mädchen. Hüte es, lass es niemanden sehen. Lass niemanden wissen, was du kannst und wozu du in der Lage bist.

– Aber es ist doch nicht mein Festtag, Jahjah.

– Schhh.

Schon steht sie auf und zieht sich die Schürze über ihr Kleid, und ich traue mich nicht nach Hause mit dem Päckchen.

ACHTZEHNTE STROPHE

(Die Khorabel)

Auf dem Heimweg folgt mir wieder die Kindermeute. Ich mache mich weg, habe die innere Krone auf und sage mir eine schöne Stelle aus der Khorabel auf. Lass das, rufen die Kinder, es steht dir nicht zu, diese Sachen zu singen, diese Sachen zu können, diese Worte zu wissen. Du beschmutzt uns unsere schöne Khorabel, du Eselshure, du Missgeburt.

Ich halte mich an den Versen fest und singbete weiter mit der Melodie, die der Bethaus-Vater uns gelehrt hat:

– *Und du sollest erkennen, dass unter allen Wegen, die du wählen kannest, der Weg des Friedens der richtige sei / Und wenn du erkannet hast, soll dein Worth und deine That dem Frieden folgen.*

– Hör auf, kreischen die Kinder währenddessen. Das darfst du nicht singen! –

– *So dass du Vorbild seiest für all jene, die noch blind vor Gier und Zorn im Dunklen wandelen.* Du Höllenbrut, du Missgeburt, du Klumpfuß! Sie spucken und schubsen. *Und schlagen sie dich und drohen dir auch mit dem Kriege, so wähle den richtigen Weg.*

Die Khorabel ist unser heiliges Buch. Sie ist in alter Sprache geschrieben und liegt auf dem Altar. Niemand darf sie berühren, nur der Bethaus-Vater. Er bringt uns bei jeder Pujachatt bei, was darin geschrieben steht. Wir lernen es durch Wiederholung im Laufe der Jahre auswendig.

Vor sehr langer Zeit, kaum jemand erinnert das noch, haben die Ältesten die Stellen in der Khorabel geschwärzt, die ihnen nicht gefallen haben. Der Bethaus-Vater hat es mir als Kind erklärt, als ich beim Spielen im Bethaus das schön verzierte Buch auf dem Altar entdeckte, in ihm herumblätterte und mich über die schwarzen

Striche wunderte. Er sagt, er selbst kennt aber noch den alten, ursprünglichen Text.

Die Khorabeln werden in der Siedelei gemacht. In ihnen ist die Geschichte der Götter aufgeschrieben und wie wir leben sollen. Die Betmänner und ihre Schüler schreiben jeden einzelnen Buchstaben. Das dauert sehr lange. Erst recht bei einem so großen und aufwendig verzierten Buch wie dem für unseren Altar. Da sitzen sie länger dran, als manch ein Leben dauert. Sie machen gerade neue Khorabeln, einige normale ohne Bilder und eine reich verzierte für unser Bethaus. Aber alle ohne die schwarzen Stellen, die lassen sie einfach weg, so dass niemand mehr sehen kann, dass da mal etwas war. Mich interessieren die schwarzen Stellen am allermeisten.

NEUNZEHNTE STROPHE

(Das Opfer)

Wir opfern täglich am Morgen in unseren Heimen den Göttern und einmal die Woche gemeinsam im Bethaus, dann heißt es Pujachatt. Zu einer Pujachatt gehören Feuer, Wasser und Erde. Sie sind heilig, heilig, heilig. Jedes Element steht für einen Gott: Zerstörer, Bewahrer, Schöpfer. Die drei großen Opferschalen stehen immer vorne beim Altar, für jedes Element, für jeden Gott eines. Wir opfern, weil wir uns reinigen wollen, wir opfern, weil wir fehlbar sind, wir opfern vielleicht auch, weil wir gesündigt haben. Zur Pujachatt bringt jede Familie etwas mit: Öl, um das heilige Feuer am Brennen zu halten, Wasser, um rein zu werden und das Land fruchtbar zu machen, oder Erde, um allem Neuen, Fruchtbaren den Boden zu bereiten. Jede Familie opfert im Zeichen ihres Gottes, aus jeder Familie soll mindestens einer zur Pujachatt erscheinen.

Bevor du das Bethaus betrittst, wäschst du dir draußen am Becken die Füße. Dann betrittst du den Raum, aber ohne Schuhe, und machst deinen Kanah, dazu gehst du auf die Knie und neigst den Oberkörper nach vorn, bis du mit der Stirn den Boden berührst. Die Arme sind lang ausgestreckt, die Handflächen zeigen nach oben. Dann werden die Arme einmal kurz angehoben, bevor du den Oberkörper wieder hebst, aber auf den Knien bleibst. Das machst du drei Mal, für jeden Gott ein Mal. Mit dem Kanah zeigst du den Göttern: Hier bin ich, euch zugeneigt, mit Demut im Herzen, offen, euch überall zu erkennen: Im Sandkorn, im Wassertropfen, in einer Olive. Aber auch in Schmerz und Dreck und Tod. Die Jüngeren helfen den Älteren beim Kanah. Dann gehst du als Familie vor zum Altar und gibst gemeinsam die Opfergaben in die

Götterschalen. Öl zum Öl. Wasser zum Wasser. Erde zur Erde. Wenn du geopfert hast, setzt du dich auf ein Kissen am Boden. Die Frauen links, die Männer rechts.

Sitzen alle, entzündet der Bethaus-Vater das Rauchwerk und eine Öllampe am heiligen Feuer, das unablässig auf dem Altar brennt. Er schwenkt sie in alle acht Himmelsrichtungen, nach oben und nach unten. Das Feuer ist schon tausend Jahre alt, sagen sie, hier wird es gehütet und genährt. Wenn dir am Hausaltar mal die Flamme erlischt, kannst du herkommen und dir am heiligen Feuer eine neue holen. Durch das heilige Feuer sind wir durch die Zeit hindurch miteinander verbunden. Die Lebenden, die Toten, die Götter.

Nach dem Räuchern schließen der Bethaus-Vater und ich die Fensterläden, der Raum wird ganz dunkel. Dabei singen wir alle die Stelle aus der Khorabel, an der es heißt, dass die Götter uns durch die finsteren Zeiten zur Erkenntnis führen.

Wenn es dunkel ist und nur noch das heilige Licht brennt, sitzen wir gemeinsam in Stille und erkennen im wahren Licht des göttlichen Wissens, dass alles Gedachte Illusion und Schein ist. Der Bethaus-Vater beendet die Zeit der Stille mit dem Schlagen der großen Trommel. An den großen Opferfesten trommeln mit ihm noch zwei Männer an den kleineren Trommeln, so, dass ich davon immer eine Gänsehaut bekomme und ganz durchwellt bin.

Danach öffnen wir die Fensterläden wieder und singen, dass die Götter uns zur Erkenntnis geführt haben. Im Hellen spricht der Bethaus-Vater über etwas, das ihm wichtig ist. Dann zitiert er drei Mal eine Stelle aus der Khorabel, die sich darauf bezieht. Wer kann, stimmt beim zweiten oder dritten Mal mit ein. So lernen wir die Khorabel immer besser kennen. Zum Schluss singbeten wir gemeinsam, dass die Götter ein Versteckspiel mit uns treiben und sich in allem verbergen, was ist. Dann ist die Pujachatt zu Ende, der Bethaus-Vater geht zur Tür, und die, die zuerst gekommen sind, gehen auch zuerst. Er spendet jeder Familie eine Schippe Salz und sagt dabei: In jedem Salzkorn wohnen die Götter. Und die Familien antworten: In jedem Salzkorn wohnt die Liebe.

Danach gehen die Familien zum Friedhof neben dem Bethaus und zur Wand mit dem Wunschbaum davor. Sie sagen, die Rückwand vom Bethaus ist die älteste Mauer im Dorf, deswegen ist sie heilig, darum darf man sie nur mit reinem Herzen berühren. Wir berühren sie, um Demut zu zeigen vor unseren eigenen Vorfahren. Wenn ich die Wand anfasse, spüre ich gar nichts. Für mich ist die Wand eine Wand. Vielleicht, weil ich nicht weiß, wer mein Vater und wer meine Mutter ist. Vor der Wand steht ein Olivenbaum, der ist so alt wie die Zeit. Wenn du ihn einmal umfassen möchtest, brauchst du die Arme von drei erwachsenen Männern, so groß und so alt ist er. In seinem Stamm gibt es ein riesiges Astloch in Herzform, da kommen die Wunschzettel rein. Die Männer schreiben ihre Wünsche, Bitten und Gebete auf und stecken sie ins Baumherz. Jede Woche schieben und stopfen sie ihre Zettelchen mit den Buchstabenwünschen da hinein. Tief, tiefer, tiefer noch rein da in den Baum. Dabei fallen immer wieder welche runter. Sie bleiben auf dem Boden liegen, niemand darf sie dann mehr berühren.

Die Frauen knoten bunte Stoffstreifen an die Olivenbaumäste, sie flüstern in die Rinde und hoffen, dass die Götter sie verstehen und ihnen ihre Wünsche gewähren, auch ohne Buchstaben. Von mir hängen auch zwei Stoffstreifen da, die sind schon ganz zerfleddert und ausgeblichen. Ich bin als Kind rauf auf den Baum, so hoch ich konnte, habe die Streifen da festgebunden und mir erst gewünscht, meine Mutter und meinen Vater zu treffen, und ein paar Wochen später, dass das mit dem Lehrer aufhört.

Jetzt glaub ich da nicht mehr dran. An die Götter schon, aber nicht an den Wunscherfüllungsbaum.

Bei der Pujachatt helfe ich dem Bethaus-Vater mit allem, das gefällt nicht jedem im Dorf. Mariah und ich kümmern uns außerdem auch um den Friedhof, die ewige Flamme muss brennen, alle Grabplatten sollen sauber sein.

Die Kurvenfrauen in Schwarz kontrollieren das und beklagen laut die mangelnde Pflege mancher Gräber: Schaut, wie es hier aussieht, das Grab ungeschmückt, Staub in den Namenskerben, seht, wie diese Familie mit ihren Toten umgeht! Ewiger Schöpfer, erbarme dich. Ewiger Bewahrer, behüte uns. Ewiger Zerstörer, verschone uns. Dann putzen, fegen und pflegen sie alles ums Bethaus, was nicht weglaufen kann. Immerzu wollen sie nützlich sein und bringen dabei alles durcheinander. Sie bringen außerdem ständig Blumen, Tücher, Gebäck und Stickereien. Wir wissen schon gar nicht mehr wohin damit und geben's oft in die Siedelei. Das ist für die Kurvenfrauen dann das Allerhöchste, wenn ihre Stickerei es in die Siedelei geschafft hat. Sie beten viel, kennen alle heiligen Gesänge, singen die Totenklagen. Einen so tiefen Glauben zu haben braucht Hingabe. Da kannst du nebenbei nicht viel anderes mehr machen, das ist wie Arbeit, es hört nie auf. Außer die Hüfte macht nicht mehr mit oder das Knie und man kommt die Treppe zum Bethaus nicht mehr rauf und runter. Dann klagen und jammern sie ihr Haus oder die Kurve zusammen.

Wenn alle weg sind, gehe ich zum Wunschbaum. Mit dem Kneifer sammle ich die heruntergefallenen Wunschzettel in ein Gefäß, der Bethaus-Vater verbrennt die Wünsche später im heiligen Feuer.

ZWANZIGSTE STROPHE

(Die Wut)

Als ich mit dem Geschenk zu Hause ankam, wusste ich nicht, wohin damit, und legte es hastig ins Tongefäß zum Brot. Außer meiner Kleidung darf ich nämlich nichts besitzen. Das hat der Ältestenrat so bestimmt, und Mariah weiß das eigentlich auch. Besitzen darf nur, wer einen Stammnamen hat. Und obwohl der Bethaus-Vater darum gebeten hat, bei mir eine Ausnahme zu machen, beharrt der Ältestenrat auf den Gesetzen: Wenn wir diesmal eine Ausnahme machen, sagen sie, dann lässt die nächste Ausnahme nicht lang auf sich warten und das ganze Gefüge, unsere ganze schöne Ordnung bricht entzwei. Wir können unser eigenes Gesetz nicht brechen, sagen sie.

Warum nur bringt Mariah mich so in Verlegenheit und drängt mir dieses Päckchen auf? Wenn der Bethaus-Vater mich mit dem Geschenk erwischt und vorher Schnaps getrunken hat, kriegt er vielleicht die Wut, und wenn er die Wut kriegt, dann weißt du nie, was gleich passiert. Dann brüllt er und tobt, als sei er der Zerstörer selbst. Da hoffst du, dass er seine Piata nicht zerdonnert, oder ein kostbares Glas, da willst du nur, dass er wieder aufhört und sich beruhigt wie das Meer nach einem Sturm. Nur schneller.

EINUNDZWANZIGSTE STROPHE

(Das Abendmahl)

Heute gibt es Beulen mit Musik. Ich habe Laub vom Wein geschnitten, damit seine Kraft in die Trauben geht. Ich tanze: Mit den Händen forme ich aus einer Reis-Zwiebel-Kräuter-Mischung längliche Klöße. Damit fülle ich die vorgekochten Weinblätter, wickle daraus kleine Päckchen, die ich im Kreis in einem Kochtopf stapele. Die gefüllten Weinblätter heißen Beulen, ich bedecke sie mit Wasser und köchle sie nochmal auf. Ich schneide Brot in Scheiben, die zum Rösten in den Ofen kommen. Kurgette in Joghurt raspeln, Knoblauch dazu, Salz dazu und Pfeffer, etwas Öl, fertig ist die *Musik*. Ich nehme die Brotscheiben aus dem Ofen und reibe jede Scheibe mit der Knoblauchzehe ab ... Das riecht so gut.

Wie ich die Zeit auflöse, bis die Beulen gar sind: Ich versorge die Lebensmittel in der Kammer. Ich wasche Geschirr beim Geschirrwaschen. Als das Wasser im Topf verkocht ist, probiere ich mit einer Gabel ein Reispäckchen. Es ist saftig und gar, das Weinblatt lässt sich leicht teilen. Ich nehme den Topf vom Herd, richte auf einer Piata ein paar Beulen mit Oliven, Zitrone und Öl an und stelle sie mit der Musik auf den Tisch. Dazu noch Wasser und Wein. Fertig.

Draußen ist es noch warm, ich gebe das letzte Signal des Tages. Es singt durchs ganze Tal: Ruht euch aus, der Tag ist rum, nun rastet, esst und schlaft. Bis zum Morgen ist jetzt Zeit ohne Signal, bis zum Morgen ist jetzt fast nur freie Zeit, Zeit für die Sterne und für den Schlaf. Es dauert nicht mehr lang, dann türmt sich die Arbeit berghoch, dann ist die Weizen- und Favaernte, danach haben wir wieder frisches Mehl, haben wir wieder Bohnen. In den nächsten Tagen werden die restlichen Schafe und Ziegen geschoren, dann machen wir wieder Wolle, bald haben die Frauen in der Kurve eine Spindel neben sich surren. Nicht mehr lang, und der Sommer wird wie ein großer Mühlstein über uns rollen.

Minki maunzt an meinen Knöcheln. Erst habe ich Lust, sie zu treten, dann nehme ich sie doch auf den Arm. Na komm, meine Kleine, wie war dein Tag, was hast du erlebt, hast du eine Eidechse gefressen?

Zum Haus und in die Küche und es sofort sehen. Am Tisch sitzt bereits der Bethaus-Vater, es brennen die Öllampen und er hat sich Brot aus der Kammer geholt. Das Brot liegt auf dem Brett. Das Brot liegt auf dem Brett mit dem Messer. Und neben dem Brett mit dem Messer liegt das Päckchen von Mariah. Meine Wangen glühen.

– Setz dich. Ich hatte großen Hunger, es duftete so verführerisch, und weil ich dein Kunstwerk hier nicht zerstören wollte, bin ich in die Kammer und habe meine Hand ins Brotgefäß gesteckt, das ist ja sonst nicht meine Art, jedenfalls habe ich beim Brot das hier gefunden. Was ist das?

Meine Augen suchen auf dem dunklen Boden nach etwas, einem Krümel, einer Rille, einem Muster in den feinen Rissen auf den Fliesen.

– Wein oder Wasser?

Ich weiß nicht, worauf ich zuerst antworten soll. Ist er verärgert? Seine Stimme klingt ruhig. Ich wage einen Blick. Sein Kopf ist nicht rot.

– Jahjah hat es mir gegeben. Es tut mir leid.

– Was ist es, dass du es verstecken musst?

Ich sage ihm, dass ich es nicht weiß. Ich sage ihm, dass ich Angst vor dem Geschenk habe, sage ihm, dass dieses Geschenk etwas ist, das ich von jetzt an immer verstecken muss, etwas, das mein Gewissen schwer macht.

– Fühlt nur.

Ich schiebe ihm das Päckchen rüber.

– Bist du denn nicht neugierig?

– Doch.

Der Bethaus-Vater betastet Mariahs Geschenk mit einer Hand und fährt mit der anderen seinen Bart entlang. Dann sieht er mich wieder an, lächelt, schenkt uns Wein ein, und ich weiß, dass die Wut heut wegbleibt.

Das Brennen auf den Wangen ist vorbei, wir sehen uns in die Augen, wir stoßen an und er sagt die Worte für die Götter: Wir danken für die Speisen, wir danken für den Trank. Und dann trinken und essen wir. Es schmeckt ihm. Mir auch.

ZWEIUNDZWANZIGSTE STROPHE

(Das Geschenk)

Ich durchtrenne die Schnur und wickle das Tuch ab, zum Vorschein kommen ein in Leder gebundenes Buch, mehrere Hefte, eine Feder, ein Stift. Tinte. Einige sauber gefaltete Zeitungsblätter.

— Lass mich mal sehen.

Ich lege alles auf dem Tisch aus. Als er die Zeitungsseiten betrachtet, fängt der Bethaus-Vater plötzlich an zu lachen.

— Ich hab ihr damals gesagt, sie soll es zum Anfeuern für den Ofen benutzen. Das sind einige der Zeitungsseiten, in denen du als Baby gelegen hast. Sie muss sie getrocknet und aufbewahrt haben.

— Da habe ich dringelegen?

— Ja.

Er reicht mir die Seiten. Sie sind voll mit verblichenen Buchstaben und Bildern. Ich sehe die Bilder an. Darauf sind die erstaunlichsten Dinge abgebildet. Seltsame Geräte. Ein Tier in einem Anzug. Andere. Anderes. Von drüben. Menschen in komischer Kleidung. Aber niemand wie ich. Eine Frau in einem engen, kurzen Kleid, man kann ihre Knie sehen, die Füße stecken in kleinen Schuhen mit sehr dünnen, hohen Hackenstäbchen. Wie kommt sie damit den Berg hoch? Wie holt sie Mehl? Oder pflügt das Feld? Ihr Haar ist kurz geschnitten.

— Wer ist sie?

— Weiß ich nicht.

— Warum hat sie solche Schuhe?

— Das kann ich dir auch nicht sagen.

— Und was ist das?

— Gib mal her. Das hier?

— Ja.

— Das ist eine Rakete.

– Wofür ist sie gut?
– Sie wollten damit zum Mond fliegen.
– Zum Mond?
– Ja.
– Zu welchem?
– Wie welchem?
– Wollten sie zum Weihemond? Blutmond? Milchmond? Schaltmond?
Der Bethaus-Vater lacht.
– Es gibt nur den einen.
– Achja.
– Die Sonne scheint ihn von der Seite an, so nimmt er zu und wieder ab. Erinnerst du dich?
– Stimmt. Ja, hatte ich vergessen. Warum wollten sie zum Mond?
– Um eine Fahne aufzustellen.
– Haben sie es geschafft?
– Ja, haben sie.
– Wer denn eigentlich?
– Du fragst zu viel.

Der Bethaus-Vater weiß viel von drüben, aber eigentlich darf er darüber nicht sprechen. Als Kind habe ich oft versucht, ihn zu löchern, aber nur ganz selten hat er mir auch etwas erzählt. Von einem Flugzeug. Von einer Eisenbahn. Von einem Schiff. Von Autos und Maschinen. Von einer Trompete. Von dem Land mit der Hymne vom Grammophon mit seinen ewigweiten Wäldern. Der Bethaus-Vater ist hier als Kind angekommen, ohne Mutter, ohne Vater, genau wie ich, ist nachts durchs Dorf geführt und direkt in die Siedelei gebracht worden. Lang ist das her, sehr lang. Was er von drüben weiß, kennt er aus Büchern und der Zeitung, die der Händler bringt, aber darüber soll nicht viel geredet werden, damit wir nicht drübensüchtig werden.

– Das hier ist eine Khorabel ... Und ...

Er hält das in Leder gebundene Buch hoch, blättert konzentriert, sucht eine bestimmte Seite.

– ... sie ist unzensiert.

Er scheint sich zu freuen.

– Was bedeutet das?

– Dass sie so ist, wie sie sein sollte. Dass niemand darin etwas geschwärzt hat.

– Ihr könnt sie haben, sage ich schnell.

– Ich besitze bereits eine.

– Aber ich kann nicht darin lesen, ich brauche sie nicht.

Ich nehme die Hefte und betaste sie. Das oberste ist beschriftet, ich schlage es auf. Mit der Hand beschriebene Seiten, voll mit klitzekleinen Buchstaben. Die anderen Hefte sind leer, da sind nur weiße Seiten drin.

– Was steht da?

Ich halte dem Bethaus-Vater das beschriftete Heft hin.

– Jahjahs Rezepte.

– Jahjahs Rezepte?

– Das steht jedenfalls drauf. Darf ich sehen?

Während ich den Ledereinband der Khorabel befühle, sie aufschlage und mich kaum traue, die dünnen Seiten anzufassen, macht der Bethaus-Vater Geräusche wie beim Essen.

– Allein schon deswegen müsstest du lesen lernen! Mein Mädchen, hier steht womöglich alles drin, was Jahjah jemals gekocht hat. Hier steht, wie man es zubereiten muss!

Er hat *mein Mädchen* gesagt, das macht er nur sehr selten. Er scheint ebenso aufgeregt wie ich. Ich nicke und spüre, wie schnell mein Herz schlägt, viel zu oft, und trinke mein ganzes Glas Wein auf einmal aus. Dann fällt es mir plötzlich auf:

– Mariah kann schreiben und lesen? Wo hat sie das nur gelernt?

– Hier. An diesem Tisch. Von mir. Sie hat sehr viel für mich getan. Sehr viel für dich getan. Ohne Mariah hätte ich dich nicht groß bekommen. Und durch dieses Geschenk spricht sie auch zu mir, verstehst du?
– Nein.
– Ich glaube, sie wünscht sich, dass du es lernst. Was denkst du?
– Ich möchte es gerne, das wisst Ihr.
– Ja, ich weiß.

Der Bethaus-Vater schenkt sich Wein nach und sieht mich an.
– Es ist wirklich an der Zeit. Dann werden wir ab sofort mit dem Unterricht beginnen. Jeden Abend nach dem Essen lernen wir eine Stunde. Aber es gibt eine Bedingung: Niemand darf davon erfahren. Du sprichst niemals darüber. Auch nicht mit Mariah. Mit niemandem. Der Ältestenrat, du kannst dir vorstellen, was sie mit uns machen würden?

Ich stelle mir meinen Finder am Pfahl vor.
– Ja. Versprochen.
– Dann nimm dein Geschenk und geh jetzt schlafen. Es ist genug für heute. Ich ziehe mich auch zurück. Gute Nacht.
– Gute Nacht.
– Ach, was ich fast vergessen hätte. Morgen gehst du nachmittags zu Sofia, du sollst ihr beim Nähen helfen.

Der Bethaus-Vater steht auf und schlurft aus der Küche. Ich blicke auf die Geschenke. Das soll alles mir gehören? Das soll alles meins sein? Meine Wangen so heiß. Mein Bauch so kribbelig. Ich könnte auseinanderspringen vor Freude.

DREIUNDZWANZIGSTE STROPHE

(Das Kleid)

Ich war noch vor den ersten Hähnen wach. Wie ich den Morgen und den Vormittag rumgebracht habe, weiß ich nicht, alles in mir wollte vorwärts, weiter, drängelte zum Abend hin, zur Stunde nach dem Abendmahl, zu meinem ersten Unterricht mit den Buchstaben. Immer wieder sah ich auf das Stundenglas, sah den Sand so langsam durch die dünnste Stelle rieseln.

Am liebsten würde ich gleich alle Signale auf einmal geben, damit die Zeit schneller vergeht und es endlich Abend wird. Das Seltsame ist, je langsamer die Zeit verstreicht, desto weniger bekomme ich meine Arbeit getan. Ich wasche heute nicht beim Waschen, gieße nicht beim Gießen, putze nicht beim Putzen, ich denke immerfort an die Buchstaben und das Lesenlernen. Konzentrier dich jetzt mit den Schnüren: Vier Mal beide, fünfzehn Mal rechts, dann mach dich auf den Weg zu Sofia ins Dorf.

Sobald ich die ersten Häuser hinter mir habe, folgt mir die Kindertraube, die mit jeder Gasse größer wird. Sie sind höchstens sieben, acht Jahre alt und schimpfen schon wie die Erwachsenen. Trotz der Hitze sind die engen Gassen schattig und kühl. Hinter einer Abzweigung drehe ich mich plötzlich zu den Kindern um und ziehe eine Grimasse. Sie kreischen und laufen weg. In der nächsten Gasse höre ich aus einem offenen Fenster ein Schmerzenbändigerstöhnen. Es kommt aus dem Haus von Kajah. Sie erwartet ein Kind, aber für die Geburt ist es noch viel zu früh. Ich bleibe stehen, und genau da beugt sich Kajahs Mutter Linda raus, um die Fensterläden zu schließen. Sie sieht mich und brüllt sofort:
– Hau ab hier, hau ab, du Unglücksbrut! Mach, dass du wegkommst!

Schnelle Schritte, klack krch klack, klack krch klack, meine

Holzsohlen auf den Gassensteinen, den Blick am Boden und der Versuch, nicht nachzudenken. Dann zitternd den Türklopfer betätigen und auf Sofia warten.

Sie öffnet mir, macht aber erst ein freundliches Gesicht, als die Tür hinter mir wieder geschlossen ist. Ihr linkes Auge ist geschwollen. Sie lächelt verlegen und bedeutet mir, nach oben zu gehen. Ich traue mich bei ihr nie, irgendetwas zu berühren, aus Angst, es zu beflecken oder zu zerbrechen.

— Wir nähen zusammen das Weihekleid für Noura.

— Ich?

— Wir.

— Zusammen?

— Ja.

— Das Weihekleid deiner Tochter?

— Wir machen es zusammen.

— Aber ich bringe doch Unglück!

— Daran glaube ich nicht. Aber wenn jemand fragt, du hast keinen Stich daran getan, hörst du?

— Wie du meinst.

— Ich schaffe es nicht allein, der Stoff ist zu spät fertig geworden, und Idas Nähmaschine ist immer noch kaputt.

Die Nähmaschine ist eigentlich nicht Idas Nähmaschine, es ist die Dorfnähmaschine, sie steht nur bei Ida. Sie sagen, du musst mit den Füßen ein Pedal treten und mit der Hand an einem Rad drehen oder so, und schon näht sie von ganz allein. Ich hab noch nie am Nähmaschinenrad gedreht.

— Das gibts doch nicht.

— Doch. Der Händler hat schon wieder keinen Antriebsriemen gebracht. Angeblich gibts die gar nicht mehr. Kannst dir das Gezeter ja denken. Jetzt will der Gerber sich die Nähmaschine mal ansehen, vielleicht kriegt er es hin. Wer weiß, wie lange das noch dauert. Mariah hat mir gesagt, dass du geschickt bist mit der Nadel.

Ich frage mich, was ein Antriebsriemen sein könnte.

Im Zimmer liegt wunderschöner weißer Stoff auf einem Tisch neben dem Webstuhl. Wie hat sie den so weiß bekommen? Zwei Stühle stehen bereit, und das Schnittmuster hängt über den Lehnen.

— Kann ich mir die Hände waschen?

— Natürlich, nebenan ist eine Schüssel und Wasser.

Als ich zurückkomme, hat Sofia schon das erste Schnittmuster auf dem Stoff ausgelegt und befestigt es mit Nadeln. Sie hält die silbrigen Spitzen an ihren bunten Köpfen zwischen ihren Lippen, nimmt sich immer eine und verbindet die Vorlage weiter mit dem Stoff. Ihre saubergeschrubbten Hände arbeiten geschickt und schnell, immer wieder angeln sie eine Nadel aus dem Mund. Sofia lächelt mich an, von der Traurigkeit keine Spur mehr, trotz geschwollenem Auge. Eine Haarsträhne hat sich aus ihren Zöpfen gelöst und fällt ihr ins Gesicht, als sie sich wieder über den Stoff beugt. Sie streicht sie weg und erklärt mir schließlich, wie sie das Kleid haben möchte. Wir arbeiten flink und ohne Worte. Sofia ist die beste Näherin im Dorf, normalerweise helfe ich ihr nur mit der Wolle. Ihre Tochter ist ein paar Jahre jünger als ich und Sofia selbst auch noch so jung, sie muss Noura sehr früh bekommen haben. Ich stelle mir vor, wie alt meine Mutter war, als sie mich geboren hat. Vielleicht bin ich selbst jetzt so alt wie sie, als sie mich bekam. Könnte ich denn eine Mutter sein? Jetzt schon? Hat sie mich deswegen weggegeben?

Nachdem wir alle Stoffteile ausgeschnitten haben, machen wir eine Pause, Sofia bringt Tee aus frischem Salbei. Wir sitzen und trinken.

— Darf ich dich etwas fragen?

— Ja, antworte ich.

Sie wird rot.

— Darf ich die Narbe einmal sehen?

— Ja.

Ich strecke das rechte Bein aus, schiebe mein Kleid hoch und versuche in ihrem Gesicht zu lesen. Sofia schaut einfach nur, da ist kein Ekel, keine Abscheu, sie schaut auf die wulstige Haut wie auf eine Blume oder einen Tisch. Ich schiebe mein Kleid wieder runter.

— Danke.

— Darf ich dich auch etwas fragen?

— Ja.

— Was ist mit deinem Auge passiert?

Sie trinkt beschämt ihren Tee aus und sagt, dass wir weitermachen sollen.

Wir arbeiten konzentriert bis zum Abendsignal, das mir bedeutet, dass ich gehen muss, wenn ich noch zu Mariah will. Sofia fragt, ob sie mich nochmal zum Nähen ausleihen kann.

— Jeder darf das, das weißt du doch, sage ich.

Ein kurzer Abschied, dann husche ich aus der Tür und zickzacke durch die Gassen.

Als ich in der Kurve am Platz auftauche, stehen die Frauen in Schwarz am Brunnen beieinander, aufgeregt, klagend, sie haben sich die Zöpfe gelöst und schlagen sich an die Brust. Ein Rotzlöffel sieht mich und ruft: Da ist sie! Und alle Gesichter, alle Augen gehen in meine Richtung. Alle Münder auf. Alle Fäuste gehoben. Gebrüll. Sie kommen auf mich zu. Sie rufen: An den Pfahl mit ihr! Die Große Strafe! Verrecken soll sie! Diese Eselsbrut! Unglücksbringerin! Mörderin! Ein Stein trifft mich mit voller Wucht an der Stirn. Ich spüre Blut tropfen, warm rinnt es an meiner Augenbraue vorbei. Ich will weg, aber kann nicht, diese Meute, ich starre in ihre verzerrten Gesichter und kann mich einfach nicht bewegen. Ida hat Schaum in den Mundwinkeln. Panagiota fleht die Götter an, das

Dorf von mir zu erlösen. Der nächste Stein trifft mich an der Brust. Ein Ei am Kopf. Dann ein Stein am Arm. Und wieder am Kopf. Ist sie das? Die Strafe der Götter für meine schlechten Gedanken neulich?

Die Frauen hören nicht auf, ich sage mir die Khorabelstelle auf und versuche den *Weg des Friedens* zu wählen.

Plötzlich steht Mariah vor mir und schirmt mich vor den Frauen ab. Diese kleine zerbrechliche Frau steht da, mit ihrem krummen Rücken zu mir, und bändigt die Wutmeute: Hört auf! Schämt euch! Und die Frauen werfen nichts mehr, werden endlich still und lassen die Arme sinken. Schämt euch! Aber Linda wimmert, dass sie es gesehen hat, mit ihren eigenen Augen höchstpersönlich hat sie es gesehen: Wie ich unter ihrem Fenster stand und das Baby ihrer Tochter verhext habe, so dass es zu früh auf die Welt kam und tot war, noch vor dem ersten Atemzug. Sie fordert Gerechtigkeit und Tod gegen Tod. Sie haut sich die Faust immer wieder gegen die eigene Brust.

– Seid ihr wahnsinnig? Seht sie euch an! Was habt ihr nur getan? Komm, mein Mädchen! Mariah nimmt meine Hand und zieht mich vorbei am Brunnen, vorbei am Pfahl, einmal über den Platz und ins Lokal. Wir sehen, wie die Fensterläden vom Ältestenhaus von innen wieder verschlossen werden. Und mein schönes, rotes Blut tropft mir vom Leib.

VIERUNDZWANZIGSTE STROPHE

(Das Alphabet)

Als der Bethaus-Vater runter ins Dorf kam, riefen sie ihm vom Platz entgegen, dass er die Schandbrut, also mich, endlich zum Teufel jagen soll, bevor diese Missgeburt, also ich, noch mehr Unheil anrichtet. Wir hörten es bis hier drinnen. Im Ältestenhaus hat der Bethaus-Vater erfahren, was passiert ist. Lindas Tochter Kajah hatte im siebten Monat eine Totgeburt. Sie sagen, ich habe Kajah oder das Baby verhext, sie sagen, ich habe unter dem Fenster von Kajahs Haus gestanden, habe gesungen und meine Hexenkräfte angewendet. Der Bethaus-Vater hat den Ältesten geantwortet, dass das Unfug ist.

Jetzt sitzt er vor mir und drückt mir abwechselnd eine halbe Zwiebel und einen kühlen Lappen auf die Beule an der Stirn. Die Zwiebel stiehlt dem Bethaus-Vater seine Tränen, und ich blinzele auch schon. Mariah streitet währenddessen in der Küche mit Kristof, der mich nicht im Haus haben will, er sagt, ich vergraule ihm die Gäste. Mariah antwortet, dass sie sich schämt, einem Sohn mit diesen Ansichten das Leben geschenkt zu haben. Und Kristof brüllt zurück: Treib es nicht zu weit, ich bin hier schließlich der Mann im Haus! Worauf Mariah krächzt, dass ihm das kein Recht dazu gibt, ein Arschloch zu sein.

– Hör nicht hin, sagt der Bethaus-Vater, Kristof meint das nicht so.

– Aber ich hab es ja schon gehört.

Der Bethaus-Vater schnaubt den Atem aus, nickt ganz kurz, nur einmal auf und ab, lächelt mit einem Mundwinkel, wie er es immer tut, wenn ihn etwas zugleich amüsiert und nachdenklich macht. So nah wie jetzt war er mir lange nicht. Seit meiner ersten Blutung gab es kaum mehr Berührungen zwischen uns. Und genau jetzt spüre ich riesigen Durst danach. Durst nach Nähe, nach Trost, nach Kindseindürfen. Da lauert eine Nimmersatte in mir drin, die bettelt: Mehr, mehr, nochmal trösten, mehr, mehr, es reicht noch nicht, noch lange nicht.

Ich wünsche mir, dass dieser Augenblick nie vergeht, wünsche mir, dass wir für immer hier sitzen, mit der Zwiebel und dem Lappen und den tröstenden Worten und Händen von Papa, Vater, auch wenn er nicht mein Papa ist und ich ihn nicht so nennen soll und darf.

– Es hat aufgehört zu bluten und die Schwellung geht zurück. Bleib noch etwas sitzen, schaffst du es allein nach Hause?

– Ja.

– Dann gehe ich jetzt noch bei Kajah und ihrer Familie vorbei.

Wir verabschieden uns von Mariah und laufen ein Stück zusammen durchs Dorf. Alle Fensterläden zu, niemand in den Winkeln und niemand in den Gassen, es ist still, zu still. An einer Ecke trennen wir uns, und ich gehe hastig alleine weiter bergauf zur Treppe und hoch zum Bethaus. Bald ist es dunkel, bald ist es Nacht. Mit Minki im Schoß warte ich, dann gebe ich endlich das Signal.

Als der Bethaus-Vater zurück ist, sagt er, dass ich mich hinlegen soll. Er bringt mir ein Glas Wasser in meine Kammer, streicht mir über das Haar, sagt, dass wir den allerersten Unterricht heute besser ausfallen lassen.

– Nein! Bitte, bitte nicht. Ich habe mich so gefreut!

Er seufzt, steht auf, verlässt meine Kammer und kommt nach kurzer Zeit mit einem Säckchen zurück.

– Hier drin ist das Alphabet, das sind alle Buchstaben, die es gibt. Daran kannst du dich schon mal gewöhnen und dir damit die Zeit vertreiben. Schau sie dir genau an, mach dich vertraut mit ihrem Aussehen. Sie sind der Schlüssel zu einer neuen Welt, und wenn du sie einmal kennengelernt hast, gibt es kein Zurück mehr, du

kannst dann nicht mehr nicht lesen, nicht mehr nicht wissen. Verstehst du?
— Nein.
Er atmet lächelnd aus und nickt.
— Das ist nicht schlimm. Ich gehe jetzt nochmal ins Dorf zu Kajah und ihrer Familie. Sie hat viel Blut verloren. Hoffen wir, dass sie es schafft. Wenn ich zurück bin, bringe ich dir die Namen der Buchstaben bei.

Ich öffne das Säckchen, darin sind lauter flache, runde Steine. Ich ziehe einen heraus. Auf dem Stein ist ein Zeichen gemalt. Drei Linien, die sich miteinander verbinden. Ein Buchstabe. Was er wohl bedeuten mag? Ich leere das Säckchen aus. Alle Buchstaben, die es gibt, liegen auf meinem Bauch. Alle Worte, die es gibt, liegen auf meinem Bauch. Die ganze Welt liegt auf meinem Bauch.

FÜNFUNDZWANZIGSTE STROPHE

(Der Konjunktiv)

Der Bethaus-Vater und ich sitzen noch vor Sonnenaufgang beim Morgenkaffee und sprechen kaum. Ich bin müde. Müde vom Dorf. Müde von den Worten, von den Wunden.

– Bist du traurig?

– Sie sagen, ich bin eine Missgeburt. Vor allen Leuten.

Der Bethaus-Vater schlürft einen Schluck.

– Ich möchte dir heute beibringen, was ein Konjunktiv ist.

– Ein was?

– Kon-junk-tiv.

– Was ist das?

– Eine Distanz in der Sprache, wenn sie nötig ist. Jemand hat gesagt, ich *sei* eine Missgeburt. Verstehst du? Nicht ich bin. Das rückt das Gesagte von dir weg. Und zu den anderen hin. Du bist keine Missgeburt. Sie sagen:

– Ich sei.

– Ganz genau. Bilde einen Satz damit.

– Die Kinder rufen mir hinterher, ich *sei* eine Eselshure.

– Bravo!

Wir trinken uns auf den Bechergrund.

– Das rufen die Kinder also?

– Ja. Aber natürlich nie, wenn Ihr dabei seid.

– Du glaubst ihnen natürlich nicht.

– Wie heißt das Wort nochmal?

– Konjunktiv?

– Ja. Kon-junk-tiv. Danke.

SECHSUNDZWANZIGSTE STROPHE

(Die Pujachatt)

Es war ein Junge. Das totgeborene Baby war ein Junge. Es soll heute bei der Pujachatt ein Erinnern für ihn geben. Die richtige Totenfeier kommt dann erst in einer Woche, mit Verbrennung und allem. Der Schreiner hat ein kleines Totenbrett gezimmert. Der Bethaus-Vater salbt das Baby gerade und gibt ihm seinen Namen. Er legt ihm die Münzen auf die Augen, als Bezahlung für die drei Fährfrauen. Er versiegelt den Anus, bindet die Arme und Beine und wickelt den Kleinen in das Totentuch. Danach beginnt die Satva, und der Kleine liegt drei Tage aufgebahrt zum Abschiednehmen im eigenen Haus. Danach liegt er bis zur Totenfeier hier oben im kühlen Satvastan. Da singen ihm dann die Frauen in Schwarz sein Totenlied, sein Miroloi, singen sein kurzes, winziges Babyleben nach. Wahrscheinlich komme dann auch ich als Hexe darin vor, wie ich da unter dem Fenster stand.

Ich bereite mich vor und ziehe mein Gewand an, flechte mein Haar, markiere meine Stirn mit der heiligen Farbe, ziehe drei rote Streifen quer über meine Stirn und über die Beule, für jeden Gott einen. Die Berührungen meiner Finger schmerzen, mein Gesicht ist noch geschwollen und die Wunden beginnen gerade erst zu verschorfen.

Ich nehme die vorbereiteten Blumenvasen aus der Küche, gehe zum Bethaus rüber und gebe das Signal eine Stunde vor der Pujachatt. Ich drehe das Stundenglas, wasche meine Füße, stelle meine Schuhe in das Regal und betrete den Betraum, um alles vorzubereiten. Auf die Tür, auf die Fensterläden, Licht herein. Die Schalen geputzt, die heilige Flamme genährt, die Blumen aufgestellt. Kurz auf die Khorabel sehen, eine Insel im Gewimmel entdecken: Ich erkenne einen Buchstaben wieder. Ich verscheuche meine Freude darüber, jetzt ist nicht die Zeit und nicht der Ort dafür. Ich nehme die Räucherschale mit in die Küche, gebe ein Stück glühende Kohle hinein und trage das kleine Gefäß zurück in den Betraum. Ich lege trockenen Salbei auf die Kohlen, der Salbei versengt, Rauch steigt auf und breitet sich langsam aus. Ich schreite den ganzen Raum mit dem Gefäß ab. Schwenke es in alle acht Himmelsrichtungen, nach oben und nach unten. Dann stelle ich es auf den Altar, verteile den Rauch mit einem Fächer weiter im Raum. Ich lege die Sitzkissen auf dem Boden bereit, decke das Tuch von der Trommel und sehe vorne am Eingang nach, ob noch genug Salz für alle da ist.

Jetzt ist alles neu. Jetzt können sie kommen.

Der Bethaus-Vater gibt das Signal zur Einladung. Wie schafft er es nur, derart Schönes zustande zu bringen. Er zieht an den Schnüren und singt mit tiefer Stimme hinunter ins Dorf. Es singt ihn: *Kommt, kommt, kommt zusammen, kommt, kommt, kommt zum Opfer, kommt, kommt, kommt, zu euch selbst, kommt, kommt, kommt, erneuert euch* … Ich stehe mit pochendem Leib und geschlossenen Augen neben ihm, habe Gänsehaut und bin durchwellt. Als er fertig ist, sehen wir uns an. Ohne Angst, ohne irgendwas, ohne die Welt sehen wir uns an.

– Du brauchst mir heute während der Pujachatt nicht zu helfen. Ich schließe und öffne heute die Fenster allein. Die Frauen sind noch aufgebracht, es wäre gut, wenn du dich im Hintergrund hieltest.

Ich nicke. Ich gehorche. Ich werde gehorchen. Ich werde gehorcht haben.

Dann hole ich unsere Opfergaben und wasche dem Bethaus-Vater die Füße. Er malt sich seine drei Streifen auf die Stirn und wir machen unseren Kanah, opfern dann gemeinsam den Göttern unseren Anteil: Öl zum Öl. Wasser zum Wasser. Erde zur Erde.

Ich setze mich auf der Frauenseite hinten in der Ecke auf ein Kissen und beginne mit der Stille in mir. Der Bethaus-Vater steht am Eingang, begrüßt die Familien und macht ihnen das Zeichen auf die Stirn.

Langsam füllt sich das Bethaus. Die Dorffrauen versuchen, nicht in meiner Nähe zu sitzen, bis es schließlich nicht mehr anders geht und alle anderen Plätze belegt sind. Mariah hat mich nicht gesehen. Kajah und ihre Familie sind natürlich nicht dabei. Die Kurvenfrauen sitzen ganz vorne mit ihren Töchtern, so weit von mir weg wie möglich. Wenn wir richtig eng beieinandersitzen, passt das halbe Dorf hier rein. Heute platzt das Bethaus fast. Immer, wenn du denkst, jetzt passt niemand mehr hinein, tut sich doch noch eine Lücke auf, quetscht sich doch noch jemand dazwischen.

Der Bethaus-Vater schließt die Fensterläden und es wird langsam dunkel, während wir singen. Wir kehren in uns ein, es wird still im Bethaus. So sitzen wir. Ganz Atem. Ganz dicht. Ganz da. Der Augenblick zieht sich in sich selbst zurück. Trommelschläge lassen uns wachwachwach werden für diesen, und diesen, und diesen Ton, dann öffnet der Bethaus-Vater die Fensterläden wieder, wir singen laut, dass wir erkannt haben und den Weg des Friedens wählen, dabei öffnen wir die Augen. Es ist jetzt wieder hell im Raum, vorne setzt sich der Bethaus-Vater. Sein Platz ist etwas erhöht hinter den Opferschalen und vor dem Altar. Sorgfältig faltet er sein Gewand um seine Knie, streicht sich über den Bart, dann schließt er nochmals die Augen. Wir wissen alle, worüber er heute sprechen wird, und er weiß, dass wir es wissen, deswegen schweigt er noch und lässt die Zeit wirken. Und genau wenn du denkst, dass er nichts sagen wird, dass er heute einfach schweigen und dasitzen wird, genau dann holt er Luft.

– Wir sitzen heute in Trauer, in Demut und in dem Wissen miteinander vor den Göttern, dass wir fehlbar sind. Gestern haben wir ein Mitglied unserer Gemeinschaft verloren, noch ehe es geboren wurde. Ein kleiner Junge, dem ich heute in der Frühe den Namen Sakis gegeben habe. Sein Tod ist schmerzlich. Für uns und ganz besonders für die Eltern. Es gibt kaum Worte des Trostes, die einem durch eine solche Zeit helfen können. Drum lasst uns tröstende Taten vollbringen. Unterstützen wir die jungen Eltern Kajah und Tomas in ihrer Trauerzeit. Bringen wir ihnen Speisen, halten wir ihre Hände, hören wir ihnen zu, bringen wir ihnen Wasser vom Brunnen, geben wir ihnen Zeit und Ruhe, unterstützen wir sie nach allen Kräften. Wie ihr wisst, haben sie bereits eine kleine Tochter, Philippa. Seid behutsam. Nehmt der Familie die Kleine ab. Kajah hat viel Blut verloren und ist sehr geschwächt, sie braucht Zeit. Ihre Mutter und der Heiler sind jetzt bei ihr. Hoffen wir, dass sie überlebt, hoffen wir, dass sie bald wieder zu Kräften findet. Wo auch immer sich der kleine Sakis jetzt aufhält, wir wissen es nicht mit Sicherheit, die drei Fährfrauen entscheiden über die weitere Reise, aber wir glauben daran, dass seine Seele in Frieden ist, und wir glauben das, weil wir es auch für uns selbst hoffen. Es kommt nichts hinzu. Es wird nichts genommen. So wie wir vom heiligen Feuer eine Flamme nehmen, so gelangt die Seele in den ewigen Kreislauf des Lebens. Und so, wie die Götter in der heiligen Flamme sind, sind sie auch in uns.

Nun macht er eine lange Pause. Und genau wenn du denkst, dass er nun wirklich nichts mehr sagen wird, hebt er wieder an.

— Wir sitzen heute in Trauer und auch in Scham beieinander, weil gestern noch eine zweite leidvolle Erfahrung eingetreten ist. Doch im Gegensatz zur ersten war diese zweite Erfahrung menschengemacht, selbst herbeigeführt, und darum sitzen wir schuldig vor den Göttern. *Du sollest erkennen, dass unter allen Wegen, die du wählen kannest, der Weg des Friedens der richtige sei*. Es heißt in der Khorabel nicht: Du sollst erkennen, dass unter allen Wegen, die du wählen kannst, wenn du gerade Lust dazu hast und nicht allzu beschäftigt oder wütend bist, der Weg des Friedens der richtige sei. Es heißt: Du sollst es erkennen. Und gemeint ist: Um jeden Preis. Wir singbeten diese Strophe jede Woche. *Und wenn du erkannet hast, soll dein Worth und deine That dem Frieden folgen.* Es heißt nicht, wenn du erkannt hast, kannst du weitermachen wie zuvor und unbeherrscht sein. Nein, es heißt eindeutig, dass deiner Erkenntnis auch dein Wort und deine Tat dem Weg des Friedens folgen sollen. Es heißt nicht: Schimpfe, beleidige und wirf Steine auf eine junge Frau, wünsche ihr den Tod an den Hals. Es heißt: Du sollst den Weg des Friedens wählen, *so dass du Vorbild seiest für all jene, die noch blind vor Gier und Zorn im Dunklen wandelen.* Mir scheint aber, es wandelten gestern einige aus unserer Gemeinschaft blind vor Zorn im Dunklen. Ich bin unserer guten Mariah sehr dankbar, dass sie als Einzige den Mut hatte, sich den Dorffrauen entgegenzustellen, unseren Findling zu schützen und den Weg des Friedens zu wählen. *Und schlagen sie dich und drohen dir auch mit dem Kriege, so wähle den richtigen Weg / Und du sollest erkennen, dass unter allen Wegen, die du wählen kannest, der Weg des Friedens der richtige sei …* Und es gibt keinen Grund, jetzt unruhig zu werden, keinen Grund, in diesem Augenblick schon wieder nicht den Weg des Friedens zu wählen. Wer auch immer glaubt, es sei jemand schuld am Tod des kleinen Sakis, der glaubt falsch. Und wenn ich jemanden dabei erwische, wie er einem unschuldigen und vollwertigen Mitglied unserer Gemeinschaft Wunden zufügt oder den Tod an den Hals wünscht, denn unser Findling ist ein vollwertiges Mitglied unserer Gemeinschaft, auch wenn es euch schwerfällt, das zu akzeptieren –

— Eine Schande für das ganze Dorf ist sie, ruft Ida. Dann ist es still.

Uns allen bleibt der Atem weg. Noch nie hat jemand so etwas laut im Bethaus gesagt. Noch nie hat jemand den Bethaus-Vater unterbrochen. Noch nie eine Pujachatt gestört. Die Luft ist auf einmal dick und zäh.

— Ida. Ich stelle dir jetzt zwei Fragen. Ist dir bewusst, dass du soeben mich und die Pujachatt unterbrochen hast?

— …

— Ida?

— Ja.

— Ob es dir bewusst ist?

— Ja.

— Ist dir auch bewusst, dass du damit gegen das 24. Gesetz verstoßen hast?

— Ich sag ja nur, was –

— Wie lautet das 24. Gesetz?

— *Jedes Vergehen gegen das Wohl der Dorfgemeinschaft oder –*

— *gegen die Regeln der Khorabel wird am Pfahl bestraft. Das Ausmaß wird vom Ältestenrat festgelegt.* So lautet das 24. Gesetz. Ich werde heute Abend bei der Versammlung des Ältestenrates deinen Fall zur Sprache bringen.

— Aber, mein Mann …

Und Ida steht auf und zeigt mit einem Finger auf mich.

— Sie gehört eigentlich an den Pfahl! Sie!

Ihr Mann ruft von der Männerseite, dass sie endlich still sein und es nicht noch schlimmer machen soll.

— Ich sag doch nur, was hier alle denken!

— Ruhe! Ruhe! Schluss jetzt!

Noch nie habe ich den Bethaus-Vater so wütend erlebt. Er bebt.

— Ich bin mir sicher, dass nicht alle hier so denken wie du, denn ich kann mir nicht vorstellen, dass in unserer Gemeinschaft so viele am Pfahl landen möchten! Oder ist hier noch jemand der Meinung von Ida?

Es ist tiefstenachtstill. Keiner traut sich zu atmen, nicht mal die Kinder. Seit ich an der Pujachatt teilnehmen darf, habe ich noch nie erlebt, dass jemand dem Bethaus-Vater widersprochen hat.

— Unser Findling hält sich an die Gesetze, hilft jedem, der darum bittet, ist fleißig und bescheiden und trägt in bester Weise zur Erhaltung unserer Gemeinschaft bei. Sie hat die Gehässigkeit der Dorffrauen gestern mit Gleichmut ertragen, obwohl sie verwundet wurde … Der Tod des kleinen Sakis ist ein Unglück, es ist traurig, ungerecht und leidvoll. Besonders für die Eltern. Aber in unserer Ohnmacht gegenüber den unergründlichen Wegen des Lebens müssen wir lernen, zu vertrauen, und unsere Gefühle nicht an jemandem auslassen, der noch schwächer scheint, als wir uns selbst fühlen. Lasst uns nicht verrohen, lasst uns in Zeiten der Not zusammenhalten. Lasst uns gemeinsam eine Weile in Stille an den kleinen Sakis denken … Das Wesen des Göttlichen ist in allem, was ist, es zeigt sich in allem, was ist. Es ist nicht getrennt von uns. Wir sind nicht getrennt von allem, was ist. Es geht nichts verloren. Es kommt nichts hinzu.

Ida schluchzt. Wir spüren, dass sie bereut, und sind erleichtert.

SIEBENUNDZWANZIGSTE STROPHE

(Die Gesetze)

Bei uns gibt es 30 Gesetze, sie wurden vom Ältestenrat beschlossen und sind uralt. Sie sagen, die Gesetze dienen der Erhaltung der Gemeinschaft und regeln unser Zusammenleben. Alle Bewohner des Dorfes müssen sie befolgen, sagen sie, sonst gerät alles durcheinander. Das ist wie eine Kette, die Frauen gehorchen den Männern, die Töchter und Söhne den Vätern, die Männer dem Gesetz. Brichst du das Gesetz, wirst du am Pfahl bestraft. Alle im Dorf haben zwei Namen, den Ruf- und den Stammnamen, mit dem du ins Stammbuch eingetragen wirst. Bist du ein Junge, heißt du mit Stammnamen wie dein Vater, bist du ein Mädchen, wie deine Mutter. Abstimmen dürfen nur die Männer, die über achtzehn sind und im Stammbuch stehen. Wird die Große Strafe ausgesprochen, oder nimmst du dir dein Leben, streichen sie deinen Namen aus dem Stammbuch.

Die Gesetze regeln wirklich alles. Ab wann die Mädchen das rote Band um die Taille tragen dürfen. Wie sie die Haare tragen sollen. Ab wann sie heiraten und wie viele Kinder sie haben dürfen, nach dem dritten ist Schluss. Der dritte Sohn muss Betmann werden, die dritte Tochter die Eltern im Alter versorgen. Bei allem entscheidet der Ältestenrat mit. Auch welcher Mann zu dir passt zum Beispiel. Wie lang unsere Kleider sein müssen auch. Welches Amt zu dir passt, wenn du ein Junge bist. Dass Jungs und Männer Hemd und Hose tragen müssen, nicht kochen und singen dürfen, jedes weibische Verhalten ihnen verboten ist. Die Gesetze stecken in allem drin, in jedem noch so kleinen Fetzen deines Lebens. Sie stimmen mit der Khorabel überein und regeln auch, wer Betmann wird und wer Bethaus-Vater.

Wir lernen die Gesetze unter Stockschlägen schon als Kind in der Schule, bis wir sie auswendig und im Schlaf aufsagen können. Was du so gelernt hast, das vergisst du nie mehr. Das bleibt in dir wie ein Messer, ein Pfahl, ein Netz, eine Kette, ein Stein.

ACHTUNDZWANZIGSTE STROPHE

(Der Auftrag)

Nach der Pujachatt war weniger Öl als sonst in der Opferschale, wir mussten noch von den Vorräten dazu nehmen. Für die Siedelei haben wir zwei Kanister gefüllt, die hängen jetzt links und rechts am Tragejoch über meinen Schultern. Um meinen Hals hängt der Wasserschlauch, in der Schürze steckt die Nachricht vom Bethaus-Vater für den Vorsteher der Siedelei. Das Öl und die Nachricht beim Vorsteher abgeben und vom Honigschnaps mitbringen, das ist mein Auftrag. Zur Siedelei! Ich! Normalerweise unternimmt der Bethaus-Vater alle Gänge zur Siedelei selbst, Frauen dürfen dort eigentlich nicht hin, aber er meint, ich bin, ich *sei* ja noch fast ein Kind. Deswegen schickt er mich trotzdem, während er im Dorf für Ruhe sorgt. Vor dem Abendsignal soll ich zurück sein, damit er rechtzeitig zur Versammlung mit dem Ältestenrat über Idas Strafe verhandeln kann.

Die Kanister baumeln bei jedem Schritt, ich steige über Steine den Pfad entlang, vorbei an unserem Garten, vorbei an den schmalen, hochgelegenen Feldern. Am Grundstück mit dem winzigen Haus des Einsiedlers vorbei. Am Verschlag seines Esels vorbei. An der Eselscheiße und all den Fliegen. An den letzten Steinmauern vorbei. Am Oregano, den Eidechsen, den wilden Bienen vorbei, gleich bin ich oben. Ich gehe an der ersten Windmühle vorbei, an der zweiten Windmühle vorbei, an der dritten treffe ich den Müller und den Einsiedler mit seinem Esel, sie rasten im Schatten und grüßen. Wie hält der Müller den Gestank aus?
– Gehtsgut?
– Ja, geht gut, und selber?
– Gutgut.

– Nicht zu schwer?, fragt der Einsiedler.
– Nein, nein.
– Willst mein Esel bis zum Ende der Welt?
– So weit hab ichs ja nicht. Nur zur Siedelei, nicht das Ende der Welt.
– Istfastdasselbe, sagt der Müller.
– Geht schon. Danke!, rufe ich im Weitergehen.
– Mal sieben zum Quadrat, sagt der Einsiedler.
– Mansiehtsich, ruft der Müller.
– Die Schalen bring ich, Mädchen! Versprochen!

Dann endlich überwinde ich die Bergkuppe an ihrem höchsten Punkt und kann mit einem Mal das Meer auf der anderen Inselseite sehen. Das große Blaublau. Unermesslich schön. Unermesslich weit. Unermesslich tief. Ich bilde mir sogar ein, sein Gerausch zu hören. Ich bilde mir ein, in der Ferne eine andere Insel im Horizontdunst schimmern zu sehen. Ich bilde mir ein, gleich daneben ein Schiff zu sehen. Wo kommt es her, wo will es hin? Oder ist es nur ein Fels im Wasser? War da überhaupt irgendwas? Vielleicht kommt meine Mutter wirklich von einer Drübeninsel? Ist sie auch gut mit der Nadel, so wie ich? Ist sie ein Fischer mit einem Boot? Winkt sie mir gerade von dahinten zu? Meine Augen schmerzen, alles tanzt und verschwimmt. Ich sammle meinen Weiteblick wieder ein, beruhige ihn mit Land, und da, tiefer unter mir in der Mulde, liegt die Siedelei mit ihrem blauen Glänzedach wie ein Schmuckstück. Und die bilde ich mir nicht ein, die ist fest aus Stein und steht da unten und läuft nicht weg, die wartet auf mich, ist mein Ziel. Und es ist immer gut, ein Ziel zu haben.

Der Abstieg ist steil und für mich viel anstrengender als der Aufstieg. Ich muss bei jedem Tritt aufpassen, damit ich nicht wegrutsche. Mir läuft der Schweiß. Auf der obersten Feldterrasse über der Siedelei mache ich eine Pause, lege das Joch ab, trinke etwas

Wasser und lasse mich vom Wind trocknen. Was wohl hinter dem Meer ist? Und hinter dem Himmel? Drehen wir uns denn wirklich unermüdlich? Ich höre Stimmen. Weiter unten auf dem Vorplatz der Siedelei erkenne ich Jakup Jakupsohn neben einem gesattelten Esel und den Vorsteher. Das ist er doch, oder? Der Vorsteher trägt ein Betmanngewand, Jakup Jakupsohn steht auf seinen Stock gestützt da und wischt sich mit einem Tuch über die Stirn. Mein Bein schmerzt und ich ruhe mich im schmalen Schatten einer Mauer kurz aus. Haben sie mich gesehen? Ich frage mich, was Jakup Jakupsohn hier draußen macht. Er ist der ältere Bruder vom Vorsteher, sie kommen beide aus der mächtigsten Familie im Dorf. Beide haben dieselbe lange Nase, dieselben schmalen Lippen. Sie scheinen zu streiten. Ich lege mich ab. Rückenwärts liege ich, nur eine kleine Pause im Mauerschatten, den Himmel über mir, Zikaden zersägen die Zeit. Der Esel iaht, ein Mal, zwei Mal, drei Mal, dann treibt Jakup Jakupsohns Stimme ihn an und ich höre, wie er auf dem Pfad bergauf reitet, der Sattel quietscht.

– Schläfst du?

Ich lasse die Welt langsam wieder rein: Überkopfaugen, Überkopflocken, Überkopfmund. Wach, wild, weich.

– Hast du dir weh getan? Bist du gefallen?

Überkopfzähne, Überkopfnase, Überkopfhand, die sich mir entgegenstreckt. Überkopflächeln von einem Überkopfbetschüler. Er sieht mich an, sieht sich die Wunden in meinem Gesicht an. Sieht sich meine Haut, mein Haar, meinen Busen, mein Frausein an, und bevor er gleich an meinem Bein festklebt mit seinem Blick, setze ich mich rasch auf und mein Kopf dreht sein Bild.

– Geht es dir gut?

Ich lächle, die Sonne scheint milder jetzt. Milder? Sofort steigt Panik auf.

– Wie spät?

Er sieht hinunter zur Siedelei. Kneift die Augen zusammen, zieht den Mund breit, dreht sich wieder zu mir um.
– Schwer zu sagen von hier oben, zwischen der vierten und der fünften Stunde wird es sein.
– Oh nein, oh nein, oh nein. Ich muss eingeschlafen sein!

Und aufspringen, das Tragejoch auf meine Schultern hieven, bergab hinken, sein *Warte!* ignorieren und sein *Ichhelfdir!* und das Bein verfluchen, weil er sofort aufholt.
– Gib mir das Tragejoch.
– Nein!
– Lass dir doch helfen!
– Wenn du mir helfen willst, halt deinen Mund!
– Wie heißt du?
– Ich hab keinen Namen.
Denke *Schlitzi*, *Eselshure*, *Nachgeburt der Hölle.*
– Woher bist du?
– Woher werd ich schon sein.
Denke *aus einem Pappkarton*, *aus einem Esel.*
Und dann sieht uns auch schon der Siedelei-Vorsteher und brüllt nach seinem Schüler.
– Yael! Weg von ihr! Komm sofort her! Und du, bleib stehen, Mädchen!

Ich setze das Öl ab, der Betschüler entschuldigt sich und stolpert den Pfad hinunter, fast stürzt er, während der Vorsteher laut alle anderen Schüler ins Bethaus befiehlt. Sie eilen folgsam, lassen alles stehen und liegen, halten ihre Blicke gesenkt. Auch Yael. Yael, Yael, jetzt weiß ich seinen Namen, verschwindet hinter der schweren Tür, und mit dem Schlüssel, klack klack klack, werden sie weggesperrt. Die Betmänner ziehen sich jetzt in die anderen Gebäude zurück. Alle Arbeit kommt zum Stillstand, nur wegen mir. Dann erst, als die menschenleere Stille bereitet ist, winkt mir der Vorsteher, ich soll runterkommen. Vorsichtig hebe ich das Joch an und steige mit unsicheren Schritten abwärts. Was hab ich an mir, dass so ein Aufwand betrieben wird, was ist mit mir, dass sie ihre Schüler vor mir wegschließen müssen. Ich mache mich weg und trage zum Schutz mein dummes Gesicht.

– Gutnachmittag Vorsteher, ich bringe Euch das Öl, sage ich schließlich, stelle die beiden Kanister vor ihm ab, und eine Nachricht habe ich vom Bethaus-Vater.

Ich ziehe den Brief aus meiner Schürze. Der Vorsteher nimmt ihn wortlos an sich, schiebt ihn unter sein Gewand, brusthoch, herznah unter seinen Betmann-Riemen. Er mustert mich, die schmalen Lippen aufeinandergepresst. An seiner Schläfe puckert eine Ader, sein harter Blick bleibt an der Wunde auf meiner Stirn hängen. Ich senke den Kopf, den Blick, ich senke mein ganzes Wesen, aber warum eigentlich, ich habe doch nichts getan, ich bringe doch bloß das verdammte Öl. Doch dieser hagere Mann jagt mir die Kälte in den Leib, ich hatte es fast vergessen, aber jetzt fällt mir wieder ein, wie ich vor ein paar Jahren schon einmal hier stand und wie mir unter seinen Blicken kalt wurde, mitten im Sommer. Er verströmt die Kraft des Führens, aber anders als der Bethaus-Vater, der uns mit Wärme und mit Kraft leitet, hier rieche ich Angst, und mir tun auf einmal alle leid, die Schüler, die Betmänner, ja selbst der Vorsteher tut mir leid, ich möchte ihm sagen: Legt Euch mal nachts unter den Sternenhimmel, schaut mal vom Berg das Meer an, trinkt mal einen Schnaps, lauscht doch mal den Nachtpfeifern und esst etwas Gutes. Das alles, das sind auch die Götter, das Leben ist voll Saft und nicht vertrocknet, schüttelt doch mal Eure Strenge ab, probiert mal ein Lächeln, Vorsteher, ich verspreche Euch, davon geht die Ordnung nicht kaputt.

Es kommt mir jetzt schon sehr lang vor, dass er nichts sagt, also blicke ich ihn vorsichtig wieder an, und genau da ruft er nach Betmann Samuel und befiehlt ihm, die Kanister reinzutragen. Seine Stimme schnarrt hart über den Platz. Vielleicht ist er heiser vom vielen Befehlen? Ich traue mich kaum, nach dem Schnaps zu fragen.

– Ist noch etwas, Kind?

– Ich soll … vom Honigschnaps soll ich dem Bethaus-Vater bringen. Und könnte ich wohl etwas Wasser haben, für den Rückweg?

Ich zeige meinen leeren Schlauch, der Vorsteher deutet auf den Brunnen und ich hinke rüber. Dann ruft er nach Betmann Julius und befiehlt ihm, zwei Flaschen vom Honigschnaps zu holen. Beide Betmänner buckeln und sind bemüht, die Aufträge möglichst schnell zu erledigen, um mich wieder loszuwerden. Also beeile auch ich mich mit dem Auffüllen des Wasserschlauches. Der Tausch ist vollbracht, ich verstaue den Schnaps und breche auf. Nur weg hier.

Ohne Ölgewicht ist das Joch nur eine leere Stange, über die ich meine Arme breite, als hätte ich Flügel, und so von der Last befreit, hebe ich fast vom Boden ab, fliege den steilen Pfad mit Leichtigkeit hinauf. Wenn ich mich beeile, kann ich es rechtzeitig zum Signal schaffen.

Als ich an der Stelle vorbeikomme, an der ich vorhin eingeschlafen bin, drehe ich mich um, sehe noch einmal auf die Siedelei hinunter und meine ihn auszumachen, unter einem Baum, im Schatten erkenne ich einen Lockenkopf. Ist er das? Hoffentlich bekommt er keinen Ärger wegen mir.

Leicht ist das Tragejoch, leicht ist die Welt. Freude quillt aus jeder Pore, dieser Tag mit einer solchen Wende, dieser Überkopfmann, seine Hand, sein Mund, seine Augen wischen den ganzen Vormittag weg. Schon bin ich oben auf dem Berg, hallo Biene, ich fliege auch wie du. Hallo Mühle, ich habe Flügel, genau wie du. Hallo Eidechse. Hallo Ziege. Hallo Bucht. Himmel. Meer. Dorf. Welt. Ich bin ihr alle! Ich bin du.

NEUNUNDZWANZIGSTE STROPHE

(Die Steine)

Der Finder und ich sitzen im Lampenlichtgeflacker am Küchentisch. Es ist schon spät, aber diesmal wollte er unbedingt noch mit mir lernen. Ich habe alles mitgebracht: Hefte, Stift, Khorabel, Alphabet. Er hat den Beutel mit den Steinen in der Hand und zieht einen heraus. Ich soll sagen, was für ein Buchstabe darauf abgebildet ist. Die Buchstaben, die ich erkenne, legt er auf den Tisch, und diejenigen, die ich nicht erkenne, gibt er zurück in den Beutel. Auf dem Tisch liegen erst acht Steine. Zu jedem Buchstaben habe ich mir eine kleine Geschichte ausgedacht. Einfach ist zum Beispiel das O: Sagt man O, macht der Mund genau die gleiche Form. Und das B: Zwei Wölbungen wie ein Busen. BBBBBusen. Beim Z muss ich gleich an Zickzack denken.

Der Stein, den er jetzt hochhält, zeigt einen senkrechten Strich mit zwei kleinen Querstrichen oben dran. Ich komme nicht drauf, was das ist, weil ich immer an die Überkopfaugen denken muss. Yael.

– Mädchen, konzentriere dich, sagt er verärgert, und ich wundere mich über seinen Tonfall.

– Ich bin schon sehr müde, sage ich.

– Na gut. Wir hören für heute auf. Was ist mit dir, ich kenne dich doch, müde siehst du überhaupt nicht aus, im Gegenteil, du leuchtest ja.

Und da erzähle ich ihm von meinem Besuch in der Siedelei, es platzt und sprudelt und plappert nur so aus mir heraus. Von Jakup Jakupsohn erzähle ich, von seinem Gespräch mit dem Vorsteher und meinem erschöpften Einschlafen, vom Überkopfschüler mit dem Namen Yael, der mich weckte, und davon, dass ich mir wünschte, wirklich wünschte, selbst auch einen Namen zu haben. Ich erzähle, wie mir die Kälte eingefahren ist, als ich vorm Vorsteher stand. Und dass mir Yael und alle in der Siedelei leidtun und ich froh bin, wieder hier zu sein.

Der Bethaus-Vater schweigt und überlegt. Er sieht mich ganz genau an. Dann seufzt er und sagt, dass das ja irgendwann passieren musste und ich mich von dem Schüler fernhalten und seinen Namen vergessen soll, es sei das Beste so. Dann will er alles über Jakup Jakupsohn und den Vorsteher wissen, ob ich etwas vom Gespräch mitbekommen habe, und ob die beiden mich gesehen haben.

— Ich glaube nicht, ich lag hinter einer Mauer.

— Worüber haben sie gesprochen?

— Ich hab nur Bruchstücke mitbekommen, ich war zu weit weg.

Ich sehe Sorgenfalten in seinem Gesicht, die sonst nicht da sind. Er legt die Alphabetsteine in die richtige Reihenfolge und bittet mich, sie abzumalen. Ich habe Schwierigkeiten, den Stift zu halten, er zeigt mir noch einmal, wie es geht. Dann öffne ich eines der drei leeren Hefte und beginne. Aufregend ist das. Mein Heft. Ich schreibe. Ich schreibe in mein Heft. Er sieht mir zu und schmunzelt. Dann trägt er mir auf, im Haus ein gutes Versteck für die Hefte und die Khorabel zu finden und nichts von meinen Schreibsachen offen herumliegen zu lassen. Jederzeit kann jemand kommen und sie entdecken. Was wir hier tun, das ist verboten. Die Versammlung heute ist nicht gut verlaufen, sagt er, und die Strafe für Idas Ungehorsam bei der Pujachatt noch nicht beschlossen worden. Ich male weiter mit zittrigen Linien Buchstaben ab. Uns stehen schwierige Zeiten bevor, sagt er. Und ich glaube nicht, dass er das Lernen damit meint.

Als das Alphabet endlich wie eine Tierversammlung auf der ersten Seite steht, legt mein Finder die Steine wieder in den Beutel, wünscht mir eine Gute Nacht, lässt mich mit klopfendem Herzen in der Welt zurück.

Ich fühle. Ich schreibe. Ich bin. Ich muss nochmal vor die Tür. Luft.

Draußen der Sternenhimmel, so weit, so voll von Geheimnis, ich sehe einen Blinker. Rot-Weiß-Rot-Weiß, ganz schnell und immerfort. Dazu sein Fauchen, man kann die Blinker auch tagsüber sehen, da pflügen sie den Himmel und machen weiße Streifenfurchen. In der Nacht aber sind sie blinkende Flugsterne. Mars steht am Himmel, und Saturn schräg unter ihm; beide im Skorpion. Und da ist Spica, da der Jupiter. Die Sterne und die Planeten hat mir mein Finder beigebracht. Er hat mir überhaupt schon einiges beigebracht, was verboten ist. Die ersten Grillen zirpen, der nahende Sommer hat sie wachgeküsst. Ich erfinde ein neues Sternenbild und verbinde die Leuchtpunkte mit unsichtbaren Linien. Sieht es nicht genau aus wie ein A? Sind die Sterne etwa die Schrift der Götter?

DREISSIGSTE STROPHE

(Die Verbotenheiten)

Was mein Finder mir beigebracht hat: Wie man Holz hackt und Feuer macht. Wie man mit Messern umgeht und schnitzt. Wie man Bienen hält und Honig macht. Wie man ein Feld vorbereitet und zusammen eine Steinmauer aufbaut. Wie man Holz richtig stapelt. Wie man sich in die Augen sieht, ohne zu blinzeln. Wie man sich in die Augen sieht ohne Furcht. Wo ich kitzelig bin. Wie man das Signal gibt. Wie man eine Pujachatt vorbereitet. Wie man Teppiche ausklopft. Wie man das Bethaus weiß macht. Wie und in welchem Monat man Fensterrahmen und Türen am besten blau streicht. Wie man die Farbe wieder von den Händen und aus dem Haar bekommt. Wie man sich Stelzen baut und Dosenlaufschuhe und sie so benutzt, als gehörten sie jemand anderem. Wie man nur mit sich selbst Musik macht und einen Rhythmus hat. Wie man still wird. Wie man sich konzentriert und Sachen aushält. Wie man dankbar ist. Wie man Mut hat. Warum wir Regeln und Gesetze brauchen und wie man sie befolgt. Wie man in Regeln und Gesetzen eine Lücke sucht. Wie man die Regeln bricht, ohne sie zu brechen. Und wann man das eine und wann das andere machen muss. Wo man den Geheimhonig findet. Wie man sich freuen kann, wenn alles dunkel scheint. Wie das Dorf funktioniert. Was die Erde ist. Wie man ein Planeten-Mobile baut und es in meiner Kammer aufhängt, um es zu erklären. Was das Sonnensystem ist und welche Planeten es gibt. Was ein Känguru ist, wo es seinen Beutel hat. Wo die drei Herzen beim Oktopus liegen. Wie man eine Blutung stillt. Wie ich ihn darum bitten kann, mir etwas zu erklären. Wie man Geheimnisse bewahrt. Wie man unterscheidet zwischen gerecht und Recht. Wie man mit Krücken den Berg hochkommt. Wie man in den Wolken Geschichten finden kann. Wie man Insekten fängt und wieder freilässt. Warum Ameisen ein Vorbild sein können. Wie man zielt und trifft. Wie man Sachen repariert. Wie man sich aus einem Schilfrohr eine Flöte baut. Wie man mit den Händen einen Nachtpfeifer nachahmt. Wie man um ein Huhn trauert. Wie man die Krücken wieder loswird. Wo man Milchzähne vergräbt. Wie man tief und still werden kann, wenn man gerade noch wild und wütend war. Wie man immer länger die Luft anhält und dabei zählt. Wie das Einmaleins geht. Was verboten ist. Was Frauen verboten ist. Was mir verboten ist. Warum er mir Verbotenes beibringt. Wie ich weiß, was ich weiß. Wie Vertrauen geht. Dass ich manchmal gehorchen muss, auch wenn es mir nicht gefällt. Dass er für immer mein Finder ist und ich in seinem Herz wohne, auch wenn ich am Pfahl stehe. Auch wenn die Sache mit dem Bein gemacht wird. Dass ein Bethaus-Vater manchmal kalt sein muss wie Stein. Dass er die Wut bekommt, auch wenn er der Bethaus-Vater ist. Wie man ihm dann am besten aus dem Weg geht. Dass auch Bethaus-Väter Fehler machen. Was ein Echo ist. Was ein Blinker ist. Wie man die Verbotenheiten so versteckt, dass niemand merkt, was du kannst und weißt.

Was Mariah mir beigebracht hat: Alles in der Küche. Alles mit dem Herzen. Alles im Garten. Alles auf dem Feld. Wer die Tausendaugen sind und wie sie zueinander im Verhältnis stehen. Wie man Sachen sauber hält. Wie man das Haus, den Garten, das Feld winterfest macht. Waschen. Nähen. Stricken. Sticken. Wie man webt. Wie die Muster gehen, die man in den Stoff stickt. Wie man Gewänder flickt. Wie man nicht weint, obwohl man möchte. Wie man einen Schmerz beschreibt. Wie man den Ruß der Lampen wegbekommt. Wie man Nahrung haltbar macht. Wie man das Lächeln in den kleinen Dingen findet. Wo die besten Kräuter wachsen. Auch die geheime Stelle mit der besonderen Minze. Wie man Kerzen zieht. Fluchen ohne Stimme. Fluchen mit Stimme. Schimpfworte für laut und Schimpfworte für leise. Wie man liebevoll mit sich selber ist. Wie man sich sauber hält und sparsam mit dem Wasser ist. Wie man mit einem Bindfaden lästige Haare entfernt. Wie man mit einem Ei und Olivenöl die Kopfhaare pflegt. Wie man mit Milch, Joghurt und Honig die Haut pflegt. Wie man bei Brandblasen mit Kurgettenschale die Haut kühlt. Wie man einen Leinentuchstöpsel rollt und in sich einführt, wenn die Monatsblutung kommt. Wie man ihn wieder herausbekommt und säubert. Wie man das Bethaus in Ordnung hält. Was der Bethaus-Vater mag. Wie man Spott erträgt. Wie man sich entschuldigt. Wie man die besten Orangentörtchen macht. Wie man die Hoffnung nicht verliert. Dass meine Mutter mich natürlich geliebt hat. Dass ich nicht schlecht bin. Wie die Tänze gehen, die an den Festen getanzt werden. Wie man Kränze und Girlanden aus Blumen macht. Wie man unbeugsam ist, auch wenn man sich verbeugt. Was das Gesicht ist und wie man es hat. Wie man im Kaffeesatz die Zukunft liest. Was Feuer, Tod und ausfallende Zähne im Traum bedeuten.

EINUNDDREISSIGSTE STROPHE

(Das Gesicht)

Vor dem ersten Hahn aufwachen und sich sofort an die Überkopfaugen erinnern. Was ist nur los mit mir, dass ich an nichts anderes mehr denken kann? Yael. Yael. Yael. Mit den wilden, dunklen Locken und seinem schönen, vollen Mund, mit dem er mich anlächeln kann und mit mir sprechen. Yael mit den langwimprigen Augen. Die sind zum Ertrinken da. Und seine glatten, narbenlosen Tintenfleckenhände, wofür sind die da? Wie sie sich wohl anfühlen? Weich? Womöglich kraftlos, weil sie immer nur Federn und Stifte halten und kein Beil? Wenn ich die Augen schließe, höre ich noch seine sanfte, dunkle Stimme. Bin ich denn verrückt geworden? So geht das nicht weiter! Ich kann doch nicht den ganzen Tag hier liegen und die Yaelsie mit mir durchgehen, das Yaeltum regieren lassen.

Vergessen soll ich ihn, es ist das Beste, hat der Bethaus-Vater gesagt. Also los: Vergiss ihn! Jetzt! Auf der Stell– schon taucht er wieder auf. Unmöglich, ihn nicht zu wissen, ihn nicht zu erinnern, nicht zu kennen, unmöglich, ihn nicht zu denken. Mariah, Finder, sagt mir doch, wie vergisst man jemanden absichtlich? Ich zwinge mich, mir vorzustellen, was ich heute den ganzen Tag machen muss, nur damit er endlich aus meinem Kopf verschwindet. Yael. Schluss jetzt. Es ist das Beste, sei das Beste. Nur wie ihn vergessen, wie? Das hat mein Finder mir nicht, hat Mariah mir nicht beigebracht!

Als ich aus dem Haus trete, ist der erste Tagesschimmer schon am Himmel, die Luft ist noch angenehm frisch, die Felder und Gärten noch feucht vom Tau, doch in ein paar Stunden schon wird es drückend warm sein. Es nähert sich der längste Tag des Jahres, es nähert sich unser schönstes Fest, das die Sonnenwende markiert.

Der Einsiedler hat die Schalen zurückgebracht und vor die Tür gestellt. Du denkst, in seinem Kopf ist nur Mus, aber dann macht er sowas.

ZWEIUNDDREISSIGSTE STROPHE

(Der Kalender)

Ich wasche die dunkle Wäsche und denke über die Zeit nach. Woher wissen wir, welcher Tag genau ist? Wer hat irgendwann mal angefangen, sie zu zählen? Unser Tag besteht aus 24 Stunden. Ein Viertelmond besteht aus sieben Tagen. Die Tage haben Namen. *Erster Tag, Zweiter Tag, Dritter Tag, Vierter Tag, Fünfter Tag, Sechster Tag* und *Tag der Zusammenkunft*. Da feiern wir die Pujachatt. Vier Viertelmonde sind ein ganzer Mond. Ein Jahreszyklus hat 13 Monde plus einen Tag. Sonst kommt es mit der Sonne nicht hin.

Meine Fingerknöchel sind schon ganz rot. Wieder und wieder reibe ich den Stoff über die Rillen im Waschbrett. Ein Mal, zwei Mal, drei Mal, gibt es ein Ende von Zahlen? Wenn ich jetzt immer weiter zählen würde, weiter und weiter, komme ich dann irgendwann an eine Grenze? Sind die Götter die höchste Zahl?

Wir feiern für die Götter in jedem Jahreszyklus neun Feste.

Ich wringe die nassen Kleidungsstücke aus. Das Wasser aus der Quelle ist kalt. Gut, wenn du es trinken möchtest, aber wenn deine Hände die Wäsche durchkneten …

Im Frühling ehren wir das Ende des Winters mit frischer Erde; wir geben unseren Kompost auf die Beete, denn was einst gewesen, ist vergangen und zersetzt, daraus kann nun Neues wachsen. Zerstörer. Bewahrer. Schöpfer. So hängen sie zusammen und so wird auch das Aufgehen der Saat gefeiert, der kleinen Körnchen, in denen schon alles schlummert. Wir feiern die Fruchtbarkeit der Tiere und Menschen. Wir opfern und schlachten die ersten Lämmer, machen mit ihrem Magensaft den ersten Käse, ernten das erste Gemüse. Im Sommer feiern wir mit Wasser das erfolgreiche Wachstum der Pflanzen und Früchte. Es ist ein Fest des Werdens und der Ernte. Alles, was im Überfluss vorhanden ist, muss jetzt haltbar gemacht werden. Und im Herbst zur Oliven- und Traubenernte werden das Öl und der Wein gefeiert. Dann beginnt das Bewahren der Saat bis zur nächsten Aussaat, das Haltbarmachen der letzten Ernte über den Winter. Wir bringen unsere Dankbarkeit zum Ausdruck, dass der Kreislauf uns nährt.

Im Winter ziehen wir uns in die Häuser zurück. Wir reparieren Altes und erschaffen Neues. Wir feiern die Wintersonnenwende mit Licht und vertreiben die Dunkelheit. War die Ernte des Jahres gut, gibt es ein großes und verschwenderisches Fest, war sie schlecht, teilen wir miteinander, was wir an Ernte und Saat haben und brauchen.

Danach setzen wir im neuen Jahreszyklus die erste Saat aus, und dann kommt wie zur Belohnung wieder der Frühling und mit ihm das Grün. Kommt der erste Regen, laufen wir auf unsere Felder und in unsere Gärten. Die verheirateten Frauen heben ihre Röcke und strecken ihr nacktes Geschlecht dem Himmel entgegen: Macht uns fruchtbar, macht uns fruchtbar, Götter. Die Männer holen ihr Ding raus und streuen ihren Samen mit dem Regen auf die Erde. Lasst die Saat aufgehen. Lasst sie aufgehen!

Ich spanne die Leinen über den Hof und hänge Stück für Stück die Wäsche auf.

Alles ist mit allem verbunden. Den Frühlingsanbruch feiern wir mit dem Großen Tanz. Wir feiern mit Rausch, mit Lärm und mit Musik, stecken unsere Männer in Kostüme, mit denen sie vor jedes Haus und über den Berg tanzen, bis zur Siedelei. So vertreiben sie das Trübe, das Dunkle, das Schwere und Böse. So verjagen sie es mit Feuern oben auf den Bergen und auf unserem Platz. Und wenn endlich alles durchs Feuer gereinigt ist, sind auch wir wieder rein. Danach beginnt mit dem neuen Mond unser Trockenmonat, in dem wir ganz auf Schnaps, Wein und Fleisch verzichten. Aber wem sage ich das alles, du wirst es ja selbst noch erleben.

Heute ist der Erste Tag und wir sind in der Woche des abnehmenden Halbmondes. Wir sind im fünften Mondzyklus in diesem Jahr. Seit der Sache auf dem Platz mit den Frauen war ich nicht mehr im Dorf. Mir ist mulmig, als ich die Treppe runtersteige und durch die Gassen gehe. In der Kurve der Straße sitzen die Frauen in Schwarz mit ihren Fächern, sitzen da wie eine Altefrauenkette Stuhl an Stuhl und schnattern, bis sie mich bemerken und still werden. Meine innere Krone rutscht, ich gehe rasch an ihnen vorbei. Keine Himmelwärtsblicke heute, keine Handbewegungen, kein Gezischel und Getuschel, diesmal sind sie ganz still, sind nichts als Augen. Das macht mir Angst. Anstelle gleich zu Sofia zu gehen, laufe ich erst zu Mariah.

– Ich will dich hier nicht mehr sehen, sagt Kristof an der Tür. Gestern Abend war es hier leer, nicht ein einziger Gast. Und weißt du, warum?
– Weil der Ältestenrat getagt hat und Versammlung war?
– Nein. Weil du hier ständig rumlungerst.
– Aber ich bin doch nie abends da …
– Egal. Ich will dich hier nicht mehr sehen.

DREIUNDDREISSIGSTE STROPHE

(Der Hahn, der Hahn, die Henne, die Henne)

Sofia öffnet mir die Tür, ihr Auge ist nun blau. Sie bittet mich herein, und als die Tür hinter mir zu ist, sehen wir uns scheu an. Beide verwundet, beide verbeult, beide zerdonnerte Gesichter. Sofia riecht trotzdem so gut, so frisch, nach Blume und nicht nach Arbeit. Ihr Körper ist so fein, dagegen komme ich mir grob vor, schäme mich und blicke zu Boden.

– Hab gehört, was sie mit dir gemacht haben, sagt sie, es tut mir leid.

Ich weiß nicht, was ich sagen soll, und es fühlt sich an, als würden wir mit dem Schweigen auseinanderdriften.

– Komm, lass uns anfangen, gehen wir hoch.

– Ich wasche mir die Hände, gut?

– Du weißt ja, wo es ist.

Mittlerweile sind alle Zuschnitte fertig, auf dem Tisch liegen die einzelnen Teile des Kleides. Sofia erklärt mir, was wie zusammengehört und wie sie die Nähte haben will, dann machen wir uns an die Arbeit. Und rauf und runter und durch die Schlinge, in den feinsten, kleinsten Stichen, mein erstes Weihekleid ist das, es will mit Sorgfalt genäht sein.

Unter der Decke ist ein großer Fächer befestigt, von dem eine Schnur über eine Rolle an der Wand läuft, deren Ende Sofia um ihren Fuß gewunden hat. Gleichmäßig wippt sie mit ihm, so dass sich das Fächerblatt bewegt und uns Luft zuwedelt. Wir arbeiten still und sehen nur selten auf. Manchmal treffen sich unsere Blicke, bleiben an unseren Verwundungen hängen. Nachdem ich die ersten beiden Stoffzuschnitte aneinandergenäht habe, begutachtet Sofia meine Arbeit.

– Du nähst sehr gleichmäßig, fast wie die Maschine, sagt sie und lächelt. Dann bringt sie Tee und Früchte. Sie schält eine Banane und bricht eine Hälfte ab, möchtest du, fragt sie und hält mir die Fruchthälfte hin. Dieser Geruch. Er kommt durch die Nase, dringt von da in jeden Winkel vor, dringt in mich ein, und ich kann nichts dagegen tun. Es ist passiert, ich kann es nicht mehr nicht gerochen haben. Ich muss würgen und halte mir die Hand vor den Mund, springe auf, rüber ins Nachbarzimmer, beuge mich über die Waschschüssel: Raus, raus, alles raus, raus, raus. Mein Mittagessen, den Tee, den Schleim, den Bananengeruch, den Lehrer, raus, raus, raus.

Sofia steht hinter mir im Türrahmen und lächelt.

— Bist du schwanger, fragt sie.

Bin ich schwanger? Mariah hat mir gesagt, dass man schwanger wird, wenn man mit einem Mann beisammengelegen hat. Habe ich mit einem Mann gelegen? Ja, Überkopf-Yael, natürlich, ich habe gelegen und geschlafen und er kniete bei mir, vielleicht reicht das schon, um schwanger zu werden? Entsetzt starre ich in Sofias Gesicht.

— Du weißt es nicht, oder?

— Was?

— Ob du schwanger bist.

— Nein.

— Oh je. Wann hast du zuletzt geblutet? War es jemand aus dem Dorf?

— Bei Vollmond.

Sofia rechnet im Kopf und mit den Fingern.

— Das ist vor zwei Wochen gewesen. Dann bist du jetzt fruchtbar.

— Warst du in den letzten Tagen mit einem Mann zusammen?

— Wie zusammen?

— Habt ihr es getan? Du weißt schon: Habt ihr geschraubt?

— Ich? Nein?

— Dann bist du nicht schwanger.

— Sicher nicht?

— Ganz sicher nicht.
— Ich weiß nämlich nicht genau, wie man es wird. Was ist geschraubt?

Sofia macht große Augen. Komm mit, sagt sie. Ich blicke auf die Waschschüssel mit meinem Erbrochenen.
— Ich leere es später aus. Komm.

Wir setzen uns im Nähzimmer wieder hin. Sie schiebt mir Wasser und Tee rüber, der ganze Raum riecht nach Banane. Ich konzentriere mich, versuche, es wegzudenken.
— Niemand hat es dir erklärt?
— Nein.
— Du weißt nicht, was Schrauben ist?
— Nein.

Sofia formt eine Hand zur Faust und stößt mit dem Zeigefinger der anderen Hand immer wieder in die Mitte der Faust. Das Zeichen kenne ich von den Dorfjungs.
— Das gibts doch nicht. Weißt du denn, wie ein Mann unten aussieht?

Ich nicke. Das weiß ich. Sofia zeichnet mit ihrem Zeigefinger das Mannuntenrum auf ihren Oberschenkel. Wir werden beide rot.
— So sieht er dort aus. Ja?

Ich nicke.
— Das ist der Penis. So nennt man ihn. Verstanden?
— Ja.
— Und wenn er, also, wenn er *es* will, dann wird der Penis ganz hart, ganz groß, er wächst, ja?

Ich nicke.
— Vorher war er weich wie ein Wurm. Und dann, wenn er erregt ist, dann wird er hart und steif. Wie ein Stachel. Verstehst du?

Ich nicke.

— Und wenn, also wenn der Mann seinen Penis bei der Frau in das Loch steckt, aus dem sie blutet …

Ich nicke.

— Bis bei ihm der Samen herauskommt … So wie beim Frühjahrsregen auf dem Feld …

Ich nicke.

— Und der dann in die fruchtbare Frau fällt, dann wird sie schwanger.

Ich nicke.

— Die fruchtbaren Tage sind in der Mitte vom Zyklus, genau zwischen den Blutungen.

Ich nicke, meine Wangen brennen, ich schlage mir die Hände vors Gesicht und frage mich, ob auch ein Esel schwanger werden kann von einem Männerstachel.

— Jetzt weißt du es, sagt sie und lacht.

Wir machen uns wieder ans Nähen. An der Decke quiekt der Wedel. Ich frage mich, warum es Schrauben heißt, Menschen sind doch nicht aus Holz.

Hoch, runter, mit der Nadel durch die Schlinge, immer wieder, bis ich gehen muss. Sofia bringt mich zur Tür, sie schwebt fast die Treppe runter und fragt, mit der Hand schon an der Tür, ob ich morgen wiederkommen kann. Ich nicke, sie lächelt und nimmt mich zum ersten Mal in den Arm.

— Bis morgen dann.

— Bis morgen.

— Sofia? Sag es niemandem.

— Was genau?

— Dass ichs nicht wusste.

VIERUNDDREISSIGSTE STROPHE

(Die Banane)

Ich stehe in der Küche und koche nicht beim Kochen. Der Bethaus-Vater ist wieder beim Ältestenrat im Dorf, er hat gesagt, dass ich mit dem Essen nicht auf ihn warten soll, er wird ins Lokal gehen. Draußen hängt noch die Wäsche, sie ist längst trocken. Ich will für die nächsten Tage Melitzanes mit Domates zubereiten. Vom Zwiebelschneiden laufen mir die Tränen, und ich muss wieder an die Banane denken.

Wenn ich dem Lehrer mit der Wäsche helfen sollte, musste ich nachmittags nach dem Essen zu ihm gehen. Das fing an, da ging ich noch zur Schule, da war mein Bein noch heil. Er lieh mich manchmal am Fünften Tag oder am Tag vor der Zusammenkunft aus. Beim ersten Mal sah er mir zu, wie ich im Hinterhof in einem Bottich seine Wäsche wusch. Als ich fertig war und alles aufgehängt hatte, nahm er meine Hand und drückte sie gegen sein Untenrum. Unter seinem Hosenstoff war eine harte Wölbung. Ich wollte meine Hand zurückziehen, aber er hielt sie fest und presste sich dagegen. Aua, sagte ich, das tut weh. Da ließ er meine Hand los und sagte: Tut mir leid. Hau schon ab.

Die roten Abdrücke von seinem Griff verblassten auf dem Weg nach Hause. Ich wusch meine Hand in der Quelle, schrubbte sie, bis sie ganz wund war, und versuchte, die Wölbung zu vergessen.

Ein anderes Mal sollte ich die Wäsche drinnen waschen. Ob ich immer noch das Lesen lernen will, fragte er mich. Ja, das wollte ich! Er sagte: Erst die Wäsche, dann die Buchstaben. Also wusch ich in einem Bottich auf dem Boden und er sah mir dabei zu. Ich dachte mir, dass der Lehrer ganz schön arm im Kopf sein muss, wenn er nicht mal weiß, wie man die Wäsche macht. Er sagte: Zieh dein Kleid aus. Ich sagte: Warum? Er sagte: Es ist warm, ich ziehe mich auch aus, aber du darfst mich nicht ansehen. Ich tat es, wusch in Schuhen, Strümpfen und Unterhose auf den Knien weiter und er saß in meinem Rücken. Ich sah ihn nicht an, aber ich konnte ihn hören. Konnte es hören. Das Tier, von dem ich bald zu träumen begann. Als ich fertig war, alles ausgewrungen hatte und die Wäsche draußen aufhängen wollte, sah ich, dass er weinte. Komm her, sagte er, wischte sich die Tränen weg, und ich ging zu ihm hin, er zog seine Hose wieder an. Das hast du gut gemacht, sagte er, das mit dem Lesen, das üben wir beim nächsten Mal. Aber es muss unser Geheimnis bleiben, hörst du? Mädchen dürfen nicht lesen, das weißt du doch? Ja, das weiß ich. Deswegen ist es wichtig, dass du niemandem von uns erzählst, verstehst du das? Ja, das verstehe ich. Nicht, dass sie dich an den Pfahl stellen. Nicht, dass der Angstmann dich holen kommt. Panik stieg in mir auf. Es muss unser Geheimnis bleiben. Versprochen, sagte ich. Er stand auf und ging zur Kochnische. Hier hast du eine Feige, sagte er, und jetzt zieh dich endlich wieder an, häng die Wäsche auf, und dann hau ab.

Ich wuchte den schweren Topf auf den Herd und gebe Öl hinein. Als es heiß ist, kommen die Zwiebeln und der Knoblauch dazu. Dann schneide ich die Domates klein. Als die Zwiebeln glasig sind, gebe ich sie mit in den Topf. Während es zu blubbern beginnt, schneide ich die Melitzanes in Scheiben und salze sie ein. Ich gebe Wasser zu den Domates, rühre immer wieder um, ich gebe Gewürze hinzu und lasse die Soße weiter einkochen. In einer Pfanne erhitze ich Öl und brate die Melitzanescheiben darin an. Die fertigen Scheiben schichte ich in eine Ofenform.

Beim nächsten Mal sollte ich wieder drinnen Wäsche waschen. Wieder war dem Lehrer zu warm, wieder sollte auch ich mich ausziehen, wieder wusch ich auf den Knien und mit dem Rücken zum Lehrer seine Dreckwäsche, wieder hörte ich das Tier hinter mir wachsen, wieder hörte ich es keuchen und schmatzen. Ich konzentrierte mich auf einen dunklen Fleck am Ärmel eines Hemds und schubberte die Stelle über das Waschbrett, während das Tier aufstand und seine Zähne fletschte. Ich hörte seine Atemstöße, und sein warmer Geifer tropfte mir auf den Rücken. Dann war es plötzlich still. Ich bekam diesen verdammten Fleck einfach nicht rausgewaschen. Ich schrubbte und schrubbte den Hemdsärmel über die Rillen, bis der Lehrer sagte, es sei jetzt gut, und mir ein Tuch reichte. Für deinen Rücken, sagte er, und ich wischte mir den Tiergeifer ab. Er zog sich an, setzte sich auf den Stuhl, begann wieder zu schluchzen und verbarg sein Gesicht in seinen Händen. Hatte er das Tier auch gehört? Hatte er auch Angst bekommen? Mir tat der Lehrer leid und ich wrang sein Hemd gründlich aus. Was machst du nur mit mir, was machst du nur mit mir, wimmerte er unter seinen Händen. Was machte ich mit ihm, was machte ich mit ihm. Oder meinte er gar nicht mich? Meinte er das Tier? Zieh dich schon an, Mädchen, es reicht. Auf dem Tisch liegt eine Banane, die ist für dich, weil du mir so lieb mit der Wäsche hilfst. Ich zog mich an, ließ die Banane liegen und rannte nach Hause.

Der letzte Sand läuft durch den engen Hals vom Stundenglas, es ist Zeit für das Abendsignal. Der Rhythmus der Signale ist in mir wie mein eigener Herzschlag, das Stundenglas in der Küche brauche ich eigentlich nicht, ich weiß auch so, wo die Sonne steht, weiß auch so, wann es Zeit ist fürs Signal. Ich gehe raus zum Turm, die Sonnenuhr hält mit mir Schritt. Vier Mal beide, zwanzig Mal die rechte Schnur, dann binde ich sie wieder fest und stelle mir vor, dass ich Flügel habe und über alles hinweggleite, dass ich ganz leicht bin. Dass ich einfach wegfliege, über das Dorf, das Tal, die Bucht, das Meer, zu meiner Mutter und zu meinem Vater, die vielleicht auf der Sonne wohnen, oder auf dem Mond. Ich hänge die Wäsche ab. Die Hitze hat die Kleidung über den Tag hart gemacht.

Als ich in der Woche darauf wieder zum Lehrer sollte, war er gut gelaunt und behielt seine Hose an. Ich wollte ihm sagen, dass ich die Buchstaben nicht mehr lernen wollte von ihm, weil ein Tier bei ihm wohnte, traute mich aber nicht, weil er gleich zu Anfang sagte, dass er mir mit der Wäsche helfen werde, damit wir schneller fertig wären und endlich das Lesen üben könnten. Er ließ sich von mir alles zeigen, wie man einseift, wie man die Wäsche übers Brett rubbelt, wie man die Seife ausspült und wie man die Kleidungsstücke auswringt. Seine Hände umschlossen oft meine, und er fragte mich, ob er alles richtig machte. Immer wieder meinte ich in einer dunklen Ecke das Tier zu sehen, aber es blieb still. Wir hängten die nasse Wäsche gemeinsam draußen auf, dann gingen wir zurück ins Haus. Auf dem Tisch eine echte Banane. Gelb, krumm, verführerisch leuchtend lag sie da auf dem dunklen Holz. Setz dich, sagte der Lehrer und schob mir einen Stuhl hin. Lesen lernen darf nur, wer einen Zipfel hat, das weißt du. Wir setzten uns. Der erste Buchstabe, der allererste in unserem Alphabet, das ist das Alpha. Ahh. Kannst du ihn sagen? Ja, sagte ich. Dann lass es mich mal hören, sagte der Lehrer und ich machte ein Ahh. Es ist der reinste Buchstabe, sagte der Lehrer, er ist der Antrieb hinter allen Buchstaben, das Alpha hat am meisten Klang und Kraft. Mach es nochmal, und mach den Mund weiter auf, richtig weit auf. Gut so, ja. Wir machen jetzt ein Spiel. Schau, ich nehme die Baaaanaaane und stecke sie mir in den Mund. So tief rein, wie ich kann, dabei sage ich den Buchstaben Alpha. Ahh machte der Lehrer und schob sich die Banane mitsamt der Schale in den Mund. Mit einem Fingernagel markierte er die Stelle der Frucht, die gerade noch so im Mund drinnen war. Er wischte die Banane ab. Und jetzt du. Ich machte einen Alphamund und schob mir die Banane rein, aber es war nicht richtig tief, nicht so wie bei ihm, und der Lehrer sagte: Komm schon, tiefer, drückte sie mir etwas weiter rein, ich musste würgen und biss aus Reflex zu. Der Lehrer sagte, dass ich das bis zum nächsten Mal üben sollte und wir dann gucken würden, wie tief ich sie reinbekomme. Und jetzt hau ab. Als ich draußen war, konnte ich das Tier hören. Ich war ihm gerade so entkommen.

Als ich mit der Banane nach Hause kam, fragte Mariah, die gerade für den Bethaus-Vater und mich kochte, woher ich die denn hätte, und ich sagte, vom Lehrer. Und Mariah sagte, Bananen sind ganz besondere Früchte, die wachsen nur drüben und müssen sehr weit zu uns reisen, bis wir sie essen können. Sie schälte die Frucht und schnitt sie in Scheiben.

— Na, nun iss.

Und ich aß.

Den Deckel vom Topf nehmen, umrühren, etwas Wasser zufügen. Es duftet gut. Die Yaelgedanken wegwischen. Mit einem Messer in den Garten, vom Basilikum schneiden, und, weil mein Bein schmerzt, einen Zweig Rosmarin brechen. In der Küche die Lampen anzünden und mein Bein mit dem Rosmarin einreiben. Den Topf vom Herd nehmen und den Käse aus der Kammer holen. Vom Käse in die gekochten Domates bröckeln, umrühren und dann alles über den Melitzanes verteilen. Ab in den Ofen damit. Zwei Scheiben vom Brot schneiden. Oliven und Käse auf eine Piata legen. Alles waschen und versorgen, was nicht mehr gebraucht wird.

Als ich das nächste Mal zum Lehrer musste, ließ ich mich auf dem Weg von den anderen Kindern verprügeln. Verbeult und wund kam ich beim Lehrer an, der mich anschnauzte, warum ich so spät war. Wieder sollte ich drinnen waschen, wieder ohne Kleid, und wieder durfte ich mich nicht umdrehen. Er saß hinter mir auf seinem Stuhl mit dem Tier. Als ich fertig war und die Wäsche ausgewrungen hatte, ging ich schnell zum Aufhängen in den Hof und begann mich schon zu freuen und dachte, jetzt gehst du rein, ziehst einfach dein Kleid an und gehst, ganz ohne lernen. Da fragte der Lehrer, ob ich geübt hatte. Mit der Banane. Nein, das ging nicht, Mariah hat sie zerschnitten, antwortete ich. Dann müssen wir wohl mit meiner Banane üben, sagte der Lehrer, kannst du sie mal halten? Armer Lehrer, dachte ich, ist zu schwach, um seine blöde Banane zu halten.

Ich hole die Melitzanes aus dem Ofen und lasse sie abkühlen. Die Liebspeise vom Bethaus-Vater. Ich breite die Steine mit den Buchstaben vor mir auf dem Tisch aus. Mit dem Rosmarinzweig reibe ich mir noch einmal mein Bein ein und rieche an den Händen, um die Bananenerinnerung zu verjagen. Das wird heute schwer mit dem Essen.

FÜNFUNDDREISSIGSTE STROPHE

(Das Bein)

Ich bin wieder früh hoch aufs Feld, noch vor dem ersten Signal. Die Favabohnen können bald geerntet werden, die Pflanzen beginnen auszutrocknen. Es wird ein warmer und schwerer Tag werden. Heute Vormittag wird Ida an den Pfahl gestellt. Einen halben Tag hat sie für ihr Benehmen bei der letzten Pujachatt bekommen, das hat mir der Bethaus-Vater gestern Nacht noch in der Küche erzählt. Er sah mitgenommen aus und verlangte vom Honigschnaps. Sie nennen es Korrektur, aber ich weiß, dass da nichts korrigiert wird. Sie begraben nur etwas unter der Angst. Mehr nicht.

Heute ist der letzte Tag der Haus-Satva des kleinen Sakis, am Abend dann die Überführung des Leichnams in den Satvastan. Ich soll den Raum am Nachmittag herrichten, ihn mit Salbei räuchern und mit Blumen schmücken. Der Bethaus-Vater wird die nächsten drei Nächte bei ihm in Stille wachen, tagsüber ist der Raum offen für alle aus dem Dorf. Nach der nächsten Pujachatt wird der Leichnam von uns in einer Prozession zum Platz im Dorf getragen und dort verbrannt. Die Asche kommt in ein Tongefäß, das auf dem Friedhof hinter die Grabplatte der Familie gestellt wird. Wenn du tot bist, ritzen sie deinen Namen in die Platte deiner Familie rein. Ich blicke runter aufs Dorf, weiß nicht, wie ich es heute schaffen soll, Sofia auch noch mit dem Kleid zu helfen. Das Beste wird sein, ich frage sie am Nachmittag, ob ich erst morgen kommen kann. Bald ist die Weihe ihrer Tochter, bald ist das Sommersonnenwendfest. Auf einmal ist so viel los und die Zeit so vollgestopft. Ich schließe kurz die Augen, atme, öffne sie wieder, sehe die Welt wie neu. Da ist der Tag. Es ist hell geworden, ich steige wieder runter zum Bethaus, sehe einige Dorfbewohner auf ihren Eseln zu ihren Feldern weiter unten im Tal reiten. Ich gebe das erste Signal des

Tages, fließe durch die Bewegungen: Der Garten, die Hühner, das Frühstück für den Bethaus-Vater, das Haus, die Wäsche.

In den nächsten Tagen soll ich für den Bethaus-Vater alle Signale übernehmen, weil er dann tagsüber schläft, um sich von der nächtlichen Totenwache auszuruhen, das fesselt mich auch nachmittags ans Haus. Da bleibt kaum Zeit für größere Unternehmungen. Gut, dass ich gestern vorgekocht habe, denke ich.

Genau jetzt steht Ida bis zum Mittag am Pfahl, denke ich. Zum Glück kommt der Angstmann sie nicht holen.

Als sie mich wegen dem blauen Auge von Jakup Jakupsohns Enkel nach einem Tag und einer Nacht wieder vom Pfahl genommen hatten, bekam ich meine Strafe für den Versuch, wegzulaufen. Ich musste mich auf dem Platz auf das Korrekturbrett legen, das ähnlich wie ein Totenbrett gebaut ist. Deine Hände und Füße werden an den Ecken mit Riemen festgemacht, damit du dich nicht wehren kannst. Das Brett gibt es in drei Größen: Männer, Frauen und Kinder. Sie legen es vor den Pfahl, dann wirst du draufgeschnallt, und wenn du dich nicht freiwillig hinlegst, dann machen sie es mit Gewalt. Und du bist vom Pfahl schon so müde, so erschöpft, freust dich fast schon darüber, dass du nun endlich liegen kannst, weil deine Beine längst nicht mehr wollen. Und während sie dich festschnallen, ist da sofort diese wahnsinnige Panik vor dem Angstmann und seinem Knüppel, vor dem Schmerz, und da zappelst du dann doch, trotz Erschöpfung. Sie halten dich zu viert, schnallen dich fest und geben dir ein Stück Holz zwischen die Zähne.

Den Korrektor erkennst du nicht, weil er das Kostüm des Angstmannes trägt. Es kann jeder aus dem Dorf sein, aber es ist nicht jeder, es ist dieser eine Mann, und du fragst dich, warum er nicht nein gesagt hat, warum er das hier macht, und du hoffst, dass er die Maske absetzt und sagt, dass es ein Versehen ist, dass die Strafe schon vollzogen ist, dass die Angst vor dem Schmerz die eigentliche Strafe war, aber dann nimmt er seinen Knüppel. Und der Knüppel kennt kein Erbarmen, der Knüppel ist nur dafür da, Angst zu verbreiten, Schmerz zuzufügen und Knochen zu zertrümmern. Er ist aus hartem Olivenholz gemacht, und an ihm klebt das Blut vieler Korrekturen. Die Panik saust dir in den Ohren und dämpft die Rufe der Meute: *Eselshure*, *Verräterin*, *Miststück,* und *Gib ihr den Knüppel.* Der Angstmann holt aus, und für einen letzten Moment glaubst du an ein Missverständnis, aber er trifft dein rechtes Bein, zermatscht es mit einem Schlag, und du wirst ohnmächtig. Als du wieder zu dir kommst, hat der Schmerz dich ganz in seiner Gewalt. Er ist spitz, er ist klar, er ist zackig, blitzend, durchdringend. Und du sackst wieder weg in eine weiße Welt, und da steht deine Mutter und sieht genauso aus wie du in alt und sie sagt, *es tut mir leid, es tut mir so leid.* Und du rufst *Mama, Mama, Mama* in deinem Schmerztraum. Als du wieder zu dir kommst, trägt dich der Bethaus-Vater die Stufen zum Bethaus hoch, du merkst, dass er weint, und er sagt, *gleich sind wir da, gleich sind wir da.* Und dann gibt er dir Schnaps und einen Lappen, in den du beißen sollst, und richtet das vom Angstmann zertrümmerte Bein, und kreischend haut der Schmerz seine Klauen in dein Bewusstsein, und dann schwinden dir wieder die Sinne. Du siehst das weiße Meer und einen Mann darin. Papa?

Und als du wieder zu dir kommst, hast du Holzschienen an beiden Seiten vom rechten Bein und liegst im Bett, und der Schmerz lässt dich sofort wieder wegkippen. Wie Sternschnuppen sausen Augenblicke des Wachseins vorbei. Mal ist es Tag, mal ist es dunkel, mal ist eine Lampe an. Mal bekommst du Hühnerbrühe, mal von Mariah, mal vom Finder. Bis eines Tages die Kraft wieder da ist, aufzustehen, der Schmerz dumpf geworden ist und seine Spitzen an der Zeit abgeschliffen hat.

Als ich das erste Mal danach dem Lehrer wieder mit der Wäsche helfen sollte, war er ungehalten. Bücken fiel mir schwer, hinknien war mit den Holzschienen unmöglich, überall waren mir die Krücken im Weg. Schließlich stand ich an seinem Tisch, auf den er den schweren Waschbottich gewuchtet hatte, und wusch umständlich und ohne Kraft seine Wäsche, bis er mich mit einem Mal anfuhr: Hör auf, Krüppel, und zieh dich an. Brauchst nicht mehr wiederkommen.

SECHSUNDDREISSIGSTE STROPHE

(Der Name)

Ich stehe vorm Spiegel und probiere Namen aus. Der Spiegel hängt über dem Waschtisch im Zimmer des Bethaus-Vaters. Wenn er nicht da ist, sehe ich mich manchmal darin an, nicht, weil ich mich betrachten will, ich suche nur meinen Namen. Suche ihn in meinen Augen, die nicht meine Augen sind, sondern Spiegelverkehrtaugen. Ich betaste die Wunde an der Stirn und pule am Schorf.

Einen Namen bekommst du vom Bethaus-Vater. Er hat seine Aufzeichnungen von den Sternen und dem Kalender, er weiß, welche Namen an welchem Tag zu welcher Stunde der Geburt für dich infrage kommen. Er besucht dich und schlägt sie dann deinen Eltern vor. Gemeinsam wird der Name beschlossen und in einem Ritual wirst du benannt. Ich kann aber keinen Namen haben, weil ja niemand weiß, wann ich geboren wurde. Der Bethaus-Vater wollte eine Ausnahme machen, aber die Ältesten haben dagegen gestimmt, aus Angst, dass eine solche Ausnahme gleich alle Gesetze ins Rutschen bringt. Ich kann alles sein und von überall, oder niemand und von nirgends.

Die Wunde beginnt da zu bluten, wo ich etwas Schorf abgeknibbelt habe. Wie die junge Frau mit dem schiefen Gesicht wohl heißt, die ich im fleckigen Spiegelglas vor mir sehen kann. Ich verschmiere den Bluttropfen einmal quer über die Stirn. An einer Stelle auf Augenhöhe ist was mit dem Glas, eine Beule, sie macht ein Auge klein und länglich. Wenn ich mich bewege, tanzt das Gesicht der Frau. Ich drücke ihre Nase platt und fühle mich ganz anders, als sie aussieht. Ist sie eine Leilah? Nein? Eine Agota? Surjah? Tasha? Rebeccah? Ife? Karolita? Nein! Antonia? Ich schneide der Frau Grimassen. Warum heißt die Mandel Mandel und der Tisch Tisch? Weil irgendwelche Menschen mal angefangen haben, zum

Tisch Tisch zu sagen? Haben sie das dann den Kindern beigebracht und die dann ihren Kindern und so weiter bis heute? Oder kommen die Namen von den Göttern, und sie pflanzen dir deinen einfach ein? Woher weiß der Bethaus-Vater, dass er den richtigen Namen ausgewählt hat? Ich blase Luft in meine Wangen und sehe nicht das, was ich bin, sondern was der Spiegel denkt, das ich bin. Ich sehe mein Verkehrtherumich mit Beulenauge und Pustebacken. Die Leute aus dem Dorf sagen zu mir so viele Sachen, aber keine davon ist nett. Da kann ich manchmal kaum glauben, dass ich wirklich ein voller Mensch bin. Aber einem Esel sehe ich auch nicht ähnlich. Vielleicht können die anderen mich nur verkehrtherum sehen, wie der Spiegel? Und wenn das so ist, woher will ich wissen, dass ich die Dinge und die Menschen sehe, wie sie sind? Ich strecke dem Schiefgesicht die Zunge raus.

Heute wünsche ich mir mehr als sonst einen richtigen Namen. Yael. Wie soll ich mich sonst ins Verhältnis setzen, wie es in der Khorabel steht, auch wenn ich versuche, ihn zu vergessen.

Yael und   ? Siehst du, es geht nicht. Der Bethaus-Vater hat lange überlegt, mir heimlich doch einen Namen zu geben, es dann aber gelassen, weil er fürchtete, dass mir der Name wieder weggenommen wird, oder dass er sich vorm Dorf verplappert und aus Versehen den Heimlichnamen sagt. Also hat er sich doch dem Gesetz gebeugt und eingesehen, dass es nicht geht. Er nennt mich *Findling* und *mein Mädchen*, und Jahjah nennt mich: *Mädchen, mein Mädchen*, manchmal *Augenstern*.

Mädchen und Yael! Das hört sich doch nicht richtig an. *Augenstern* und Yael, das klingt wie ein Ding und ein Lebewesen. Und *Mein Mädchen* und Yael, das stimmt auch wieder nicht.

Ich verschmiere einen weiteren Bluttropfen über der Stirn. Der Bethaus-Vater hat auch einen Namen. *Prahan*. Aber kaum jemand benutzt ihn, nur Mariah und die Ältesten manchmal. Die Leute aus dem Dorf sagen *Vater, ehrwürdiger Vater, Eure Weisheit, Eure Ehrenwertheit, ehrwürdiger Bethaus-Vater, Bethaus-Vater, Betvater*. Ich sage *Vater*, obwohl er es nicht ist, *mein Finder, Prahan* und meistens *Bethaus-Vater*. In der Anrede ehre und erhebe ich ihn immer, wie alle Töchter ihre Väter, alle Frauen ihre Männer, wie alle den Bethaus-Vater, so, wie es das Gesetz verlangt.

Yael. Ya-el. YAEL.

Die Götter haben mir den Verstand geraubt und stattdessen Yael in mich hineingelegt.

SIEBENUNDDREISSIGSTE STROPHE

(Das Vergessen)

Ich versuche, ihn zu vergessen beim Aufwachen. Versuche, ihn zu vergessen beim Atmen. Beim Inderweltsein. Den ganzen Tag strenge ich mich an und versuche, ihn zu vergessen.

ACHTUNDDREISSIGSTE STROPHE

(Der Schock)

Am Nachmittag mache ich mich auf den Weg zu Sofia, um ihr zu sagen, dass ich heute nicht zum Nähen bleiben kann. Unter der glatten Dorfhaut kocht das Blut, ich gehe mit meinem Blick an den Boden geheftet, aber mit der inneren Krone klappt es heute gar nicht. Es dauert nicht lange, bis ich in den Gassen wieder die Kinder hinter mir herziehe. Sie schimpfen, spucken, werfen mit Eselskot nach mir. Ich gehe schnell, halte mich an den Mauern, wechsle oft die Gasse und zickzacke mich zum Haus von Sofia.

Sie öffnet mir im Unterkleid, lässt mich rasch ins Haus und schließt hinter mir die Tür. Ich sehe sofort, dass ihr Oberkörper von blauen Flecken übersät ist. Mir fehlen die Worte. Ich schäme mich, kann sie nicht ansehen, stammle eine Entschuldigung.

— Da kannst doch du nichts dafür, sagt Sofia. Jetzt weißt du es.

Sie geht die Treppe zum Nähzimmer hoch.

— Sofia. Warte. Ich kann heute nicht, ich bin nur gekommen, um es dir zu sagen. Ich bin heute allein im Bethaus, wegen der Satva, und muss alle Signale geben. Die Zeit dazwischen reicht nicht.

— Verstehe. Kannst du nach der Satva wiederkommen?

— Ja.

— Gut. Bis dann.

Ich eile zurück zum Bethaus, lasse das Dorf hinter mir, bin den Kindern auf wundersame Weise entkommen, steige die Treppe hoch und sehe es schon von weitem. An der linken Schnur vom Turm hängt etwas. Mein Herz schlägt schneller. Da hängt ein Tier. In meinen Ohren wird es dumpf. Da hängt eine Katze. Ich kriege keine Luft. Da hängt eine Katze mit dreiundhalb Beinen. Und ist tot. Aus meiner Kehle dringt ein komisches Geräusch. Die Schlinge von Minkis Hals lösen, sie ist noch warm, ist noch weich, und sie an mein Herz drücken. Ich wiege den Katzenkörper, kann mich nicht bewegen, kann mich nur krümmen, kann nur noch wimmern. Und dann gebe ich das nächste Signal, das ein Minki-Signal wird: Beide Schnüre kräftig gezogen, der Ton ist Zeuge, wer auch immer Minki da aufgehängt hat, weiß jetzt, dass ich sie gefunden habe.

Ich gehe mit dem Minkikörper ins Haus, er beginnt schon kalt zu werden, lege ihn in der Küche auf den Tisch, weine und sage mir, es ist doch nur ein Tier, beruhige dich. Aber der Liebe ist es doch egal, ob du ein Huhn bist, eine Katze oder ein Mensch.

NEUNUNDDREISSIGSTE STROPHE

(Das Wiedersehen)

Auf dem Weg nach oben sammle ich Holz. In der Schürze vor meinem Bauch liegt Minki, in Öl getränkt und in ein Tuch gewickelt. In einer Laterne habe ich ewiges Feuer dabei. Ich lasse die Signale ausfallen. Ich arbeite nicht im Haus, nicht im Garten und nicht auf dem Feld. Ich bin von meiner Alltagsbahn abgekommen, die mir sonst Halt bietet. Mein Handeln jetzt ist frei und frei gewählt, keiner hat mir gesagt, was ich tun soll. Jeder Schritt jetzt führt mich weg von der vorbestimmten Bahn, von der Pflicht, von dem, was ich sollte. Das jetzt, das bin nur ich, das ist meine Entscheidung, ich gehorche nicht und das tut gut. Seit dem Bein habe ich das nicht mehr gewagt. Noch nie habe ich es versäumt, ein Signal zu geben.

Auf dem Gipfel, noch an den Windmühlen vorbei, suche ich mir eine kleine Mulde hinter einem Felsen. Ich lege eine Kuhle aus Steinen und sammle trockene Sträucher und Geäst hinein, darüber das Holz und ganz obenauf Minki. Dann entfache ich das Feuer. Ich singe ihr das Totenlied, ich singe Minki ihr ganzes Katzenleben in einem Katzenmiroloi nach. *Heute ist ein dunkler Tag …*

Es raucht und stinkt, wie wenn ein Mensch brennt, da ist kein Unterschied in meiner Nase, als Leiche sind wir gleich, Fleisch, Haar, Knochen, die im Feuer mit Schmurgeln und Knacken und Zischen vergehen. Ich gebe Salbei dazu für die Reinheit, Myrrhe als Bezahlung für die drei Fährfrauen, und eine winzige Blume, die im Schatten des Felsen eine gelbe Blüte trieb. Mein Gesicht in den Wind halten, der jetzt am Nachmittag aufkommt.

– Du?

Der Überkopfmann! Yael steht genau richtig herum vor mir.

– Ja.

Herz und Bauch machen komische Sachen.

– Darf ich mich zu dir setzen?

– Ja.

– Ich hatte gehofft, dich wiederzusehen.

– Ja.

– Kannst du auch etwas anderes sagen als *Ja*?

– Ja.

Yael setzt sich, setzt sich mit seinem Namen und seinem Lockenhaar, setzt sich an meine Seite, schaut auf den rauchenden Klumpen, der einmal Minki war und von dem ich nicht weiß, wie ich ihn jetzt nennen soll. Ab wann löst sich der Name ab, wenn etwas sich verändert? Ab wann sucht man für etwas einen neuen Namen aus, ein neues Wort? Und wer bestimmt das neue Wort? Dieser Klumpen da ist jedenfalls nicht mehr Minki. Ich lege Steine auf den qualmenden Rest, jetzt ist es ein Grab. Und da muss ich wieder weinen. Der Überkopfbetschüler mit Namen nimmt meine Hand, ist er noch derselbe oder doch schon ein anderer, ist er noch Betschüler Yael Ichweißnichtwersohn, der Überkopfmann, oder ist er schon ein anderer, ein Richtigrummann? Und dann sind da zwei Hände ineinander, miteinander, dann ist da Berührung, wo fange ich an, wo höre ich auf. Dann ist da der Wunsch, ihm nah zu sein, näher noch, und noch näher, ohne zu wissen, was das bedeutet. Im Augenblick existiert nur dieser Wunsch, der alles auslöscht, auch die Trauer. Er fühlt sich an wie ein Zuhause, wie ein Unbedingtsein, wie die Sonne, um die ich kreise. Mein Atem geht schneller, und ich weiß jetzt, dass die Welt nie mehr dieselbe sein wird, dass sich alles aufteilen wird in vor und nach dieser Berührung. Ich wende ihm meinen Kopf zu und will etwas sagen, aber alle Worte, die ich weiß, können nicht sagen, was gerade mit mir passiert.

Seine Augen, Nase, Lippen kommen näher, und er greift mit

seiner freien Hand meinen Kopf und zieht mich sanft zu sich, dann sind da seine Lippen auf meinen, und er öffnet mich mit seiner Zunge, berührt mich von innen im Mund. Meine Zunge ist erschrocken, weiß nicht, was sie tun soll, zieht sich zurück, ich vergesse zu atmen, drücke ihn schließlich von mir weg, schnappe nach Luft. Er lächelt mich verlegen an. Ich bin ein Puls, ein Mund, ein Körper, der Yael nah sein will. Ich bin ein Körper, der Yael sein will. Wie gelange ich nur unter seine Haut.

– Ich muss jetzt gehen.

– Wann sehen wir uns wieder, fragt er.

– Ich weiß nicht.

– Ich heiße Yael.

– Ja. Ich weiß.

– Und wie heißt du?

– Ich habe keinen Namen. Wirklich nicht.

– Gibt es denn sowas?

– Bei uns schon.

– Dann werden wir dir einen suchen.

– Aber niemand darf ihn wissen.

– Ein Geheimname dann eben.

– Ja.

Und aufspringen und loslaufen. Sein *Wofür!?* und sein *Warte doch!* hören.

– Du hast etwas vergessen.

Yael reicht mir den Sack, mein Tragetuch und das ewige Licht. Und wie ich es nehme, zieht er mich wieder zu sich, und ich lasse Sack und Tuch fallen, mit der freigewordenen Hand greife ich in seine Locken. Stirn an Stirn, Nase an Nase stehen wir pochend in der Welt. Dann machen wir wieder das mit den Lippen und den Zungen, und das Wort Kuss erkennen und es jetzt wissen für immer.

VIERZIGSTE STROPHE

(Die Knospe)

Natürlich gab es gestern Ärger, weil ich die Signale nicht gegeben und nicht auf dem Feld und im Haus gearbeitet habe. Als ich dem Bethaus-Vater aber von Minki erzählte, wurde er milde mit mir und wollte später meine Fortschritte mit den Buchstaben sehen. Etwas arbeitet in ihm, ich kann es sehen, in seiner Tiefe tobt Unruhe. Vom Wiedersehen mit Yael, von der Berührung und dem Kuss habe ich ihm deswegen nichts erzählen wollen, und nun ist mein Gewissen schwer. Noch schwerer fällt mir nur, meine Freude und mein Glück über das Wiedersehen zu verbergen. Da rufe ich mir immer wieder Minki vor Augen und versuche damit meinen Wunsch zu zügeln, gleich wieder auf den Berg zu steigen.

Stattdessen geht es bergab. Stufe um Stufe treppab ins Katzenmörder-Dorf und durch die Gassen, wieder habe ich meine Krone auf und spiele meine Rolle, bis zu Sofias Tür. Sie freut sich, mich zu sehen.

– Komm rein.

Wir machen uns gleich an die Arbeit. Kein Wort wegen der grünen und blauen Flecken, kein Wort wegen gestern, wir nähen still und konzentriert, das Kleid wird bald fertig sein.

– Warum seufzt du?

– Ich?

– Ja.

– Ich seufze?

– Und wie. Alle paar Augenblicke. Du hast die Signale gestern nicht gegeben. Wir alle haben uns gefragt, was geschehen ist.

– Jemand hat meine Katze Minki an den Schnüren am Bethaus aufgehängt. Ich habe sie oben auf dem Berg verbrannt.

– Das tut mir sehr leid.

– …

– Komm, lass uns eine Pause machen.

Sofia geht nach unten in die Küche, und ich lasse Yael aus mir heraus, sehe sein Ganzes vor mir, fühle ihn und bin nur halb. Das ist es also. Das Abwesende. Das Getrenntsein. Sofia kommt mit Tee und Gebäck zurück. Wir sitzen zusammen auf dem Boden und trinken die heiße Minze.

– Sofia, darf ich dich etwas fragen?

– Ja, nur zu.

– Ich … Du hast … Neulich hast du vom Stachel erzählt …

– Penis.

– Ja. Und von Mann und Frau. Ich war noch nie mit einem Mann so nah. Wie geht es?

– Es ist ganz einfach eigentlich. Ihr zieht euch aus, der Mann steckt seinen Penis in dich hinein, hier, unten, bis er vor Lust aufstöhnt und der Samen kommt. Dann zieht er ihn wieder raus. Wenn er sehr grob ist und es zu doll weh tut, beißt du am besten in ein Tuch, er wird schneller fertig, wenn er dein Wimmern nicht hört. Manche Männer sind nicht so grob, aber meistens wird die Lust der Frau dennoch vergessen. Es ist so schade, dass du nicht ins Badehaus darfst. Machst du es dir selbst?

– Ich? Was? Selbst?

– Du berührst dich nicht selbst zwischen den Beinen?

– Nein. Wozu? …

– Das kann ich nicht glauben. Hast du denn nie Lust gehabt?

– Ich? In der Khorabel …

– Ich fasse es nicht. Du hast dich noch nie selbst befriedigt?

– Ich weiß nicht.

– Du weißt es nicht.

– Nein.

– Soll ich es dir zeigen?

— Ja.

Mir schießt das Blut in die Wangen. Sofia lacht verlegen. Also gut, sagt sie und steht auf. Sie hebt ihr Kleid hoch, zieht ihre Unterhose bis zu den Knöcheln runter.

— Schau. Kannst du gut sehen?

Ich nicke, kann aber kaum hinsehen. Sieht es bei mir da unten auch so aus? Wenn die Augen nur um die Ecke reichen würden. Sofia nimmt Mittel- und Zeigefinger ihrer rechten Hand in den Mund, dann legt sie sich die Finger an ihr Geschlecht, zwischen das Haar, und spaltet es.

— Hier ist eine kleine Erbse, eine Knospe, siehst du?

Ich nicke. Sofia hat auch ganz rote Wangen bekommen.

— Daran kannst du reiben. Mit deinem Finger, schau, so. Oder so. Ganz wie du magst. Er sollte feucht sein, nimm ihn vorher in den Mund. Du wirst es herausfinden. Und wenn es dir gefällt, dann wirst du hier feucht, in der Tiefe feucht, da, schau, da kannst du auch mit dem Finger hinein, und dann wieder über die Knospe reiben. So. Ganz wie du magst. Geht auch mit einer Kurgette oder etwas anderem. Probier es aus.

Sofia lässt ihr Kleid wieder runter, zieht ihre Unterhose hoch und grinst mich an.

— Dir fallen davon keine Hände ab, du schielst nicht davon, und die Blitze der Götter haben mich nicht getroffen bisher. Es ist schön. Es entspannt.

Dann verschwindet sie nach nebenan, wäscht sich die Hände, kommt zurück. Wir umklammern unsere Teegläser und schlürfen die heiße Minze.

— Und ich habe auch eine Knospe? Ganz sicher?

— Ja, du auch, denke ich. Soll ich nachsehen?

Wir lachen verlegen.

— Und das mit dem Küssen?

— Du hast noch nie geküsst?

– Wie bekommt man Luft. Wie macht man es, dass die Zähne nicht aneinandergeraten?
– Komm her, ich zeige es dir.

Abends im Bett in meiner Kammer finde ich alles. Ich werde eine Quelle, werde ein Fluss, werde eine Knospe und ein Finger. Ich spüre mich schwellen, mein Atem läuft mir weg, ein Stöhnen entfährt mir, ich beiße in die freie Hand, das soll bitte, bitte niemals aufhören, niemals. Es gibt diesen Punkt, an dem ich nur noch weitermachen kann, und mir ist, als ob alles, was ich bin, auf einen Punkt zuläuft, auf ein einziges Ziel, auf ein Tor, eine Öffnung hin, und dann ist dieser Punkt da, und ich bin nur noch dieser Punkt, nur noch Pulsieren, Zucken, Stöhnen, und dann dehne ich mich aus in unendliche Weite. Ich beiße in meinen Arm, falle zusammen, vergehe, bin kraftlos, verausgabt, verschenkt, leer.

EINUNDVIERZIGSTE STROPHE

(Die Totenfeier)

Die Tage vergehen mühsam und schwer. Ich finde keine Zeit, auf den Berg zu steigen, und es gibt keinen Grund, in die Siedelei geschickt zu werden, um Yael wiederzusehen. Alles, alles läuft nur langsam und auf den Abend zu, wo ich mit den Buchstaben vertrauter werde, wo ich in meine Kammer und mit der Knospe spielen kann. Wieso hat mir Mariah das nicht beigebracht? Wieso nicht der Bethaus-Vater?

Ich wasche mich gründlich, lege mein Gewand an und gehe zum Bethaus hinüber. Der Bethaus-Vater singbetet nebenan im Satvastan. Ich mache mir das heilige Zeichen auf die Stirn, ziehe die drei Linien, für jeden Gott eine, und bereite den Betraum für die Totenfeier vor. Am Morgen habe ich eine Girlande aus Wildblumen geflochten, vorsichtig lege ich sie als Schmuck auf den Opferaltar. Heute opfern wir nicht, heute trauern wir nur.

Gemeinsam trage ich mit dem Bethaus-Vater den kleinen Sakis auf seinem Totenbrett in den Betraum. Der Körper ist in ölgetränkte Tücher gewickelt und genauso klein wie Minki. Sie haben ihn mit Blumen geschmückt. Alles ist bereit, als die ersten Trauergäste eintreffen. Ich setze mich hinten in eine Ecke. Mariah kommt mit ihrem Sohn und seiner Familie. Es rührt mich, zu sehen, mit welcher Würde sie in ihrem Alter den Kanah vollzieht. Mariah entdeckt mich auf der Frauenseite und setzt sich neben mich. Sie tätschelt meine Wange, nimmt meine Hand. Sofia betritt mit ihrer Tochter und ihrem Mann den Raum. Nach ihrem gemeinsamen Kanah trennen sie sich nach Geschlecht voneinander. Sofia lächelt mir zu und setzt sich in meine Nähe. Etwas in mir ist in diesem Augenblick so glücklich, ich weiß, ich sollte es nicht sein, aber ich fühle mich von ihr gesehen, gemeint, bezeugt, das tut gut.

Kajah und Tomas betreten den Raum, und wenn es vorher schon still war, dann wird die Stille jetzt noch dichter. Kajah sollte eigentlich noch im Bett sein, die Geburt ist erst eine Woche her, sie hat viel Blut verloren und wirkt kraftlos und eingefallen. Dass sie es hier hoch ins Bethaus geschafft hat! Beide nehmen nebeneinander vorne Platz. Tomas legt seinen Arm um seine Frau, dreht sich dann um und sieht mich direkt an. Voll Abscheu, voll Vorwurf, voll Hass. Mariah drückt meine Hand, streichelt mit dem Daumen über meinen Handrücken.

Es ist so weit, der Bethaus-Vater schließt die Tür, geht langsam durch den Raum nach vorne und beginnt mit der Zeremonie. Als die Eltern von Sakis das Klagelied anstimmen, sich die Haare raufen und ihre Fäuste gegen die Brust schlagen, weinen alle im Raum. Die Frauen stützen Kajah von hinten, legen ihr die Hände auf den Rücken, und die, die nicht rankommen, legen die Hände auf den Rücken der Frau vor ihnen. Die Männer stützen Tomas ebenso. So ist es bei uns Brauch, die Trauernden haben das Dorf im Rücken und müssen nicht alleine durch die schwere Zeit.

Nach der Klage sitzen wir in Erschöpfung und Stille, um von den Göttern zur Erkenntnis zu gelangen, dass nichts hinzukommt und nichts verlorengeht, bis der Bethaus-Vater uns ins Jetzt führt und zu einem Wechselgesang anhebt, in den wir nach und nach einstimmen. Danach nehmen Kajah und Tomas das Totenbrett und tragen es durch unsere Reihen und aus dem Raum hinaus, die Treppe ins Dorf hinunter, wo auf dem Platz an der Feuerstelle schon ein kleiner Scheiterhaufen errichtet ist. Die Gemeinschaft folgt, am Ende mit der ewigen Flamme der Bethaus-Vater und ich.

Auf dem Dorfplatz wird mir klar, dass ich hier nur geduldet bin, weil ich unter dem Schutz des Bethaus-Vaters stehe, und ich fürchte mich mit einem Mal vor dem Tag, an dem er nicht mehr sein wird. Ich sehe mich um, mache mich dieses Mal nicht weg, fühle alles, lasse alles rein. Ich spüre das Gefüge aus Macht und Ohnmacht, spüre die Klammer von Daswarschonimmerso und Daswirdimmersobleiben um die Köpfe und Herzen. Wut steigt in mir auf, und ich krieg sie dieses Mal nicht weg, weil da ein Riss in meinen Gehorsam geraten ist und eine Knospe.

Ich schaue mir die Tausendaugen genau an, hefte meinen Blick nicht an den Boden wie sonst, ich suche einen Katzenmörder. *Einer von euch hat eine Katze erhängt, irgendwelche Hände hier haben die Schnur um Minkis Hals gelegt und zugezogen.* Es könnten auch die Dorfkinder gewesen sein. Letzten Monat haben sie Korrektur gespielt und ein Huhn von Jannis gesteinigt. Die Kinder stehen ganz vorne am Scheiterhaufen, sie können kaum erwarten, dass er brennt. Die Frauen in Schwarz raufen sich das Haar, sie klagen laut und schlagen sich ihre Fäuste an die Brust. Ich entdecke den Vorsteher der Siedelei bei den Männern vom Ältestenrat. Er steht dicht bei seinem Bruder Jakup Jakupsohn, sie tuscheln. Auch der Bethaus-Vater hat ihn ausgemacht, sein Blick bleibt einen Moment an ihm hängen, dann widmet er sich der Zeremonie. Normalerweise kommen der Vorsteher und die Betmänner der Siedelei nur an den höchsten Feiertagen über den Berg zu uns ins Dorf. Auch ich spüre jetzt, was der Bethaus-Vater meinte, irgendetwas stimmt nicht mehr. Ich betrachte Ida und die Frauen, die erst vor einer Woche Steine nach mir warfen und mir den Tod an den Hals wünschten, wie sie sich jetzt vor dem Bethaus-Vater demütig verneigen und mich so anlächeln, dass er es sieht. Ihre Falschheit widert mich an.

Nachdem das Feuer entzündet ist, der kleine Körper brennt und in eine neue Form übergeht, frage ich mich wieder nach dem Namen von dem, was da jetzt brennt, ist das noch Sakis, ist das noch ein Baby, ein Klumpen, oder längst etwas Anderes, etwas, für das ich keinen Namen habe?

Im Hintergrund decken die jüngeren Frauen eine lange Tafel,

aus dem Lokal werden still die Speisen und Krüge mit Wein getragen. Das ist anders als bei der Weihe oder der Hochzeit. Aber Musik wird es dennoch geben, aus den Mündern der Klagefrauen zur Melodie der Klarinette, der Violine und der Gaida.

Nachdem der Bethaus-Vater die letzten segnenden Worte über die Asche gesprochen hat, setzen sich die Leute langsam an die Tafel. Ich bin nicht hungrig, ich bin noch immer wütend und möchte auf keinen Fall mit den Minkimördern an einem Tisch sitzen. Ich gebe dem Bethaus-Vater ein Zeichen und steige zurück zum Bethaus, lasse das Signal ertönen, steige weiter, den Berg hoch, zu den Windmühlen hin.

ZWEIUNDVIERZIGSTE STROPHE

(Die Verabredung)

Auf dem Gipfel, hinter den Mühlen, hinter dem Felsen ist kein Yael, nirgendwo. Ich blicke zur Stelle, wo ich Minki verbrannt habe, zur Kuss-Stelle, zur Yael-Stelle. Wie hätte es auch sein können. Warum hätte er ausgerechnet jetzt hier sein sollen. Wie soll man es nur schaffen, zur selben Zeit am selben Ort zu sein, wenn man sich nicht sprechen kann, um sich zu verabreden? Werden wir uns jemals wiedersehen, oder werden wir uns immer verpassen, unser ganzes Leben lang immer verpassen, weil wir nie mehr zur selben Zeit am selben Ort sein werden? Wie stellt man das nur an, dass Zeit gemeinsam vergeht und nicht getrennt?

Ich male mir aus, dass er gerade eben hier gewesen ist. Bleibt dann nicht irgendetwas von ihm zurück? In der Luft ein winziger letzter Atemzug? Auf dem Boden ein Haar, ein Krumen, ein Stückchen Haut, ein Abdruck, ein letztes Bisschen? Ein winziges Stückchen Yael?

Ich gehe zum Grab von Minki, setze mich und schließe die Augen. Vielleicht saß er bis vor kurzem noch hier. Ob ich einfach zur Siedelei gehe? Was, wenn der Vorsteher genau dann vom Dorf zurückkommt, mich sieht und es dem Bethaus-Vater sagt? Außerdem schaffe ich den Weg nicht, wenn ich das nächste Signal pünktlich geben will. Unter einem der Steine neben der Verbrennungsstelle sehe ich etwas Weißes hervorblitzen und erkenne einen aus kleinen Steinchen gelegten Pfeil, der auf den Stein mit dem Weißen zeigt. Ein Zeichen! Ich hebe den Stein hoch, mein Herz pocht, das ist von Yael, ich weiß es! Ein gefaltetes Papier. Ich öffne es und betrachte eine Zeichnung, die mit schwarzer Tinte gemacht wurde. Das sind alle Phasen vom Mond. Zunehmend, voll und abnehmend. Über dem Vollmond ist ein Kreuz. Er will, dass wir uns beim nächsten Vollmond hier treffen. Glück! Glück! Glück!

Ich lege mich, das Papier am Herzen, über mir das endlose Blau. Wenn der Windmond voll ist also!

Ich möchte jauchzen, springen, mich zerteilen. Ich möchte zwitschern wie die Schwalben und mich taumelflugs ins Tal stürzen. Möchte blöken wie das Schaf, meckern wie die Ziege, zischeln wie die Schlange, klingen wie das Signal, wie sein allererster Ton. Möchte stinken wie der Käse, aufgehen wie die Blüte, dampfen wie der Kaffee, leuchten wie die Blume. Ich möchte alles sein, jedes Ding, jede Schuppe, jedes Körnchen, jedes Haar, jede Feder, jede Falte, jedes Horn. Möchte pochen, pulsieren, pumpen, atmen, dampfen, sprudeln, schwingen, rauschen, singen, mich vergessen und wiederfinden. Ich möchte mich drehen und hinfallen, möchte iahen und brunften wie die Esel, miauend kreischen und drohend fauchen wie die Katzen, möchte stöhnen und brausen wie das Meer, möchte scheinen, knistern, krachen und verdampfen, möchte leuchten, mich winden, zappeln und zucken. Möchte in das kleinste Teil zerfallen, bis es nichts mehr ist. Ich möchte alles sein, wofür ich keine Worte habe. Alles, was die Götter sind und mehr. Alles, alles, was gedacht werden kann.

DREIUNDVIERZIGSTE STROPHE

(Die Ernte)

Seit zwei Tagen bläst der *Wäschetrocknerwind* aus Süden. Sie haben beschlossen, erst den Weizen und dann die Favabohnen zu ernten. Die Männer schneiden auf den Feldern mit ihren Sensen die trockenen Halme, wir Frauen nehmen sie mit den Sicheln auf und bündeln die Ähren zu Garben, die wir in Hocken zusammenstellen, damit die Halme nachtrocknen können. Wenn das Feld fertig ist, rechen die Kinder den Rest und spielen Verstecken in den Hocken, ich passe auf, dass sie nicht gleich wieder alles durcheinanderbringen. Mit Gesang fällt uns die Arbeit leichter als den Männern, die nur summend und mit ihren Sensen den Rhythmus vorgeben. Tomas ist der schnellste Schnitter, Jannis schafft am wenigsten weg und macht die längsten Pausen. Wir Frauen nehmen ihn in unsere Mitte, und er singt heimlich mit hoher Stimme mit uns mit. Was sind das eigentlich für Gesetze, die den Männern das Singen und das Kochen verbieten? Ich bin immer etwas abseits und umringt von stichelnden Kindern, denen ich zum Spaß mal mit meiner Sichel, mal mit meiner Faust drohe.

Feld um Feld ernten wir so. Tag um Tag. Unsere Körper sind staubig und schmerzen, unsere Hände haben Schwielen, unsere Rücken sind krumm, die Tage und Nächte verschmelzen zu einem Ganzen, das Ernte heißt. Am schönsten sind die Pausen.

Wenn alle Felder geschnitten sind und der Weizen nachgetrocknet ist, binden wir die Garben so auf die Esel, dass die Tiere damit nirgends anstoßen auf ihrem Weg hoch zum Müller. Auf dem Dreschplatz zwischen den Mühlen lassen wir erst die Esel im Kreis über den Weizen laufen, damit sich das Korn löst, und dann dreschen die Männer, sie schlagen reihum, schlagen ihren endlosen Erntetakt. Wenn ihre Arme müde sind, kommen wir Frauen mit den Gabeln und werfen die Halme in die Luft, dass der Südwind sie ein Stück wegbläst, wo sie dann von den Kindern zusammengerecht werden. Tierfutter. Matratzenstopfe. Stallauslage zum Pisseaufsaugen. Das Korn aber, das bleibt auf dem Dreschplatz liegen. Wir fegen es zusammen, sieben die Spreu heraus und füllen es in Säcke.

Obwohl wir gut zusammenarbeiten müssen, bin ich wie immer abseits und ausgeschlossen von jedem Gespräch. Auch Sofia traut sich kaum, mich anzusehen, ihr Mann hütet jeden ihrer Blicke.

Dieses Jahr ist die Ernte gut. Wir bringen das Korn in die Mühlen. Der Müller spannt die Flügel ein, und der Wäschetrockner treibt das Mahlwerk an. Das Holz knarzt, und zwischen großen Mahlsteinen wird das Korn zu Mehl. Einen Teil der Ernte nehmen wir ungemahlen wieder mit runter ins Dorf. Das ist die Saat, sie wird vom Ältestenrat gerecht verteilt, jede Familie bekommt den Anteil, der ihr zusteht, nächsten Winter werden die Körner wieder aufs Feld getragen. Den Rest bewahrt der Müller, macht Mehl, und wir holen es uns nach Bedarf. Wie viel wir jeweils bekommen, hängt von der Ernte ab, auch das entscheidet der Ältestenrat. Michalis schreibt alles auf und rechnet alles genau aus. Das Dorf ist aber nie zufrieden, das Dorf meckert immer, stets ist es zu wenig Mehl, egal wie gut die Ernte war.

Unten gibt der Bethaus-Vater das Signal zur Mittagspause, und wir suchen uns Schatten, die Frauen hinter der einen, die Männer hinter der anderen Mühle. Sofia setzt sich zu mir, die anderen Frauen tuscheln. Wir lächeln uns an, öffnen unsere Bündel. Wir beißen in Eier und gefüllte Weinblätter, wir kauen Spinatpastete und freuen uns auf das erste Mehl, auf das erste Brot aus unserer Ernte. Wir teilen uns Wasser und brauchen keine Worte. Unsere Hände sind wund vom Sicheln und Harken. Unsere Arme sind müde. Staub und Spreu kleben an unserem Schweiß, und wenn du in dich reinfühlen würdest, dann wären da Zwicken und Zwacken und Jucken und Schmerzen, deswegen lässt du es bleiben und reibst gar nicht erst und fühlst nichts.

– Was sitzt du bei der, ruft eine mit vollem Mund.

– Sie ist eine Frau. Wie wir. Sie arbeitet. Wie wir. Warum soll ich nicht bei ihr sitzen?

Sofias Stimme ist wie ein Beil, es durchtrennt das Seil des Andersseins, das mich bis zum Hals einschnürt Tag für Tag. Verbeult sitzen wir gemeinsam da, kauen, schlucken und wissen um unsere Knospen. Das Meer hat heute Zähne, der Horizont trägt Dunst. Zum Klang des Klingenschleifens summen wir unser Erntelied und dämmern kurz, bis einer der Männer die Esel wieder antreibt.

Ich kann jetzt alle Buchstaben erkennen, malen und beim Namen nennen. Morgen Abend lerne ich zum ersten Mal das Lesen.

VIERUNDVIERZIGSTE STROPHE

(Das Lesen)

Wir sitzen am Küchentisch, mein Finder und ich, und sind beide aufgeregt. Er schlägt eine Seite in der Khorabel auf und bittet mich, die Buchstaben zu erkennen.

– Uh.

– Richtig.

– En.

– Genau.

– Döh.

– Zusammen?

– Uhndöh.

– Was heißt das?

– Und!

– Bravo.

Mein erstes gelesenes Wort. Und. Ein verbindendes Wort. UND. Nie mehr werde ich das vergessen. Ich buchstabiere mich weiter.

– Döh. Uh. Döuh. D-d-u. Du.

– Sehr gut. Lass dir Zeit.

– Und du … Es. Oh. Lil. Lil. Eh. Es. Teh. Sohllehst.

– Sollest.

– Und du sollest erkennen, dass unter …

– Stopp, stopp, stopp! Das ist nicht gelesen, das ist auswendig gewusst, tadelt mein Finder und reibt sich den Bart. Nochmal von vorne.

So hangle ich mich Buchstabe um Buchstabe, Wort um Wort, Satz um Satz vorwärts, bis die Buchstaben zu tanzen beginnen und zusammen keinen Sinn mehr ergeben wollen, obwohl ich die Worte weiß. Ich bin leseerschöpft, ich bin erntemüde, ich bin glücklich.

Es ist, als habe ich eine Tür oder ein Fenster in eine neue Welt geöffnet, die ich nun Zeichen um Zeichen entdecken darf. Ich lese Z-u-c-k-e-r auf der Verpackung vom Zucker. Ich lese K-h-o-r-a-b-e-l auf der Khorabel. Überall sind Buchstaben. Überall ist noch ein Fenster, durch das sonst nur Männer schauen, ein Männerfenster in eine Welt, in der alles einen Namen hat, den man mit Buchstaben schreiben kann, eine Welt, in der alles, was ich denke, jedes Ding, jedes Gefühl mit Zeichen beschrieben werden kann. Das Alphabet ist ein Werkzeug, mit dem man das Wort vom Ding löst und in Zeichen packt. Da könntest du in einem Raum liegen und nur die Worte lesen den ganzen Tag und trotzdem wissen, was gemeint ist, auch ohne Welt um dich herum.

FÜNFUNDVIERZIGSTE STROPHE

(Der Windmond)

Endlich, endlich ist der Mond voll. Endlich ist der Bethaus-Vater im Bett und ich entschlüpfe durch die Küchentür, steige, leise, leise zu den Mühlen und weiter zur Minki-Kuss-Yael-Stelle. Da sitzt er. Yael. Sitzt tatsächlich da auf einem Sack und wartet, erkennt mich schon von weitem, winkt und lacht mich an.

— Da bist du ja.

— Da bin ich. Ja.

Und dann reden wir gar nicht mehr weiter, dann küssen wir und halten uns, erforschen unsere Gesichtszüge. Yael breitet eine Decke aus und wir legen uns Gesicht an Gesicht, Herz an Herz, Bauch an Bauch, drängen zueinander, tasten, streichen, reiben uns aneinander. Der Stoff muss jetzt weg, ich will jetzt Haut an Haut sein, nächste Nähe mit ihm haben, will wissen, wie er aussieht, überall, mit jeder Falte, jeder Narbe, jedem Muttermal, will ihn ertasten, erküssen, erschmecken, erforschen.

Ich ziehe ihn vorsichtig mit zittrigen Fingern aus, und er lässt mich, Schicht um Schicht, bis er ganz nackt vor mir liegt. Pochend, verletzlich, offen. So viel Haut. So viel *du*.

Ich schäle mich dazu, fürs Gleichgewicht, streife mein Kleid, mein Unterkleid, meine Unterhose ab wie eine Schlange ihre zu klein gewordene Haut. So, da bin ich. Genauso nackt, verletzlich, voll von Scham und Neugier. Wir sind ganz Augen. Sind ganz Zungen. Sind ganz Körper. Und seine Hände an meinen Brüsten sind so weich, Betschüler-Hände, die nicht von Feld und Ernte aufgerissen sind und rau. Kluge Hände mit sauberen Nägeln dran. Nur zwei Finger tragen Tintenfleckenschmuck. Je mehr ich ihn ansehe und berühre, desto schöner erscheint er mir, und je schöner er wird, desto mehr schäme ich mich. Für meine Bauernhände, für meine Ernteschwielen, für meine ungewaschenen Stellen, am allermeisten aber für mein rechtes Bein.

— Was ist?

— Ich … Du. Du bist so schön.

— Du doch auch.

— Nein, das sagst du nur. Und riech mal. Ich stinke.

— Du stinkst nicht. Obwohl, lass mich mal …

Und schon hat er seine Nase hinter meinem Ohr.

— Nein, hier nicht.

Schon hat er sie am Hals.

— Hier auch nicht.

Jetzt riecht er unter meinen Armen. Hat seine Nase mitten in meinen Achselhaaren.

— Hier vielleicht. Ein kleines bis–

— Ich stinke.

— Nein, du riechst. Nach Schweiß. Das ist normal.

Und dann macht er eine Kussstraße mit Kurve drin von der linken Achsel über die Brüste zu meinem Bauchnabel und dann weiter runter, und, oh, beidengöttern, an meinem Untenunten vorbei, am Innenschenkel mein rechtes Bein entlang bis zur Narbe hin. Da hält er an und schaut. Auf einmal wirkt er unsicher, wie er da zwischen meinen Beinen kniet. Was kommt jetzt. Wie geht es weiter. Ekle ich ihn doch?

— Ich hab noch nie …

— Ich auch nicht.

Und plötzlich drückt er mich nieder, spreizt meine Beine mit seinen Beinen, drückt mit seiner Hand an meinem Geschlecht herum, reibt mich, reibt seinen Stachel und presst sich an mich, hart und ungelenk. Was sucht er, wie geht es weiter, er steckt einen Finger in mich rein, zieht ihn wieder raus, warte doch, aber sein Stachel findet meine Öffnung, dringt bohrend in mich ein, das schmerzt, au, und er stößt und ruckt und stößt, und ich bin gar nicht bereit. Über mir wackelt der Mond, wie ein tanzendes Götterauge. Warum ist alles jetzt so grob, so schnell, ich will etwas sagen, aber ihn stoppt jetzt nichts mehr, das merkst du gleich, ein spitzer Stein bohrt sich durch die Decke in meinen Rücken, und es zieht und schmerzt in mir, obwohl ich irgendwo feucht werde, aber anders feucht, als wenn ich mit meiner Knospe spiele. Das Tier, das Tier, hast du es da hinter dem Fels gesehen? Kein Tier da. Wir japsen, ich vor Schmerz und er vor was?, er wird zum Bogen, spannt sich unter Stößen immer weiter, und schon schießt er seinen Pfeil ab mit einem Schrei, den ich mit meinen Händen noch versuche einzufangen, er sackt zusammen, stirbt, verwelkt. Das war es? Das ist es? Geht es noch weiter? Ist es schon vorbei?

– Entschuldige, sagt er erschöpft und rollt von mir runter.

Unsere Hände fassen sich.

– War es … schön?, frage ich.

– Ja, sehr. Anders als allein und mit Melone. Für dich auch?

– Es … Es ging so … schnell.

– Tut mir leid.

– Es tat weh.

– Entschuldige.

– Ist schon gut. Mit Melone?

– Nichts.

Dieser Untenschmerz, mir ist, als sei er noch immer in mir drin. Wir liegen einfach da, still, Hand in Hand, bis unser Herztakt langsamer geht. Endlich hört das Brennen auf.

– Magst du mal meine Knospe sehen?

Ich stehe auf, knie mich über ihn, mitten ins Mondlicht, damit er gute Sicht hat, etwas Blut läuft mir am Schenkel entlang, und zeig sie ihm, zeig ihm so lange, was er mit ihr machen kann, bis ich keuchend vergehe.

– Wie hat sich das angefühlt?
– Wie essen, nur besser, wie alles auf einmal. Und wie nichts. Und für dich?
– Wie Fliegen.
– Ja. Genau so.

Dann ziehen wir uns an, Yael schultert Decke und Sack. Es Ah El Zett. SALZ. Steht da drauf.
– Salz, sage ich.

Yael sagt, dass er das Salz-Amt der Siedelei neu übernommen hat und uns ab jetzt bei jedem Vollmond den Sack bringen darf. Wir gehen zu den Mühlen.
– Wo wird das Salz gemacht?
– Im Meer.
– Wie bekommt ihr es trocken in den Sack?
– Wir haben einen Salzgarten.
– Zeigst du ihn mir?
– Ein anderes Mal. Der Weg ist steil und weit, schaffst du das denn mit deinem Bein?
– Gib her den Sack, ich zeig es dir und trag ihn runter zum Bethaus.

Er sagt nein, aber ich bin bockig, mir wachsen Hörner, und ich bestehe so lange darauf, bis er nachgibt. Er denkt tatsächlich, ich schaffe es nicht, dabei bin ich viel geübter im Tragen als er. Ich hebe den Sack auf meine Schulter, und dann will er ihn tatsächlich zurück, aber ich sage ihm, dass er umdrehen und in die Siedelei gehen soll, dass sie bestimmt schon auf ihn warten, und da wird er weich und gibt nach.
– Ab jetzt bei Vollmond immer hier.
– Ja.
– Aber kein Wort zu niemandem.
– Nein.

– Du weißt, dass ich als Betschüler mit keiner Frau sein darf.
– Ja.
– Alina.
– Was?
– Das ist dein Name.
– A-li-na?
– Ja. Gefällt er dir?
– Ja!
– Sollen wir einen anderen suchen?
– Nein. Er ist schön.
– Ich hatte es versprochen. Ich hatte dir einen Namen versprochen.

Ich bin Alina. Alina steigt den Berg runter mit einem Sack Salz auf ihrem Rücken. Blut und Samen laufen an Alinas Oberschenkeln runter. Alina trägt keine Unterhose, sie hat ihre Monatsblutung, ist keine Jungfrau mehr und ist glücklich. Sie trägt einen Namen, den nur eine Menschenseele weiß.

Leise, leise steigt sie weiter abwärts, bis vor das Bethaus, wo sie den Sack abstellt. Ganz so, als hätte Yael ihn gebracht. In jedem Salzkorn wohnt die Liebe, denkt Alina.

SECHSUNDVIERZIGSTE STROPHE

(Das Kratzen)

Sofia öffnet die Haustür und freut sich. Wir gehen sofort und ohne zu sprechen hoch. Kaum dass wir oben sind, macht sie die Zimmertür hinter uns zu. Kaum ist die Tür zu, nimmt sie meine Hände. Kaum hält sie meine Hände, streicht sie über meine Finger. Und ich möchte ihr sagen, dass ich jetzt Alina bin, einen Namen habe und einen Yael, aber Sofia sieht mich so von unten an, vertraut und nah, sie kichert, serviert mir Tee und ein süßes Lächeln. Das Kleid ist fertig, aber auf dem Boden liegt auf einem Tuch gewaschene und getrocknete Wolle, die von uns gekratzt werden muss, bevor wir sie spinnen können. Wir setzen uns, und ich beginne, mit den Handkarden Wolle aufzunehmen und sie über die kleinen Häkchen zu ziehen, damit die Fasern sich ausrichten. Sonst bekommst du später keinen Faden zustande, der nicht reißt. Sofia summt ein Lied, ihr Fuß wippt in der Schlaufe des Deckenfächers dazu. Immer wieder treffen sich unsere Blicke, immer wieder tauschen wir ein Lächeln. Immer wieder denke ich, dass es schön ist, eine Freundin zu haben.
— Mein Mann, das Dorf darf nichts davon wissen.
— Wovon nichts?
— Nicht, dass wir befreundet sind. Versprochen?
— Versprochen.
— Wenn er es herausfindet, schlägt er mich tot. Und dich auch. Mit Sicherheit. Er hat Hände, kennst du seine Hände, groß wie Teller sind die, damit haut er zu. Da hast du das Gefühl, dir fliegt der Kopf vom Hals. Oder das Herz aus der Brust. Wenn er getrunken hat, ist es am schlimmsten. Ich hasse ihn und seine ganze Scheißfamilie, und ich bete, dass er Noura nichts tut. Ich kann kaum erwarten, dass sie verheiratet ist und aus dem Haus.
— Könnt ihr nicht weggehen von ihm?

– Weggehen?

Sofia lacht, nimmt etwas von der gekratzten Wolle, klemmt sie sich als Schnurrbart zwischen Nase und Oberlippe und macht ihren Mann nach.

– Weggehen, du dummes Ding? Wo willst du denn hin? Von hier geht man nicht weg. Mich verlässt man nicht. Glaubst wohl, du bist etwas Besseres, hä? Sorge ich nicht für dich und Noura, hä? Bekomme ich euch nicht satt? Hä? Es würde ja für noch mehr Mäuler reichen. Aber du hast mir ja nur eine läppische Tochter geschenkt. Wie oft muss ich dich noch schrauben, bis deine Kutt mir endlich einen Sohn ausspuckt. Pass bloß auf du, hä, wer ist der stärkste Mann im Dorf? Wer trägt den Koloss weiter als alle anderen? Pass also auf, oder ich baller dir eine, dass du Sterne siehst.

Ich klemme mir auch ein Stück Wolle zwischen Nase und Lippe und mache eine Männerstimme.

– Pass selber auf!

– Oder was? Hä?

– Oder ich baller zurück und sag dem Bethaus-Vater, dass du gegen das 31. Gesetz verstößt!

– Welches war das nochmal gleich, ich habs vergessen, hab mir wieder die Birne zugesoffen, das 31. sagst du?

– Ja, genau.

– Warte, das ist doch, das besagt, dass du deine Frau ehren und respektieren sollst, wie einen Gott?

– Haha! Genau! Wie es geschrieben steht: Jeden Wunsch sollst du ihr von den Lippen ablesen.

Wir kichern, und Sofia formt mit ihren Lippen ein O.

– O? Kommt sofort.

Ich forme aus meinem Wollbart den Buchstaben O, lege ihn auf meine Handfläche und reiche ihn Sofia.

– Bittesehr, ein O, gnädiges Fräulein.

– Du bist ja richtig komisch.

— Du ja auch.

Sofia lässt den Wollschnurrbart fallen und sagt traurig, dass es ein solches Gesetz wohl auch in tausend Jahren nicht im Dorf geben wird. Und ich frage mich, wie unser Leben, unser Dorf, unsere Welt wäre, wenn Sofia und ich die Gesetze machen würden.

Und dann wird mir ganz heiß, weil mir klar wird, dass ich unvorsichtig war und vor Sofia einen Buchstaben geformt habe. Ich habe doch dem Bethaus-Vater versprochen, niemandem zu zeigen, was er mir beibringt, aber Sofia hat es wohl nichtmal verstanden. Wir kratzen weiter.

— Orgasmus.

— Was?

— Das ist der Name davon.

— Wovon?

— Was ich dir gezeigt habe.

— Orgas-

— Mus. Höhepunkt.

— Woher weißt du das Wort?

— Aus dem Badehaus.

Sofia streckt eine Hand nach meinem Gesicht aus.

— Darf ich?

— Ja.

Und dann berührt sie mich. Den Schorf auf der Stirn. Die Augenbrauen. Meinen Wangenknochen. Meine Lippen. Mein Haar. Richtig rein greift sie.

— Schön bist du, sagt sie.

— Nein.

— Doch.

— Gewiss nicht.

— Schön und stark.

— Ich bin hässlich, zerbeult, anders und von drüben.

— Halt den Mund und küss mich.

SIEBENUNDVIERZIGSTE STROPHE

(Der Händler)

Gestern ist endlich ein Schiff gekommen. Heute ist der Händler da. Der Bethaus-Vater und ich steigen die Treppe runter ins Dorf. Meine Gedanken sind Hühner, stets auf der Flucht und doch im Weg. Mein Blick will sich vom Boden reißen, aber mein Bein hält ihn da fest. Der Mohn ist verblüht, die Margeriten vertrocknet, die Storchenschnäbel überwachsen. Ameisen schleppen in einer endlosen Reihe Samen, ich gehe so, dass ich sie nicht störe. Zwei Schwarze Wächter falten ihre dünnen Flügel auf und zu, klipp klapp, machen ihren Liebestanz in der Luft direkt vor meiner Nase. Ein Salamander flitzt in die schützenden Ritzen der Mauer. Das würde ich auch machen, wenn da Lebewesen gepoltert kämen, die um ein Vielfaches größer wären als ich. Wie viel größer bin ich als ein Salamander? Wie viele Salamander passen in mich rein? Hundert? Tausend? Bellionen? Ich weiß es nicht. Ich trage so viele Geheimnisse in mir, dass ich fürchte, jeden Augenblick purzelt mir eines aus dem Leib. Ich habe einen Namen, habe eine Knospe, habe einen Vollmondmann und eine Zimmerfreundin. Ich lerne das Lesen und das Schreiben. Ich besitze. Wie viele Geheimnisse passen in mich hinein? Hundert? Tausend? Bellionen?

Zum Glück ist gerade jetzt so viel zu tun, dass eigentlich keine Zeit zum Denken und Fühlen und Teilen bleibt. Die Ernte, die Wolle, das Feld, der Garten, das Holz, die Wäsche, das Haus, der Baum, der Friedhof, alles will angefasst und gemacht sein. Ein paar Kinder laufen uns in den Dorfgassen hinterher, aber sie halten ihre Mäuler, weil der Bethaus-Vater vor mir geht. Der Wein muss geschnitten, das Mehl vom Müller geholt werden. Der Honig ist dran. Die Kapern müssen gepflückt werden, bevor sie blühen. Das Sonnenwendfest und die Hochzeiten stehen bevor. Und dazwischen immer und immer die Signale, unser Zeitherzschlag. Erst nächsten Monat, wenn die Hitze über unsere Arbeit wacht, können wir wieder langsamer werden. Und mitten in diese vollgepackten Tage fallen all die Geheimnisse, die ich nun hüten muss, als wär nicht schon genug zu tun. Meine Konzentration lässt nach, weil ich seit neuestem nicht mehr nur das mache, was ich mache. Beim Schälen schäle ich nicht, ich denke an den Vollmond. Und dann brennt mir was im Ofen an, weil ich zu lange draußen war, oder ich stolpere … Und der Bethaus-Vater glaubt, es sei wegen der Buchstaben, weil ich durch den täglichen Unterricht weniger schlafe. Trotzdem fühle ich mich leicht, weil da neben Mariah und dem Bethaus-Vater nun noch zwei andere Menschen sind, mit denen ich nah bin und richtige Gespräche haben kann.

Auf dem Platz hat sich schon eine Tausendaugenmenge versammelt. Einer von euch hat Minki ermordet, einer von euch ist mein Katzenmörder. Und vielleicht krieg ich noch raus, wer es war. Ich mache mich heute nicht weg, ich halte euch heute aus! Der Händler hat seine Waren ausgebreitet, die der Ältestenrat gerade begutachtet und in Darf-bleiben und Darf-nicht-bleiben sortiert, während der Händler vor dem Lokal isst und trinkt und sich im Baumschatten vom Aufstieg erholt. Erzählst du uns eine Wächtergeschichte?, rufen die Kinder und umzingeln seinen Tisch.
— Nun lasst ihn erstmal essen!, schimpft Kristof.
— Wie groß sind seine Wächterhände?, fragt ein Mädchen mit aufgerissenen Augen.
— Pranken hat er. Riesengroße. Damit packt er euch!

Der Händler grabscht nach einem der Kinder, sie stieben kreischend auseinander.
— Was hast du ihm gegeben, dass er dich durchlässt?
— Er hat mein Herz gewogen auf seiner Wächterwaage.
— Musstest du mit ihm kämpfen?

Der Bethaus-Vater teilt vor mir die Menschentraube. Sie machen ihm Platz, lassen ihn durch, klar, er ist schließlich der Bethaus-Vater, wenn auch etwas unwillig erweisen ihm alle die Ehre. Mir aber stellt jemand im Vorbeigehen ein Bein, so dass ich stolpere, ich kann mich gerade noch halten, und das Wort *Esel* kann ich hören, weiß aber nicht, ob ich gemeint bin oder ein Tier des Händlers.

Auf dem Darf-bleiben-Stapel liegen lose Waren und einige in Verpackungen. Darauf stehen Buchstaben, die Worte formen, einfach so, ohne Buch: K-a-f-f-e-e steht da, Z-u-c-k-e-r. Ich starre auf die Päckchen, und die Buchstaben ergeben einen Sinn: Kaffee, Zucker. Da ist wieder diese geheime Tür und ich bin stolz, dass ich sie mit meinem Buchstabenschlüssel öffnen kann. Auf mir könnte *Alina* stehen, wäre ich ein Päckchen. Ich schaue mich um, niemand merkt, dass ich eine Geheimtüröffnerin bin. Niemand sieht, dass ich gegen die Gesetze verstoße. Nicht das Dorf, nicht die Götter. Nicht der Ladenbesitzer, nicht der Händler, nicht die Ältesten. Ich sehe, wie die Dorffrauen die Waren angaffen und zum Händler und zur Säge rüberrufen: Wievielwieviel? Sie wissen, was Zucker ist, weil sie die Packung kennen, aber nicht, weil es draufsteht, und ich denke, dass ich lesen kann. Und wenn ich erst richtig schreiben kann, dann kann ich an jedes Ding der Welt einen Zettel hängen, auf dem sein Name draufsteht. Der Bethaus-Vater sieht mich durch das Menschenknäuel hindurch an und schüttelt kaum merklich den Kopf. Da erst merke ich, dass ich grinse. Ich senke meinen Blick und lese gierig weiter auf dem Nicht-bleiben-Stapel. M-e-h-l. Mehl. Mehl haben wir selbst. Ich lese H-a-n-d-c-r-e-m-e. Darf auch nicht bleiben.

— Was ist mit dem Antriebsriemen, Händler! Hast du ihn dabei?

— Wir müssen Weihekleider nähen, neben der Ernte, ohne Nähmaschine schaffen wir das nicht!

— Nein, kein Riemen.

– Was!
– Wie lange sollen wir noch warten!?
– Ich hab nachgefragt, war aber keiner mit dabei. Der Streik hat alles durcheinandergebracht.
– Das gibt es doch nicht!
– Wie lange sollen wir noch warten?
Der Händler kippt sich einen Schnaps in den Kopf und hebt die Arme, weiß er auch nicht.
– Was ist das hier für Zeug?, ruft ein Ältester mit einer Kiste in der Hand. Ich lese K-i-w-i.
– Kiwis, ruft der Händler zurück.
– Was macht man damit?
– Es sind Früchte, man isst sie, du Trottel, nimm dir eine und probier sie.
Ich lese V-A-R-T-A.
– Ich will gar nicht erst wissen, wie diese haarige Frucht schmeckt, was, wenn sie gut ist.
– Ihr seid alle offiziell verrückt.
– Es gibt schon zu viel Ärger mit deinen Bananen, nie sind es genug, immer wird darum gestritten. Wir brauchen keine Kiwis!
– Aber ich kann die doch nicht wieder mitnehmen, die verderben mir auf dem Weg.
Ich lese B-a-t-t-e-r-i-e-n. Jetzt weiß ich den Namen davon, aber nicht, was es ist.
– Das ist dein Problem, wenn du die hier anschleppst.
– Die Kiwis kamen eben mit dem Schiff.
– Ich probier eine, ruft Irini.
– Halt die Klappe, ruft der Älteste.
– Wir wollen keine Kiwis. Wo sind die Bananen?
– Waren keine dabei diesmal.
– Was? Keine Bananen?
– Nein.

Jetzt mischt sich das ganze Dorf ein. *Keine Bananen* löst eine Unruhe aus und macht so schnell die Runde, dass es bestimmt auch die Hirten in den Bergen bis zum Abend mitbekommen werden.

Ich lese C-o-c-a-c-o-l-a.

Die Ältesten diskutieren. In ihren schwarzen Gewändern stehen sie um den Darf-bleiben-Stapel, stützen sich auf ihre Stöcke, zupfen sich mit der freien Hand ihre Bärte, wenn sie zuhören, und verleihen den Worten Nachdruck, indem sie mit ihren Gehstöcken auf den Boden klopfen, wenn sie sprechen. Schließlich ruft Michalis:

— Wir nehmen die Kiwis.

Der Bethaus-Vater geht zum Händler rüber und bleibt vor seinem Tisch stehen. Der Händler erfüllt ihm seine Spezialwünsche wie Tinte, Papier oder besondere Farben. Ich hoffe, dass er etwas für die Siedelei kauft und mich dann wieder schickt. Der nächste Vollmond ist ja der zur Sonnenwende, er ist noch so weit weg. Dann schneiden alle Frauen aus dem Dorf oben in den Bergen das Alleskraut, da ist dort oben niemand ungestört, Yael und Alina müssen eine neue Nacht für sich finden. Nur wie sich verabreden, wenn man sich nicht sehen kann?

— Und das hier?, ruft Michalis und hält eine kleine Schachtel hoch.

— Das sind Feuerzeuge!

Feuerzeuge, murmelt das gesamte Dorf. Was soll das sein? Jetzt steht der Händler auf und wankt rüber zu den Waren, und wir ihm hinterher. Er öffnet die Schachtel, nimmt ein buntes Stäbchen heraus.

— Damit macht man Feuer. Seht her. Meine Güte, klick, hier, so: Runterdrücken und da kommt die Flamme raus, ganz einfach.

Eine Flamme. Aus dem kleinen Ding? Wie kann das gehen? Das Dorf ist begeistert. Der Händler reicht das Feuerzeug Panagiota. Sie guckt es an, lässt es fallen.

Michalis hebt es wieder auf.
– Da ist ja eine nackte Frau drauf!
– Kann ich nichts für. Ihr könnt es ja übermalen. Was weiß ich. Wollt ihr die Feuerzeuge nun oder nicht?

Die Männer wollen jetzt alle unbedingt näher ran an die Feuerzeuge und auch mal sehen und klicken.
– He! Lass mich mal probieren.
– Ich war zuerst dran.

Ich bemerke den Lehrer hinten in der Nähe eines kleinen Hirtenmädchens, das Wunderfeuerstäbchen interessiert ihn nicht. Ich rieche Banane und höre das Tier.
– Was ist jetzt, nehmt ihr sie?

Der Bethaus-Vater hat seine Sorgenfalte an.
– Kommt nicht in Frage.

Aber niemand scheint ihm mehr zuzuhören.
– Es ist kein heiliges Feuer, ruft er.

Da sind alle still und halten kurz inne, nur der Händler lacht.
– Wisst Ihr, wie oft wir hoch zum Bethaus müssen, weil der Wind unsere Flammen löscht?, fragt das Dorf.
– Wenn wir so ein Feuerzeug hätten, würden wir viel Zeit sparen.
– Es ist nicht heilig!
– Dann segnet die Feuerzeuge doch, ruft das Dorf.
– Dieses Feuer kommt nicht von den Göttern.
– Wohnen nicht die Götter in allem, was ist? Dann wohnen sie auch in den Feuerzeugen, ruft das Dorf.
– Es ist nicht heilig, entgegnet der Bethaus-Vater.
– Was willst du für die Schachtel haben, fragt Jakup Jakupsohn den Händler. Und mir kommt es so vor, dass er nur deshalb fragt, weil der Bethaus-Vater dagegen ist. Beide sehen sich fest in die Augen.
– Fünf Liter Öl, sagt der Händler.
– Fünf?, ruft Michalis gespielt entsetzt. Zwei!
– Also drei.

– Abgemacht.
– Moment, wie viele sind da überhaupt drin?
– Fünfzig.
– Nur!? Also dann zwei.
– Ihr nehmt mich aus.
– Dann nimm sie wieder mit.
– Einverstanden. Zwei. Los, bringt mehr Schnaps, bevor ichs mir anders überlege.

Es wird beschlossen, dass zwei Frauen sofort mit dem Übermalen der Nacktbilder beginnen sollen. Eine Dose mit blauer Farbe wird geholt, und zwei Pinsel. Die beiden machen sich kichernd an die Arbeit, und der Bethaus-Vater weigert sich, die Dinger zu segnen.
– Es ist kein heiliges Feuer. Es darf nur im Notfall verwendet werden, verkündet Michalis schließlich, und der Bethaus-Vater seufzt.

Jetzt beginnt das Gerangel, das Geschleime, das Gezeter, jede Familie will ein Feuerzeug, aber es wird nicht für jedes Haus reichen. Natürlich geht keine Familie leer aus, die jemanden im Ältestenrat sitzen hat, und natürlich geht keine Familie leer aus, die mit Michalis verwandt oder verbandelt ist. So ist das immer, trotz der Gesetze, aber die Ältesten sagen, es ist so von den Göttern gewollt, weil manche eben näher dran sind an den Göttern, das versteht ihr nicht. Vielleicht sind sie ja auch nur näher dran an den Feuerzeugen.

Michalis ist zuständig für alle Zahlen im Dorf und für die Materialverwaltung, darum wollen alle mit ihm befreundet sein. Er ist außerdem mit Jakup Jakupsohns Tochter verheiratet. Bekommen wir im Dorf etwas vom Händler, wird es von Michalis notiert, auch, wie viel wir dem Händler dafür von unseren Sachen geben. Das muss sich immer die Waage halten, sonst gerät die Beziehung aus dem Gleichgewicht, so sagt es Michalis und so sagen es die Ältesten. Unser Geld nimmt der Händler nicht. Er sagt, das ist Spielgeld und hat drüben schon lange keinen Wert mehr. Für uns macht das keinen Unterschied, für uns ist es unser Tauschmittel. Jeden ersten Tag des neuen Mondes bekommen die Männer bei der Versammlung einen Anteil ausgezahlt, der sich danach richtet, ob sie verheiratet sind und wie viele Kinder sie haben. Dieses Geld darfst du ausgeben, wo du willst und für was du willst. Das meiste landet natürlich im Lokal und im Laden, sonst gibt es ja nichts. Manche Männer geben ihren Frauen vom Geld sogar mehr als nötig ab. Wenn du aber keines hast, dann nimmst du zum Beispiel Eier mit in den Laden und tauschst sie gegen Brot oder Käse. Was dir vom Geld übrig bleibt, das gibst du am Ende des Monats wieder ab. Dann wird es neu aufgeteilt. Wenn du aber keine Eier hast, dann lässt du anschreiben und streitest mit der Säge oder hungerst bis zum nächsten Mond.

Mit Tinte und Papier steigen wir, steigen mit Mariahs Esel, mit Zucker und Kaffee, mit Kohlen und Kalk, mit Reis und Salbe, steigen mit einer Schachtel, von der ich nicht weiß, was in ihr ist, die Treppen hoch, zurück zum Bethaus. Das Dorf guckt jetzt nicht mehr, ich kann wieder ich sein, lasse meine Schultern sinken und mache mich von krumm zu gerade, weil mein Rücken vom Wegducken weh tut. Vorsichtig hebe ich meinen Blick vom Boden und steige, steige ohne Fehltritt, meine Füße kennen ihren Weg ja doch auswendig, auch mit kaputtem Bein, mir fehlt nur das Vertrauen, den Blick oben zu lassen. Jetzt fällt mir auch der Traum von letzter Nacht wieder ein. Ich war in einem Haus, bei Sofia vielleicht, oder Mariah, ich weiß es nicht genau, und ich war ganz krumm und zusammengefaltet, immer wenn ich aufstehen oder mich aufrichten wollte, stieß ich irgendwo an. Ich muss Mariah fragen, was das bedeutet.

Der Esel bockt an der Leine des Bethaus-Vaters. Ich schnalze, und der Bethaus-Vater gibt ihm sanft den Stock.

– Bekommen wir endlich auch mal einen eigenen Esel?

– Nein, mein Mädchen, erstmal nicht.

– Im Dorf ist aber eine Stute trächtig.

– Ja, sogar zwei.

– Es ist wegen mir, oder?

– Es heißt meinetwegen.

– Meinetwegen.

– Ärgere dich nicht. Bisher haben wir auch alles ohne Esel geschafft. Ein Esel bedeutet Arbeit, er hat Hunger, er muss fressen, er scheißt, mit der Scheiße kommen die Fliegen, und mit den Fliegen die Krankheiten. Jetzt komm.

Die Wolken haben sich in den Windmühlen verheddert, sie kommen den ganzen Tag nicht von ihnen los. Unten scheint die Sonne auf den Glitzerteppich. Ich sehe Yael vor mir, sein Lustgesicht, sehe Sofias Kussmund und schiebe beide wieder weg. Bellionen Fliegen stieben von einem Haufen Eselskot auf. Seltsam, was alles gleichzeitig in einem sein kann.

ACHTUNDVIERZIGSTE STROPHE

(Der Müller)

Und er schickt mich wirklich, schickt mich mit dem Papier und der schwarzäugigen Tinte in die Siedelei. Schickt mich mit einer Nachricht für den Vorsteher, übernimmt die Vormittagssignale, und ich mache mich bei Tagesanbruch auf den Weg. Über meinem Herzen klemmt ein gefaltetes Stück Papier, eine Seite aus einem der Hefte von Mariah.

YAEL.
NICHD FOLLMOHND.
DRAIFIERTELMOHND.
WEGN AHLESKRAUT ÄRNTE.
ALINA

Alinas erster Brief. Briefe schreiben hier sonst nur die Ältestenmänner, Michalis, der Vorsteher der Siedelei und der Bethaus-Vater. Alina hat eine unsichtbare Grenze übertreten und fühlt sich stark. Das macht ihren Fußtritt sicher und hebt sie den Berg hoch. Bei den Mühlen macht Alina eine Trinkpause. Eine Wolke kommt auf sie zugeflogen und hüllt sie ein, kalt, feucht, weiß. Sie ist im Himmel.

Der Vorsteher sieht mich schon von weitem und brüllt wieder, dass ich bleiben soll, wo ich bin. Wieder werden alle Schüler vor mir weggebracht, wieder hinter die schwere Tür, klack klack klack, dann erst darf ich mich nähern. Keine Möglichkeit, Yael auch nur kurz nahe zu sein, kein Blick, kein Händedruck, keine Briefübergabe. Vor Enttäuschung öffnet sich ein Abgrund, den ich nicht schaffe, mit Hoffnung aufzufüllen. Meine Wiedersehenslust umspült die Siedelei, knabbert mit ihren Wellen an der wohlbehüteten Küste. Und dann sag mal dem Meer, lass die Insel in Ruhe.

Ich liefere Tinte, Papier und die Nachricht vom Bethaus-Vater ab und warte auf Anweisungen, aber es kommt nichts.

– Was stehst du hier noch rum. Mach, dass du zurück ins Dorf kommst.

– Gute Zeit, mögen die Götter mit Euch sein.

– Jaja. Gute Zeit, behütet seist du, und jetzt geh.

Jetzt gibt es wirklich gar nichts mehr zu sagen, jetzt müsste ich losgehen, aber ich zögere, zögere den Abschied weiter hinaus, der gar kein Yaelabschied ist. Hinke ein bisschen mehr, bin etwas langsamer, als ich sein müsste, drehe mich alle paar Schritte nochmal um. Aber kein Yael. Und der Brief an ihn auf meiner Brust wiegt tausend Steine schwer.

Bevor ich unser Mehl vom Müller hole, gehe ich zur Yael-Minki-Stelle, wo eine Hand die andere hielt, wo wir uns küssten, wo wir uns liebten, wo eine Katze brannte, und lege das Papier mit meinen Buchstaben, mit meinen Worten an Yael unter den bestimmten Stein, obwohl es unwahrscheinlich ist, dass er vor dem nächsten Vollmond hierherkommt.

Der Müller und ich, wir kommen gut miteinander aus, weil wir nicht viel sprechen müssen, um zu wissen, wer wir sind. Das Misstrauen des Dorfes trifft ihn genau wie mich. Gibt er genug Mehl für das Korn? Behält er für sich mehr zurück als ausgemacht? Lagert er es richtig? Hat es wirklich die Motten? Steht er nicht doch heimlich mit dunklen Mächten im Bund? Für mich ist er einfach nur der Müller, zurückgezogen und still. Er macht gutes Mehl, arbeitet zuverlässig, kennt den Mond und kennt den Wind. Wir grüßen uns mit den Augen. Er holt unseren Sack aus dem Lager, er weiß genau, wer wie viel bekommt, er braucht die Liste von Michalis gar nicht. Ich danke und hieve das Mehl auf meine Schulter.

– Seivorsichtig. Beimabstieg.

– Ja Müller, bin ich doch immer.

– Ichweiß. Auchbeivollmondmeineich.

– Du hast mich gesehen?

– Euch.

Mein Blut haut ab, weicht aus den Gefäßen, ich werde taub, benommen, mein Kopf eine große leere Höhle, in der sein Echo hallt. *Eucheucheuch*. Meine Adern füllen sich mit einem Schlag wieder, Blut schießt in jeden Winkel, mein Gesicht glüht.

– Keineangst. Gehtmichnichtsan. Aberseidvorsichtig.

Ich murmle einen Dank und hinke los. Das war das längste Gespräch, das ich jemals mit dem Müller hatte. Das Gewicht des Mehlsacks hält mich im Augenblick, und mein Schritt wird wieder sicher unter der Belastung, mein rechtes Bein findet den Takt. Vielleicht bin ich doch ein Eselskind. Oder stamme vom Müller ab. Im Winter bringe ich ihm manchmal Essen und er schleift mir die Messer.

NEUNUNDVIERZIGSTE STROPHE

(Der Vater)

Es war der Einsiedler. Der Müller. Ein Halunke von drüben, sagen sie.

Oder es waren die Götter. Oder nur einer von ihnen, vielleicht der Schöpfer. Oder er wusste gar nicht, dass es mich gibt. Oder ein Tausendauge. Oder er war der Vater meiner Mutter. Oder der Bruder meiner Mutter. Oder es war ein sehr schöner und kluger Mann, mit sauberen Händen, der leider gestorben ist, als ich noch im Bauch der Mutter war, und sie liebten sich sehr.

FÜNFZIGSTE STROPHE

(Die Tintenflecken)

Der Bethaus-Vater hat erst den Rotkopf, dann den Husten und danach die Wut gekriegt, als ich nach Hause kam und er meine Finger sah. *Hast du geschrieben? Deine Finger erzählen es der ganzen Welt. Warst du so in der Siedelei? Wasch dir sofort die Hände!* Hab ich doch gemacht, habe ich geantwortet, aber die Tintenflecken gingen nicht ab! Dann nimm Zitrone und Sand, hat er gerufen. *Es tut mir leid*, habe ich gesagt und konnte die Tränen nicht zurückhalten, und das rief beim Bethaus-Vater noch mehr Wut hervor. *Heul nicht! Hat der Vorsteher deine Hände gesehen? Ich weiß es nicht!* Und dann ist er raus aus der Küche und rein in sein Zimmer. Und dazwischen zwei geknallte Türen.

Alles gerät mir durcheinander. Ich will nur Gutes, aber es scheint, als ob jede meiner Bewegungen Schlechtes hervorruft. Ich heize den Ofen ein und koche dem Bethaus-Vater Kaffee. Das ist eigentlich Verschwendung, weil ich nur für den Kaffee Holz verbrauche, aber unsere Gaskartusche ist leer, der Händler hat kein Gas gebracht, also mach ich auch noch Wasser heiß zum Waschen und beschließe, Brot zu backen.

Zum Kaffeepulver gebe ich Wasser und einen Löffel Honig und stelle das Mokka-Kännchen auf den Herd. Dann öffne ich die Küchentür, damit der Duft die Nase vom Bethaus-Vater findet, und rühre immer wieder um, bis der Kaffee aufkocht. Ich höre, wie er seine Tür öffnet. Das ist sein Zeichen: *Du kannst reinkommen, wenn du möchtest.*

Mit seinem Becher stehe ich in der Tür.
– Komm rein.

— Es tut mir leid.
— Ich weiß.
— Der Kaffee ist fertig.
— Ist gut. Danke. Komm, setz dich einen Moment zu mir.

Er sagt, dass ich vorsichtiger sein muss und dass ich für das Dorf weiterhin die Dumme bleiben, meinen Blick gesenkt halten muss, nur so sei ich sicher. Und dass ich unter seinem Schutz stehe.

Er fragt nicht nach, was ich geschrieben habe, und ich erzähle es ihm nicht. Aber auch dieses Nichterzählen, das nun schon viel zu lange andauert, fühlt sich wie eine Lüge an. Und wie das mit den Lügen ist, das wissen wir ja aus der Khorabel: Fängst du einmal damit an, kannst du nicht mehr damit aufhören, weil du die eine Lüge mit zwei neuen Lügen zu verbergen versuchst, und so immerfort, bis du in einem Wald aus lauter Lügen stehst und nicht mehr herausfindest. Da musst du erst den Lügenwald mit dem Schwert der Wahrheit fällen, um wieder klar zu sehen.
— Was hast du denn geschrieben?
— Buchstaben.

Das war keine Lüge. Und doch war das eine Lüge.
— Es ist gut, dass du übst. Aber das Lesen ist noch viel wichtiger als das Schreiben. Übst du auch das Lesen?
— Ja, das tue ich.
— Gut. Sofia war heute früh schon hier. Sie fragt, ob du ihr nochmals mit der Wolle helfen kannst. Sofia scheint dich zu mögen, kann das sein?
— Ja. Wir sind Freundinnen geworden. Schon eine kleine Weile jetzt.
— Das ist schön. Sei vorsichtig, hörst du, du darfst ihr nichts vom Lesen erzählen.
— Ja. Versprochen.

– Im Zweifelsfall hat sie das Dorf hinter sich, und du stehst alleine da.

Ich möchte ihm von der Knospe erzählen, und davon, dass Sofias Mann sie schlägt, aber ich habe ja wiederum Sofia versprochen, niemandem davon zu berichten.
– Geh ruhig zu ihr, wenn du die Zeit findest.
– Morgen vielleicht.
– Gut. Und jetzt wasch dir die Hände.

Ich rubble meine Hände mit Zitrone ein und schrubbe sie mit Sand, bis sie wund und fast sauber sind. Dann setze ich den Brotteig an. Unser erstes Brot mit frischem Mehl vom frischen Korn. Es wird ganz besonders verziert. Wir nennen es das *Erste Brot*. So wie den *Ersten Käse*. Oder das *Erste Öl*, den *Ersten Wein*. Jedes Jahr wieder gibt es so viele Erste. Ich knete den Teig, und er riecht frisch, klebrig, gut.

Von draußen dringt plötzlich ein Geräusch in die Küche, das ich noch nie gehört habe. Das ist nicht von einem Tier, und das ist nicht von hier. Das ist ein Drübengeräusch, ein Zorngebrüll der Götter. Ich fürchte mich, gehe aber trotzdem raus. Auch mein Finder kommt vors Haus gelaufen. Im Himmel hängt ein Ding wie eine Riesenbiene. Es steht da in der Luft hoch über dem Dorf und donnert, sichelt die Luft, rattert. Ich habe Angst und brülle.
– Was ist das?!
– Ein Hubschrauber, sagt der Bethaus-Vater, fürchte dich nicht.
– Was bedeutet das? Was will er?
– Ich weiß es nicht. Ich muss ins Dorf.

Er macht sich sofort auf den Weg, ohne sein Gewand, dann muss es ein Notfall sein. Ich stehe da, starre das Viech im Himmel an, an meinen Händen klebt der Teig und die Wäsche will auch noch gemacht sein.

EINUNDFÜNFZIGSTE STROPHE

(Das Selberlesen)

Ich lese. Ich lese die Khorabel. Niemand sagt sie mir vor. Ich lese, was da steht. Ich lese Buchstabe für Buchstabe, Wort für Wort, Satz für Satz in alter Sprache. Das ist wie auf dem Esel reiten: Du schaukelst bei jedem Steinchen unter seinen Hufen mit.

000

Am Anfang war das Ei. Und das Ei war all-ein. Schon zwei Sätze. *Und es war nichts als das Ei, und um das Ei herum war nichts und das Nichts war dunkel.* Schon drei ganze Sätze. *Und die Dunkelheit war nichts als dunkel, war um das Ei herum, um das, was nicht das Ei war …* Was nicht Ei war? Ich bin nicht Ei! Ich bin Alina! *vom Ei zu unterscheiden.* Anstrengend. Die Seite will ich aber schaffen.

001

Und in dem Ei wuchsen die drei göttlichen Kräfte. Und in mir wächst die Müdigkeit. *Die Kraft des Werdens, die Kraft des Seiens, die Kraft des Vergehens. Dies sind die drei göttlichen Kräfte, von ihnen geht alles aus.* Wie soll man nur ein ganzes Buch lesen? Eine ganze Khorabel? *Und die Namen der drei göttlichen Kräfte seien: Der Schöpfer, der Bewahrer, der Zerstörer.* Und die Knospe. Und das Fliegen. Erst zwei Strophen?

002

Und als die Kräfte größer wurden, ward der Raum im Ei immer kleiner, ward der Raum im Ei immer enger, ward der Raum im Ei immer dichter. Was war wohl Yaels erstes Wort, das er gelesen hat? Ob er es noch weiß. Mein erstes Wort, mein erstes *Und* werde ich nie vergessen.

003
Und Ha! Und! Da ist es schon wieder! *als aller Raum im Ei aufgebraucht war*, meine Lesekraft ist auch bald aufgebraucht, *und kein Wachstum mehr möglich war, und der Aither im Ei so dicht und satt war,* bis zum Ende des Satzes noch, dann ess ich einen Löffel Marmelade, *da vereinten sich die drei göttlichen Kräfte und dehnten sich aus und sprengten die Hülle des Eies mit einem gewaltigen Knall und der Kosmos entstand.* Den Löffel habe ich mir verdient. Wenn am Anfang das Ei war, dann muss es doch irgendwo hergekommen sein, aus einer Mutter, einem Huhn, Vogel, irgendwas? Nein? Und wer hat eigentlich die Buchstaben erfunden? Wo kamen die her? Weiter, Alina, weiter.

004
Und dieser Knall war der allererste, und diese Bewegung war die allererste, und ihrer beider Ausdehnung war so gewaltig, dass Zeit und Raum und Licht und Dunkelheit entstanden. Hä? *Es entstanden Materie und Nichtmaterie,* was soll denn Materie sein? Und wie kann denn etwas nicht sein, das verstehe ich nicht, *und alles ward von der Bewegung der göttlichen Kräfte mithgerissen.* Ich bin nicht mitgerissen. *Die Zeit ward mithgerissen, der Raum ward mithgerissen, das Licht und die Dunkelheit wurden mithgerissen,* und was ist dann jetzt da, wo vorher die mitgerissenen Sachen alle waren, *die Materie und die Nichtmaterie, alles war in Bewegung. Und die Bewegung war ursprünglich und die allererste.* Wenn es Materie und Nichtmaterie gibt, gibt es dann auch ein Nichtich? Einen Nichtyael?

005
Die drei Kräfte dehnten sich in alle Richtungen aus und erfassten allen Raum und eiferten einander nach, wer am schnellsten die Unendlichkeit erreiche. Mit einer Knospe? Einem Orgaswieheißtdas-

nochmal? Einem Hubschrauber, wie dem, der über unsere Insel flog?

006

Und diesen allerersten Knall sollt ihr Urknall nennen und mit ihm und dem Auseinanderbersten des Ureis begann die erste Zeit. Ob ein Kuss auch ein Urknall ist? Der erste Blick? Wenn man sich wirklich sieht? *Und die Zeit kennt nur eine Richtung, und dies ist die Zukunft. Und der Raum kennt die Zukunft und bändigt die Zeit.* Meine Zeit ist wie ein junger Bock. Sie kennt alle Richtungen. Ich kann nicht mehr. Alles tanzt und flimmert mir im Kerzengeflacker vor den Augen. Ich wünschte, ich könnte bei Tageslicht das Lesen üben. Einen Löffel Marmelade noch. Wie viel Marmelade verbraucht wohl eine ganze Khorabel?

ZWEIUNDFÜNFZIGSTE STROPHE

(Die Versammlung)

Der Ältestenrat hat das Dorf zu einer außerordentlichen Nachrichtenversammlung gerufen. Wir sitzen auf dem Platz, ich nahe bei Mariah, der Bethaus-Vater nahe beim Ältestenrat. Das Grammophon ist gelaufen, aber es ist längst wieder still, niemand wendet die Musikscheibe, niemand kurbelt den Mechanismus wieder an. Etwas liegt in der Luft. Alle sprechen ausschließlich über die Riesenbiene, alle erzählen sich, was tausend Augen gesehen haben. Hunderte Münder malen ein Bild von unterschiedlichstem Aussehen, von variierender Größe, von Rattern, von Angst, von Bedrohung und von Krieg, den hier eigentlich keiner kennt. Männer reden mit Männern und scheinen alles zu wissen. Frauen reden mit Frauen und scheinen alles zu glauben, manche haben ihre Kaffeesätze befragt. Kinder machen das Rattergeräusch nach, ihre Angsttränen sind längst wieder getrocknet. Himmelwärtsblicke und Handbewegungen der Kurvenfrauen begleiten die allgemeinen Anrufe an die Götter. *Oh Zerstörer. Oh Bewahrer. Oh Schöpfer. Erbarmt Euch unser.* Nach dem Klagen hören sie den Männern zu und hoffen, Neues zu erfahren. Ich gucke mit Absicht leer und hohl, als Sofias Mann mich länger ansieht. Er blickt sich um wie einer, der nur einen Grund sucht, um auszurasten. Seine Kiefer mahlen wie Mühlsteine, seine Augen quellen richtig aus seinem Kopf raus. Als würde von innen jemand drücken, die Götter vielleicht, bis er zerplatzt mit einem Urknall und von da an der stärkste Mann aus unserem Dorf in tausend Stücke zerfetzt auf dem Platz herumliegt.

Jannis kommt, das Dorf bejubelt ihn wie immer, trotz der Riesenbienenaufgeregtheit. Er geht rüber zum Ältestenrat, von dem er seinen Zettel mit den Nachrichten bekommt. Dann ist es so weit. Die Musiker spielen die Nachrichtenmelodie, aber das Dorf ist heute ungeduldig, keiner will warten, bis die letzte Luft aus der Gaida entwichen ist, alle wollen wissen, was heute los war.

— Fang endlich an, rufen sie.

— Jannis, mach hin!

Michalis steht hektisch auf und versucht, das Dorf zu beruhigen.

— Schhh. Seid still und hört unserem Nachrichtensprecher zu.

Erst als das Dorf zur Ruhe kommt, geht Jannis in Position auf seiner Kiste.

— Komm zur Sache, Jannis!, ruft einer.

— Genau, was war das für ein Ding heute, Jannis, sag schon.

— Lasst ihn machen, ruft Michalis, sonst kommt er durcheinander, ihr wisst es doch.

— Guten Abend, werte Bewohner des Schönen Dorfes, hier ist euer Jannis mit den außerordentlichen Nachrichten.

Das Dorf ruft: Lauter, Jannis!

Jannis spricht widerwillig lauter.

— Wie ihr alle mitbekommen habt, es war ja kaum zu überhören, was für ein Geräusch, was für ein lautes Rattern und Dröhnen, mir stehen noch immer die Haare zu Berge, wenn ich dran denke, jedenfalls hatten wir heute Besuch aus der Luft.

Beim Wort *Besuch* hebt er beide Hände, krümmt seine Zeige- und Mittelfinger, als male er vier kleine Fühler in die Luft. Das macht er immer, wenn er etwas nicht so meint, wie er es sagt.

— Was ihr gesehen und gehört habt, war ein Habschruber.

— Hubschrauber, berichtigt ihn der Bethaus-Vater.

— Ja, gut, ein Hubschraubär. Sicherl–

— Ein Militärhubschrauber, ergänzt der Bethaus-Vater.

— Unterbrecht mich nicht alle naslang, Vater.

— Du sollst es nur richtig sagen, schau auf deinen Zettel, Jannis.

Die Sache ist, dass Jannis kein guter Leser ist, dafür kann er aber alles so lebhaft erzählen, er malt uns die Bilder direkt in unsere Köpfe rein mit seinen Wortpinseln. Deswegen ist er ja auch ein so guter Nachrichtensprecher. Nur steht das, was er da malt, nicht immer auf dem Zettel.

— Was ihr also gehört und gesehen habt, was euch das Blut in den Adern hat gefrieren lassen, dieses bedrohlich schwebende Ding am Himmel war also ein Militärhubschraubär von drüben.

Beim Wort *Militärhubschrauber* macht er wieder diese Fühler und schaut in Richtung Bethaus-Vater.

— Uns ist nicht bekannt, was ein Militärhubschrauber eigentlich ist, oder wofür er da ist –

— Es ist ein Fluggerät des Militärs unseres Landes, schau auf deinen Zettel, Jannis.

— Wenn Ihr alles besser wisst, Vater, dann verkündet doch die Nachrichten selbst!

— Du sollst nur alles richtig sagen.

Das Dorf isst und trinkt und verfolgt gespannt das Spektakel der Nachrichtenverkündung. Mariah reicht mir Wein.

— Gleich ist es so weit, flüstert sie.

Der Bethaus-Vater seufzt.

— Jetzt sag schon, was ist mit dem Hubding, Jannis, ruft Sofias Mann.

— Das würde ich ja gerne, wenn man mich lassen würde.

— Was will der Hubschraubär von uns?

Jannis kramt in seiner Hosentasche, schaut genervt auf den Zettel.

— Das ... ähm ...

— Jannis, bitte entschuldige, aber das ist zu wichtig. Bitte lass mich kurz reden.

— Nur zu! Bitte, ehrenwerter Vater! Nur zu! Ihr könnt Euch ja auch um dieses Amt bewerben, ruft Jannis, steigt von der Kiste und holt sich bei Kristof einen Schnaps, während der Bethaus-Vater fortfährt:

– Ein Militärhubschrauber ist Teil der Luftverteidigung unseres Landes.

– Teil von was?, fragt das Dorf.

Aber der Bethaus-Vater macht einfach weiter.

– Er fliegt mit zwei rotierenden Flügelblättern, ihr habt es gesehen, sie verursachen auch den ohrenbetäubenden Lärm.

– Das waren zwei Drehscheiben, keine Flügel, keine Blätter!, ruft das Dorf, wie kann so etwas fliegen!

– Das Gerät wird von Menschen geflogen und wird eingesetzt, wenn es Katastrophen gibt, Krisen oder Krieg, aber auch für Vermessungen jeglicher Art.

– Was für ein Krieg? Was für eine Katastrophe? Was für eine Vermessung?

– Ein Vorzeichen der Götter, ruft eine Kurvenfrau.

– Wir wissen nicht, warum er hergekommen ist und die Insel überflogen hat, ob er etwas ausgemessen hat, und wenn ja, was, wir müssen auf das nächste Schiff, den nächsten Besuch vom Händler, auf einen Brief der Regierung oder eine Zeitung warten, aus der wir dann versuchen können, die Gründe herauszulesen. Wenn es einen Krieg oder eine Katastrophe gibt, werden wir es erfahren. Aber das wird dauern, das Schiff war ja gerade erst da. Bis dahin bitten der Ältestenrat und ich euch, Geduld zu haben, Ruhe zu bewahren und normal weiterzuarbeiten. Bald kommen unsere großen Feste, die Weihe und die Sonnenwende mit den Vermählungen. Fürchtet euch nicht. Sorgt euch nicht. Ihr seid hier sicher. Uns mangelt es an nichts.

– Woher wisst Ihr das?, ruft jemand, aber der Bethaus-Vater geht nicht darauf ein. Er bittet Jannis, mit den Nachrichten fortzufahren. Der ziert sich einen Moment lang, dann stellt er sich wieder vor uns auf.

– Guten Abend, werte Bewohner des Schönen Dorfes, hier ist wieder euer Jannis mit den außerordentlichen Nachrichten, bitte entschuldigt die Unterbrechung. Ich fahre nun fort mit den kleinen Neuigkeiten.

Er schaut lange auf seinen Zettel.

– Was denn nun?, ruft eine Frau.

– Konstantins Familie vermisst ihr neues Feuerzeug. Es ist etwa so groß, er zeigt es mit einer Hand an, und mit blauer Farbe angemalt.

– Wir wissen, wie die Feuerzeuge aussehen, Jannis, ruft Michalis.

– Sie sehen vor allem alle gleich aus! Wie sollen wir da Konstantins Feuerzeug von den anderen unterscheiden?, ruft Jakup Jakupsohns Enkel.

– Es ist mit blauer Farbe angemalt, wiederholt Jannis.

– Ja, wie alle, woran erkennt man es, Konstantin?

– Verdammt nochmal, wenn ihr mich nicht alle immer unterbrechen würdet!

– Ich habe die Brüste der Frau freigekratzt, ruft Konstantin.

– Kein Wunder, dass es verschwunden ist, ruft Mariah und das Dorf lacht.

– Sollte es irgendwo auftauchen, gebt es ihm bitte zurück, fährt Jannis fort, und dann habe ich noch zu verkünden: Wer eine Brille oder ein Gebiss braucht, soll das in den nächsten Tagen in der Materialverwaltung anmelden, bevor der Händler wiederkommt. Der Arzt wird nämlich mit dem übernächsten Schiff auf die Insel kommen und mit dem Schiff danach wieder abreisen, lässt der Händler uns ausrichten. Der Arzt bringt neue Brillen und Gebisse mit!

– Kann man auch tauschen, meins sitzt nämlich nicht mehr richtig, ruft Mariah.

– Du kannst meines haben, ruft Konstantin.

Das Dorf johlt.

– Dann kommen wir jetzt zu den Weihemädchen und den Vermählungen.

DREIUNDFÜNFZIGSTE STROPHE

(Der Dreiviertelmond)

Alina steigt den Berg rauf, Schritt um Schritt. Der *Katastrophenbringer* hüllt die Insel seit Tagen in rötlichen Dunst. Sie sagen, das Rote ist Wüstensand, den der Wind von weit her mit auf die Reise nimmt. Die Luft ist diesig, du siehst nicht mal mehr den Berg auf der anderen Talseite, so als würden auf den Feldern hundert Bellionen Feuer brennen. Sie sagen, das ist der Zerstörer in seinem Staubkleid. Sie sagen, dass ich schuld bin, dass er weht. Aber Alina ist nicht schuld am Wind, und auch nicht an den Katastrophen, die er bringt. Alina ist nur ein Mensch, sie kann keinen Wind bewegen, auch wenn sie das gerne möchte. Doch klagen die Frauen in der Kurve schon den ganzen Tag: *Erst der Hubschrauber, jetzt der Katastrophenbringer! Was soll das nur geben? Götter, steht uns bei!* Sie hoffen, dass der Wind bis zum Vollmond gedreht hat, damit das Weihefest und die Sonnenwende nicht versaut werden.

Fünf Paare wird es dieses Jahr geben. Die Zwillinge, Kristofs Enkel, sind unter den Bräuten. Für Mariahs Familie bedeutet das viel Arbeit, Mariah hat schon gefragt, ob ich ihr helfen kann und warum ich nicht mehr komme. Darf ich nicht, hab ich gesagt, Kristof hat es mir verboten. Da meinte sie, dass ich gefälligst kommen soll, wann ich will, und mich nicht von ihrem beschränkten Sohn abhalten lassen darf. Und wovon hast du eigentlich diese Augenringe, was ist mit dir los?

Ich wollte es erzählen, wirklich, aber es ging nicht, weil drei Schlüssel meine Lippen verschließen: Der Bethaus-Vater will, dass ich niemandem vom Lesen und Schreiben erzähle. Sofia will, dass ich niemandem von unserer Freundschaft erzähle. Und Yael will, dass ich niemandem von Alina und Yael erzähle … Ich wollte Mariah gerne alles sagen, jedes einzelne bisschen, aber ich stammelte nur: So viel los gerade. Und Mariah dachte bestimmt, ich meinte die Ernte, die ganze Arbeit.

Geheimnisse zu haben ist anstrengend, denkt Alina, während sie steigt, bergauf steigt, an den Mühlen vorbei, der Wind heult ihr entgegen, und sie ist leise, leise, damit der Müller sie nicht hört. Die Sicht ist schlecht, da hängt ein Wüstenschleier vor den Sternen und dem Dreiviertelmond, der viel früher auf- und wieder untergeht als der volle Mond, so dass ihr und Yael, ist er da, wird er kommen, nicht viel Zeit bleibt. Sie geht weiter zur Stelle und sieht-ahnt-weiß es schon von weitem: Kein Yael. Kein Yael! Alina setzt sich enttäuscht und schaut unter dem Stein nach. Ihr Brief ist nicht mehr da, er muss ihn gefunden haben, und das nährt ihre Hoffnung auf das Wiedersehen. Er wird kommen und sie wird auf ihn warten! Alina legt sich auf den Rücken. Ihr steckt das Kapernpflücken in den Knochen, das Honigsuchen in den Bergen, das Fettauskochen im Dorf, das Sicheln, das Garbenbinden und Schleppen der letzten Wochen. Und obendrauf der ganze Jedentagsrest, all das Erntenwaschenkochenputzensignaleschlagen. Schon fallen ihr die Augen vor Erschöpfung zu, und sie sinkt in einen düsteren Traum, in dem ein Feuer vorkommt, der Bethaus-Vater und brennende Bücher, aus denen die Buchstaben noch zu entkommen versuchen. Irgendwann wird sie wach, aber da ist noch immer kein Yael, und kein Mond mehr am Himmel. Alina überlegt. Ein Abstieg im Dunkeln ist zu gefährlich, das schafft sie nicht mit ihrem Bein, also entscheidet sie, bis zum ersten Tageslicht zu bleiben, und hofft, dass Yael nichts passiert ist.

Aber richtigen Schlaf findet Alina nicht mehr, sie liegt mit feuchten Augen unter der Nacht, liegt da in der Mulde und sieht den Sternen beim Verblassen zu. Was passiert mit der Welt, wenn ich sie nicht bezeuge, denkt sie, ist die Welt auch vorhanden, wenn ich sie nicht erlebe? Kann das von der Welt mit Sicherheit gesagt werden? Eigentlich nicht. Vielleicht gibt es gar nichts wirklich, vielleicht sind wir alle nur eine Idee, ein Funke, ein Augenblick, ein Spiel, ein Traum der Götter. *Gibt es die Götter*, denkt sie da mit einem Ruck zum allerersten Mal, und es fühlt sich an, als würde sie sich selbst den Boden unter den Füßen wegziehen, denn wenn es die Götter nicht gäbe, wozu wäre sie dann da, und welche Gesetze würden dann noch gelten? Und weil sie keine Furcht spürt und für ihre Gedanken nicht den Zorn der Götter abbekommt, denkt sie sich gleich zwei Antworten auf diese Frage aus: Entweder, die Götter sind wirklich in allem drin, also auch in ihren plötzlich zweifelnden Gedanken, dann ist sie nicht sie, sondern nur eine Möglichkeit, eine Phantasie der Götter, und das, was sie als Ich denkt, nur ein Trugbild. Oder aber es gibt die Götter wahrhaftig nicht … Dann, ja, was? Dann ist sie allein und getrennt von den Dingen, und es gelten völlig andere Gesetze, die sie überhaupt nicht kennt, und da steigt Angst in ihr auf. Sie spürt ihr Herz, spürt ihr Herz als Kammer, in der sie Schutz vor dieser Angst sucht, und spürt die Unordnung darin, alles vollgerümpelt mit Geheimnissen, Zweifeln, Fragen, und Alina beschließt, ihr Herz möglichst bald aufzuräumen, damit sie in sich wieder eine Zuflucht hat.

Es dämmert, ein neuer Tag rollt heran, ein frischer, unangebrochener Tag. Alina reckt sich und reibt ihr kaputtes Bein, sie richtet sich auf und blickt so weit sie kann. Ein Nachtpfeifer bricht zur letzten Jagd auf. Der Katastrophenbringerwind hat aufgegeben, kein Wüstenstaub hängt mehr in der Luft, aber am Horizont über dem Meer sind Wolken zu sehen.

Wenn ich schon hier oben bin, denkt sie, dann kann ich beim Abstieg auch gleich Blattkraut sammeln. Warum ist Yael nicht gekommen? Hat er den Brief nicht gefunden? Alina hat vergessen, ein Messer mitzunehmen, sucht sich einen Schieferstein und zerschmeißt ihn mit Wucht. Aber wenn Yael ihn nicht gefunden hat, wer hat ihn dann? Der Müller etwa? Einen scharfen Splitter nimmt sie als Messerersatz und beginnt, im Schutz der Felsen Kraut zu schneiden und in der Schürze zu sammeln. Vielleicht wurde Yael erwischt oder konnte ohne Salzsack nicht weg. Alinas Gedanken zwirbeln sich immer weiter um diesen einen Menschen, sie schneidet nicht beim Schneiden und wohnt nicht in der Welt.

Der Müller ist schon wach.

– Guten Morgen, Müller, sagt Alina.

– Morgenkind. Sofrühschonhieroben? Gehtsgut?

– Ja, geht gut. Und selber.

– Auchgutauchgut.

– Bin Blattkraut sammeln.

– Bravo. Machsgutbisbald.

– Ihr auch. Ihr auch.

Von einem Alina-Brief hat er sie nichts spüren lassen … Sie steigt sammelnd weiter abwärts, hat schon bald die Schürze voll und schnürt sie sich zum Bündel. Jetzt kann sie die ersten Hähne unten im Dorf hören. Gleich wird die Sonne aufgehen und ihr goldenes Morgenlicht über den Bergrücken fließen lassen wie Honig. Alina kommt am abgeernteten Bethaus-Feld vorbei und schneidet von den Artischocken, die an der Seite neben den Kakteen wachsen. Weiter unten im Garten wässert sie das Gemüse. Zwei Domates und eine Kurgette sind reif, sie erntet auch noch Zwiebeln und ein paar Patatas.

Als sie zu Hause ankommt, gibt Alina verspätet das erste Signal des Tages. Fast glaubt sie, den Einsiedler zu riechen, und wirklich, sie folgt der Wassertropfenspur zur Quelle im Hof, trifft ihn aber nicht mehr an. Und als sie die Küche betritt, sitzt der Bethaus-Vater schon am Tisch und reibt sich das morgenmüde Gesicht.

– Du bist früh und spät dran heute.

– Ja.

VIERUNDFÜNFZIGSTE STROPHE

(Der Weihemond)

Jedes Jahr schneiden wir die Blüten oben in den Bergen an dem Vollmond, der am nächsten zur Sonnenwende steht. Dabei singen wir unsere traditionellen Lieder. Das Alleskraut wird dann in Gefäße mit Öl gelegt, die wir so lange tagsüber in die Sonne stellen, bis das Kraut seine ganze Kraft ans Öl abgegeben hat. Dann ist es Medizin geworden. Du kannst es gegen viele Sachen nehmen, es besitzt starke Heilkraft, und verdunkelt sich dein Gemüt, hebt es deine Laune. Sofia macht sich Tee aus den Blüten und reibt sich gegen die große Traurigkeit ein. Sie sagen, Jannis säuft das Öl im Winter sogar zum Frühstück. Schmerzt irgendetwas, dann streich immer vom Alleskrautöl drauf. Verheilt eine Wunde nicht, hast du einen Ausschlag, ein Stechen, ein Zwicken, nimm vom Alleskrautöl.

Der Heiler ist der einzige Mann, der zur Ernte mitkommen darf. Er lässt sein Kraut von den Jungfrauen schneiden, die heute erst die Weihe empfangen haben. Er sagt, von Jungfrauen gepflücktes Kraut erhöht die Heilkraft um ein Vielfaches. Mariah und ich glauben nicht daran. Sofias Tochter Noura trägt das Kleid, das Sofia und ich ihr genäht haben, und sieht wunderschön aus, sie leuchtet im Mondlicht.

Mariah läuft den Berg schneller hoch als ich, alt und krumm, aber flink und trittsicher wie eine Ziege. Ich überlege, wie oft sie diesen Weg schon hochgestiegen ist in ihrem Leben. Oben hinter den Mühlen schwärmen wir aus. Ich versuche mit Absicht, nicht in die Nähe der Minki-Yael-Kuss-Stelle zu geraten, aber Mariah zieht es genau dorthin. Auch Sofia sammelt in unserer Nähe, immer wieder treffen sich unsere Blicke.

Mir ist ganz schwindelig: Sofia, Mariah und ich jetzt alle hier oben unter diesem großen vollen Mond, von dem ich mich frage, wie es ihn geben könnte, ohne Götter. Und irgendwo zwischen der Siedelei und dem Bethaus trägt Yael einen Sack mit Salz. Das Salz muss er ja bringen, Alleskrauternte hin oder her.

Wir singen und schneiden, bis Mariah einen kleinen Schrei ausstößt.

– Gottchen, Junge, hast mich erschreckt.

– Ich muss eingeschlafen sein. Ich bringe das Salz. Sollte. Sollte es bringen.

– Was ist da los, ruft der Heiler.

– Hier ist ein Betschüler aus der Siedelei, er bringt das Salz zum Bethaus!

Und schon laufen alle Frauen zu Mariah, alle wollen den Salzbringer, den Betschüler sehen. Nur ich bleibe abseits, das fällt noch nicht mal auf, weil ich ja immer abseits bin.

Yael rappelt sich auf, steht ganz verstrubbelt inmitten des Rudels wilder Frauen, die ihn umzingeln und unverhohlen ansehen, laut sein Äußeres kommentieren und darüber scherzen.

– Eine Verschwendung, sagt eine, so viel Schönheit!

– Nur für die Götter?

– Und wir im Dorf bekommen nichts davon ab?

– Ob er von drüben kommt?

– Wessen Sohn bist du?

– Kriegst du den Sack überhaupt auf deine schmalen Schultern?

Yael dreht sich im Fragenkreis, zu verwirrt, um zu antworten. So viele Frauen hat er bestimmt noch nie auf einem Haufen gesehen. Noura steht da, als hätte sie der Schlag getroffen, sie hat nur noch Augen für ihn, den Betschüler, den Salzbringer. Yael lächelt sie verlegen an, bis der Heiler für Ruhe sorgt und die Frauen wieder auseinandertreibt.

– Wie heißt du, Betschüler?, fragt er.

— Yael.
— Yael, es tut uns leid, wir wollten keinen Betschüler bei seiner Arbeit stören.
— Nein, es war mein Fehler, ich bin eingeschlafen. Ich muss weiter, das Salz …

Er nimmt den Sack und macht sich auf den Weg, geht an mir vorbei und sieht mich nicht an. Da geht er, da geht Alinas Yael und steigt mit dem Sack auf den Schultern an den Mühlen vorbei runter zum Bethaus. Die Frauen und Mädchen rufen ihm Wünsche hinterher, Schönes, Scherze. Sie kichern und gackern. Nur Noura und ich sind ganz still. Traurigkeit schnürt mir die Kehle zu, und Wut, woher kommt die nur. Warum ist er gekommen? Warum hat er an der Stelle gewartet? Ist er wirklich eingeschlafen, so wie ich neulich? Wie soll ich den Weg des Friedens wählen, wenn Yael und ich uns immer verpassen? Noura ist erhellt von einer Flamme, die Yael mit seinem Lächeln angezündet hat, das kann ich sehen, und Sofia sieht es auch. Dann stimmt sie eines unserer Lieder an, und wir ernten weiter das Alleskraut. Der Heiler dirigiert seine Weihemädchen, mir nach, mir nach, wie eine Henne ihre Küken.
— Mein Augenstern, was ist denn nur?

Mariah funkelt mich an, und meine Augen beginnen zu schwimmen.
— Schhh, sie nimmt meine Hände und drückt mir etwas in die Handfläche, einen Zettel, einen gefalteten Zettel.
— Nicht weinen, mein Mädchen.

Ich verberge den Zettel mit meinen Händen und Mariah streicht mir über das Haar.
— Zeit, weiterzumachen, sagt sie, nimmt ihren Beutel wieder auf, nimmt ihre Sichel zur Hand und schneidet ein paar Blüten.

Ich schiebe den Zettel unauffällig in meinen Ausschnitt, unter den Riemen meines Unterkleids. Ich nehme mein Messer, schultere Korb und Beutel und bücke mich dicht über den Boden. Meine

Tränen fallen auf den Berg, mein Salz fällt auf den Berg. Ich sammle mich direkt hinüber zur Minki-Yael-Kuss-Stelle, die jetzt auch eine Die-Frauen-gucken-Yael-an-Stelle geworden ist, und ebenso eine Yael-lächelt-Noura-an-Stelle. Und in mir steigt Nebel auf, gelber dichter Nebel, und mit ihm Hitze und Hilflosigkeit. Noura ist jung und schön und von hier. Ich bin von drüben und nur eine Eselstochter, ein Monster, das Unglück bringt und Katastrophen. Wie konnte ich mir nur einbilden, dass er mich wirklich mag. Mit Gewalt ziehe ich eine Wurzel aus dem Boden, die getrocknet gut gegen Nierensteine hilft. Ich schlage sie gegen meinen Oberschenkel und stecke sie in den Beutel.

Alina ist traurig. Alina denkt nach. Wenn Yael heute hier auf sie gewartet hat, dann hat er ihren Brief nicht gelesen, bestimmt ist er deswegen auch beim Dreiviertelmond nicht gekommen. Aber wenn Yael ihren Brief nicht bekommen hat, wer hat ihn dann genommen? Und was ist das für ein Zettel, den Mariah ihr eben zugesteckt hat? Alina sammelt den anderen Frauen hinterher und versucht zu sammeln beim Sammeln, weil all das Fühlen sie überfordert.

Nachdem der Weihemond seinen höchsten Stand überwunden hat, kehren wir mit vollen Körben, Beuteln, Schürzen wieder um. Wir steigen an den Mühlen vorbei, wo Yael vorhin ging, der wahrscheinlich längst wieder auf dem Rückweg ist. Begegnen wir ihm etwa nochmal? Ich halte mich am Ende der Gruppe. Der Müller lehnt im Mondschatten einer Mühle, wir grüßen uns stumm mit einem Nicken. Weiß er was?

Je mehr wir uns dem Dorf nähern, desto gewisser ist, dass Yael schon längst wieder über den Berg, an uns vorbei und kurz vor der Siedelei sein muss. Ich werde immer langsamer, und als ich endlich am Bethaus ankomme, sind die ersten Frauen schon unten am

Dorfplatz, wo die Männer sie mit Musik und Wein willkommen heißen. Man kann es bis hier oben hören. Mariah wartet an der Treppe auf mich.

– Mein Mädchen, ich möchte, dass du morgen zu mir kommst. Ich brauche Hilfe auf dem Feld.

– Ja, mach ich.

– Lass dein Kinn nicht so hängen. Wir sprechen morgen. Nach dem Regen scheint wieder die Sonne. Ja?

– Ja.

– Gute Nacht. Träum süß.

– Nacht, Mariah, du auch.

Sie dreht sich um, geht und winkt zum Abschied. Ich sehe an der Tür zum Bethaus den Sack mit dem Salz lehnen und setze mich dazu, umarme ihn, rieche an ihm. Rieche nur das stechende Salz und keinen Yael, so tief ich meine Nase auch im Sack vergrabe.

Plötzlich steht der Bethaus-Vater mit einer Laterne vor mir und reibt sich seinen Bart.

– Komm, wir trinken ein Glas in der Küche.

Er reicht mir die Hand, ich stehe auf und wir tragen gemeinsam das Salz ins Bethaus und das Alleskraut in die Küche. Ich sortiere die Blüten auf dem Küchentisch, der Bethaus-Vater holt vom Wein und schenkt uns ein. Ich zerreibe eine Blüte zwischen den Fingern, roter Saft färbt meine Haut. Die Pflanze blutet.

Ich fülle große Einmachgläser und große, bauchige Flaschen mit den besten Blüten, dann gieße ich Olivenöl darauf, bis die Gläser randvoll sind.

– Das kannst du doch morgen machen, sagt der Bethaus-Vater.

– Es wirkt besser, wenn es frisch geschnitten ins Öl kommt.

– Gut, gut, wie du meinst.

Er setzt sich und sieht mir zu, wie ich die Gläser verschließe, morgen kommen sie ins Sonnenlicht und das Kraut blutet sich aus,

zwei Monde lassen wir es draußen stehen, dann haben die Blüten alle Heilkraft ans Öl abgegeben, das dann rot geworden ist.
– Komm setz dich endlich zu mir.

Der Bethaus-Vater füllt sich schon wieder vom Wein nach. Er trinkt viel in letzter Zeit. Ich bringe Oliven aus der Kammer, stelle sie auf den Tisch und beginne, die anderen Kräuter zu kleinen Sträußchen zu bündeln. Nierenwurzel zu Nierenwurzel. Salbei zu Salbei.

– Ich habe Mariah auf dem Weg vom Dorf zurück nach Hause getroffen. Sie hat gesagt, ich soll mich etwas um dich kümmern. Ist wieder etwas vorgefallen mit einer der Dorffrauen?
– Nein.
– Bist du krank, fehlt dir etwas?
– Nein.
– Trink. Auf dein Wohl.
– Auf Euer Wohl, Vater.

Wir stoßen an.
– Hattet ihr eine gute Alleskrauternte?
– Ja.

Der Bethaus-Vater wirft sich eine Olive in den Mund und spuckt kurz darauf den Kern in die Hand.
– Möchtest du mir erzählen, was los ist?
– Ja.
– Aber?
– Aber es geht nicht, ohne mein Wort zu brechen.

Eine weitere Olive landet in seinem Mund. Ein weiterer Kern erst in seiner Hand, dann auf dem Tisch.
– Verstehe.
– Es ist eine Zwickmühle. Ich kann nicht.
– Ich sehe, dass du unglücklich bist. Aber ich will, dass es dir gut geht. Verstehst du?

— Ja.
— Du weißt, dass ich auch dein Finder bin, ich habe dich großgezogen, ich bin nicht nur der Bethaus-Vater für dich. Dich so zu sehen fällt mir schwer. Komm, iss ein paar Oliven. Du hast Gewicht verloren.
— Das ist nur die Ernte, ich habe keinen Hunger. Verzeiht, aber ich bin so müde, ich möchte zu Bett gehen.
— Nur zu, mein Mädchen, nur zu.

Ich leere mein Glas in einem Zug, versorge es am Spülstein und putze meine Zähne. Der Bethaus-Vater isst die Oliven, trinkt den Wein und redet mir eine Beule ans Ohr. Wahrscheinlich hat er im Dorf schon ein paar Gläschen getrunken. Seine Augen sind glasig, seine Nase leuchtet rot.
— Die Weihemädchen kamen alle ganz aufgedreht von der Ernte zurück. Sie schwärmten von diesem Betschüler, der das Salz gebracht hat. Die Jungs aus dem Dorf waren natürlich eifersüchtig und mussten gleich ihre Muskeln und Kräfte vorführen … Diese Jungs. Unfassbare Energie. Wenn sie die doch nur alle gut einsetzen würden. Rate, wer von ihnen heute den Koloss am weitesten getragen hat?
— Stanis natürlich?
— Genau, und Sofias Mann, wie jedes Jahr. Aber alle Frauen sprachen nur vom Betschüler. Hast du ihn auch gesehen?
— Mhm.

Ich schrubbe mit der ausgefransten Zahnbürste über meine Schneidezähne, als wäre ich nicht traurig, schrubbe über meine Backenzähne, als wäre da kein gelber Qualm in mir, schrubbe über die Zahninnenflächen, als wäre da nicht dieser Zettel unter meinem Riemen.
— Das war eine schöne Weihefeier heute Vormittag. Ich wünschte, du hättest damals auch eine gehabt.

– Mhm.

Ich spüle meinen Mund und die Zahnbürste aus. Mein Unterleib krampft sich zusammen, ich spüre, wie meine Monatsblutung einsetzt.

– Verzeiht, Vater. Ich bin müde. Ich muss mich zurückziehen.

– Selbstverständlich, mein Mädchen. Gute Nacht.

– Gute Nacht.

Ich nehme Laterne, Wasser und Stoff mit in meine Kammer. Ich ziehe mein Kleid aus, ziehe meine Unterhose runter, wasche mich und versorge meine blutende … wie ist der Name davon? Kutt sagen die Männer, wenn sie besoffen oder stinkig sind. Aber so heißt es auch bei Tieren. Loch? Nein. Schlitz? Warum haben wir keinen guten Namen dafür? Warum spricht niemand darüber? Ich gebe ihr einen eigenen Namen. Blume. Meine Blume mit der Knospe.

Endlich, endlich hole ich den Zettel unter dem Riemen meines Unterhemdes hervor. Im Schein der Laterne hangle ich mich von Buchstabe zu Buchstabe:

Schöne Alina,
Du Liebe, Du Andere!
Du kannst schreiben!
Also kannst du lesen!
Verzeih, ich konnte am
Dreiviertelmond nicht
kommen. Der nächste
Vollmond, der Sommermond
ist wieder unser.
Siebzehn Küsse,
Dein Yael

FÜNFUNDFÜNFZIGSTE STROPHE

(Die Liebe)

Gestern hat es in Strömen geregnet. Den ganzen Tag lang, und das zu dieser Jahreszeit. Wenn es im Sommer regnet, rauscht alles bergab, der Boden ist längst hart geworden und nimmt nicht viel auf. Da quillt als Erstes die Rinne über und verteilt den Dreck. Da kommt das Wasser die Treppe runter wie ein richtiger Fluss, da wäscht der Regen die Gassen im Dorf und trägt alles mit sich mit, was er greifen kann. Schnecken. Schuhe. Töpfe. Pflanzen. Werkzeuge. Da rauscht es und tröpfelt den ganzen Tag. Da steht das Dorf hinterher dampfend in den Wolken und du denkst, es ist der erste und nicht der sechste Monat.

Erst abends war alles wieder frisch, roch alles neu. Nach sauber. Nach Regen, der auf Erde und Mauern gefallen ist. Nach Pilz. Nach feucht.

Deswegen war ich gestern auch nicht bei Mariah, sondern nur kurz auf unserem Feld und im Garten. Tagsüber habe ich die Signale gegeben, stell dir vor, ich musste zum Messen das Stundenglas benutzen. Die Zeit kroch ganz langsam durch seine dünnste Stelle. Ich habe mich um das Haus und das Regenwasser gekümmert und so viel davon aufgefangen wie möglich. Das Dach des Bethauses ist undicht, wir mussten Eimer unter die Tropfstellen im Betraum stellen. In den Dorf-Zisternen hat sich auch wieder Wasser gesammelt, was uns die trockene Zeit verkürzen und noch in Wochen freuen wird.

Heute kommen nun wieder die ersten Sonnenstrahlen ins Tal geflossen, all der Staub ist fort, sogar das Meer hat sich ein neues Kleid angezogen. Der frischgewaschene Tag verspricht schön und warm zu werden. Gleich nach dem ersten Signal gehe ich runter ins Dorf. Die Frauen in der Kurve sitzen noch nicht da, murmeln noch nicht, häkeln noch nicht und malen sich mit den Zeigefingern noch keine Zeichen auf die Oberschenkel. Alle Bewohner sind im Haus, auf dem Esel, auf dem Feld oder im Garten. Jeder versucht, die Regenschäden des Vortages zu beheben. Die Hähne krähen. Die Hühner gackern. Es riecht nach Asche.

Kristof will mich erst nicht reinlassen. Aber dann gehe ich einfach an ihm vorbei, vorbei an den Tischen und Stühlen im Lokal, hinauf in Mariahs Kammer. Sie sitzt auf dem Bettrand, gerade so, als ob sie auf mich gewartet hätte. Das Haar geflochten und gesteckt, das Kopftuch gebunden, die großen Hände mit den knotigen Fingern auf den Knien.

– Da bist du ja, mein Mädchen. Komm, lass uns erstmal Kaffee trinken.

– Aber –

– Kein Aber. Wir trinken jetzt Kaffee, und dann hilfst du mir auf dem Feld mit dem Sommergemüse. Habe die Wasserlosen noch nicht ausgesät, und jetzt nach dem Regen ist der beste Zeitpunkt dafür.

Mariah nimmt mich mit ins Lokal. Ich soll mich wie ein Männergast an einen der Tische setzen, und sie verschwindet in der Küche, wo sie sofort mit Kristof zu streiten beginnt.

Die Wasserlose ist unsere älteste Domatessorte. Du säst sie aus, dann macht sie alles von allein. Du musst die Jungpflanzen nur noch auseinander setzen, damit sie genug Platz haben, und ihnen ein Gerüst bauen, an dem sie entlangwachsen können und das ihnen hilft, ihre Last zu tragen, aber das ist alles, du brauchst sie nie zu gießen. Die Wasserlose säst du eigentlich früher aus, schon im vierten Monat, aber Mariah wartet immer lange, damit sie bis in den Winter davon ernten kann. So gibt es im Lokal auch dann noch frische Domates, wenn alle anderen im Dorf nur noch eingelegte oder getrocknete haben. Ihre Früchte haben eine dickere Schale, und ihr Fruchtfleisch schmeckt süß. Wir essen sie frisch oder kochen sie ein und machen ein Konzentrat daraus.

Mariah kommt mit zwei kleinen Tassen Kaffee aus der Küche zurück. Wir lassen sie eine Weile stehen, damit sich das Kaffeepulver setzen kann.

— Wir müssen gucken, was der Regen angestellt hat. Die Peperoni und Melitzanes müssen pikiert werden. Die Domates ausgegeizt, die Kurgetten müssen geerntet werden, bevor sie zu viel Wasser ziehen. Patatas, Zwiebeln, Knoblauch brauchen wir für das Lokal. Und dann säen wir die Wasserlosen.

— Aber wir haben doch schon abnehmenden Mond.

— Weiß ich, mein Mädchen, aber die werden prima wachsen, glaub mir. Jetzt trink deinen Kaffee, danach holen wir den Esel.

Wir heben gleichzeitig unsere Tässchen und trinken in kleinen Schlucken, Jahjah hat ihn sehr süß gemacht. Nach dem letzten Schluck legt sie ihre Untertasse obenauf und dreht das Tässchen um.

— Du auch, mein Augenstern.

Ich mache es ihr nach. Mariah kann aus dem Kaffeesatz lesen, der jetzt gerade im Inneren der Tassen verläuft. Sie hat es von ihrer Urgroßmutter gelernt, die hatte auch das Gesicht. Seit ihrer Kindheit kann sie das, macht es aber nur noch selten. Sie dreht erst ihre eigene, dann meine Tasse um und ist sofort versunken in die Bilder, die der Kaffee an die Tassenwand gemalt hat. Sie murmelt leise, macht sich mit dem Zeigefinger ein Zeichen auf den Oberschenkel. Dann seufzt sie und sagt:

— Komm, es ist Zeit.

Solange ich mich erinnern kann, trägt Mariah immer dasselbe Kleid. Es ist von einem Schwarz, das fast dunkelblau wirkt, bestickt mit kleinen hellen Sternchen, die aus zwei einfachen Fadenstichen bestehen. Auf Taillenhöhe sind zwei Gürtelbänder festgenäht, damit sie das Kleid eng um den Körper binden kann. Sie ist im Alter dünn geworden, und so sitzt das Kleid ihr trotzdem stets lose am Leib. Mit wenigen Bewegungen bindet sie sich die dreckige Alltagsschürze darüber, da ist keine Verschwendung im Knoten der Schleife, alles ist genau an seinem Platz, auch ohne Hinsehen. Wie oft sie diese Bewegungen ausgeführt haben muss.

Mariah führt den Esel an einer Schnur. Er trägt einen Holzsattel, der Sattel trägt die aufgesteckten Holzkörbe, und die Körbe tragen Sichel, Schaufel und Hacke. So gehen wir als Minikarawane abwärts, wie Ameisen, begegnen dem Dorf, das genau wie wir zu seinen Gärten und zu seinen Feldern aufbricht. Man nickt sich zu, man grüßt sich mit wenig Worten. Auf dem Feld fangen wir gleich mit der Arbeit an, schweigend. Und als ich mich schon frage, ob wir jemals über den Zettel sprechen werden, den Mariah mir bei der Alleskrauternte zugesteckt hat, schlägt sie vor, eine Pause zu machen.

– Bist du Alina?, fragt sie mich dann endlich leise, als wir im Schatten einer Mauer sitzen, ich auf dem Boden, Mariah auf einem Stein.

– Ja, antworte ich.

Und dieses Ja befreit mich, löst mir die Brust, endlich, endlich kann ich es mit jemandem teilen, endlich, endlich schlägt das Schwert der Wahrheit einen Lügenbaum ab. Mariah schneidet ein Stück von einer Kurgette und reicht es mir.

– Mädchen, was du da angefangen hast, was ihr da angefangen habt, das wird hier im Dorf nicht gut enden.

– Bitte, bitte sag es keinem.

— Nein, das werde ich nicht, ich möchte aber mit dir darüber sprechen. Dass wir beide lesen und schreiben gelernt haben, darüber müssen wir keine Worte verlieren. Möchtest du noch ein Stück?

— Ja.

Mariah schneidet ein weiteres Stück von der Kurgette, während sie erzählt.

— Ich war neulich oben auf dem Berg beim Müller und habe Blattkraut gesammelt. Da sah ich einen Steinhaufen und habe mich gefragt, was das ist.

— Minkis Grab.

— Ja. Das dachte ich mir im Nachhinein auch. Ich habe mich jedenfalls gesetzt und stieß dabei einen Stein um, unter dem ich einen Zettel fand: Eine Seite, genau wie die aus den Heften, die ich dir schenkte … Ich las ihn und legte ihn wieder unter den Stein. Der Brief war von dir, nahm ich an. Deine Rechtschreibung ist übrigens noch furchtbar, daran musst du arbeiten.

— Ja.

— Als wir zur Alleskrauternte oben waren, wollte ich nicht, dass eine der anderen Frauen vielleicht deinen Zettel findet. Deswegen bin ich wieder zur Stelle hin. Und da schlief dann der Betschüler. Yael?

— Yael, ja.

— Als er hochschreckte, ließ er einen Zettel fallen. Ich dachte, es sei dein Brief, was macht dieser Betschüler mit deinem Brief, dachte ich, hob ihn rasch auf und steckte ihn in meinen Beutel, bevor die anderen Frauen kamen und bevor er damit zum Vorsteher rennen könnte. Aber erst als der Junge dem Heiler seinen Namen sagte, verband ich deinen Brief mit ihm und ahnte, dass das seine Antwort an dich war. Um sicherzugehen, habe ich ihn später kurz geöffnet, und da stand wieder dieser Name, *Liebe Alina*, weiter habe ich natürlich nicht gelesen.

— Du darfst niemandem davon etwas sagen.

— Das werde ich auch nicht. Aber … Mein Mädchen, ihr dürft euch nicht mehr sehen. Das Dorf ist klein und hat seine Augen überall.

— …

— Hörst du?

— …

— Seid ihr …? Habt ihr …?

— Was?

— Habt ihr, habt ihr euch … geliebt?

— Ja.

Mariah atmet aus.

— Bist du …?

— Nein!

— Gut. Wie oft, ich meine, wie lange geht das schon so?

— Wir haben uns drei Mal gesehen.

— Mein Mädchen, das vergeht auch wieder.

— Es ist das Größte, was ich jemals gefühlt habe.

— Ich weiß ja. Ich weiß. Auch ich war mal jung. Auch mein Herz stand einmal in Flammen.

— Es ist schade, dass dein Mann schon tot ist.

— Ach. Es brannte nicht für meinen Mann …

— Für wen denn? Und warum hast du ihn nicht geheiratet?

— Das Dorf sagt uns, wen wir heiraten sollen. Das sind Entscheidungen, die mit dem Kopf getroffen werden. Nicht mit dem Herzen.

— Aber warst du denn nicht unglücklich?

— Für einen kleinen Abschnitt meines Lebens, ja.

— Für wen brannte dein Herz? Lebt er noch?

— Es hat nicht sollen sein, mein Mädchen. Lass es ruhen. Lass auch dein Herz wieder abkühlen.

— Das kann ich nicht. Das geht nicht mehr, Mariah, ich brenne lichterloh.

— Aber es hat keine Zukunft! Es wird herauskommen, und was

dann? Deine Stellung im Dorf. Seine in der Siedelei. Für ihn ist es verboten, für dich ist es verboten. Er hat dem weltlichen Leben entsagt und wird Betmann. Und selbst wenn es ihm erlaubt wäre. Mein Mädchen, du weißt es doch: Du hast hier keine Rechte und darfst nicht heiraten.

– Das sind Müllgesetze! Ich bin doch eine von euch, verdammt nochmal.

– Ja, vielleicht ist es ungerecht.

– Dieses verrottete Mottendorf kann mich mal!

– Die Ehe, das Leben mit einem Mann ist es nicht wert, alles zu riskieren.

– Aber die Liebe ist es wert.

– Nein.

– Doch!

– Denk dir, ihr könntet die Große …

– Das wird der Bethaus-Vater nicht zulassen!

– Darauf kannst du dich nicht verlassen. Es wäre verrückt, wenn ihr euch weiterhin seht.

– Yael hat mir einen Namen gegeben.

– Ja, das hat er.

– Niemand von euch hat sich das getraut! Auch du nicht! Er mag mich einfach lieber als du oder der Bethaus-Vater!

– Wir sprechen wieder darüber. Jetzt lass uns weitermachen. Wisch dir die Tränen weg. Sonst gucken die Leute gleich, was wir hier tuscheln. Auf, auf, mein Mädchen. Es gibt viel zu tun vor den Hochzeiten und der Sonnenwende.

Ich bin wütend. So wütend. Auf Mariah. Auf das Dorf. Auf die Gesetze. Das ganze ungerechte Leben hier. Überall woanders ist es bestimmt besser.

Wir stehen auf und stecken unsere Hände in die Erde, graben und schneiden und beladen den Esel. Ich könnte brüllen, fauchen, schlagen, brechen, hacken, schütteln, zerknallen. Bestimmt ist es drüben, irgendwo, nur nicht hier, da wo sie Fernseher haben und weißes Mehl, so fein gemahlen, so hell und pudrig, bestimmt ist es da besser, bestimmt kann ich da mit Yael sein und leben wie alle anderen. In mir ist Durst danach, etwas Lautes zu zerbrechen. Mariah setzt sich zum Gemüse auf den Esel, sie benutzt die Mauer als Trittleiter, sie ist so leicht und krumm wie eine Nachtpfeiferfeder. Ich sehe, wie erschöpft sie ist. Sehe, wie viel Kraft aus ihr herausgeflossen ist. Mariah ist zäh, aber eben auch alt. Ich nehme die Schnur und führe uns bergauf, zurück ins Dorf. Zikaden zersägen alle weiteren Gedanken. Du willst etwas fassen, aber sie sägen dir alles zu Brei, das ist der Gesang des Sommers.

SECHSUNDFÜNFZIGSTE STROPHE

(Der Zweifel)

Unsere heiligsten Feste sind die Sonnenwenden und der 13. Vollmond, die Tage mit der größten Bedeutung, der größten Hingabe an die Götter. An diesen Festen dürfen die Betmänner aus der Siedelei zur Pujachatt mit uns anderen ins Bethaus, an diesen Festen quillt das Bethaus über. Wegen dem hohen Besuch aus der Siedelei wird die Frauenseite mit einem Tuch verhängt, so dass unser Anblick die heiligen Männer nicht stören kann. Die geschmückten Frauen sollen ihnen nicht die Gedanken verbiegen, wir sollen sie nicht vom Weg abbringen, ihnen die Köpfe nicht verdrehen allein mit unserem Aussehen. Aber ist es nicht viel aufregender, wenn man weiß, da hinter dem Tuch sitzen all die Frauen, all die Betmänner, all die Meister des Sichversenkens? Müssen die Betmänner nicht sehr schwachen Glaubens sein, wenn allein unser Anblick sie schon vom Weg abbringt? Es ist ja nicht so, dass wir ihnen unsere Knospen und Brüste hinhalten.

Am Tag vor dem Sonnenwendfest wird der Betraum von den Jungfrauen des Dorfes gereinigt und geschmückt. Wir machen Blumengirlanden. Auch Noura trägt jetzt stolz das rote Band um ihre Taille. Es erzählt: Ich blute regelmäßig und kann empfangen, ich bin Jungfrau, ich bin geweiht, ich darf geheiratet werden. Auch ich trage das rote Band. Niemand außer Mariah und Yael weiß, dass ich keine Jungfrau mehr bin, und ich überlege, ob ich das Fest verunreinige. Doch dann frage ich mich, was so anders sein soll an einer Jungfrau?

Ich schäme mich nicht für meine Knospe, nicht für Sofias und mein Geheimnis, nicht für die Buchstaben, nicht für meine Liebe zu Yael, im Gegenteil, das ist alles, was ich im Moment habe, was schön ist. Ich kann ja trotzdem mit Hingabe den Raum reinigen und die Blütengirlanden aufziehen! Ich steche den Faden durch eine Blüte und fädele sie auf. Die nächste. Und jetzt wieder eine andere Farbe. Erwarte aber doch jeden Augenblick die Strafe der Götter, das gebe ich zu. Nur kommt und kommt sie nicht. Mir fällt keine Hand, fällt keine Knospe ab, ich schiele nicht, ich falle nicht tot um, ich werde nicht schwachsinnig, wie der Heiler den Frauen gegenüber immer behauptet.

Vielleicht haben die Götter mich tatsächlich vergessen? Vielleicht weil ich keinen Stammnamen habe? Oder gibt es sie tatsächlich nicht? Oder mich, gibt es mich nicht? Vielleicht bin ich nur ein Traum oder eine Erzählung von irgendwem. Und allein für diesen Gedanken müsste mich doch schon wieder eine Götterstrafe ereilen? Die Weihemädchen hängen die Girlanden auf. Der Betraum verwandelt sich in ein Schmuckstück. Ich wünschte, Yael und ich könnten heute auch eine Hochzeit haben.

Wenn alles, was ich denke und bin, nicht auch ein Teil des Göttlichen ist, dann bin ich gottlos, haltlos, aber frei. Aber wo in meinem Handeln wäre dann die Grenze? Wo der Weg? Woher wüsste ich, was richtig ist und was falsch? Hallo! Hallo? Quälen irgendwen hier ähnliche Fragen? Quälen sie Yael? Sofia? In der Khorabel steht geschrieben, dass man den Zweifel mit dem Schwert des Wissens zerschlagen soll. Was aber, wenn das Wissen nur ein Löffel ist und kein Schwert, und du mampfst die ganze Zeit den Zweifel weiter in dich rein?

Ich habe mich an der Nadel gestochen, ein Tropfen Blut quillt aus meinem Fleisch, wie eine Perle, dunkel, geheimnisvoll, rot. Ich lecke sie ab.

SIEBENUNDFÜNFZIGSTE STROPHE

(Die Sonnenwende)

Es hat begonnen. Die Bräute sitzen ganz vorne, geschmückt von ihren Urgroßmüttern, Großmüttern, Müttern, Schwestern, Tanten und Cousinen. An keinem anderen Tag ihres Lebens werden sie je wieder so herausgeputzt, je wieder solche Glanzstücke sein. Die Brautgewänder werden von Generation an Generation weitergegeben, sie werden von der Braut einzig an diesem einen Tag getragen, die roten Stickereien darauf sind besonders aufwendig. Da sitzt du viele Winterstunden dran und stichst und stichst. Die Bräute tragen jetzt auch zum ersten Mal in ihrem Leben das Haar zum Kranz geflochten, der mit Blüten verziert ist. Mir steigt die Hitze, steigt die Wut, steigen die Tränen auf. Ich möchte auch einmal so rausgeputzt sein, mich auch einmal so besonders fühlen und so sauber sein.

Die Bräutigame sitzen auf der anderen Seite, wegen des Tuches können sie die Pracht noch nicht sehen. Auf der anderen Seite des Tuchs sitzen auch die Betmänner, sitzen die Betschüler, sitzt ganz sicher auch Yael. Yael, dessen weiche Haut ich immerfort vermisse. Yael, der so kluge Sachen brummen kann. Yael, mit dem ich niemals so einen Festtag haben werde. Da müssten wir ein anderes Leben haben. Auf einer anderen Insel, mit anderen Gesetzen, mit anderen Ältesten. Es müsste irgendwo sein, wo Yael sowohl Betmann als auch Alinamann sein könnte. Oder wir bräuchten ein anderes Leben, wo Yael kein Betmann ist, sondern ein einfacher Mann, mit einem Haus und einem Feld und Hühnern und einem Esel. Mit Büchern und Batterien. Hier im Dorf kann das nicht gehen, nur in einem anderen Dorf, auf einer anderen Insel. Aber wie kommst du dahin? Wie kommst du an den Hirten und am Wächter vorbei? An den Fischern? Wie auf ein Schiff? Auf eine andere Insel? Wo kommt

Yael eigentlich her? Ist er von drüben, so wie ich? Warum nur ist der nächste Vollmond noch so weit weg? Das alles denke ich, obwohl ich leer sein sollte in der Zeit der Stille, in der wir eigentlich das Licht der Erkenntnis in uns anzünden.

Der Bethaus-Vater stimmt jetzt das Lied an, das sagt, dass wir der Sonne unterworfen sind: *Das Licht nimmt zu / das Licht nimmt ab / Tag um Tag / Mond um Mond / Jahr um Jahr / die Gesetze aber stehen fest / die uns helfen / den rechten Weg zu gehen …* Und da werde ich noch trauriger. Weil die Betmänner und Betschüler anwesend sind, ist der Gesang tiefer und viel kräftiger als sonst. Ich stehe hinten in der Ecke des Raums, starre auf den schwarzen Stoff, der die Frauen von den Männern trennt, und versuche, Yaels Stimme herauszuhören. Seine Stimme in meinem Ohr. Sein Atem in meinem Mund. Sein Wesen in meinem Wesen. Ich schicke meine Stimme in den Raum, einzig, um sie mit seiner zu verbinden. Dazu die Trommeln, der Weihrauch, das Flackern der Feuer. Da bekommst du eine Gänsehaut, auch wenn du vielleicht nicht einmal wirklich verstehst, was gesungen wird, oder an den Göttern zweifelst.

Nach der Zeremonie verlassen zuerst die Betmänner und ihre Schüler den Raum, machen sich auf den Weg zurück zur Siedelei, dann erst lüften wir das Tuch. Die Paare werden vom Bethaus-Vater zusammengerufen, Mann und Frau stellen sich gemeinsam vorne vor den Opferschalen auf, machen ihren ersten gemeinsamen Kanah. Das Dorf beklatscht und bejubelt ihr kommendes Glück.

Ich mache bei allem mit, aber meine Handlungen sind nur leere Hülsen. Ich fülle sie nicht aus wie sonst. Mein Jubeln ist nur ein seelenloser Laut. Mein Klatschen sind nur zwei Hände, die aneinanderschlagen. Ich sehne mich zu Yael hin, und das ist wie ein Viech, das in mir pulsiert, hungrig, feurig, nimmersatt. Mariah hakt sich bei mir unter und tätschelt meinen Arm. Mit Tränen in den Augen schaut sie ihre Urenkelinnen an, zwei stolze Bräute mit erhitzten, geröteten Wangen und funkelnden Augen. Morgen schon werden sie Schwarz tragen. Morgen schon werden sie den Zenit ihrer Freiheit überschritten haben. Morgen schon werden sie einem Mann gehorchen, den sie kaum kennen und der ihnen blaue Augen machen kann.

Die richtige Vermählungszeremonie findet im Anschluss an die Sonnenwende-Pujachatt auf dem Dorfplatz statt. Der Bethaus-Vater entzündet die Lampen am heiligen Feuer und führt singend die Paare an. Gemeinsam verlassen sie das Bethaus und folgen ihm die Treppe hinunter. Ich gebe das Signal, es erzählt allen, die unten geblieben sind, wegen der Hüfte, dem Knie oder den Vorbereitungen zum Fest, dass die Prozession nun auf dem Weg ist. Dann kümmere ich mich um den leeren Betraum. Mit einem kleinen Messer schneide ich vorsichtig den Blumenschmuck vom Altar und binde die Girlanden zusammen.

Auf der Männerseite finde ich ein Feuerzeug am Boden. Die blaue Farbe hat jemand abgekratzt, man kann die Brüste und das Dreieck von der Frau sehen. Sie hat sehr helle Haut und helles Unten-Blumenhaar. Ich pule mit dem Daumennagel ihr Gesicht frei. Blaue, blaue Augen, ein roter geöffneter Mund. Ich pule weiter. Mit ihren Händen fährt sich die Frau durchs Haar, sie kniet mit gespreizten Beinen vor dem Meer. Ist es dasselbe Meer, das an unsere Insel spült? Sind ihre Augen echt? Ihr Oberkörper ist zurückgebogen, ihr Busen wirkt zu groß für ihren Körper, die Pose sieht seltsam aus, wofür ist sie gut? Ich knie mich wie die Frau auf den Boden und versuche, sie nachzuahmen. Ich greife mir in meine Haare, öffne meinen Mund, bekomme mich aber nicht so hingebogen, ohne dass mir der Rücken weh tut. Es ist sehr anstrengend, die Feuerzeugfrau zu sein. Ich stecke sie zum Messer in meine Schürze, decke die Opferschalen zu und verschließe die Fenster.

Das heilige Feuer brennt und brennt, brennt seit tausend Jahren. Ich ziehe ihm seinen Glasmantel an, damit es ja nicht erlischt und noch tausend Jahre weiterbrennen kann.

Mariah hat mir ihren Esel dagelassen, damit ich den Blumenschmuck und die Speisen zum Fest bringen kann. Als er voll beladen ist, gebe ich ihm einen Klaps mit dem Stock, und er läuft los. Er kennt den Weg die Treppe runter auch ohne mich. In der Kühle des Schattens eines Olivenbaums, der kurz vor dem Dorf steht und über den Weg ragt, wird er anhalten und erst weitergehen, wenn ich ihn antreibe. Nachts hörst du jetzt die Dorfesel mit ihrem brünfteligen Paarungsruf. Er klingt immer so verzweifelt, als hinge ihr ganzes Leben davon ab.

Auf dem Dorfplatz haben sie den Pfahl mit Blumen und Bändern geschmückt, harmlos steht er da, als sei sein Wesen reine Zierde, nicht Schande und Strafe. Das heilige Feuer ist bereits entzündet, um das nun die Brautpaare nacheinander ihre Kreise ziehen. Sieben Mal müssen sie das Feuer umrunden, bei jedem Kreis wird das Band zwischen ihnen durch einen Schwur verstärkt. Symbolisch bindet der Bethaus-Vater jedes Paar nach jeder Runde und jedem Schwur am Handgelenk mit einem roten Faden zusammen. Als Erstes schwört die Braut dem Bräutigam Gehorsam, in guten wie in schlechten Zeiten. Der Bräutigam schwört wiederum, seine Frau gut zu führen. Nach der zweiten Runde schwören sich beide die Treue. Nach der dritten schwören die Männer, Kinder zu zeugen, und die Frauen schwören, ihren Männern Kinder zu schenken. Nach der vierten Runde schwören sie, dass sie ihre Familie schützen werden und sich mit ihrer Arbeit dem Erhalt der Familie widmen. Die fünfte Runde beschwört, dass das Paar sich ins Dorf einbringen wird. Die sechste, dass der Erhalt der Gemeinschaft von beiden angestrebt wird. Und die letzte Runde besiegelt, dass nur der Tod sie wieder scheiden kann. Und was siebenfach von den Göttern besiegelt und hundertfach vom Dorf bezeugt wurde, das kannst du nicht mehr lösen, sagen sie, das vermag nur der Tod allein. Paar für Paar kniet vor dem Bethaus-Vater nieder, er schneidet sie mit einem Messer wieder auseinander und gibt ihnen einen Kuss auf die Stirn. Jetzt sind sie aneinandergebunden, auch ohne roten Faden.

Wir jubeln nach dem letzten Schnitt und nach dem letzten Kuss, die Musiker greifen ihre Instrumente und die Frischvermählten tanzen ihren Hochzeitstanz. Nach und nach kommen die Paare aus dem letzten Jahr mit dazu. Dann die aus dem Jahr davor.

Währenddessen decken die Ältestenfrauen die Tische, ausgehängte Haustüren auf Böcken, mit Stoffdecken und schmücken sie mit den Blumen, die Mariahs Esel gebracht hat. Mittlerweile tanzt das ganze Dorf, und jetzt beginnt das Gelage mit Wein und Schnaps, jetzt wird gefeiert. Im Lokal wirbelt Kristof mit den Gläsern und den Krügen, in der Küche dahinter wirbeln Kristofs Frau, seine Tochter und Mariah. Sie stellen auch die mitgebrachten Speisen der Dorffrauen auf die Tische: Oliven und Brot, kühlenden Schafsjoghurt und Salat. Es folgen die Beulen mit Musik, Melitzanessalat und Spinatpastete. Köchinnen wetteifern um die meisten Komplimente, Rezepte werden getauscht und verheimlicht. Noch mehr Speisen werden aufgetischt, und damit hören wir auch bis in die Nacht nicht mehr auf, und über der Glut des Hochzeitsfeuers werden sieben Ziegen auf sieben Spießen gegrillt, sieben Männer drehen die Spieße in gleichbleibender Geschwindigkeit. Nicht zu schnell und nicht zu langsam. Willst du bei uns im Dorf die Spieße drehen, musst du ein Mann mit Geduld sein, musst du ein Mann mit Rhythmus sein, musst du das Feuer mögen und ein Gefühl für das Fleisch der Ziege haben. Drehst du die Spieße, dann brauchst du nicht zu tanzen und brauchst kein Instrument spielen zu können, denn du hast ja keine Hand mehr frei, die eine brauchst du für den Spieß, die andere für den Schnaps, den Schürhaken und das Holz. Sitzt du am Ziegenspieß, brauchst du sonst nichts tun, und darum ist das Spießdrehen sehr begehrt, und zwar besonders bei den tanzfaulen Männern wie dem Imker, dem Gerber oder Sofias Mann. Die sitzen da und drehen und saufen sich zu bei jedem Fest. Sieben tanzfaule Männer tupfen sich den Schweiß von der Stirn, drehen die Spieße und trinken Schnaps. Es wird noch Stunden dauern, bis das Fleisch gar ist. Bis dahin kommt aus dem Lokal und aus den Dorfküchen unablässig Nachschub. Mariah wirbelt wie eine junge Frau, nur einmal hält sie inne, um mit mir einen Schnaps auf ihren toten Mann zu trinken.

Am Rand des Platzes stehen die Hochzeitstische. Für jedes Paar einer, wir legen unsere Geschenke drauf. Irini hat das traditionelle Hochzeitsbrot gebacken, für jedes Paar eins, solche Brote kann nur Irini: In Herzform mit feinsten Verzierungen, richtige Teig-Geschichten sind da drauf: Dass die Frau fruchtbar wird und der Mann Samen hat. Dieses Brot darf nicht geschnitten werden, das bringt Unglück. Entweder du brichst es und teilst es mit dem Dorf, oder du lässt es hart werden und brichst es erst, wenn einer der beiden gestorben ist.

Etwas abseits steht auch der Müller im Schatten eines Hauses und schaut wie ich dem Dorf beim Feiern zu. Er hat die Arme vor der Brust, lehnt an der Wand und guckt, als würde er Schafe hüten. Ich bringe ihm vom Essen.

— Gehts gut?

— Jagehtgutundselber?

— Gut, gut.

— Schönesfest.

— Ja. Wollt Ihr tanzen?

Aber er schüttelt nur den Kopf und ein Mundwinkel zuckt, soll das etwa ein Lächeln werden, wenn es ausgewachsen ist?

Die Musiker wechseln sich ab, und wenn es gerade still zu werden droht, kurbeln die Kinder am Grammophon und die Drübenhymne macht den Musikern kurz die Hände frei für Schnaps und für Speisen. Den Feiernden ist egal, was gespielt wird, Hauptsache Musik. Ein dämlicher Dorfjunge kommt rüber und fordert mich tatsächlich zum Tanz auf. Als ich mit ihm gehen will, läuft er lachend zu seinen Freunden. Sie glotzen mich feixend an und hinken ein paar Schritte und schneiden Grimassen. Ich bohre meine Fingernägel in die Handinnenflächen.

Dann bringe ich dem Müller Schnaps. Wir trinken. Sofias Mann kippt vom Schemel, Sofia schüttet ihm einen Eimer Wasser ins Gesicht. Sie schreit: Lass die Ziege nicht anbrennen, du Saufkopf! Das Dorf lacht. Der Müller sagt, dass es für ihn Zeit ist aufzubrechen, und ich sage, dass einer von denen meine Katze auf dem Gewissen hat. Und er sagt: NichtnurdeineKatze. Dann haut er ab.

Idas Mann ruft, ob das Fleisch schon gar ist, langt seiner Frau an den Hintern, und die anderen Männer lachen. Je mehr Schnaps und je mehr Wein, desto entfesselter sind die Männerhände, desto loser die Dorffrauenzungen, desto feuchter die Tausendaugen. Endlich führen die Bräutigame unseren Dorftanz an: Hand an Schulter an Hand an Schulter bilden sie eine Schlange, nach und nach reiht sich das Dorf ein. Die Schritte sind einfach und gehen zum Takt der Musik über Kreuz. In einer Schnecke kommt die Schlange fast zum Stillstand, aber dann schält sie sich ganz langsam, dicht an dicht, Mensch an Mensch, aus sich selbst heraus, und alle jubeln. Auch ich traue mich am Ende doch noch, mitzutanzen, weil Sofia mich ranwinkt, und weil der Schnaps meinen Mut befreit hat. Trotz Zischeln und bösen Blicken bin ich in der Schlange, wenn auch am Ende, bin ich ein Teil, bin mit dabei, und sie lassen mich. Und da kommt schon der Höhepunkt: Kristof zerschmettert Teller, die der Töpfer eigens dafür hergestellt hat. Die Scherben werden von den verheirateten Männern zertanzt.

Die Zwillinge singen ein Lied mit ihren schönen Stimmen, das Dorf klatscht.

Endlich sind die Ziegen gar. Auf einem Brett wird ihr Fleisch zerhackt. Die Bräutigame bekommen die Köpfe serviert. Wir nehmen uns mit den Fingern vom fettigen Fleisch, Kristof kommt mit neuen Tabletts voller Speisen, das Dorf hat den größten Bauch der Welt. Wir stecken uns Oliven in die Münder, tunken Brot irgendwo rein. Ich hole in Krügen Wasser vom Brunnen und helfe mit dem Nachschub aus dem Lokal.

Kerzen und Lampen werden angezündet. Der Mond taucht auf und schwankt. Der Bethaus-Vater tanzt betrunken mit Michalis in der Mitte des Kreises. Alle johlen, ich pfeife auf den Fingern und lasse meine Zunge trällern. Ein Blick hoch in den Himmel, ein Augenblick Glück.

Ich verabschiede mich, weil es jetzt am schönsten ist, und steige durchs Dorf, steige durch die Gassen und die Treppenstufen hoch. An der Steinmauer lehnt ein betrunkener Dorfjunge, ich glaube, es ist Stanis, der Kaminbauersohn. Vor seinen Füßen glänzt Kotze im Vollmondlicht.

— Schrauben?, fragt er, als er mich sieht, stemmt sich von der Mauer weg, ich versuche noch, ihm auszuweichen, aber da hat er mich am Arm, hat seine Hand schon an meinem Po, drückt mich gegen die Steinmauer, küsst schon meinen Hals. Er will mir an die Haut, schon hat er mein Kleid oben, schon zerrt er an der Unterhose, wo hat er all die Hände her, und ich brülle ihn an, wo sind all die Worte auf einmal hin, ich schlage und trete und das kleine Messer in meiner Schürze fällt mir ein, ich winde mich, gelange daran, ziehe es in einer Bewegung raus und erwische ihn an der Wange. Er stürzt von mir weg, jammert, hält sich die blutende Wunde. Alina spricht mit tiefer Stimme, einer, die sonst nur Männer haben, mit Worten drin, die keinen Widerspruch dulden:

— Hau ab! Lass mich in Ruhe!

Ich liege oben in meiner Kammer, mein Herz rast immer noch und ich lausche. Das Essen und Trinken, die Musik und der Tanz dauern bis weit in die Nacht. Wenn die Musiker zu betrunken sind, und das sind sie immer irgendwann, kurbelt einer immer wieder das alte krächzende Grammophon an, und die Drübenhymne spielt, die das Dorf mitsingen kann, obwohl wir nicht wissen, was wir da singen. Ich lausche den Rufen, dem Singen, dem Stöhnen, dem Fest.

ACHTUNDFÜNFZIGSTE STROPHE

(Das Geld)

Nicht alle sind heute in ihrem eigenen Bett aufgewacht. Das Gestöhn ging bis in die Morgenstunden. Sie sagen, was in der kurzen Nacht der Sonnenwende passiert, das ist eben passiert, sie sagen, darüber wird nicht gesprochen. Aber im nächsten Jahr streitet dann doch ein Paar darüber, ob das Neugeborene dem Nachbarn ähnlich sieht.

Heute tragen fast alle den Katerjammer und schleppen sich mühsam durch den Tag, alles ist zu laut, zu hell, zu schnell. Die paar zerschrammten Sonnenbrillen, die es im Dorf gibt, werden aus den Schubladen gekramt und abwechselnd getragen.

Wenn du ein Mann bist, döst du jetzt im Schatten oder trinkst vielleicht schon wieder. Wenn du eine Frau bist, räumst du die Festreste auf. Wir haben alles abgewaschen und geputzt. Die Türen, die zu Tischen wurden, hängen längst wieder in ihren Angeln. Stühle haben ihre Besitzer wieder, der Abfall ist verfüttert, die Reste sind versorgt, alle haben geholfen, nur Sofia habe ich nicht gesehen, nirgendwo.

Ich mache mich wieder auf den Weg zum Bethaus, vorbei an den Kurvenfrauen in Schwarz. Ein paar Kinder treten eine alte Dose über den Platz und Jannis brüllt mit sich überschlagender Stimme, sie sollen verdammt nochmal leiser sein. Sei selber leiser, brüllt ein Kind, und die anderen Männer lachen.

Heute ist das Schiff gekommen. Es hat sich langsam aus dem Dunst am Horizont gelöst und ist nach Mittag in der Hafenbucht vor Anker gegangen. Sofort ist der Händler mit seinem Boot hin und hat unsere Waren gegen neue Waren eingetauscht, die er morgen zu uns hochbringen wird.

Die Säge zählt schon den ganzen Nachmittag auf einem Stuhl im Schatten sein Ladengeld und schreibt eine Liste für Michalis oder den Händler.

So richtig verstanden habe ich noch nie, wie das mit dem Geld geht: Du bekommst es und kannst es ausgeben, am Ende des Monats gibt jeder alles ab, was noch übrig ist, damit es neu verteilt werden kann, Michalis schreibt alles auf. Am Ende des Jahres sollte dann genau so viel Geld vorhanden sein wie am Jahresanfang. Aber noch nie kam es hin. Ich überlege, wofür das Geld überhaupt gut ist. Kann man es nicht weglassen? Wir tauschen ja eh die ganze Zeit alles gegen alles. Mehl gegen Wurst, Eier gegen Wolle, Zeit und Arbeit und Freundschaft gegen Essen. Was wir auf den Feldern ernten, wird aufgeteilt. Jeder bekommt seinen Anteil. Du gehst zum Müller, holst dir deinen Anteil vom Mehl. Davon machst du einen Teig, bringst ihn zur Bäckerin und sie backt dir daraus Brot. Oder du tauschst deinen Teig zum Beispiel gegen zweifach gebackenes Dakosbrot. Oder du bringst der Bäckerin deine gefüllten Paprikas und sie stellt sie mit in den Ofen, bis sie gar sind. Das Holz für den Bäckerofen bekommt sie von uns allen, ganz einfach. So ist unser Dorf. Kann man das Geld also nicht wirklich einfach weglassen? Es sind doch nur dreckige Münzen, es ist nur altes, speckiges Papier mit Zahlen und Buchstaben darauf, das der Händler nicht nimmt. Im Lokal kostet der halbe Liter Wein vierhundert Lupa. Hundert Lupa sind eine Phönix. Das musst du erstmal kapieren mit den Zahlen und rechnen können, und das können hier die wenigsten. Du kannst doch auch Geschirr oder Tischdecken waschen, dann bekommst du den Wein gratis. Außer du bist ich, oder du zerbrichst etwas. Gläser sind hier wertvoller als Geld.

Stanis läuft mit meiner Messerwunde über den Platz.

— Welche Laus ist dir denn über die Wange gelaufen, ruft Jannis ihm zu.

Ich mache mich aus dem Staub.

NEUNUNDFÜNFZIGSTE STROPHE

(Die Waren)

Ich lese FEU-ER-ZEUG-GAS, lese HAARFARBE, lese SCHWARZ, lese TAMPONS. Diesmal wieder keine Bananen, dafür KIWIS. Sie sagen, was schleppst du uns wieder diese pelzigen Früchte an, wir wollen Bananen. Der Händler reibt seinen Eseln ungeduldig die Flanken und ruft:

– Bananen gibt es nicht. Waren wieder keine dabei. Kristof, bring Schnaps!

Der Ältestenrat teilt wieder auf in Darf-bleiben und Darf-nicht-bleiben.

– Erzählst du uns eine Wächtergeschichte?, drängeln die Kinder.

– Es war einmal ein kleines Mädchen, genauso hübsch wie du. Und eines Tages wollte sie …

– Was ist das?, ruft Jakup Jakupsohn und hält die Schachtel hoch, auf der *Tampons* steht.

– Tam-pons.

– Tam-pons? Was soll das sein?

– Das ist für Frauen. Wenn sie bluten, versteht ihr?

– Nein? Was machen sie damit?

– Es ist aus Watte, kleine Wattedinger, die stecken sie sich rein.

– Stecken sie sich rein?

– Ja.

– Worein?

– Ach komm, Jakup. Das saugt das Blut auf, oder so.

Alle Frauen sind jetzt ganz wach und haben große spitze Ohren. Ich auch.

– Wie steckt man das rein?, ruft Kristof.

– Mit dem Finger, sagt der Händler.

– Mit dem Finger!? Jakup Jakupsohn ist entsetzt.

– Ja, was glaubst du denn, wie wir unsere Stoffröllchen reinbekommen, ruft die Hebamme, und wir Frauen lachen. Die Tampons landen auf der Darf-nicht-bleiben-Seite.

Der Händler hat neben den Lebensmitteln auch Schuhe mitgebracht, das Dorf nimmt sie alle, die kommen in die Materialverwaltung, bestimmt wird in den nächsten Wochen um sie gestritten. Es gibt auch zwei neue Sonnenbrillen. Das Feuerzeuggas bekommt der Bethaus-Vater, er besteht darauf. Das Dorf nimmt Tabak und Drehpapier. Es gibt ein paar Töpfe und zwei Mokka-Kannen, Kerzen. Ein paar Plastiksachen. Unterwäsche für Kinder, Männer und Frauen. Die Unterhosen sind alle riesig, wem sollen denn die passen? Der Ältestenrat nimmt die Post, die Zeitungen und die Bücher. Der Bethaus-Vater nimmt die Tinte und das Papier. Michalis nimmt die Stifte und Schreibhefte. Er hat jetzt einen Gehilfen, den dünnen schwachen Sohn der Bäckerin, der nicht mal Holz gehackt bekommt mit seinen Ärmchen.

Der Händler sagt, dass die Preise gestiegen sind und er darum mehr Öl und Honig nehmen muss im Tausch. Der Ältestenrat läuft sofort zu Höchstform auf, sie fluchen und jammern zu dreizehnt gegen einen, bis alle sich geeinigt haben. Ich spüre einen Blick im Nacken, drehe mich um und sehe den Lehrer. Er beobachtet mich. Ich blicke wieder zu Boden. Hat er mich etwa lesen sehen?

Ich halte nach Mariah und Sofia Ausschau und kann beide nicht entdecken. Die Dorffrauen sind zu einem pickenden, flatternden, zankenden Haufen geworden, der sich durch Unterwäsche und Haarfarben wühlt. Die Dorfmänner sind zu einem brodelnden Klumpen um Michalis' Gehilfen verwachsen, der den Tabak aufteilen soll und im Toben hilflos untergeht. Ihm werden Eier angeboten, Schnaps, Domates für ein paar Gramm mehr vom Tabak, bis schließlich Michalis kommt und wieder für Ruhe sorgt.

SECHZIGSTE STROPHE

(Das Üben)

Ich stehe vor Sofias Tür und klopfe. Es dauert, bis sie öffnet. Ohne mich anzusehen, bittet sie mich hinein. Sie stöhnt, als wir die Treppe hochgehen.

— Was ist mit dir?

— Mein Mann …

— Hat er dich wieder …

— Ja.

Als wir oben sind, zeigt Sofia mir ihren Oberkörper. Er ist blau und schwarz.

— Ich glaube, eine Rippe ist angeknackst.

Dann zeigt sie ihr rechtes Bein. Es ist geschwollen und ein einziger Bluterguss. Am Knie ist eine große Schürfwunde.

— Ich bin gestürzt. Er hat den Schürhaken benutzt. Jetzt sind wir Beinschwestern.

— Sofia, das ist nicht lustig … Das geht nicht.

— Das verstehst du nicht.

— Du, du musst dich wehren.

— Solange er mich schlägt, lässt er Noura in Ruhe.

— Kannst du nicht Hilfe holen? Oder weg zu deinen Eltern?

— Nein, mein Vater will das nicht. Sei bloß froh, dass du nie heiraten musst.

— Warum macht er das?

— Er trinkt und findet immer einen Grund. Das Essen zu kalt. Zu wenig. Zu salzig. Ich hab zu lange für irgendwas gebraucht, habe einem anderen Mann zu lange in die Augen geschaut. Das verstehst du nicht.

— Das versteht niemand. Sofia. Das ist Wahnsinn.

— Ja.

Sofia zieht sich wieder an.

– Hast du Salbe?

– Ich versuche, mich abzuhärten.

– Ich will mich auch abhärten, Sofia.

– Das bist du doch schon.

– Aber nicht so. Los, komm, ich möchte es üben.

– Was?

– Schlag mich.

– Du spinnst.

– Nein! Schlag mich. Du musst es üben, Sofia.

– Hör auf.

– Ich habe einen Jungen aufgeschlitzt. Hier, schlag mich hierhin.

Ich zeige auf meine linke Wange.

– Das ist nicht witzig.

– Solls auch nicht sein. Er wollte mich zwingen. Da hab ich das Messer rausgeholt. Man muss sich wehren. Und das musst du üben. Also, los, schlag zu.

– Ich kann es nicht.

– Wehr dich endlich. Schlag schon!

– Ich schlag doch keinen Krüppel!

Was hat sie da gesagt? Ich schubse Sofia. Sie taumelt, stöhnt auf, hält sich die Rippen. Endlich macht sie eine Faust, sieht mich an, grinst und haut mir direkt in den Bauch. Das ist unsere erste Übung.

EINUNDSECHZIGSTE STROPHE

(Die Sehnsucht)

Yael Yael,
Yael Yael Yael Yael Yael Yael. Yael Yael Yael Yael, Yael Yael Yael Yael Yael Yael Yael Yael. Yael Yael Yael Yael Yael Yael Yael Yael Yael Yael Yael.
Yael Yael Yael Yael Yael Yael Yael Yael Yael Yael, Yael Yael Yael? Yael Yael Yael Yael Yael Yael. Yael Yael. Yael Yael. Yael Yael Yael Yael Yael Yael Yael, Yael Yael. Yael Yael Yael Yael Yael. Yael Yael Yael Yael Yael. Yael Yael Yael Yael Yael Yael Yael Yael Yael? Yael Yael Yael Yael Yael. Yael Yael Yael Yael Yael Yael. Yael Yael Yael Yael?
Yael Yael, Yael Yael Yael Yael Yael Yael Yael Yael Yael Yael.
Yael Yael,
Yael
Alina

ZWEIUNDSECHZIGSTE STROPHE

(Der Strom)

Das Dorf hat sich vorm Lokal und auf dem Platz versammelt. Es ist der Abend vor der Pujachatt, also sitzen wir mit Wein und Oliven, mit Brot und Käse, sitzen mit Licht und Zeit und warten auf die Nachrichten. Das Grammophon leiert die letzten Takte der Musikscheibe aus dem Trichter. Der Tag war heiß, es kühlt erst langsam ab. Mit hundert Fächern wedeln wir uns Luft zu. Mariah hat mich wie eine Henne unter ihrem Flügel, aber ich möchte für mich selbst sicher sein können. Ich sehe mir die Männer an; Stanis, den Lehrer und Sofias Mann ganz genau. Ich betrachte die Frauen. Kajah, Linda, Nähmaschinen-Ida und Panagiota. Die Kinder. Wer von euch hängt eine Katze auf?

Vorne haben sich Jannis und der Bethaus-Vater wegen irgendwas in der Wolle. Mariah schaut mich so an, schaut durch meine Augentore direkt in mein Herz, was sucht sie in der Rumpelkammer, ich senke den Blick. Kristof kommt an unseren Tisch.
— Muss das sein, dass sie hier ist?
— Kristof!
— Mutter, sie vergrault die Gäste.
— Wenn hier etwas die Gäste vergrault, dann die Kochkünste deiner Frau.

Jannis räuspert sich laut, dann geht es los, die Musiker spielen die Nachrichtenmelodie. Jannis steigt auf seine Kiste, aber niemand hört zu.
— Guten Abend, werte Bewohner des Schönen Dorfes –
— Ruhe!
Das war Michalis.

– Hier ist euer Jannis mit den Nachrichten. Das Wichtigste zuerst: Mit dem Händler erreichte uns letztes Mal auch ein Brief von drüben, aus der Hauptstadt, von der Regierung unseres Landes. Wir sollen im nächsten Jahr Strom auf unsere Schöne Insel gelegt bekommen! Deswegen wird ein Beamter mit einem der nächsten Schiffe –

– Was?

– Strom?

– Von drüben!?

– Elektrischer Strom?

– Von drüben!?

– Ruhe!

– Deswegen wird ein Beamter –

– Was für ein Beamter?

– Und was sollen wir damit?

– Wir wollen keinen Strom.

– Wir brauchen keinen.

– Wir haben keine Kabel-Adern.

– Genau!

– Der kann hier gar nicht strömen.

– Jetzt seid leise! Lasst ihn doch ausreden!

Das war der Bethaus-Vater. Das Dorf wird widerwillig still. Mariah prostet mir zu.

– Das wird gut heute, sagt sie.

Jannis findet in der Stille wieder Halt und fährt fort.

– Dank Euch, Vater. Wo war ich? Deswegen wird also ein Beamter zu uns auf die Insel –

– Wie kommt er denn zu uns?

– Mit dem Schiff, wie sonst.

– Hat er doch gesagt.

– Nein, der Strom.

– Wir wollen keinen –

– Ich kann so nicht –
– Können wir nicht absagen?
– die Nachrichten verkünden.
– Genau! Wir sagen dem Strom ab.
– Was soll der uns bringen?
– Schreibt denen zurück. Liebe Regierung, schönen Dank, aber wir brauchen keinen Strom, spart euch die Mühe, lasst euren Beamten zu Hause, undsoweiter undsofort, viele Grüße, der Ältestenrat.
– Woher kennt die Regierung uns überhaupt?
– Die kennen uns nicht, sonst wüssten die ja, dass wir keinen Strom wollen!
– Ruhe!

Das war wieder der Bethaus-Vater. Jannis ist bleich, steigt von seinem Minipodest, kommt rüber zum Lokal und will Schnaps, Jakup Jakupsohn übernimmt. Er schlägt mit seinem Gehstock drei Mal auf die Kiste, fährt sich durch seinen fast weißen Bart, ruft, dass wir verdammt nochmal still sein sollen, da wagt keiner mehr, zu unterbrechen.
– Freunde. Beruhigt euch. Wir werden den Beamten empfangen. Wir werden höflich sein. Wir werden ihm zeigen, dass wir keinen Strom brauchen. Er wird es verstehen, in die Hauptstadt zurückreisen und der Regierung sagen: Wir sparen uns die Mühe, die brauchen keinen Strom. Wenn er das nicht einsieht, dann überlegen wir neu. Der Ältestenrat ist sich einstimmig einig, dass wir keinen Strom wollen, alle 13 Mitglieder haben mit Nein gestimmt. So, nun spielt was! Spielt die Nachrichtenmelodie! Jannis, mach weiter!

Die Musiker stehen auf, klemmen sich ihre Instrumente an die Leiber und fiedeln los. Jannis hat sich wieder auf seiner Kiste in Position gebracht, aber das Dorf ist aufgebracht, alle reden durcheinander. Er rattert trotzdem beleidigt los.

– Kommen wir zu den kleinen Nachrichten. Das Feuerzeug wird immer noch vermisst. Gebt es Konstantin zurück. Was haben wir noch? Panos sucht seit der Sonnenwende seine Haustür. Ihr wisst, was zu tun ist. Hängt sie ihm wieder ein. Uns ist zu Ohren gekommen, dass jemand die Katze vom Bethaus-Vater aufgehängt hat, wer was weiß, soll sich im Bethaus oder beim Ältestenrat melden. Was noch? Die Favaernte war gut dieses Jahr, euch erwartet –
– Stimmt es, dass es einen Ofen gibt, der mit Strom funktioniert?, ruft Irini.
– Soll ich jetzt weitermachen oder nicht?
– Ich habe gehört, dass es Geräte gibt, die Wäsche waschen. Mit Strom und Wasser!, ruft Nizra.

Die Dorffrauen werden wach.
– Euch erwartet ein größerer …
– Es soll Geräte geben, da kommt Musik raus! Den ganzen Tag lang. Ohne kurbeln!
– ein größerer Anteil als letztes Jahr.
– Ich habe gehört, dass es Zahnbürsten gibt, die mit Strom ganz von alleine bürsten.
– Wo hast du denn das gehört! So ein Unsinn!
– Kann ich keinen einzigen Satz am Stück verkünden? Jannis kämpft.
– Frauen, seid still! Jakup Jakupsohn klopft wieder mit seinem Gehstock und ruft: Selbst wenn es all das gäbe. Selbst wenn wir all das hätten. Was wäre dann?
– Wir hätten mehr Zeit.
– Falsch. Ihr hättet keine Arbeit mehr!
– Aber mehr Zeit!
– Und dann? Was würdet ihr mit der ganzen Zeit anfangen?
– Wir könnten mit euch im Schatten sitzen!
– Schnaps trinken!
– Betperlen zählen!

– Spielen!

– Lesen!

– Rauchen!

– Ihr könnt nicht lesen! Ihr könnt nicht spielen! Kommt nicht auf dumme Gedanken. Die Sommerhitze verdreht euch den Kopf. Euer Platz ist da, wo er ist: im Haus, im Garten und auf dem Feld. So war es immer und so wird es bleiben.

DREIUNDSECHZIGSTE STROPHE

(Die Fremdwünsche)

Die Pujachatt war unruhig. Alle waren froh, als sie vorbei war. Manchmal ist Glaube nicht einfach. Manchmal musst du alles in einen zu kleinen Sack schnüren, den der Zweifel immer wieder öffnen will. Ich fühle mich nicht mehr wohl in mir selbst, bin mir kein Zuhause mehr, bekomme meinen Sack nicht zu. In mein Zuhause sind Fragen und Geheimnisse geraten, und anscheinend sind diese Zutaten die Liebspeise des Zweifels. Ich habe Regeln und Gesetze gebrochen und sehne mich nach dem Einfachen zurück, nach dem Klaren, nach der Zeit ohne Schuld. Es ist, als ob der Glaube, dieses Gerüst, das mich bis vor kurzem noch gehalten hat, zu wackelig geworden ist, als dass es mich noch stützen könnte, aber wie soll ich mich alleine tragen? Ich habe meine Ohneschuld verloren und nichts kann sie wieder zurückbringen, ich bin auf einmal getrennt von dem, was ist, getrennt von den Göttern.

Und jetzt stehe ich hier vorm heiligen Baum, fege die aus dem Astloch gefallenen Männerwünsche zusammen und weiß nicht, wo ich in der Welt Halt finden soll. Heute liegen mehr Zettel als sonst auf dem Boden. Ich lege sie mit dem Kneifer in die Schale, um sie dem Bethaus-Vater zu bringen. Und als wäre alles nicht schon genug, lese ich, nicht mit Absicht, aber ich lese doch aus Versehen einen halben Wunsch von einem Zettel, der sich ohne mein Zutun aufgefaltet hat:

GÖTTER, ICH BITTE EUCH UM EINEN SOHN, ICH …

Rasch falte ich den Zettel wieder zusammen. Jetzt habe ich ihn auch noch berührt! Bin unfreiwillig in den Kopf und das Herz eines anderen Menschen geraten. Von wem der Zettel wohl sein mag? Wer wünscht sich einen Sohn? Wohl jeder Mann im Dorf, der noch keinen hat. Ich weiß nicht warum, aber ich falte noch einen Zettel auf:

ICH HASSE MEINE FRAUH, GÖTTER, KÖNND IHR SIE NICH STERBN LASSN? AN EINER KRANKHEID. DANKE

Ist es überhaupt erlaubt, solche Wünsche in den heiligen Baum zu stecken und an die Götter zu richten? Ich falte noch einen Zettel auf:

GÖTTER, BIDDE VERGEHBT MIR, ICH HABE PANOS TÜR GENOMMEN UNT FINDE KEINE ZEID SIE UNBEOBACHTED ZURÜCKZUBRINGEN.

Noch einen:

VERGEBT MEINE GIER NACH M.

Einen noch:

MEIN GRÖSSTER WUNSCH IST ES, ALLE MEINE ESEL NOCH EINMAL SEHEN ZU DÜRFEN. SIE HABEN MIR SO TREU GEDIENT. ES WAREN GUTE TIERE.

Und noch einen:

MEINE FRAU WÜNSCHT SICH DEN STROM, VERGEBT IHR.

Ich kann gar nicht mehr aufhören:

BITTE MACHT, DASS DAS DRITTE KINT NICH SCHON WIEDER EIN MÄDCHEN WIRD. GROSSVADDER IST TOT. VADDER IST TOT. IHR HABT MICH ALLEIN GELASSEN MIT MEINER GROSSMUDDER, MEINER MUDDER, MEINER ÄLTESTEN SCHWESTER, MEINER FRAU UND MEINEN BEIDEN TÖCHTÄRN. ICH WERD NOCH FEHRRÜCKT.

Je mehr ich die Neugier füttere, desto weniger ist sie satt. Jetzt habe ich das alles gelesen und es lässt sich nie mehr rückgängig machen. Ich kann es nicht mehr entlesen.

Da sind mir die stillen Wünsche der Frauen doch lieber. Da hängen nur die Stoffstreifen am Wunschbaum und erzählen dem Wind und der Sonne, erzählen den Göttern die Wünsche ganz ohne Worte.

Ich falte die Zettel wieder zusammen, nur den einen, auf dem jemand seiner Frau den Tod wünscht, den nehme ich und stecke ihn in meine Schürze.

Ich schäme mich für meine Neugier. Das alles geht mich doch nichts an. Mit jeder Bewegung, die ich heute mache, gerate ich tiefer in meinen Schlamassel, komme ich weiter vom Weg ab.

VIERUNDSECHZIGSTE STROPHE

(Der Sommermond)

Wir haben uns, hatten uns, werden uns haben und gehabt haben. Die Zeit hat aufgehört zu sein, es gibt nur noch den Augenblick, und im Augenblick verschmelzen Vergangenheit und Zukunft. Wir liegen beieinander unter dem vollen Mond, endlich wieder, endlich Haut, endlich Alina und Yael. Dich gibt es ja wirklich, du atmest ja und lebst und hast einen Herzschlag. Mein Kopf auf seiner Brust, die sich außer Atem hebt und senkt. Er hat die Augen geschlossen und eine Hand in meinem Haar. Der Mond gießt sein Licht aus. Die Rufe der Nachtpfeifer gleiten an den Felswänden des Berges entlang, Steine geben der Nacht etwas von der Tagessonnenwärme ab. Ich bin ganz aufgespannt, bin alles, bin nicht getrennt von nichts, nicht von der Welt, nicht von Yael. Ich lasse mich durchwellen.

Er flüstert meinen Namen: Alina. Alina. Und ich sage: Hier bin ich.

Dann hören wir Schritte.

— Hörst du das?

— Ja.

— Der Müller?

— Ich sehe nach.

Yael setzt sich auf, mein Kopf rutscht in seinen Schoß, meine Nase in seinen Bauchnabel, ich halte mich noch im Augenblick fest, aber Yael sieht über den Rand der Felsmulde schon in die Zukunft. Wenn wir ganz still bleiben, entfernen sich die Schritte vielleicht wieder, denke ich, doch Yael flüstert:

— Es ist ein Mädchen aus dem Dorf.

Also setze auch ich mich vorsichtig auf und sehe nach. Natürlich ist es Noura.

Hastig ziehen wir uns an. Yael hat es einfacher mit seinem Gewand. Ich flüstere:
— Sie ist wegen dir hier.
— Was?
— Sei leise. Ich glaube wohl.
Er ist schon fertig.
— Bleib du hier.
Yael steht auf, hievt sich den Salzsack auf die Schultern und geht geradewegs auf Noura zu. Sie dreht sich erschrocken um, als sie seine Schritte hört. Er geht weiter. Bald stehen beide in etwas Entfernung voreinander. Ich bleibe in Deckung und lausche. Yael spricht mit Absicht laut und förmlich.
— Was machst du so spät hier oben auf dem Berg?
— Schhh. Und du?
— Ich bringe das Salz zum Bethaus ins Dorf, was sonst.
— Ich weiß. Ich … Ich hatte gehofft, dich wiederzusehen.
Schritte. Yael geht den Berg hinunter, sie folgt. Ich wage einen Blick.
— Du erinnerst dich an neulich?
— Nein!
— Du heißt Yael, oder?
— Ja.

Mein Herz schlägt im Hals, schlägt im Kopf, schlägt in den Augen, ich bin ein Oktopus, meine acht Arme ziehen mich an. Noch einmal nachsehen. Yael setzt seinen Weg unbeirrt fort, weg von mir, von uns, weg von der Gefahr, ertappt zu werden. Sie gehen den Bergrücken entlang, auf die Mühlen zu, in Richtung des Abstiegs zum Dorf. Noura folgt ihm ergeben, sie glüht und umschwirrt ihn wie eine bescheuerte Motte das Licht. In mir steigt wieder dieser gelbe Nebel auf. Ihre Stimmen werden leiser, unmöglich zu verstehen, was sie sagen. Yael hat sich nicht mehr zu mir umgedreht. Als die beiden hinter der letzten Mühle sind, traue ich mich aus der Mulde und folge ihnen.

An der Bergkante höre ich Noura wieder entfernt unter mir und kann Yael mit seinem Sack im Mondlicht erkennen, sie sind bereits ein gutes Stück abgestiegen. Plötzlich steht der Müller neben mir.

— Bei den Göttern, habt Ihr mich erschreckt.

— Erwirdzurückkommen.

Der Müller packt mich am Arm und zieht mich zur Mühle.

— Wartehier.

Er verschwindet in seiner Hütte. Meine Oktopusherzen hämmern. Warum kommt diese blöde Motte mitten in der Nacht auf den Berg? Passen ihre Eltern nicht auf? Wahrscheinlich liegt Sofia wund im Bett und ihr Mann besoffen in irgendeiner Ecke. Was, wenn Yael, wenn Noura, wenn … Sie ist viel schöner, ist von hier, hat einen richtigen Namen, hat eine Mutter, die kein Esel ist, hat alles, alles, was ich nicht habe … Ich bin so eifersüchtig, bin so wütend, ich könnte einen Berg kaputtkloppen. Ich könnte den Pfahl aus dem Dorfplatz reißen und ins Meer werfen. Oder ihn dem Wächter mit seinen Riesenpranken ins Herz rammen. Bin ganz vergiftet von diesem stinkenden gelben Nebel in mir, von dem ich nicht weiß, wie ich ihn jemals wieder wegkriegen soll.

Der Mond beginnt auf seiner Bahn schon wieder zu sinken, die Schatten werden wieder länger, Grillen zersingen weiter unten die Stille mit ihrem ewigen Nachtgesang. Hörst du genau hin, meinst du fast, sie singen Menschenworte. Zirpzirpzirp: Sie tat es. Zirpzirpzirpzirp: Sie tat es nicht. Zirpzirpzirp: Sie tat es, sie tat es nicht … Die Tierchen machen mich noch wahnsinnig. Was tat sie? Wer tat es? Warum sie?

Der Müller kommt mit einer Decke und einer Flasche zurück. Er legt die Decke auf die Felsen vor der Mühle.

— Setzdich. Höraufzuflennen.

Ich setze mich und wische die Tränen weg. Er drückt mir die Flasche in die Hand.

– Trink.

Ich trinke. Es ist Schnaps. Er ist scharf, mir bricht der Schweiß aus.

– Nochnschluck.

Ich trinke weiter und gebe dem Müller die Flasche wieder. Er trinkt lange.

– Habichdirnichtgesagtdusollstaufpassen.

– …

– Bistuhungrig? Willstuoliven? Käse?

– Nein.

– Gut.

Wir sitzen unter dem Himmel und warten. Wir können miteinander schweigen, weil wir wissen, dass die richtigen Worte irgendwann da sein werden. Spätestens wenn Yael wieder auftaucht, werden die Worte da sein. Wir blicken auf die Stelle am Berg, an der er erscheinen muss auf seinem Rückweg.

Seine Stimme hören wir zuerst. Wütend befiehlt er Noura immer wieder, umzukehren. Aber sie sagt, sie kehre nur um, wenn er ihr sagt, wann sie sich wiedersehen. Der Müller legt einen Zeigefinger auf die Lippen, steht auf, greift meinen Arm und zieht mich in seine Hütte.

– Bleibhier! Keinwortverstanden.

Dann geht er nach draußen.

Ich höre, wie er brüllt.

– WASBEIDENGÖTTERNMACHTIHRHIEROBENMITTENINDERNACHT!

Ich höre, wie Yael stammelt, dass er nur das Salz ins Dorf gebracht habe. Der Müller brüllt, ob die beiden ein Techtelmechtel

hätten, was sie sich denken würden, dass er das melden müsse. Ich höre, wie Yael verzweifelt zurückbrüllt, es sei überhaupt nichts vorgefallen. Ich höre, wie Noura zu weinen beginnt und den Müller anbettelt, dem Ältestenrat und ihrem Vater nichts zu erzählen. Ich höre, wie der Müller Noura anbrüllt, sie solle jetzt zurück ins Dorf verschwinden, oder er erzähle es tatsächlich. Ich höre ihr Schluchzen und halte die Luft an. Der Müller kommt über die beiden wie ein Gewitter, und ich weiß genau, warum die Leute Angst vor ihm haben: Er ist wild und grob wie der Berg, hat Kraft wie der Wind, er ist eine Mühle, die alles zermalmen kann. Ich aber habe keine Angst vor ihm, weil ich weiß, dass es nur eine Aufführung ist, wenn er so donnert. Ich höre Noura weglaufen. Und dann steht er auch schon mit Yael am Arm in der Tür, ich sehe nur ihre Umrisse gegen das Mondlichtrechteck.
– Mädchen, wartenocheinenaugenblick, dannkommrauszuuns, sagt der Müller.

Wir sitzen da und trinken noch mehr vom Schnaps, Yael, der Müller und ich.
– Danke, Müller.
– Nichtsfürungut. Ichkannmeinmundhalten, aberichwillinnix mitreingezognwerdn.
– Werdet Ihr nicht, versprochen.
– Sagtdu: Dasihrundeuch, dasstehtmirnich.
– In Ordnung. Du wirst nirgendwo reingezogen, Alina und ich versprechen es.

Jetzt hat er meinen Namen gesagt. Meinen Geheimnamen, der doch nur für ihn und mich gedacht ist! Ich blicke Yael erschrocken an, Yael blickt den Müller an, der Müller blickt den Himmel an. Dann sagt er:
– Ichsteckschonmittendrin.

FÜNFUNDSECHZIGSTE STROPHE

(Der Traum)

Ich mache gerade Frühstück, da stürmt Mariah in die Küche. Um diese Zeit schon.

– Mariah?

– Ich hatte einen Traum!

– Einen *Feuertraum*?

– Ja!

– Bei den Göttern.

– Ist er wach?

Mariah eilt zur Kammer des Bethaus-Vaters, ich hinterher.

– Prahan?

Sie klopft, er öffnet.

– Ich hatte einen Traum.

Träumt Mariah vom Feuer, dann steht eine Veränderung bevor. Träumt Mariah vom Feuer, dann verschwindet sie für zwei Tage in den Bergen. Träumt Mariah vom Feuer, dann ist der Bethaus-Vater alarmiert. In der Nacht, in der er mich fand, im Bananenkarton, gebettet in Zeitungen vom Sommer davor, damals in dieser stürmischen Winternacht voll Regen und Wind, hat Mariah auch vom Feuer geträumt. Und dann war ich da und die Ernte erfror im Boden. Mariah träumte vom Feuer und kam genau wie heute am frühen Morgen zum Bethaus gelaufen, fand den Bethaus-Vater in der Küche mit Augenringen, fand Babymich auf einem Schafsfell, mit Fieber. Und genau wie damals sitzen die beiden auch jetzt mit mir in der Küche. Nur hab diesmal ich die Augenringe und niemand hat Fieber.

– Die Erde hat sich aufgetan in meinem Traum, in tiefen Spalten, und eine verlief genau durchs Dorf, es gab nur noch eine einzige

Stelle, die ich überwinden konnte, ich nahm Anlauf und sprang auf die andere Seite, um hierher zu gelangen, her zu euch beiden. Ich sah die Glut in der Tiefe brodeln, ich sah Flammen züngeln. Ich lief so schnell ich konnte zur Treppe, ich drehte mich noch einmal um und sah, dass das Feuer aus den Spalten brach und alles entzündete. Alles: Unsere Häuser. Die Tiere. Die Menschen. Und es war heiß, und ich stieg so schnell ich konnte, stieg die Treppe hoch, und gerade als ich am Bethaus ankam, erfassten auch mich die Flammen und ich brannte. Es war schrecklich … schmerzhaft … Ich schrie … Und du kamst aus dem Haus, Prahan, und sogleich branntest auch du. Das Bethaus, wir, alles ging in Flammen auf. Du aber, mein Augenstern, du branntest nicht. Du standest da inmitten der Feuerwelt und schriest und wolltest uns helfen. Aber sie brannte nicht, verstehst du, Prahan?
– Was hat das zu bedeuten?
– Ich weiß es nicht, mein Kind.

Wir trinken Kaffee und versuchen, Mariahs Traum zu deuten, da fällt es mir ein.
– Ich hatte auch einen Feuertraum.
– Wann?, fragt Mariah.
– Ist schon etwas her.
– Was geschah?
– Ich weiß nicht mehr. Alle Bücher brannten, und die Buchstaben versuchten zu entkommen. Ich weiß es wirklich nicht mehr genau.
– Sie hat das Gesicht, Prahan. Sie hat es. Wie ich es dir immer schon sage. Ich nehme sie mit in die Berge.

Der Bethaus-Vater sagt nichts, sein Blick ist ruhig, ernst und angestrengt. Mariah schaut mich durchdringend an, dann trinkt sie ihren Kaffeebecher in einem Zug bis auf den Pulvergrund leer.
– Ich gehe jetzt runter, hole den Esel und nehme sie mit. Morgen Nacht sind wir zurück.

SECHSUNDSECHZIGSTE STROPHE

(Die Schlange)

Merk dir den Weg, hat sie gesagt.

Wir steigen den Berg hoch, Mariah, der Esel und ich. Wir kommen beim Müller und den Mühlen vorbei. Wir kommen an der Minki-Yael-Stelle vorbei und gehen auf dem Bergrücken weiter. Wir hören einen Mann singen. Jannis taucht auf seinem Esel vor uns auf.

— Ich habe nicht gesungen!

— Natürlich nicht.

— Nein!

— Das wäre ja verboten.

— Ja, genau.

— Also habe ich nicht …

Mariah tätschelt sein Bein.

— Jannis, sing weiter.

Wir steigen auf der anderen Seite wieder abwärts und dann auf den nächsten Berg der Kette. Niemand hat uns aufgehalten. Kein Hirte kam uns hinterher.

— Mariah, warum hält uns niemand auf?

— Wenn sie uns finden, bringen sie uns zurück.

— Kommen wir dann an den Pfahl?

— Wir sagen, wir suchen Feuerholz. Solange ich dabei bin, passiert dir nichts, keine Angst. Nebenbei werden wir tatsächlich etwas Holz sammeln, wir werden es brauchen.

Von hier kann man das Dorf, kann man die Mühlen nicht mehr sehen, und mir ist, als gäbe es unser Schönes Dorf gar nicht mehr. Diesen Boden habe ich noch nie betreten. Der Tag, an dem ich weglief als Kind, da habe ich mich nicht umgeschaut, wusste nichts, war nur Angst, rannte nur immer weiter bergab. Jetzt habe ich Zeit, kann schauen und mir einen Kopf machen um alles, was ist. Jeder Schritt ein jungfräulicher Schritt auf einen von mir unbetretenen Boden. Jeder Blick unvertraut. Ich merke mir Felsen und gebe ihnen Namen. Knollnasenfelsen. Dickerbauchmannfelsen. Schreimundfelsen. Zweitanzendeköpfeberg.

Die Aussicht macht mir Vögel in der Brust, die mit ihren Flügeln nach meinen Knochen schlagen. Zu beiden Inselseiten können wir jetzt das Meer sehen. Das schöne, blaublaue Meer. Zum ersten Mal seit langer Zeit fühle ich mich ruhig, in mir scheint alles wieder an seinem Platz. Keine Unordnung in der Herzrumpelkammer mehr. Nur die Schürze wie ein Kängurubeutel voll mit Heimlichkeiten, mit dem Messer, dem Feuerzeug, einem Männerwunschzettel und den Nachrichten von Yael.

Ich sammle trockenes Holz, das zwischen den Sträuchern liegt, alte tote Äste. Einen Stock mache ich zum Spinnenstock und zerteile mit ihm die Netze auf unserem Weg, damit ich nicht direkt in die Spinnen laufe. Die sind so eklig, wenn du sie abbekommst und sie dir sonst wohin krabbeln, manche so groß wie eine Kinderhand. Mariah nimmt für eine Weile den Esel, ich gehe hinterher und spiele, dass ich ein Spinnengott bin. In der Ferne sehe ich auf einmal Land, oder ist das Dunst?

— Mariah. Schau. Da. Siehst du das?

— Unsere Nachbarinsel. Man kann sie nur erkennen, wenn es klar ist.

— Wohnen da auch Menschen?

— Wenn es dort Wasser gibt, vermutlich schon, mein Mädchen.

Die Mittagssonne macht uns zu schaffen. Wir setzen uns in den Schatten eines Felsvorsprungs. Es ist gerade genug Platz für uns und den Esel. Danke Fels, denke ich. Wir trinken Wasser, der Esel,

Mariah und ich. Wir essen ein paar Oliven, der Esel bekommt eine Rübe.

Mariah spuckt ihre falschen Zähne aus und steckt sie sich in die Schürzentasche. Wir dösen eine Weile, lassen uns den Schweiß trocknen, dann brechen wir wieder auf.

Zuerst war die Welt für mich das Bethaus, dann kam das Dorf hinzu, dann unser Berg, samt Tal und allem, was ich sehen konnte. Es kam die Siedelei hinzu. Und jetzt wird meine Welt noch größer. Sie schält sich jetzt aus Erzählungen als Wirklichkeit heraus. Es gibt wirklich mehr als die Berge, die man vom Dorf aus sieht. Die Insel ist wirklich schön. Langgestreckt liegt sie da wie, wie, ja, wie was? Wie ein Krokodil im Meer mit Zackenkamm auf dem Rücken? Wie groß sind Krokodile?

Ich frage nicht, wohin wir gehen, frage nicht, warum wir immer weiter gehen, bin einfach dankbar, dass Mariah mich mitgenommen hat. Wir halten uns auf der anderen, steileren Seite des Berges, die ungeschützter liegt, Wind kommt auf. Jetzt sehen wir nur noch das andere Meer, nicht das, das wir vom Dorf aus sehen können. Es kommt mir blauer vor, tiefer, weiter. Hallo Meer, wie viele Fischer hast du schon gefressen? An wie viele Küsten hast du geschlagen? Wie viele Fische hat man dir geraubt? Wie viele Sonnen sind in dir schon untergegangen?

Als wir wieder eine Ebene durchwandern, in der die Hitze steht und flimmert, sehen wir vor uns plötzlich eine Schlange. Sie glänzt in der Sonne wie frisch geputzt und windet sich über einen kniehohen Dornenbusch. Wir bleiben stehen, und die Schlange verharrt auch, wird ganz starr. So eine große habe ich noch nie gesehen. Es ist eine Götterbetrügernatter, man erkennt sie an den vier Streifen. Sie ist wirklich riesig, länger als ich oder Mariah. Auf einem Stein neben dem Busch sehen wir ihre alte Haut liegen. Mariah beruhigt den Esel, für einen Moment hält alles an. Da ist nur: Der Esel. Mariah. Ich. Und die Schlange. Wir lassen ihr den Vortritt. Sie setzt ihren Weg fort, zieht ihren Körper über den Dornenbusch, über einen Felsen und verschwindet dann unter dem nächsten Gestrüpp. Wir geben ihr Zeit und warten, Mariah betet, dann sammelt sie die Schlangenhaut ein und treibt den Esel wieder an. Schlangen sind nie ein gutes Zeichen. Und schon gar nicht die Götterbetrügerin.

Einen Weg oder Pfad gibt es schon lange nicht mehr. Es ist bereits Nachmittag, als wir uns zwischen zwei Bergen abwärts arbeiten und uns endlich dem Meer nähern. Das Meer, zum ersten Mal höre ich seine Stimme. Zum ersten Mal nicht nur vom Hörensagen, zum ersten Mal höre ich selbst ganz deutlich, wie es an die Felsen schlägt. Mariah sammelt vom wilden Thymian und vom Salbei, ich tue es ihr gleich. Unsere Hände duften, man möchte sie aufessen. Dann sind wir endlich da. Eine kleine Bucht aus glattgewaschenem Fels, ein winziger Strand aus runden Steinchen. Etwas höher der Eingang zu einer Höhle. Eine uralte, menschengemachte Steintreppe führt dort hoch, vor der Höhle gibt es einen Felsvorsprung mit Aussicht aufs Meer.

Mariah setzt ihr Gebiss wieder ein, holt ein Feuerzeug aus ihrer Schürze.

– Du hast ein Feuerzeug?

– Es ist äußerst praktisch, erzähl es Prahan nur nicht. Ich benutze es nur im Notfall.

– Und jetzt ist ein Notfall?

– Nein, jetzt ist es praktisch.

Aus dem Tragekorb auf dem Esel nimmt sie eine in ein Tuch gewickelte Lampe. Sie zündet sie an und geht in die Höhle.

– Komm.

SIEBENUNDSECHZIGSTE STROPHE

(Das Orakel)

Die Höhle ist innen gekalkt, am Eingang gibt es eine Feuerstelle, im hinteren Bereich tauchen im Lampenschein einfache Malereien an den Wänden auf. In einer Mulde in der Wand liegen Rauchwerk, kostbare Bienenwachskerzen, Holzvorräte, aufgerollte Schafsfelle und Decken bereit. Eine wuchtige Holztruhe steht auf der anderen Seite neben einem Regal, das aus Steinen und zwei Brettern gemacht ist. Darin gefüllte Vorratsgefäße und Einmachgläser, Schalen und Teller. Irgendjemand hat all das hierher geschafft. Alles flackert unwirklich im Schein der Lampe. Ganz hinten in der Höhle sprudelt eine Quelle. Das Quellwasser kommt aus dem Fels, staut sich in einem Becken und fließt dann unterirdisch weiter. Darüber hängt eine Öllampe. Mariah entzündet sie.
– Komm her, sagt sie. Das ist eine Süßwasserquelle, sie ist uralt, kein Beben hat sie je verschüttet. Das ist das Orakel.
– Die Quelle? Ein Orakel?
– Ja. Es ist ein heiliger Ort, mein Mädchen. Schau es dir an. Tauch deine Hände ein. Das Wasser ist ganz weich.

Ich knie mich vor das Becken, tauche meine Hände in das Quellwasser und versuche Ehrfurcht oder irgendetwas zu empfinden, fühle aber nichts außer dem kaltem Wasser an meinen Händen, die anfangen zu pulsieren. Ist das ein Zeichen? Geben mir die Götter die Hand? Ist es eine Götterquelle? Was genau ist ein Orakel? Ich dachte, ein Orakel ist eine steinalte, blinde Frau. Auf dem Grund des Beckens liegen Kiesel, weiße, rote und schwarze. Mariah reicht mir eine Blechschale.
– Mach die voll Wasser. So, und jetzt hilf mir, den Esel zu entladen, es gibt noch viel zu tun, bevor es dunkel wird.

Der Eingang der Höhle leuchtet wie ein Tageslichtauge. Ich sehe, wie Mariah im Licht verschwindet, und folge ihr mit der Schale voll heiligem Orakelwasser. Was passiert wohl als Nächstes?
– Stell es dem Esel hin. Er hat Durst.

Wir leeren die Körbe und satteln ab. Mariah bindet den Esel an einen Metallring, der in den Boden vor dem Höhleneingang geschlagen ist, und reibt das Tier trocken. Aus einem Sack nimmt sie Favastroh und legt es ihm hin.
– Guter Junge. Guter Junge.

Wir tragen unser Gepäck rein und putzen die Orakelhöhle. Ich mache den Boden sauber, Mariah wäscht das Geschirr und alle Oberflächen ab. Dann räuchert sie mit Salbei. Ich rolle die Felle aus und bereite uns ein Lager an der Feuerstelle. Aus der Truhe nimmt Mariah ein aufgerolltes Seil und hängt es sich über die Schulter.
– Komm, jetzt lernst du das Meer kennen.

Wir stehen am kleinen Kieselstrand, beide nackt. Mariah hat sich das Seil um den Bauch gebunden, ihr alter Körper wirft eine Faltenschürze darüber. Ihre Brüste hängen schlaff. Ich habe noch nie einen alten Körper nackt gesehen.
– Ja, schau ruhig, Liebes, eines Tages siehst du auch so aus.

Sie lacht und sieht auf meinen straffen Leib. Meine Brüste stehen stramm nach oben, nirgendwo eine Falte. Sie sieht mich an, ohne dass es mir unangenehm ist, obwohl sie bisher nur meinen Kinderkörper kannte. Ich versuche mir vorzustellen, dass Mariah auch mal solche Brüste hatte, auch mal so jung war.

Heute ist der letzte Tag meiner Blutung, ich hocke mich hin und ziehe das Stoffröllchen heraus. Ich will nicht, dass mich jetzt noch irgendetwas zustopft.
– Gut so. Komm her. Warst du jemals im Wasser? Irgendwo?
– Im Waschbottich.

Sie lacht.

— Und heimlich im Badehaus?

— Nein.

— Was? Wieso nicht? Das musst du machen. Es muss ja niemand wissen. Wenn das Dorf schläft, dann schleichst du dich rein. Das Becken dort ist nicht tief, dir kann nichts passieren. Aber heute lernst du das Meer kennen, heute lernst du schwimmen. Es macht dich leicht, das ist wie Schweben, und dein Bein wirst du gar nicht merken.

— Nein.

— Was nein?

— Es ist ein Tier, das Fischer frisst.

— Es ist das Meer.

— Es ist ein Kochtopf voller Höllensuppe.

— Es ist das Meer.

— Es wird mich reinsaugen und wegholen.

— Das wird es nicht.

— Ich habe Angst.

— Das musst du nicht.

Mariah nimmt meine Hand, und wir gehen ein paar Schritte ins Wasser. Es ist kalt. Es wird schnell tiefer. Die Wellen reichen uns schon bis zur Hüfte. Es ist durchsichtig. Aber es ist auch blau. Es frisst mich nicht. Es saugt mich nicht rein. Es holt mich nicht weg. Ich gehe trotzdem wieder einen Schritt zurück. Du weißt ja nie. Mit jeder kleinen Welle rauschen die Kiesel. Und jetzt haben sich meine Beine an das Kalte gewöhnt. Hallo Wasser. Hallo Meer. Hallo Gänsehaut. Hallo!

— Hier, halt das Seil. Und hier, halt mein Gebiss, ich habe Angst, es zu verlieren.

In der linken Hand halte ich Mariah an der Leine, in der rechten ihr Gebiss. Mariah lässt sich nach vorne fallen, macht Bewegungen mit den Armen und Beinen. Sie schwimmt, sie schwimmt wirklich, und ich gebe Leine.

— Haftumich?

— Jaha.

Dann taucht sie unter, und das ist wohl das Schönste, was ich bisher gesehen habe. Mariah im türkisen Wasser. Ihre grauen Zöpfe schlängeln sich um ihren Kopf. Sie taucht wieder auf, jauchzt und kommt zurück. Ich helfe ihr hoch, sie packt sich die Zähne wieder in den Mund.

— Jetzt du.

— Ich kann nicht schwimmen.

— Dann wirst du es lernen.

— Ich habe Angst.

— Brauchst du nicht.

Mariah bindet sich das Seil los und mir um den Bauch.

— Wir üben es im Flachen. Hast du gesehen, was ich mit den Armen und Beinen gemacht habe?

— Ja.

— Gut, dann los. Ich halte dich. Aber zu Anfang tauchst du einmal ganz unter. Vorher holst du tief Luft. Bereit?

— Ja.

Schritt für Schritt taste ich mich tiefer ins Wasser, es reicht mir jetzt bis zum Bauch.

— Geh in die Hocke.

Nur noch mein Kopf guckt raus.

— Hol Luft. Halt dir die Nase zu. So.

Ich atme ein, halte meine Nase zu. Mariah sagt *Alina, das ist das Meer, Meer, das ist Alina* und taucht mich unter. Ich lasse meine Augen offen, ich sehe Mariahs Geschlecht, ihre Beine, sehe einen kleinen Fisch. Mein Mund geht auf, da zieht sie mich wieder hoch. Ich huste und spucke vom Salz und reibe meine Augen.

— Bravo. Jetzt üben wir das Schwimmen.

Ich lege mich ins flache Wasser. Mit meinen Händen komme ich noch auf den Grund, ziehe mich über die Kiesel. Mein Körper im Wasser, so leicht, wie gut das ist.

– Lass die Hände los. Mach die Schwimmbewegungen.

Ich habe Angst, lasse aber trotzdem los. Mariah hat mich stramm an der Leine und hält mich oben. Ich paddle mit allen vieren, ich strample und trete das Meer. Mariah lacht.

– Ruhig. Ich hab dich ja. Mach die Bewegungen, die du bei mir gesehen hast. Ruhig und gleichmäßig. Atmen und Schwimmen. Mit Ruhe und Beständigkeit atmen und schwimmen.

Ich werde langsamer. Ich schwebe. Mein schlimmes Bein ist nur ein Bein von zweien. Ich schließe die Augen und versuche, das nachzuahmen, was ich für Schwimmen halte. Hin und her geht es am kleinen Strand. Das Seil schneidet am Bauch in meine Haut. Mariah gibt mir Anweisungen. Schneller. Drück den Rücken durch. Mehr mit den Beinen. Ich fasse es nicht, ich schwimme. Ich schwimme! An Mariahs Leine, aber ich schwimme!

– Wer auf einer Insel wohnt, sollte schwimmen können. Meine Meinung. Mein Mädchen, es ist gut. Genug für heute.

Ich stelle meine Füße wieder auf den Grund und binde das Seil los. Ich schmecke das Salz überall, setze mich ans Ufer, schaue auf das Meer und weine, weine, weine. Keine Ahnung, warum.

Mariah hat sich wieder angezogen und die Zöpfe gelöst, sie kämmt ihr Haar mit krummen Fingern und lässt es trocknen. Dann kommt sie zu mir und streicht mir zärtlich über den nassen Kopf, voller Liebe, die nichts will, die nichts erwartet.

– Warum bringst du mir das bei?

– Weil du durstig bist, mein Mädchen. Es ist gut, Dinge zu können, von denen niemand vermutet, dass du sie kannst. Ich hätte längst mit dir herkommen sollen.

– Und wer hat dir das beigebracht?

– Komm, wir machen Feuer. Es wird bald dunkel werden.

Widerwillig ziehe ich mich an. Mein Körper hat sich das Meer gemerkt, mein Körper hat sich die Freiheit gemerkt, mein Körper hat sich das Salz gemerkt.

Die Felsen am Ufer haben sich den Tag gemerkt und die Sonnenwärme gespeichert.

Das Meer hat Holz und Plastik ans Ufer gespült. Wir haben einen Haufen mit Holz gemacht, darf bleiben. Und einen mit Plastik, muss weg, nur einen heilen Kanister und eine Plastikflasche behalten wir. Wir tragen das Holz und die beiden Plastiksachen hoch zur Höhle. Jetzt ist die Kühle nicht mehr wohltuend, wir machen Feuer. Ich zeige Mariah mein Feuerzeug. Sie lacht.

– Ich habe es gefunden.

– Bravo.

– Ich glaube, es gehört Konstantin.

– Behalt es. Es gehört jetzt dir.

– Aber die Götter.

– Nix die Götter.

Mariah bittet mich, auf einem Fell Platz zu nehmen. Sie reibt mir mein Haar mit Öl ein. Sie reibt ihr eigenes Haar mit Öl ein. Sie macht mir mit Öl ein Zeichen auf die Stirn, und dann noch eines mit Asche. Mariah holt die Schlangenhaut und legt sie ins Feuer. Wir schauen ihr beim Verglühen zu. Dann erzählt Mariah, dass sie die Höhle und das Orakel seit ihrer Kindheit kennt. Ihre Urgroßmutter hat ihr die Höhle gezeigt und sie das Orakel gelehrt. Vor langer Zeit soll hier eine Frau gelebt haben, eine uralte Frau, die ihr Gesicht hinter einem Schleier verbarg, die wiederum Mariahs Ururgroßmutter das Orakel offenbarte. Einst, sagt sie, gab es drei heilige Quellen auf der Insel. Es heißt, die Götter haben sich in unsere Insel verliebt, weil sie so schön ist. Jeder Gott vernarrte sich in eine andere Stelle und stieß seinen Götterstachel in den Quell-

schoß der Erde, um sich mit der Insel zu verbinden. Deswegen ist unsere Insel so fruchtbar.
– Wo sind die anderen beiden Quellen?
– Eine ist die am Bethaus.
– Und die andere?
– In der Siedelei. Diese hier ist die einzige, die noch heilig ist.

Es heißt, das Orakel ist viele tausend Jahre alt und es dürfen nur Frauen herkommen, die das Gesicht haben. Das Orakel wird wie ein Geheimnis gehütet und weitergegeben. Außer Mariah, der Hebamme und mir kennt niemand aus dem Dorf die Höhle. Das Gesicht ist etwas Heiliges, Uraltes, mit ihm kann man durch die Zeit hindurchsehen. In Träumen, im Kaffeesatz, in plötzlichen Eingebungen. Die Hebamme liest in der Nachgeburt die Zukunft der Babys. Niemals würde sie dieses Wissen den Eltern mitteilen. Auch die Hebamme kann schwimmen.

Die Erzählung sagt, es gab eine Zeit vor der Zeit, eine Zeit also vor der Khorabel, vor den Menschen, dem Bethaus und der Siedelei. Mariah zeigt mir die Muster und Verzierungen an den Höhlenwänden und erklärt, was was bedeutet. Jemand hat sie mit etwas Spitzem in den Stein gehauen. In den Vertiefungen hat sich Ruß und Dreck von sehr viel Zeit gesammelt.

Mariah räuchert, setzt sich vor das Orakel und wippt mit ihrem Oberkörper vor und zurück, dabei summt sie ein Lied oder Gebet, ich kann es nicht sagen. Dann greift sie mit beiden Händen tief in das Becken, zieht die Hände voller Kiesel wieder heraus, dreht sich zu mir und zum Feuer und lässt die Steine vor sich auf den Boden gleiten. Sie starrt sie eine Weile an. Schließlich sortiert sie die Kiesel nach Farben: Weiß, Rot, Schwarz. Sie zählt die Steine, gibt sie wieder in das Becken.

— Ich habe meine Antworten bekommen. Jetzt versuch du es. Gibt es eine Frage, die du dem Orakel stellen möchtest?
— Eine Frage?
— Ja. Es muss eine wichtige Frage sein. Eine, die im Herzen wurzelt.
— Gut. Ja, ich habe eine.
— Setz dich vors Becken. Konzentrier dich und denk an nichts als die Frage. Wenn du so weit bist, tauchst du deine Hände ein und holst die Kiesel mit der Antwort nach oben. Dann legst du sie aus und deutest sie.

Ich sitze vor der Quelle und konzentriere mich auf die Frage, auf die eine Frage, auf die immer wieder gestellte Frage, dann greife ich in die Kiesel, drehe mich um, lasse sie vor mich fallen und versuche, etwas in ihnen zu erkennen.

Ich sehe nichts. Ich sehe rote, schwarze und weiße Kiesel. Mariah legt mir eine Hand auf den Arm.
— Es ist gut für heute. Es war viel. Lass uns essen und trinken und die Sterne ansehen, bevor wir schlafen.

Wir sitzen auf der Felsterrasse vor der Höhle, trinken Wein, essen Oliven, Brot und Käse. Über uns haben die Götter den Himmel vollgeschrieben mit ihrer Sternengeheimschrift.
— Etwas Furchtbares wird geschehen, noch ehe der nächste Vollmond da ist. Ich habe es in meinem Traum gesehen, und ich habe es in den Steinen gesehen. Es wird uns alle im Dorf betreffen. Du darfst niemandem etwas vom Orakel sagen. Niemandem. Nicht Prahan, nicht Yael und nicht Sofia.
— Und du darfst niemandem meinen Namen sagen.
— Versprochen, Liebes.
— Versprochen. Was wird geschehen, Mariah?
— Ich weiß es nicht. Siehst du ihn noch?

– Immer bei Vollmond.

– Das muss aufhören.

– Wie?

– Es wird weh tun. Aber es muss aufhören.

Wir schweigen und gucken Sterne, Mariah streichelt mein Haar. Dann steigt Müdigkeit in uns auf.

– Was für eine Frage hast du dem Orakel gestellt?

– Wer ist meine Mutter.

ACHTUNDSECHZIGSTE STROPHE

(Die Frage)

Oder sie war noch unverheiratet. Oder sie wollte lieber einen Jungen. Oder ich war das vierte Kind, und sie durfte mich nicht behalten. Habe ich ihre Augen oder die von meinem Vater? Bin ich wie sie? Aber wer im Dorf ist wie ich? Oder bin ich wirklich von drüben? Aber wie bin ich dann auf die Insel, wie ins Dorf gekommen?

NEUNUNDSECHZIGSTE STROPHE

(Der Rückweg)

Ich war früh wach, Meeresrauschträume steckten mir noch im Leib. Sah die Sonne über dem Meer aufgehen. Sah die Nachbarinsel als entfernte Möglichkeit flimmern. Träumte vom Festen Land. Entleerte mich abseits, und als ich zurückkam, war Mariah wach. Mit unserem Mitgebrachten füllten wir die Vorräte in der Höhle auf. Dann setzte sich Mariah noch einmal vor die Quelle und bat mich, hinauszugehen.

Ich stehe auf einem Felsen am Meer, am schönen Meer, das in der Morgensonne glitzert, und breite meine Arme aus. Jetzt ist jetzt. Am liebsten würde ich hierbleiben. Oder noch weiter weg vom Dorf. Mit Yael hin zur anderen Insel oder zum Festen Land.

Wir flechten unsere Haare wieder und binden sie uns um den Kopf. Wir satteln den Esel, guter Junge, guter Junge, und nehmen uns Wasser mit für den Weg. Wir verabschieden uns von der Höhle, vom Orakel, vom Meer. Mariah macht am Strand ein Feuer und verbrennt den Plastikabfall. Es qualmt und stinkt fürchterlich. Zeit zu gehen. Wir ziehen los, Mariah fragt mich den Weg ab. Ich soll ihr genau sagen, wie ich vom Bethaus hierherkomme.

— Gut. Lern es auswendig. Schreib es dir bloß nicht auf, hörst du? Wenn auf dem Weg oder im Dorf jemand fragt: Wir waren in den Bergen, Holz und Kräuter suchen. Und jetzt hilf mir, die Körbe vollzusammeln.

— Kommst du oft her?

— Vier oder fünf Mal im Jahr. Beim nächsten Vollmond kommen wir wieder.

Was gestern noch neu war, erkenne ich jetzt. Immer wieder bleibe ich stehen und sehe mich um. Erkenne Aussichten und Felsen, erkenne die Schlangenstelle wieder. Den Dickerbauchmannfelsen. Den Zweitanzendeköpfeberg. Ich merke mir alles doppelt, vor- und rückwärts.

Je näher wir dem Dorf kommen, desto weniger Holz finden wir. Je näher wir dem Dorf kommen, desto enger wird mir die Brust. Je näher wir dem Dorf kommen, desto krummer werden unsere Rücken. Mariah hat sich ihr Tuch wieder um den Kopf gebunden. Sie ist erschöpft und lässt sich ein Stück vom Esel tragen. Ich schneide mit ihrem Messer Kräuter, meins ist nicht mehr scharf, sie dirigiert mich vom Eselsrücken aus. Da drüben die Distel mit den blauen Blüten. Gut für die Leber. Von dem Kraut da, nein, das andere. Gut gegen schmerzende Gelenke. Noch ein letztes Tal und schon sind wir wieder auf unserem Bergrücken. Vorbei an der Minki-Yael-Stelle, vorbei an den Mühlen. Den Müller gegrüßt und bei der Gelegenheit gleich Mehl aufgeladen. Den letzten Abstieg ins Dorf macht Mariah zu Fuß, das ist der Stolz. Unsere Herzen sind schwer, wir sehen der Sonne dabei zu, wie sie in unserem Meer verschwindet. Wir sehen das Dorf seine Lampen anzünden.

— Lass sie nicht ahnen, wozu du in der Lage bist, mein Augenstern.

Mariah wird noch ein Stückchen krummer, guckt wie ein Kind, das noch nichts weiß. Ich sehe ihr bei der Verwandlung zu, mache mich auch weg und glotze dümmlich.

SIEBZIGSTE STROPHE

(Das Meer)

Ich liege in meinem Bett, denke an das Meer und lecke an meinen Armen. Sie schmecken noch nach Salz. Wie leicht ich mich gefühlt habe. Warum geht ein Stein unter, und warum schwimmt ein Fisch oder ein Stück Plastik? Warum schwimmen wir? Wo kommt das Plastik im Meer her? Wo kommen wir her? Von der Nachbarinsel? Das Meer gehört nur sich selbst, nicht mal den Fischen. Vielleicht haben wir auch kein Recht, darin zu schwimmen. Ich möchte auch nur mir selbst gehören. Wenn du dir nicht selbst gehörst, bist du nicht frei.

EINUNDSIEBZIGSTE STROPHE

(Das Versteck)

Am Tag der Pujachatt sind unsere Aprikosen reif, ich habe einen ganzen Korb geerntet. Es kamen weniger Dorfbewohner als üblich. Es wurde weniger Öl, Wasser und Erde gespendet, es wurde trotzdem genauso viel Salz mitgenommen. Es wurde in letzter Zeit weniger oft eine Lampe am heiligen Feuer entzündet. Das alles merkt nicht nur der Bethaus-Vater, das merken wir alle.

Mariah und ich säubern gemeinsam den Friedhof, während der Bethaus-Vater die alten Frauen in Schwarz am Hals hat.

– Es kommt in der Natur vor, sagt Mariah, dass Tiere das Äußere eines gefährlichen anderen Tieres nachahmen, obwohl sie gar nicht gefährlich sind.

– Damit andere Tiere denken, sie sind, ich meine, sie seien gefährlich?

– Genau. Sie haben so eine größere Überlebenschance. Verstehst du?

– Ja.

– Die Dorftarnung funktioniert genau andersherum: Im Dorf sehe ich schlecht. Im Dorf bin ich tüddelig. Verstehst du?

– So haben wir eine größere Überlebenschance?

– Ja.

– Aber dann denken ja immer alle, dass du schlecht siehst. Willst du nicht sein können, wie du bist?

– Mariah!

Das war der Bethaus-Vater.

– Ich komme ja schon, Prahan. Immer mit der Ruhe.

Die beiden verschwinden nach drinnen, die schwarzen Kurvenfrauen sind bereits auf dem Weg zurück ins Dorf. Ich kümmere mich um den Baum und die heruntergefallenen Wünsche. Wieder kann ich nicht anders, ich bin so neugierig. Mit dem Kneifer greife ich den ersten Zettel. Soll ich? Seid ihr böse, Götter? Wenn ihr böse seid, dann erschlagt mich doch jetzt mit einem Blitz. Nichts? Hört ihr mir nicht mehr zu? Ich falte den ersten Zettel auf. Nichts passiert, wie beim letzten Mal. Das ist wie Nachrichten mit Jannis, nur geheimer. Ich lese. Jemand bittet um mehr Geschraubse mit seiner Frau. Den Wunsch stopfe ich in der Hoffnung wieder in den heiligen Baum, dass die Götter ihn erfüllen. Aber, oh nein, dabei fallen andere Zettel runter. Na gut, einen noch. Ich nehme aber keinen runtergefallenen Wunsch, sondern ziehe einfach einen aus der Astlochöffnung. Hah. Und der Baum bleibt stehen. Stürzt nicht in sich zusammen. Mir fallen nicht die Hände ab. Mich trifft nicht der Blitz. Ich falte ihn auf. Dieser bittet, dass seine Zahnschmerzen aufhören sollen. Ich schiebe ihn vorsichtig wieder in den Baum. Alina hütet nicht nur die Zeit, Alina hütet jetzt auch die Wünsche der Dorfmänner. Ich fege die am Boden liegenden Zettel zusammen und stecke mir ein paar in die Schürze für später. Den Rest lege ich sorgfältig mit dem Kneifer in die Schale und bringe sie zum Bethaus-Vater, der gerade Mariah verabschiedet.

Sein Gesicht ist rot, als hätte er die Wut. Er reibt sich die Arme so komisch. Hat er mich gesehen? Jemand anders?

— Kommst du bitte gleich in meine Kammer?

Seine Stimme ist ruhig.

— Aber ich muss jetzt das Signal geben.

— Komm danach.

Ich begleite Mariah bis zum Turm.

— Bis später, Augenstern.

— Bis später, Mariah.

Vier Mal beide Schnüre, zwölf Mal nur die rechte. Habe ich mich verzählt? Ich weiß es nicht.

Seine Tür ist angelehnt, ich klopfe.

— Komm rein.

Der Bethaus-Vater sitzt gebeugt an seinem Tisch, er hat die Wunschzettel entfaltet und liest darin. Er dreht sich zu mir um und sieht mich freundlich an.

— Was ist?

— Ihr lest sie?

— Selbstverständlich, wie soll ich sonst wissen, wie es um das Dorf bestellt ist. Setz dich.

— Aber …

Ich nehme Platz auf dem Holzstuhl an der Wand und beobachte ihn. Wieso wusste ich das nicht, ich dachte, er verbrennt sie nur. Niemand darf sie anfassen, dachte ich.

— Ich bin gleich fertig, nur der eine noch.

Der Bethaus-Vater schaut sich den Wunsch genau an, macht sich dann Notizen in ein kleines schwarzes Büchlein. Ich glaube, er braucht eine Brille, so wie er sich den Zettel vor die Nase gehalten hat.

— Ich erkenne mittlerweile die Handschriften.

Dann verbrennt er die Wunschzettel in der Schale.

— Was macht Ihr mit der Asche?

— Ich schütte sie später in den Eimer mit der Asche aus dem Ofen.

Er lacht. Ich fasse es nicht.

— Schau nicht so.

Die ganze Zeit hatte ich die Wunschasche mit in der Küche im Eimer bei der anderen Asche und wusste es nicht?

— Mariah und ich haben eben gesprochen. Wir finden beide, dass du nun alt genug bist, um mehr Verantwortung zu tragen. Was meinst du?

— Vater, meine Tage sind schon so voll.

— Du sollst ja auch keine neuen Aufgaben erhalten, aber mehr Wissen.

Er steht auf, geht zum Schrank und öffnet die Türen, so dass sie knarzend den Blick ins Innere preisgeben. Auf der rechten Schrankseite hängen seine Gewänder, hinter denen ich mich als Kind oft versteckt habe. Auf der linken Seite liegen Bücher in den Fächern, und ganz oben in seinem Fach zusammengedrängt lauter Goldzeugs. Kelche. Lampen. Opferschalen. Er mag diese Sachen nicht, deshalb schließt er sie immer weg.
– Das hier ist eine dreißigbändige Ausgabe eines Lexikons. Es ist nicht ganz neu, aber darin findest du alles beschrieben, was es in der Welt gibt. Alles, wirklich alles! Hier, ich zeig es dir. Was soll ich nachsehen?
– Das Meer.
– Gut, das Meer also. Das Buch ist alphabetisch aufgeteilt, jedes Wort ist darin an seinem Platz, damit man es finden kann. Dafür muss man das Alphabet kennen, die genaue Reihenfolge der Buchstaben, und wissen, wie ein Wort geschrieben wird. Das Wort Meer beginnt mit M und dann folgt ein E, also suche ich das Buch, in dem die Worte mit ME drinstehen. Welches ist es?

Ich studiere die Rücken der Bücher. Ich weiß es nicht, ich rate.
– Dieses hier?
– Nein. Der Anfangsbuchstabe stimmt aber.
– …
– Buchstabiere Meer.
– Em, Eh, Höh, Rir.
– Fast. Du hast ein Wort buchstabiert, das sich genauso anhört, aber etwas anderes bedeutet: Mehr. Von etwas mehr haben wollen. Das Meer schreibt man aber mit Doppel-Eh. Wusstest du, dass das zwei verschiedene Dinge sind?
– Nein. Ja. Verschieden, ja. Aber sie hören sich gleich an.
– Das Mehr.

Er macht eine einsammelnde Geste mit den Armen und sieht mich wieder so an, streicht sich über den Bart und lacht.

– Mehr Wasser. Mehr Fische. So habe ich es noch nie gedacht. Mädchen, das ist lustig.

– Warum? Vom Meer gibt es so viel. Es ist überall um uns herum, davon kann man doch schon denken, dass das mit mehr zusammenhängt.

Ist das Meer nicht das Viele? Nicht das, wovon es immer mehr als genug gibt?

– Das Meer schlägst du hier nach, in diesem Band. Willst du es suchen?

Der Bethaus-Vater gibt mir das Buch und ich blättere und blättere und blättere. Em. Eh. Eh. Rir. Die Welt ist so voll von Dingen, die einen Namen haben, so voll mit Worten, und alles reingequetscht in dieses Buch. Schließlich finde ich das Meer.

– Gut. Lies mir vor.

– U-un-unt-ter-unter dö-de-m-dem-Mh-Me-Mee-Meer vav-ve-er-ver-vers-verste-versteht m-ma-man dö-di-die Z-Zu-Zusam-das Wort ist so lang.

– Ganz ruhig, lass dir Zeit.

– Zu-Zusa-Zusam-Zusamme-zusammenh-h-hän-hängende Wasse-r-ma-ssssee …

– Wassermasse.

– Wassermasse dö-de-der Eh-Er-Erde. Noch weiter lesen?

– Nein, es ist gut. Du hast das Prinzip verstanden. Um ein Wort nachzuschlagen, musst du wissen, wie es geschrieben wird. Verstehst du nun, warum es so wichtig ist, das Schreiben und Lesen zu üben?

– Ja. Nein. Das Meer ist das Meer. Auch ohne dieses Buch.

– Du kennst das Meer nicht, hast aber trotzdem eine Vorstellung davon. Und genau darum geht es. Dinge aus der Welt kennenzulernen, die du nicht sehen und anfassen kannst.

Mariah hat es ihm nicht gesagt. Merkt er, dass ich rot werde? Ich und das Meer nicht kennen. Ich weiß das Meer, Vater. Es ist nass.

Es ist salzig. Es frisst dich nicht auf. Es saugt dich nicht rein. Fische schwimmen darin. Es spuckt Plastik aus. Es ist durchsichtig und trotzdem blau. Steht Ihr erstmal drin, Vater, dann merkt Ihr, dass es ganz und gar durchsichtig ist. Wie der Trick geht, weiß ich nicht, aber es ist so. Vielleicht hat das Meer ja auch eine Tarnung. Eine Inseltarnung.

— Hörst du mir überhaupt zu?
— Ja. Was?
— Damit du eine Vorstellung bekommst.
— Wovon?
— Du hast nicht zugehört.
— Doch.
— Was habe ich gesagt?
— Blickwinkel irgendwas.
— Und danach?
— Weiß ich nicht.
— Ich habe dich gefragt, was mit den Dingen ist, die du noch nicht kennst. Auch nicht aus Erzählungen. Dinge, die du nicht sehen und anfassen kannst, die aber doch in der Welt sind? Hier im Lexikon stehen sie drin, damit du eine Vorstellung davon bekommen kannst.
— Wozu sollte ich von etwas wissen, wenn ich ihm nicht begegnen kann?
— Damit du die Welt in dir versammelst und dich ins Verhältnis dazu setzen kannst.
— Und wenn ich davon drübensüchtig werde?
— Das Ansammeln solchen Wissens nennt man Bildung.
— Drübensüchtig, wie Dimitri?
— Je mehr du davon hast, desto eher gelingt es dir, eine andere Perspektive, eine andere Sicht einzunehmen, und abstrakt zu denken.
— Was bedeutet abstrakt?

– Abstrakt bedeutet, dass, nimm zum Beispiel die Götter, wir reden über sie, aber sie sind nicht da. Nicht konkret erfahrbar.

– Wieso? Sie sind doch in allem, was es gibt. Sie können jede Gestalt annehmen. Sagt Ihr doch selbst.

– Oder nimm ein Gefühl: die Liebe. Das ist auch etwas Abstraktes.

– Sie wohnt in jedem Salzkorn.

– Ja. Nein … Ich will einfach, dass du weißt, dass es dieses Lexikon gibt. Darin sind auch Zeichnungen und Karten.

– Ist unser Dorf auch darin?

– Nein. Für die Welt und das Lexikon ist es zu klein und unbedeutend. Aber die Dinge, aus denen unser Dorf gemacht ist, die findest du darin. Die ganze Welt findest du darin. Du darfst dir einen Lexikonband aussuchen, mit dem du das Lesen anfangen kannst. Welcher Buchstabe?

– Ich nehme den hier mit dem Meer drin.

– Gleich diesen, gut. Wenn du einen neuen brauchst, kommst du wieder. Achja, bevor ich es vergesse, hier in dem Kästchen liegt ein Schlüsselbund. Daran sind alle Schlüssel des Dorfes befestigt, alles, was abgeschlossen werden kann: Das Bethaus, die Siedelei, das Ältestenhaus, das Bücherhaus und so weiter … Ich möchte, dass du weißt, dass die Schlüssel hier liegen, verstanden?

– Darf ich sie benutzen?

– Nein!

– Warum soll ich dann davon wissen?

– Für den Notfall. Oder wenn ich dir befehle, sie zu holen.

– Was für ein Notfall?

– Das wirst du wissen, wenn er da ist.

– Ich kann auch ohne abstrakt eine andere Perspektdings einnehmen.

– Was meinst du? Ohne abstrakt zu denken?

– Ja. Ich weiß genau, wie es ist, ein Berg zu sein. Oder ein Huhn. Ich fühle es. Hier.

– Und, wie ist es, ein Berg zu sein?
– Alt. Schwer. Langsam. Ständig wird es hell-dunkel, hell-dunkel, die Sonne schwirrt dir um das Haupt, die Sterne blitzen alle paar Augenblicke auf. Es wird warm und wieder kalt. Schon wieder wirst du vom Regen gewaschen. Für den Berg ist ein Jahr so viel wie für uns ein Tag, müsst Ihr wissen. Das Meer kitzelt an deinen Füßen, die Menschen kommen irgendwann mit einem Schiff und bauen sich an deinem Bauchnabel ein Dorf, und Windmühlen auf deinen Kopf. Sie vermehren sich, sie machen Gesetze, damit sie wissen, wie sie leben sollen, sie stoßen ihren Pflug unter deine Haut, stecken ihren Samen rein in dich und ernten deine Haare. Das alles geht eine ganze Weile so, sie werden geboren, und schließlich sterben sie wie die Fliegen, bis eines Tages das Dorf zerfällt oder ein neues entsteht, und du denkst dir als Berg, wenn ich nur hier wegkönnte.

ZWEIUNDSIEBZIGSTE STROPHE

(Die Materialverwaltung)

In der Materialverwaltung bei Michalis gibt es alles, was haltbar ist: Holz, Kohlen, Gas, Gebisse, Brillen, Schuhe, Farbe, Töpfe, Öl, Korn. Brauchst du etwas, so wie ich jetzt neue Schuhe, denn die Sohle vom linken Schuh ist heute Morgen beim Abstieg vom Feld gebrochen, dann gehst du hin und sagst Bescheid. Manchmal hast du Glück, weil gerade niemand vor dir auf der Warteliste steht. Ich muss meistens lange warten, auch weil jeder weiß, dass ich außer den Kleidern an meinem Leib nichts besitzen darf, aber wenn meine Schuhe kaputt sind, dann sind sie kaputt, da hilft kein Warten, da brauch ich neue.

Der Gerber macht die schlechten Schuhe, sie haben eine Holzsohle mit Lederriemen und halten nicht lange, der Händler bringt die guten Schuhe, das sind welche von drüben zum Schnüren, mit denen kommst du den Berg gut rauf und wieder runter, sagen sie. Natürlich hoffst du auf gute Schuhe zum Schnüren, am besten ungetragen, aber davon kannst du nur träumen, wenn du Alina bist.

Ich hinke also runter, die gute Seite barfuß, die andere in einem schlechten Schuh vom Gerber, in den Händen den gebrochenen Schuh, von dem ich nicht weiß, ob er noch Schuh heißt, jetzt wo er so kaputt ist und man ihn nicht mehr als Schuh tragen kann. Nichtschuh. Kaputtschuh. Eswareinmalschuh. Ich stelle mich in die Schlange vor der Materialverwaltung. Ein Glückstag, ich muss nicht lange warten.

Michalis verlangt die beiden Schuhe, begutachtet den Schaden, meint, dass da wirklich nichts zu machen ist, der Gerber eine neue Sohle druntermachen wird und ich ein paar Tage Geduld haben muss.

– Michalis, ich schaffe mehr weg als mancher hier im Dorf, ich brauche die Schuhe jetzt. Nicht irgendwann. Sonst kann ich nicht arbeiten, und dann wird der Bethaus-Vater wütend. Ihr wisst, wie er ist, wenn er die Wut hat?

Ich mache für Michalis noch große Augen mit dazu. Ich weiß nicht, woher ich den Mut habe, so zu reden. Michalis wundert sich auch und mustert mich. Dann schaut er in sein Buch. Er überlegt, das sehe ich an den Falten an seiner Nasenwurzel.

– Größe?

– Keine Ahnung.

Ich zeig ihm einen Fuß.

– Warte.

Er geht nach hinten und kommt mit einem ungetragenen Paar Schnürstiefel zurück.

– Hier, probier die an.

Sie passen! Sie passen! Sie passen!

– Schau, Michalis, wie für mich gemacht.

Er seufzt und schreibt etwas in sein Materialienbuch.

– Pflege sie gut. Die alten muss ich hierbehalten.

– Danke, Michalis!

Ich falle ihm um den Hals und küsse seine Wange.

– Schon gut, schon gut! Nun mach, dass du wieder zum Bethaus kommst.

Nigelnagelneue Schuhe. Meine Schritte fühlen sich sicherer an, mein schlimmes Bein hat besseren Halt. Das Geräusch meines Gangs hat sich verändert. Die Schuhe sind leiser. Nicht mehr klack krch klack, sondern tapp sssst tapp. Ich kann nicht aufhören, beim Gehen auf die Schuhe zu schauen, wie schön neu sie sind. Nigelnagelneue Schuhe machen mir ein nigelnagelneues Gefühl. Ich Glückspilz. Noch nie bin ich so schnell wieder hoch zum Bethaus gelangt. Als ich ankomme, habe ich eine Blase an der Ferse.

DREIUNDSIEBZIGSTE STROPHE

(Die Marmelade)

Über Nacht habe ich entsteinte, kleingeschnittene Aprikosen mit Zucker und Zitronensaft ziehen lassen. Jetzt presse ich die Fruchtmatsche durch ein Sieb, um sie aufzukochen und in Gläser abzufüllen. Im Winter gibt's den Sommer dann aus dem Glas. Da steckst du dir bei Regen einen Löffel Aprikosenmarmelade in den Mund und denkst an die Sonne und es geht dir einen Augenblick lang gut.

Die Marmelade schlägt Blasen und ich rühre und rühre und rühre, damit sie nicht anbrennt. Der fruchtigsüße Geruch lockt den Bethaus-Vater an, er schnuppert sich her, kommt durch die Tür, setzt sich an den Tisch und sieht mir zu. Er greift sich an die Brust und hustet. Irgendwie sieht er blass aus. Er tupft sich mit seinem Tuch das Gesicht ab. Ich weiß, er will den Topf. Ich fülle die Marmelade in Gläser, verschließe sie, drehe sie auf den Kopf.

Drei, zwei, eins:

– Darf ich den Topf auskratzen?

Na bitte.

– Wenn Ihr mögt.

Ich stelle ihm den Topf auf den Küchentisch und reiche ihm einen Löffel. Gierig schabt er die Marmeladenreste von der Topfwand. Auch der Bethaus-Vater war mal so alt wie ich, denke ich und mache ihm Kaffee.

– Setz dich zu mir.

– Gleich.

Ich mache ihn stark, ich mache ihn süß.

– Schöne Schuhe hast du bekommen.

– Sie sind ganz neu.

– Ja, das sieht man. Sitzen sie gut?

– Ich muss sie erst einlaufen. Hab schon eine Blase. Und irgendwie schäm ich mich auch für die Stiefel. Solche Schuhe tragen doch sonst nur die Leute aus den Familien, die jemanden im Ältestenrat haben.
– Du hast mich im Bethaus.
– Geht es Euch gut, Vater? Ihr seid so blass.
– Ja, ja. Hast du im Lexikon gelesen?
– Ja. Ich habe es einfach irgendwo aufgeschlagen.
– Und?
– Me-ne-te-kel. My-ri-aden. Me-ta-mor-pho–

In dem Moment klopft es an die offene Tür. Es ist Jakup Jakupsohn. Hat er etwas gehört, hat er gehört, worüber wir geredet haben? Der Schreck sitzt auch dem Bethaus-Vater im Gesicht.
– Kann ich dich sprechen, Prahan?
– Selbstverständlich, Jakup. Willst du Kaffee?
– Nein, danke.
– Wasser?
– Nein, auch nicht.

Jakup Jakupsohn sieht mich von Kopf bis Fuß an und bleibt an meinen Schuhen hängen.
– Es ist privat.
– Ja, wir gehen in mein Zimmer.

Jakup Jakupsohn und der Bethaus-Vater verschwinden hinter seiner Zimmertür, und ich bleibe mit dem Wort Menetekel und der Marmelade zurück.

VIERUNDSIEBZIGSTE STROPHE

(Das Spinnen)

Sofias Rippen sind besser geworden, aber sie ist noch nicht wieder ganz gesund. Unser Training war deswegen einseitig: Ich hatte ein Kissen vorm Bauch und Sofia hat ein paar Mal richtig gut zugeschlagen, dann ist Noura nach Hause gekommen und wir haben mit der Wolle angefangen.

Noura bringt uns Minztee. Sie schaut mich nicht an.
– Danke, Liebes. Kennst du eigentlich meine Freundin? Komm, setz dich zu uns.
– Nein, Mutter. Warum bist du überhaupt mit der befreundet? Sie bringt Unglück. Niemand im Dorf will sie im Haus haben! Warum ist sie bei uns?
– Sie hilft mir mit der Wolle. Sag, wie redest du denn mit mir?
– Ich mag es nicht, wenn sie hier ist. Es bringt Unglück für die ganze Familie.
– Das ist Blödsinn. Du entschuldigst dich sofort bei meiner Freundin!
– Nein!

Noura verlässt den Raum, verlässt das Haus und knallt die Tür in den Rahmen. Sofia rollt ihre Augen.
– Es ist ein schwieriges Alter. Du hast das ja schon hinter dir. Sie ist so gereizt in letzter Zeit.
– Sie ist dünn geworden.
– Ja, sie isst kaum, schläft kaum noch. Ich habe da so eine Vermutung …

Sofia nimmt einen Schluck Minztee und schüttelt den Kopf. Mein Herz. Meine Wangen. Mein Kopf ist ein hohler Kürbis, in dem eine ähnliche Vermutung hallt: YAEL AEL AEL … Ich muss schnell über etwas ganz anderes sprechen.

— Sofia, kannst du eigentlich schwimmen?

— Schwimmen?

— Ja.

— Woher sollte ich? Und wozu?

— Wir könnten es üben. Im Badehaus.

— Da darfst du nicht hin.

— Weiß ich doch. Es muss ja niemand wissen.

— Und wie willst du das anstellen?

— Wir schleichen uns nachts rein. Oder wenn die Männer Versammlung haben. Niemand muss es erfahren.

Wir trinken vom Tee, der uns Schweißperlen auf die Oberlippen treibt. Sofia fächelt uns mit dem Deckenwedel Luft zu, sie sieht mich von der Seite an.

— Du spinnst.

— Du auch.

— Gut. Abgemacht. Bei der nächsten Gelegenheit.

— Danke, Freundin.

Wir arbeiten weiter, das Gewicht der Spindel zieht den Faden fast allein aus meinen Fingern. Die Hitze macht uns matt, das wird jetzt noch einige Wochen so gehen, bis die Sonnenkraft nachlässt und uns das Jahr zumindest nachts wieder kühlere Luft schenkt. Ich denke ans Meer, denke an seine erfrischende Umarmung und kann es kaum erwarten, von Mariah wieder zum Orakel mitgenommen zu werden.

— Ich muss dir etwas sagen …

— Was denn, Sofia?

— Kannst du ein Geheimnis bewahren?

— Ja.

— Also gut … Ich bin schwanger.

— Oh, Sofia!

Ich lasse die Spindel auf dem Boden kreiseln und will sie umarmen.

– Lass …

Sofia sackt in sich zusammen und sieht auf einmal sehr alt aus. Ihr Kinn zittert und ich meine schon, jetzt kommen die Tränen, aber Sofia hält sie zurück, wie Tiere in ihren Augenkäfigen. Ich traue mich nicht, sie zu berühren.

– Was ist?

– Ich will das Kind nicht.

– Aber …

– Er hat mich mit Gewalt genommen. In der Sonnenwendnacht … Es ist noch ganz am Anfang. Ich, ich kann das nicht. Ich bin schon so alt, schon neunundzwanzig, und wenn es ein zweites Mal ein Mädchen ist, dann dreht er durch. Ich weiß nicht, wie ichs wegkrieg.

Sie ballt ihre Hände zu Fäusten, das Weiße an den Knöcheln blüht auf.

– Ich hab schon alles versucht. Bin vom Stuhl gesprungen … Hab schwere Sachen getragen … Mir selbst in den Bauch geschlagen.

– Sofia!

– Ich weiß nicht mehr weiter.

– Dein Mann ist ein Schuft.

– Schuft ist gut, ein Arschloch ist er.

– Er ist der Schimmel am Zehennagel der Hölle.

– Ach du.

– Der hinterste Gammelzahn im stinkenden Wächtermaul.

Sofia lacht und hält sich den Brustkorb, sieht aber immer noch auf den Boden.

– Er ist der Dreck unter dem Fingernagel des verfilzten Angstmannes. Die eiterige Wunde am Arsch –

– Au, meine Rippen, hör sofort auf.

– Sofia, du musst hier weg.

– Wenn Noura verheiratet und aus dem Haus ist, dann gehe ich. Vielleicht. Vorher geht es nicht, sonst lässt er es an ihr aus. Ich kann dieses Kind nicht bekommen. Es würde mich so lange an ihn fesseln. Er schlägt mich noch tot.
– Kannst du Noura nicht mitnehmen?
– Wohin sollten wir gehen? Bleib ich im Dorf, holt er mich zurück. Und weglaufen? Sie kriegen dich ja doch.
– Ihr könnt zu uns, ins Bethaus. Oder vielleicht nimmt der Arzt euch mit, wenn du ihm erzählst, was passiert ist. Oder –
– Lass …
– Kann die Hebamme dir nicht helfen?
– Wenn ich zu ihr gehe, wissen alle Bescheid, da kann ich mich gleich auf den Platz stellen und brüllen, dass ich ein Kind erwarte. Du glaubst doch nicht, dass die alten Frauen am Brunnen das nicht mitbekommen, wenn irgendwer zur Hebamme geht.
– Ich mache es. Ich geh zu ihr und frag für dich.
– Aber sag meinen Namen nicht!
– Ganz bestimmt nicht.
– Das würdest du für mich tun?
– Ja. Wir finden einen Weg. Wir finden eine Lösung, hörst du? Zur Not nehm ich das Kind … Meine Mutter hat mich ja auch nicht gewollt.

Jetzt sind die Tiere aus ihren Augenkäfigen ausgebrochen und laufen über Sofias Wangen und das schöne Muttermal am Mund, sammeln sich am zitternden Kinn, tropfen auf ihre abgetragene Arbeitsschürze, regnen nasse Punkte auf den dunkelblauen Stoff. Ich streiche ihr ganz sanft über das Haar. Ein Baby. Ein Baby. In Sofias Bauch.

Unten wird die Haustür aufgerissen.
– Mutter! Schnell!

Noura kommt die Treppen hoch, Sofia und ich setzen uns hektisch auseinander, sie wischt sich die Tränen weg, setzt ein verkümmertes Lächeln auf, da steht ihre Tochter schon im Raum.

— Mariah! Sie ist gestürzt!

— Was?

— Sie ist in der Kurve über eine Spindel gestürzt und hat sich wohl ein Bein gebrochen.

Ich springe auf.

— Bei den Göttern, sagt Sofia.

— Ich muss zu ihr!

— Ja, geh nur, geh nur.

Das Menetekel-Wort. Mariahs Feuertraum. Die Schlange. Der Katastrophenbringerwind. Die Zeichen waren da. Hat das Orakel das gemeint? Ist das die Strafe der Götter? Ist es wegen den Feuerzeugen? Wegen meinem Lesen? Wegen den Wunschzetteln? Wegen Yael? Der Knospe? Oder weil wir im Meer waren, so weit weg vom Dorf? Ich laufe schnell, hinke wie ein Krüppelwirbelwind durch die Gassen und über den Platz, wo schon eine tratschende Traube das Unglück beklagt.

— Da ist sie!, ruft einer.

— Sie ist schuld!

— Du bringst uns Unglück, Missgeburt! Verrecke endlich.

— Seht ihr die Schürschuhe? Nagelneu!

— Warum hat Mariah nicht solche Schuhe, dann wäre sie nicht gestürzt!

— Die sind bestimmt geklaut.

— Habt ihr das gehört, die Missgeburt hat sich neue Schuhe geklaut.

— Diebin!

— Eine Schande!

— Eselshure!

Durch den Schimpfwortregen ins Lokal und an Kristof vorbei, mich hält jetzt niemand auf, ich will zu meiner Jahjah. Sie liegt in ihrer Kammer auf dem Bett, der Heiler ist bei ihr, sie hat einen Lappen im Mund und stöhnt.
– Jahjah!

Der Heiler sagt, dass ich bleiben soll, wo ich bin, er fletscht seine faulen Zähne. Mariah streckt ihren dünnen Arm nach mir aus, aber er packt sie mit seinen Wurstfingern, und Kristof drängt mich von hinten zurück. Jahjah fummelt sich den Lappen aus dem Mund.
– Hol Prahan!

Ich eile, fliege, renne mit meinen neuen Schuhen wieder durch den Schimpfwortregen, zickzacke durchs Dorf, die Treppe hoch, unter dem Torbogen hindurch, durch die Küche, zur Kammer, überbringe die Botschaft: Mariah! Bein gebrochen! Ihr müsst kommen! Der Bethaus-Vater macht sich sofort auf den Weg.

Als ich wieder zu Atem gekommen bin, ziehe ich die Schuhe aus und beschließe, nichts mehr zu tun oder zu sagen oder zu denken, was die Götter erzürnen könnte. Die Blase ist aufgeplatzt und blutet. Ich wasche den Fuß und streiche Alleskrautöl über die Wunde. Dann leere ich meine Schürze aus, werfe die Zettel und Yaels Nachrichten in den Ofen, sehe zu, wie die Restglut sie auffrisst. Das Feuerzeug lege ich unter meine Schafsfelle. Danach gehe ich ins Bethaus, setze mich auf ein Kissen, versuche, still zu werden. Es tut mir so leid. Es tut mir so leid. Ich bitte die Götter um Schmerzlinderung für Jahjah. Ich bitte um Heilung. Ich bitte darum, Sofias Situation zu lösen. Bei so vielen Bitten mag ich nichts für mich hinzufügen.

FÜNFUNDSIEBZIGSTE STROPHE

(Der Bruch)

Ich streiche über Mariahs Haar und gebe ihr in regelmäßigen Abständen einen Löffel Schnaps gegen die Schmerzen. Ich habe ihr eine Brühe gekocht und flöße sie ihr abwechselnd mit dem Alkohol ein. Sie wirkt so zerbrechlich, so klein, so alt. Ihr Gebiss liegt auf dem Tisch, sie trägt nur ein Nachtgewand, es ist durchgeschwitzt.

Der Bethaus-Vater hat ihr gestern zusammen mit dem Heiler das komplette linke Bein geschient, sie sagen, es ist am Oberschenkel gebrochen. Wir hoffen, dass der Arzt mit dem nächsten Schiff kommt und Schmerztabletten und Gips mitbringt.

Jahjah sieht mich mit hilflosen Augen an. Ich versuche, sie zu trösten.

— Wenn ich könnte, würde ich mit dir tauschen. Wenn ich könnte, würde ich dir das abnehmen.

— Meinmädchn.

Ich flüstere ihr ins Ohr:

— Glaubst du, es ist eine Strafe der Götter?

Sie schüttelt den Kopf, greift meine Hand und driftet weg. Die Hebamme schiebt ihren Kopf durch den Vorhang.

— Schläft sie?

— Sie ist weggetreten.

— Sie braucht Ruhe und Zeit. Ich habe ihr ein Pulver gemischt und einen Tee. Sie soll das Pulver aufgelöst in Wasser trinken. Jeden Tag. Und den Tee auch.

Die Hebamme setzt sich auf die andere Seite des Bettes und ich kann sehen, dass sie Mariah ebenso lieb hat wie ich.

— Darf ich Euch etwas fragen?

— Ja. Sag du.

Ich flüstere.
— Gut. Es ist für eine Freundin von mir. Sie glaubt, dass sie schwanger ist, aber sie will das Kind nicht bekommen. Sie möchte es loswerden.
— Ach herrje.
— Leise. Kannst du ihr helfen?
— Ist die Schwangerschaft schon fortgeschritten?
— Nein, ganz am Anfang.
— Gut. Sie soll sich nichts reinstecken, keine Häkel-, keine Stricknadel, hörst du? Rosmarin, Thymian, Salbei und Petersilie, das hat sie bestimmt im Garten?
— Ich glaube schon.
— Sie soll heiße Sitzbäder nehmen und reichlich von den Kräutern essen, Tees davon machen. Wenn sie in einer Woche noch nicht blutet, soll sie zu mir kommen.
— Danke, das sag ich ihr, danke.

Mariah öffnet die Augen und sieht mich an.
— Du hast alles mitbekommen, Jahjah, oder?

Mariah nickt.
— Bicht du in Chwirigkeiten?
— Ich nicht, Jahjah, ich nicht, keine Sorge. Schhh.

SECHSUNDSIEBZIGSTE STROPHE

(Der Beamte)

Am Morgen ist das Schiff gekommen, und anders als sonst kommt heute schon am frühen Abend der Händler, kommt der Beamte, aber kommt kein Arzt. Wir haben uns auf dem Platz versammelt. Die Kinder wollen Wächtergeschichten, der Händler tischt sie ihnen auf. Die Nachrichten mit Jannis fallen aus, stattdessen will der Beamte mit uns sprechen. Wann kommt der Arzt, ruft eine Alte, die ich nicht mehr im Bethaus sehe, seit sie es mit der Hüfte hat und die Treppe nicht mehr zu uns hochschafft. Mit dem nächsten Schiff, ruft Michalis. Jahjah liegt da oben über dem Lokal wie zerbrochen in ihrer Kammer und hat das Fenster auf. Ich weiß, was das für Schmerzen sind, und nun wird es noch lange dauern, bis Tabletten und Gips ihr Linderung verschaffen. Ich sitze allein, und das Dorf lässt mich heute in Ruhe, weil der Händler neue Waren mitgebracht hat und weil der Beamte von der Regierung da ist, ein Drübenmann, ein echter Fremder. Ich kann nicht aufhören, ihn anzustarren. Obwohl er von drüben ist, sieht er mir kein bisschen ähnlich, nicht die Haare, nicht die Nase, nicht die Augen, nicht der Mund, der ohne Bart ganz nackt in seinem Männergesicht herumtanzt. Er gleicht den Männern aus dem Dorf wie ein Goldstück den Steinen. Mit seiner Kleidung aus feinstem Stoff, mit seiner Hose und Jacke, die genau zusammenpassen, mit seinem Hemd, mit seinem länglichen Stofflappen um den Hals. In der einen Hand hält er einen Koffer aus hellem Leder, in der anderen ein Tuch, mit dem er sich ständig das vom Schweiß glänzende Gesicht abtupft. Sein Haar ist nach hinten gekämmt und kurz geschnitten, wie hat er das so hinbekommen. Den Beamten angucken ist besser als Nachrichten mit Jannis. Das Dorf murmelt, und der Beamte mustert uns genau wie wir ihn.

Er begafft unsere Fahne, unseren Pfahl, unseren Dreck, unsere Gesichter. Nippt mit spitzem Mund an einem Wasserglas, nicht ohne vorher den Rand mit seinem Tuch abzuwischen. Jannis steht mit verschränkten Armen neben dem Ältestenrat und stiert wie wir alle ganz ungeniert auf den Beamten.

– Wie lebt ihr denn, ruft der überforderte Beamte nach einer Weile.

Ja, was, wie wir leben? Normal?

– Gut, ruft das Dorf, es mangelt uns an nichts.

Der Beamte lacht.

– Euch mangelt es an allem! An Fortschritt am allermeisten. Rückständig seid ihr!

Die Kinder machen sich über seinen Koffer her.

– He!, ruft Jakup Jakupsohn.

– Wir stellen ihn nur hier rüber!

– Bringt mir meinen Koffer wieder!

– Gleich. Er ist so schön sauber.

– Schaut, wie sauber!, ruft ein Junge.

– Stellt ihn sofort ab!

Unter Beamtenaugenüberwachung stellen zwei Mädchen den Koffer an den Tisch vorm Lokal, an dem der Händler schon sitzt und säuft und mampft. Sie bieten ihm einen Koffer für eine Wächtergeschichte.

Der Bethaus-Vater hakt den nervösen Beamten unter, führt ihn rüber und setzt sich mit ihm zum Händler. Da bekommt er Schnaps. Da bekommt er noch mehr Wasser. Da bekommt er Essen und Wein. Das Dorf zeigt sich gastfreundlich, das Dorf lächelt demütig, das Dorf wartet ab. Der Beamte isst und trinkt und tunkt sein Brot, wischt sich den Schweiß von der Stirn und palavert von der Hauptstadt, vom Fortschritt, von der Bildung und der Politik. Der Händler nennt uns *Bauerntrampel.* Nennt uns *Inzestdeppen.* Nennt uns *zurückgebliebene Trottel.* Er ist schon betrunken.

— Das wird sich alles ändern mit dem Strom, sagt der Beamte.

Da reißt dem Dorf der Geduldsfaden, und die Gastfreundschaft macht Pause.

— Wir brauchen keinen Strom, ruft das Dorf.

— Ruhe, ruft Michalis.

— Wir wollen keinen Strom, ruft das Dorf.

— Wenn ihr erstmal Strom habt und einen richtigen Hafen, dann kommen mehr Schiffe, dann kommt der Fortschritt, dann kommen Touristen, ruft der Beamte.

— Was hat er immer mit seinem Fortschritt?

— Jetzt lasst ihn erstmal essen, ruft der Bethaus-Vater.

— Seht euch doch an, wie ihr lebt, ruft der Beamte.

— Was sind Touristen?, ruft Ida.

— Wir wollen hier niemanden! Keinen Strom. Keine Touristenleute. Keinen Fortschritt, ruft das Dorf. Uns geht es gut!

— Hab ich es dir nicht gesagt, sagt der Händler zum Beamten, und Jakup Jakupsohn schenkt beiden Schnaps nach.

Die Ältesten teilen die Händlerwaren in die üblichen Haufen. Michalis schreibt alles auf. Die Säge wählt sich, was er für den Laden will. Die Frauen haben an allem ihre Finger einmal dran und drin, fühlen und begutachten, wiegen und riechen, vermessen und reservieren bei Michalis oder der Säge. Die Fische landen gleich im Lokal, der Beamte darf sich einen aussuchen. Der wird ihm sofort in den Ofen geschoben. Und der Beamte zieht sich die Jacke aus, löst den Stofflappen, der ihm den Hals abschnürt, lobt das Essen, lobt den Schnaps, lobt das Brot, und da tischen sie ihm eifrig noch mehr auf.

— Seht ihr, wir leben gut, sagt das Dorf, wir brauchen keinen Strom.

— Er wird kommen, sagt der Beamte, und die Steuern auch.

— Was für Steuern, ruft der Ältestenrat.

— Ihr müsst doch Steuern zahlen, an euer Land, sagt der Beamte, ihr seid doch Teil davon. Ihr habt doch Vorteile davon.
— Welche?
— Dass das Schiff herkommt und euch versorgt. Der Strom. Wer bezahlt das denn hier alles?
— Bezahlt hier was?
— Alles! Das Land sorgt für eure Sicherheit, das kostet ja alles, wer verteidigt euch im Notfall.
— Wir verteidigen uns selbst!
— Und den Strom, das Verlegen der Leitungen, das bezahlt auch das Land.
— Den wollen wir ja nicht! Er ist nicht heilig.
— Er wird aber kommen. Es wurde aus der Luft schon alles vermessen. Die Kabel werden bereits durchs Meer verlegt, das hat die Regierung vor Jahren schon beschlossen. Habt ihr erst Strom, baut ihr unten einen größeren Hafen und legt euch die Kabel bis hier hoch. Ihr werdet Straßen bekommen und Autos wollen, und und und.
— Himmel, ihr Götter, bewahrt uns vorm Strom, klagen die Alten in Schwarz.
— Wir brauchen keinen Strom, wir haben eine Straße!

Und so drehen sie sich in einem Wortetanz im Kreis, das Dorf, der Beamte, die Ältestenmänner, bis sie sich alle gemeinsam erschöpft haben. Da greift der Beamte in seinen Koffer und zieht mit einer geübten Bewegung ein paar Hefte hervor.
— Frauen! Kommt her, ruft er. Ich will euch etwas zeigen.

Der Schnaps hat seiner Sprache die Spitzen weggeschliffen. Die Frauen kommen wirklich, und ich sehe von meinem Platz aus ganz genau, was er vorhat: Er träufelt seine Verführerworte in ihre Ohren, und der besoffene Händler daneben grinst dazu.
— Seht, das hier, das sind alles Geräte, die ihr nutzen könntet, hättet ihr Strom.

— Sie können nicht lesen, lallt der Händler.
— Egal, sagt der Beamte, es sind Kataloge mit Bildern drin.

Die Frauen ziehen ihm die Hefte aus der Hand und beugen ihre Köpfe darüber.

— Was ist das?
— Und was soll das hier sein?
— Wofür benutzt man dieses hier?
— Eine Maschine zum Wäschewaschen ist das.
— Wie bitte? Eine Maschine soll die Wäsche waschen?
— Aber woher weiß die Maschine, wann etwas sauber ist?
— Man stellt es ein. Es kommt sauber raus und man muss es nur noch aufhängen!

Die Frauen murmeln.

— Und das?
— Das ist ein Herd. Man kocht darauf und kann damit backen. Ganz ohne Holz und Feuer, aber mit Strom.
— Ohne Holz? Man muss dann kein Holz mehr sammeln?
— Nichts muss man mehr!
— Ohne Feuer?
— Ohne Feuer, aber mit Strom.
— Woher weiß die Ofen-Maschine, was das Brot braucht, ruft Irini.

Der Beamte leert sein Glas und schenkt sich zufrieden nach. Seine Saat geht auf. Der Bethaus-Vater ist in sich zusammengesunken, die Ältestenmänner sind verwirrt. Es arbeitet in ihren alten Köpfen.

— Erzähl uns keine Lügen.
— Nichts als die reine Wahrheit erzähle ich euch!

Die Frauen werden immer lebhafter. Die Jüngeren wollen die Geräte, die ihnen Arbeit abnehmen und Zeit schenken, sie wissen nur noch nicht, wie sie das ihren Männern beibringen können. Die Ältestenfrauen jammern und beten. Erst die Totgeburt, dann der

Katastrophenbringer, dann Mariahs Unfall und jetzt der Strom! Götter, habt Erbarmen.

– Das hier ist eine Klimaanlage. Man baut sie am Haus ein, dann macht sie die Luft innen schön kühl.

– Auch mit Strom?

– Ja, mit Strom, genau.

– Und drinnen ist es dann kühl?

– Ja.

– Auch tagsüber?

– Ja, gerade tagsüber.

Jetzt fragen auch die Männer.

– Funktioniert der Strom auch nachts?

– Ja. Ihr könntet Licht haben. Dann könnt ihr nachts sehen. Wenn der Strom erstmal auf der Insel ist, wird der Hafen unten ausgebaut, und ab dann kommen größere Schiffe, die können richtig anlegen und bringen euch regelmäßig alles, was ihr braucht. Baumaterial, schweres Gerät. Und wenn der Strom da ist und größere Schiffe kommen, dann kann die Infrastruktur richtig ausgebaut werden. Straßen, Häuser, Hotels! Ihr könnt Kühlschränke haben, Fernseher, Waschmaschinen, alles, was euch das Leben angenehmer und leichter macht, wenn der Strom erst da ist. Seht euch doch an, wie ihr lebt! Ihr seid arm, ihr stinkt und seid dreckig. Wenn ihr erst Strom habt und richtige Pumpen, fließend Wasser in jedem Haus, Toiletten in jedem Haus, Straßen bis zum Hafen und Hotels in der Bucht, Automobile. Wenn ihr erst regelmäßigen Handel und Schiffsverkehr habt, dann kommen auch Touristen! Die bringen euch Geld und Wohlstand! Das ist die Zukunft! Und das wollt ihr doch, Geld und Wohlstand und Fortschritt? Wenn der Strom erst da ist, dann könnt ihr endlich raus aus eurem Dreck, aus eurem Elend, aus eurem primitiven Leben!

Der Bethaus-Vater ruft:

– Wenn!

Schon ist der Beamte still, schweigt auch das Dorf einen Moment. Und Jakup Jakupsohn donnert:

– So, Schluss jetzt! Genug! Genug vom Strom. Genug von diesem Teufelszeug!

Aber das Tuscheln untereinander fängt gleich wieder an. Sofia und Noura gehen nach Hause, seltsam, kein Blick, kein Lächeln, kein Wort von Sofia in meine Richtung. Hinten läuft ein Junge in der Beamtenjacke über den Platz, sie schlackert dem Knirps bis ans Knie. Der Beamte tupft sich mit seinem Tuch den Schweiß ab. Schön habt ihr es hier, sagt er, sehr schön. Und so schön ruhig.

SIEBENUNDSIEBZIGSTE STROPHE

(Der Streit)

Nach der Pujachatt wartet Jakup Jakupsohn auf seinen Stock gestützt im schmalen Schatten des Bethauses und hat die strenge Falte zwischen den Augen. Ich brauche jetzt länger, um die Schuhe wieder anzuziehen, ich bin es nicht gewohnt, Schnürsenkel zu binden. Jakup Jakupsohn herrscht mich an und holt meine Gedanken weg von Yael. Warum nur liegen die Vollmonde so weit auseinander? Ich hole Besen, Kneifer und Schale.

In seiner Ansprache hat der Bethaus-Vater darüber gesprochen, dass man es auch so sehen kann, könnte, könne, wie geht das mit dem Konjunktiv, so sehen könne, dass die Götter sich in allem offenbaren, also auch im elektrischen Strom. Der Bethaus-Vater war ganz ruhig, obwohl unter uns Unruhe ausbrach. Strom könne durchaus als göttliche Gabe gesehen werden, sagte er, was die jüngeren Frauen benickten und die Ältesten bekopfschüttelten. Es waren heute schon wieder weniger Familien da, und auch der Beamte hat sich nicht zum Bethaus hochbemüht, sie sagen, er ist noch am späten Abend wieder mit dem Händler runter, zur Bucht, um sein Schiff zu kriegen, sagen sie.

— In jedem Salzkorn wohnt die Liebe.

Nimmermüde teilt der Bethaus-Vater jeder Familie ihr Salz aus, und dann brechen alle auf zurück ins Dorf, nur eben Jakup Jakupsohn nicht. Ich beginne, vor dem Bethaus zu fegen.

— Jakup, was gibt es, sagt der Bethaus-Vater.

— Warum stellst du dich gegen unsere Entscheidung?

— Ich betrachte die Sache mit dem Strom von allen Seiten. Wo ist der Beamte so schnell hin?

— Ich weiß nicht, was du meinst? Zum Schiff?

Zwischen Jakup und dem Bethaus-Vater beginnt ein Streit. Jakup kriegt die Wut, aber richtig. Beide werden sehr schnell sehr laut. Ich verziehe mich zum Baum mit all seinen unerfüllten Wünschen. Wenn ich es richtig verstehe, gefällt dem Ältestenrat die Einstellung des Bethaus-Vaters nicht. Und noch etwas. Er sei, ha, da ist der Konjunktiv wieder, er sei zu liberal. Was das schon wieder bedeutet.

Ich will die runtergefallenen Wünsche in gute und schlechte sortieren, lass es aber, lese keinen einzigen, sammle alle mit dem Kneifer in die Schale und bringe sie zum Bethaus-Vater.

Er sitzt niedergeschlagen in seinem Zimmer und reibt sich über die Brust.

– Kommt, Vater, wir gehen Mariah besuchen.

– Später, mein Mädchen, später.

– Dann gehe ich schon mal vor?

– Gut, gut.

– Zum Mittagssignal bin ich zurück.

Auf der Treppe kommt mir Sofia entgegen.

– Ich blute! Ich blute!

Sie fällt mir um den Hals und küsst mein Gesicht.

– Nicht! Lass! Wenn uns jemand sieht.

– Ich bin nur so glücklich.

– Und ich mit dir.

Sofia ist wie ausgewechselt. Erst gestern hat sie mich nicht einmal gegrüßt, und jetzt küsst sie mich und nennt mich Freundin. Gemeinsam steigen wir hinunter. Sie weicht nicht von meiner Seite, ihr ist egal, dass sie mit mir gesehen wird. Vor dem Lokal verabschieden wir uns. Alle gucken, manche zischeln. Bevor schon wieder ein Tumult losbricht, denn auch Sofias Mann sitzt da und säuft vor sich hin, schlüpfe ich schnell durch das tausendäugige Dorf hindurch und an Kristof vorbei in Mariahs Kammer. Sie schläft unruhig. Ich streichle ihr Haar, bis es Zeit ist für das Mittagssignal.

ACHTUNDSIEBZIGSTE STROPHE

(Die Neuworte)

Die ganze Treppe hoch sage ich sie mir in der richtigen Reihenfolge auf.

Abstrakt, Alphabet, Automobil, Batterie, Beamter, Befriedigung, C… Dorftarnung, Feuerzeuggas, Fortschritt, Herd, Hotel, Höhle, Höhepunkt, Hubschrauber, I…, Inzest, J…, Katalog, Konjunktiv, Knospe, Klimaanlage, Kieselstrand, Kühlschrank, Liberal, Menetekel, Menge, Menstruation, Metamorphose, Myriaden, Neid, Orakel, Orgasmus, Penis, Qualle, Regulierung, Sonnenschutzfaktor, Stachel, Tentakel, Toiletten, Touristen, Techtelmechtel, Ungehorsam, Urin, Untenblume, Varta, Verschwendung, Versprechen, Versuchung, Wunscherfüllung, Waschmaschine, Wassermassen, Wohlstand, X, X, nein, nichts. Yael. Zuhause, Zusammenhängung, Zentrifuge.

NEUNUNDSIEBZIGSTE STROPHE

(Das Honigbrot)

Das Signal singt durchs ganze Tal. Der Tag ist heiß, der Horizont dunstig, das Meer gibt seine Grenze zum Himmel auf. Im Haus ist es still. Ich schließe die Küchentür, ziehe meine Schuhe aus, die Blase ist wieder aufgegangen. Ich brate Zwiebeln und Knoblauch mit Öl in einem Topf an, gebe die Domates dazu und lasse alles köcheln. Wuchte die schwere Pfanne auf den Herd, lasse sie heiß werden, gebe Öl hinein, brate Melitzanescheiben an und stapele sie in einer Ofenform. Ich gebe die Soße darüber, brösele Schafskäse dazu und ab in den Ofen. Ich setze Kaffee auf und öffne die Küchentür.

Die Zimmertür des Bethaus-Vaters steht offen, gleich wird er kommen und Kaffee wollen. Ich schneide eine Scheibe vom Brot, röste sie kurz, bestreiche sie mit Honig und teile sie in kleine Stücke. Der Kaffee ist fertig, das Brot ist fertig, nur der Bethaus-Vater ist noch nicht fertig. Es ist so still. Vielleicht schläft er noch. Aber warum steht die Tür dann offen?

Er liegt da auf dem Boden, die Augen aufgerissen, das Gewand geöffnet, und ist tot. Ich weiß es, noch bevor ich seine Haut anfasse, ich weiß es, noch bevor ich vergeblich seinen Puls suche, ich weiß es, noch bevor ich versuche, seinen Herzschlag zu hören. Er liegt da und ist tot. Mein Finder, mein Vater, mein Beschützer und Möglichmacher, mein Lehrer, meine Stütze, mein Gewissen liegt da am Boden und ist tot.

Ich halte ihn und wiege ihn und er ist tot. Ich küsse seine Stirn und er ist tot. Ich streiche seine Wange und er ist tot. Ich sage seinen Namen, Prahan, immer wieder, und er ist tot. Ich wische meine

Tränen aus seinem Gesicht und er ist tot. Er ist tot, als es mich schüttelt, er ist tot, als ich versuche, ihn in sein Bett zu legen. Ich wuchte und stemme ihn hoch, und er hilft nicht mit und ist tot. Ich benetze meinen Daumen mit Speichel, schließe seine Augen und er ist tot. Ich lege mich zu ihm und er ist tot.

Sein Kinn sackt ab, der Mund ein Tor zu einer Welt, aus der das Leben gewichen ist, ich halte es zu. Ich schließe meine Augen und bete, dass ich gleich aufwache. Vielleicht hab ich die ganzen Jahre nur geträumt, vielleicht bin ich noch immer ein Kind und gleich kommt meine Mama und weckt mich. Ich erbreche mich vors Bett und er ist noch immer tot. Ich schreie in sein Kissen, ich starre an die Decke und er ist tot. Ich verfluche die Götter und er ist tot. Ich fühle mich schuldig und er ist tot. Ich gebe mir eine Ohrfeige. Ich schlage gegen meine Brust, aber nichts, kein Schmerz übertrumpft den Verlust, nichts ist lauter als seine Stille. Meine Kotze stinkt, ich stehe auf und öffne ein Fenster.

Wie geht es weiter? Was geschieht jetzt? Ich müsste das Totensignal geben. Dann käme das Dorf her. Aber ist das Dorf erst hier, dann habe ich keine Zeit und keinen Raum, mich von ihm zu verabschieden. Ist das Dorf erst hier, ist alles aus meiner Hand gerissen.

Oh Götter.
Ich habe euch gehört.
Oh Fährfrauen.
Lasst die Überfahrt sanft sein.

Ich gehe in die Küche, in die Vorratskammer, ich gieße mir vom Schnaps ein. Ich setze mich an den Küchentisch und trinke einen großen Schluck und beginne sofort wieder zu weinen. Da stehen die Melitzanes und wissen nicht, dass er tot ist. Da steht sein Kaffee und weiß nicht, dass er tot ist. Da liegt das Honigbrot und weiß es nicht. Vielleicht lag er schon da, als ich nach Hause kam. Aber wäre er dann nicht schon starr gewesen? Ich beiße mir in den Arm, weil das bedeutet, dass er gestorben ist, während ich in der Küche vor mich hin kochte. Ich kochte und wusste es nicht.

Ich möchte zu Mariah laufen, mich wie ein Kind an ihre Brust werfen, aber sie liegt mit gebrochenem Bein im Bett, und ich bin kein Kind mehr. Was ist zu tun? Wie geht es weiter? Ich schöpfe mir kaltes Wasser ins Gesicht. Besinne dich. Besinne dich. Du brauchst jetzt einen klaren Kopf.

Wenn ich jetzt das Totensignal gebe, wird das Dorf hochkommen und ihn waschen, einkleiden, ihm sein Miroloi singen, sie werden den Bethaus-Vater betrauern und beklagen, ohne dass ich Anteil daran haben könnte. Vielleicht bringen sie mich um, weil sie denken, ich sei schuld an seinem Tod. Lassen sie mich leben, kann ich dennoch sicher sein, dass jetzt alles schlechter wird. Der Vorsteher der Siedelei wird neuer Bethaus-Vater werden. Das ist so Gesetz, das ist nur eine Frage von ein paar Wochen. Der Vorsteher wird mich nicht so gut behandeln wie der Bethaus-Vater, und schon gar nicht wird er mir Unterricht im Lesen und Schreiben geben, wird sich nicht um mich sorgen, mich nicht vor dem Dorf beschützen, er wird mir kein Vater und Finder sein. Da kommen schon wieder die Tränen. Es ist überwirklich, ich kann nicht fassen, was gerade passiert. Darauf hat mich niemand vorbereitet, wie soll man das begreifen, wie soll man den Tod begreifen. Ist das ein Scherz, ein Spukspiel der Götter, ein fieser Göttertraum, aus dem ich gleich erwache? Ist es meine Strafe, bin ich schuld? Oder lebt er doch und kommt gleich durch die Tür und will Kaffee? Wie kann er einfach weg sein? Wie? Und jetzt wiederum fühle ich nichts. Nichts. Ich muss darüber lachen, warum, warum muss ich lachen, dann wieder laufen meine Augen über. Kann man so viele Tränen haben? Ich gebe mir selbst eine Ohrfeige, stehe auf, schöpfe mir draußen an der Quelle kaltes Wasser ins Gesicht. Die Sonne scheint, als wäre er nicht tot. Die Bienen summen, die Zikaden zirpen, alles geht seinen gewohnten Gang. Aber nichts ist mehr gewohnt für mich. Muss nicht die Welt anhalten? Muss nicht das Wasser aus der Quelle rückwärts fließen? Muss nicht alles aufhören und innehalten, wenn der Finder gegangen ist?

Ich brauche Zeit. Zeit, mich allein zu verabschieden. Ich muss, bevor das Dorf hier einfällt, alles versteckt haben, was darauf hindeutet, dass der Bethaus-Vater und ich Geheimnisse hatten, dass wir die Gesetze freier ausgelegt haben als die dort unten. Mir bleibt höchstens ein Tag.

Ich stehe auf, hole Bottich und Lappen, putze meine Kotze weg. Dann gebe ich das normale Nachmittagssignal.

ACHTZIGSTE STROPHE

(Die Überfahrt)

Die drei Fährfrauen nehmen dich nur auf ihrer Fähre mit, wenn du alle Riten empfangen hast. Lehnen sie dich ab und nehmen dich nicht mit ins Todesreich, ist deine Seele verdammt, dann kann sie nicht wiedergeboren werden, dann spukt sie umher und findet ihren Frieden nimmermehr.

Ich weiß, was zu tun ist, ich habe es schon ein paar Mal gesehen, du lernst es in der Schule und Mariah hat es mir genau erklärt. Ich öffne alle Fenster und Türen. Ich entzünde Öllampen am heiligen Feuer und stelle sie auf. Ich ziehe den Bethaus-Vater aus. Die Kordel mit dem Schlüsselbund lege ich auf seinen Schreibtisch. Seine Gewänder auf einen Haufen. Er hat schon die roten Flecken an der Körperunterseite und hinter dem Ohr. Wir nennen sie Todesrosen, sie blühen schon kurz nach dem Sterben auf. Er hat sich komplett entleert, auch das gehört dazu. Seine Haut ist bereits kühl geworden. Ich wasche ihn mit einem Schwamm aus dem Meer und mit heiligem Wasser. Ich wasche ihn mit heiligem Wein. Ich salbe ihn mit heiligem Öl. Ich lege ein sauberes Laken und sein Leichentuch aus und verschließe seinen Anus mit einem Stoffröllchen, dann rolle ich ihn auf sein Tuch. Ich kreuze seine Hände und Füße und binde sie mit schwarzem Stoff zusammen. Ich verschließe auch seine Nasenlöcher mit Stoffröllchen und binde sein Kinn. Ich wickle das Tuch nach vorgeschriebener Weise um seinen Körper. Ich drehe das Bett, so dass sein Blick Richtung Osten fällt, um die drei Fährfrauen zu begrüßen. Ich lege zwei goldene Münzen aus dem Schrank auf seine Augen, die Bezahlung für die Überfahrt. Jetzt sieht er friedlich aus. Jetzt kann er starr werden.

Ich gehe in den Garten und gebe ganz normal das nächste Nachmittagssignal. Dann schneide ich Blumen und Kräuter und lege sie auf dem Küchentisch aus. Ich entzünde den Ofen neu, setze Wasser auf und trage den Waschbottich in die Küche. Ich mache einen Strauß und schiebe ihn dem Bethaus-Vater unter die gekreuzten Hände. Ich schlage das Leichentuch über seine Beine. Ich räuchere im ganzen Haus mit weißem Salbei. In der Küche löse ich in einer Schale heiliges Salz im Wasser aus unserer Quelle auf und besprenkle jeden Raum damit, wie es Brauch ist, das hält das Böse fern. Ich besprenkle auch meinen Finder und mich mit Salzwasser.

Dann sehe ich mich um, öffne den Schrank und nehme alle Lexikonbände heraus. Ich nehme den zweiten Schlüsselbund, Papier, Tinte, Federn und Stifte. Was würde er mich noch haben lassen wollen? Von dem Goldzeug will ich nichts. Keine Zeit, weiter zu schauen, das reicht, so viel Besitz, wie soll ich den nur unbemerkt in der Welt herumbewegen. Ich betrachte den Schreibtisch, woran hat er gerade gearbeitet? Ein angefangener Brief liegt ganz oben, die Feder noch daneben, ich schaffe es nicht zu lesen, kann es gerade nicht, die Buchstaben ergeben keinen Sinn, seine Schrift ist zu klein, ich schließe das Tintenfass. In den Schubladen finde ich weitere Briefe und Notizen und lasse alles so liegen. Ich suche etwas und weiß nicht was, aber es ist etwas Wichtiges, mir ist, als sei da noch etwas, das ich an mich nehmen sollte. Nicht für mich, aber ich weiß, es wäre sein Wunsch. Ich bringe die Sachen erstmal in meine Kammer, aber da können sie nicht bleiben. Aus seiner Kleidertruhe nehme ich mir eine Hose, ein Hemd und einen Pullover und lege die Männerkleidung ebenfalls in meine Kammer. Ich handle, ohne nachzudenken, als ob ich wüsste, was zu tun ist, dabei habe ich diesen Tag noch nie erlebt. Vielleicht bin ich eine Göttermarionette, vielleicht auch nur ein Tier, das überleben will.

Ich gehe zurück zum Bethaus-Vater, küsse seine Stirn, streiche ihm über sein geöltes Haar, stelle den Stuhl vor das Bett, löse meine geflochtenen Haare und beginne mit der Totenklage, beginne mit seinem Miroloi, singe die erste Strophe:

Heute ist ein dunkler Tag, der Tag, an dem die Götter mir den Finder nahmen, der Tag, an dem der Bethaus-Vater fiel wie ein tausendjähriger Baum. Heute ist ein dunkler Tag, ihr Götter habt Prahan auf die Reise geschickt, die drei Fährfrauen sind bereits mit ihrer Barke auf dem Fluss meiner Tränen unterwegs. Ich kenne die Kindheit von Prahan nicht, er kam als kleiner Junge auf die Insel, voll Leben kam er her, voll Helligkeit kam er her, voll Wissendurst ging er in einer Vollmondnacht mit dem Vorsteher durch das Dorf, stieg den Berg hinauf an den Mühlen vorbei und hinab zur Mulde in die Siedelei. Er lernte von den Betmännern fleißig lesen und schreiben, um die Khorabel richtig zu verstehen, er wurde ruhig und gerecht, und seine Gedanken, seine Rede und sein Handeln waren stets im Einklang mit dem Wissen um die Götter. Na ja, meistens jedenfalls, außer wenn er die Wut bekam, ihr Götter, dann blitzte der Zerstörer aus seinen Augen, dann hattest du Angst vor ihm, vor seinem roten Gesicht und den hervorquellenden Augen, aber geschlagen hat er mich nur zwei Mal als Kind. Er erkannte den Weg des Friedens und hat uns gut geführt. Er wusste auch, wo die Lücken in den Götter- und Ältestenratsgesetzen sind und wo der Unterschied ist zwischen Recht und Gerechtigkeit. Sein Geist wurde scharf wie eine Klinge, sein Gemüt ruhig wie Honig, sein Witz schnell wie ein Blitz, sein Herz prall wie ein Granatapfel. So vergingen viele Jahre, bis er zum Vorsteher der Siedelei gewählt wurde und nun selbst über die Jungen wachte, die alle paar Jahre in den Vollmondnächten von drüben kamen, um sich dem Glauben zu unterwerfen. Bis dann geschah, was auch heute geschehen ist: Der damalige Bethaus-Vater starb. Da legte Prahan seinen Namen und seinen Geburtstag ab und kam hierher, um das Bethaus zu hüten, seine Weisheit zu teilen und dem Dorf die Wahrheit der Khorabel zu verkünden, und oft schimpfte er über die sturen Tausendaugen, weil es so schwer war, ihnen auch nur ein Tröpfchen Verstand einzupflanzen. Deswegen trank er wohl auch etwas mehr vom Wein und Schnaps, deswegen aß er wohl auch so gerne, weil alles nicht einfach war. Er nutzte seine Macht nie aus. Stets war er offen und gab jedem aus dem Dorf einen Platz in seinem Herzen. Und auch mir. Als er mich fand, im Winter, im Regen, auf der Treppe im Karton unter der Zeitung vom Sommer davor, rettete er mein Leben und schenkte mir einen Platz in seinem Herzen. Ihr langhaarigen Fährfrauen, bringt ihn bitte heil rüber auf die andere Seite, er hat es verdient, sein Herz ist rein, und wenn er die Gesetze mal ein bisschen bog, dann nur, weil er wusste, dass es richtig und im Einklang mit der Khorabel war, denn er kannte ja die schwarzen Stellen und wusste, was darunter war, kannte alle Stellen so, wie sie einst gewesen sind. Prahan war ein guter Mann. Heute ist ein schwarzer Tag, mein Finder, unser ehrwürdiger Bethaus-Vater, ist tot! Was für ein Unglück! Er mochte seinen Kaffee sehr süß und hatte immer Löcher in den rechten Strümpfen. Melitzanes waren sein Lieblingsgemüse, deswegen habe ich sie auch so oft gekocht, in der Küche steht noch ein ganzes Blech voll davon, wie kann ich jemals wieder Melitzanes essen. Ich verdanke ihm so viel. Mein Finder hat mir Lesen beigebracht und mir von der Welt erzählt. Hat viel gelesen, Drübensachen und die Khorabel, wusste alles mit den Planeten und allem. Von ihm habe ich so viel gelernt, fast alles, außer, dass ich eine Knospe habe. Er war so begabt, er wusste so vieles, was er geheim halten musste, vielleicht ist er deswegen gestorben, unter dem Gewicht seiner vielen Geheimhaltungen? Die Wünsche zum Beispiel aus dem Baumherz und noch anderes, was er nicht laut sagen konnte, weil er sonst Ärger bekam mit dem Ältestenrat, wie neulich mit Jakup Jakupsohn. Ihr Götter! Was für ein Unglück! Dass er im Augenblick seines Todes allein war, ertrag ich nicht, ich hätte ihm die Hände halten, den Kopf stützen sollen. Warum, ihr Götter, habt ihr ihn mir geraubt? Was war nur los mit ihm, war er krank, nie hat er sich beschwert, kann es das Herz gewesen sein? Das Blut? Bin ich schuld an allem, ist es wegen der Knospe, wegen Yael, wegen Mariahs Feuertraum? Sie hatte ihn in der Nacht, in der er mich fand, und jetzt wieder, bin ich also vielleicht doch das Unglück, das über das Dorf gekommen ist? Heute ist ein dunkler, ein tieftintenschwarzer Tag …

Ich singe und singe, raufe mein Haar und schlage meine Brust, bis es draußen dunkler wird und ich nicht weiß, ob ich jetzt aufhören muss, weil sie sagen, dass es Sünde ist, nach Sonnenuntergang die Toten zu beklagen, und die Fährfrauen sich sonst auch meine Seele bald holen und mir ihren Gesang ins Ohr träufeln, der mir den Verstand raubt, bis ich mir den Strick nehme. Sagen sie. Also höre ich auf, außerdem muss ich sowieso das Abendsignal geben. Ich bedecke sein Gesicht mit einem dünnen Tuch, stelle den Fährfrauen eine Schale mit Wasser hin, schließe alle Fenster, nur die Türen lasse ich offen. Ich setze mich vor den Leichnam, halte Totenwache, esse das Honigbrot. Morgen Mittag werde ich das Totensignal geben. Dann weiß das Dorf Bescheid.

EINUNDACHTZIGSTE STROPHE

(Der Hühnerstall)

Habe nicht geschlafen, bin mit dem ersten Licht raus, den Hühnerstall ausmisten. Die Idee kam mir mitten in der Nacht. Irgendwo muss ich hin mit dem Lexikon, der Männerkleidung und dem Schreibzeug, wer weiß, was los ist, wenn erst das Dorf zum Trauern hier ist, wenn erst der Siedelei-Vorsteher hier wohnt. Darum habe ich im Hühnerstall hinten eine Ecke unter der alten Legebank eingerichtet. Alles, was ich besitze, passte genau hinein. Auch der Buchstabenbeutel und meine Hefte sind jetzt dort versteckt. Nur das Feuerzeug behalte ich weiter in meiner Schürze. Ich bin erschöpft, schaffe heute weder den Garten noch das Feld. Zeit für das Morgensignal.

Danach öffne ich wieder alle Fenster, nehme das Tuch vom Gesicht des Bethaus-Vaters und singe sein Leben weiter, singe alles, was ich von ihm weiß, jede Situation, die mir in den Sinn kommt. Meine Brust ist blau von gestern, und jeder Faustschlag schmerzt, aber nichts schmerzt so wie sein Nichtmehrsein, die Lücke, die ich immer weiter besinge. Schließlich wird es Zeit für das Totensignal. In der Hitze setzt der Verfall schnell ein, seine Haut hat sich bereits gelblich verfärbt, der Bauch beginnt sich aufzublähen. Ich halte ihn ein letztes Mal, er ist starr und kalt. Ich küsse seine Stirn. Dann gehe ich raus. Die Zikaden fressen weiter die Zeit, als hätten wir ewig viel davon, die Schwalben fliegen, als sei der Bethaus-Vater nicht tot, die Ranke blüht, als sei kein Anlass zur Trauer. Der Himmel ist blau, die Sonne rollt dem Höhepunkt zu, als sei ein ganz normaler Tag. Ich wasche mir das Gesicht. Ich wasche mir die Hände. Ich gehe zum Bethausturm, nehme beide Schnüre in die Hände.

Drei Mal dreizehnfach beide Schnüre, dreizehn Mal nur die rechte. Das ist das Totensignal, es singt durchs Tal: Der Tod ist da.

Es singt durchs Tal: Einer von uns ist gegangen. Und die Welt hält nicht an. Ich blicke zum Meer, zum schönen Meer, bis meine Tränen alles verschwimmen lassen. Was wird jetzt? Dem Dorf traue ich alles zu. Ich würde am liebsten zu Mariah laufen, aber den Bethaus-Vater allein lassen? Das geht nicht, das kann ich nicht.

Die Kinder kommen als Erstes.
— Wer ist es? Wer ist es?
— Der Bethaus-Vater.

Sie rennen mit der Nachricht wieder runter ins Dorf. Dann kommen Michalis und Jannis. Sie sind außer Atem, sie schwitzen. Die Augen weit offen, die Pupillen klein vom Schock. Ich sage, was ich mir ausgedacht habe, dass ich ihn erst heute Morgen gefunden habe. Dass ich dachte, er schläft lange. Dass ich ihn dann, wie es die Riten verlangen, gewaschen und gebunden habe, bevor er starr wird, und dass ich Abschied genommen habe.

Da kommt schon fast das ganze Dorf, als Letztes kommen die schwarzen Frauen aus der Kurve. Stufe um Stufe stemmen sie sich die Treppe hoch. Unter Himmelwärtsbewegungen. Und Klagerufen. Und Haargeraufe. Ich lasse sie alle in das Haus. Dann gehe ich zu Jannis und bitte um Erlaubnis, zu Mariah zu gehen. Er nickt.

Draußen treffe ich den Müller.
— Wer?
— Der Bethaus-Vater.

Er legt mir eine Pranke auf die Schulter.
— Dasistnichtgut. Undauchnichtgutfürdich.
— Ich weiß.
— Kannstimmerhochzumir.
— Ich muss zu Mariah.
— Ichmeine. Im-mer.

Er drückt meine Schulter und kehrt wieder um, steigt nach oben zu seinen Mühlen. Und ich taumele, laufe, falle, stehe wieder auf, hinke, gehe, laufe wieder, bis ich vor dem Lokal stehe. Weinend. Die Kinder haben alles schon verbreitet, das ganze Dorf ist in Trauer und Aufruhr. Kristof sieht zu Boden.

– Komm rein. Ich habe es ihr noch nicht gesagt.

Mariah liegt in ihrer Kammer in ihrem Bett und weint still. Ich bringe die Worte nicht heraus, der Schmerz schnürt mir die Kehle zu. Ich sinke vor ihr auf die Knie, atme zu schnell, mein Kinn zittert.

– Ist es wahr, was ich von draußen höre? Ist es Prahan?

Ich nicke.

Mariah greift meine Hand. Und genau jetzt fällt mir wieder ein, was ich vergessen habe zu suchen, genau jetzt weiß ich wieder, was mir gestern entfallen ist: Das Büchlein, in das er alle Wünsche des Dorfes schrieb. Dieses Wissen gehört niemandem aus dem Dorf. Ich muss es finden, bevor irgendwer es entdeckt.

– Oh Götter! Mariah, ich muss wieder hoch.

ZWEIUNDACHTZIGSTE STROPHE

(Das Wunschbuch)

Das Dorf entzündet Weihrauch, der Geruch begleitet mich durch die Gassen und die Treppe hoch. Mich begleiten auch die Kinderrufe: *Eselshure. Unglücksbringer. Klumpfuß.* Diesmal folgen sie mir sogar die Treppe hoch. Vor dem Bethaus hat sich bereits ein Haufen Tausendaugen versammelt, der mich befragt und beschuldigt. Was passiert ist. Ob er gestürzt ist. Wo ich ihn gefunden habe. Von wem er die Riten empfangen hat. Doch wohl nicht von mir! Wer die Fährfrauen bezahlt hat. Doch wohl nicht ich! Warum ich nicht sofort das Totensignal gegeben habe.

Sofia löst sich aus der Menge, legt ihren Arm um mich und begleitet mich in das Haus. Frauen kochen in meiner Küche, alles ist voller Leute, aus dem Zimmer des Bethaus-Vaters dringt die Totenklage der alten Frauen in Schwarz, aber sie klagen ganz falsch, singen Falsches, kennen ihn nicht so, wie ich ihn kenne. Sie malen mit ihren Worten ein Bild, das ihnen gefällt, das meinem Finder aber gar nicht ähnlich ist. Wie bekomme ich die Frauen da wieder raus? Es ist doch noch Zeit. Wenn er im Satvastan aufgebahrt ist, können sie doch klagen, jetzt aber muss ich das Wunschbuch finden, wenn es nicht schon längst jemand in den Fingern hat.

— Sofia, ich muss nochmal allein sein mit ihm.

— Das wird schwierig.

— Du musst mir helfen.

— Vielleicht geht es nach Sonnenuntergang. Du kannst sie nicht aufhalten.

Sofia macht mir in der Küche einen Kaffee mit viel Zucker und sitzt bei mir. Ich fühle mich ganz fremd in meinem Dasein, sehe mir zu, wie ich da sitze und Kaffee trinke. Wer ist das? Wer sind diese Leute? Wieso trinke ich Kaffee? Dann heftet sich wieder der Tod mit seiner riesenhaften Größe in meine Gedanken und überschattet alles. Ich bin aus meinem Leben gefallen wie ein Planet, bei dem die Sonne erloschen ist. Jetzt hänge ich da in endloser Leere, in ungeheurem Schwarz, habe kein Zentrum mehr und weiß nicht, um was ich kreisen soll.

Eine der alten Frauen kommt in die Küche, ihr dünnes Haar zerrupft, ihre Augen leuchtend. Für einen Moment glaube ich fast, dass ihr das hier Freude macht, dass sich ihr ganzer Lebenssinn durch das Beklagen eines Toten ausdrückt, dass sie ihr eigenes Leid dem Bethaus-Vater unterjubelt.

– Ich bin heiser. Gebt mir Honig. Und warmes Wasser, befiehlt sie.

Und schon durchsucht eine andere Frau meine Vorratskammer nach Honig.

– Er steht auf der linken Seite, rufe ich ihr kraftlos zu, doch sie hört mich nicht. Niemand hier außer Sofia hört mich. Ich muss sofort raus aus der Küche. Muss raus aus dem Haus, dem Bethaus, dem Trauergewusel. Draußen steht der dicke Dorfheiler, umringt von ein paar aus dem Ältestenrat.

– Da ist sie!

– Frag sie.

– Kind, komm her.

– Was wollt Ihr?

– Du hast alles durcheinandergebracht. Wie soll ich jetzt noch herausfinden, woran der Bethaus-Vater gestorben ist. Du hättest die Riten nicht selbst ausführen dürfen.

Dann regnet es Fragen aus seinem Mund. Wie ich ihn gefunden habe. Zu welcher Stunde. Welche Farbe seine Zunge hatte. Ob das Weiß der Augen gelblich war. Ob sie geöffnet waren. Wie sein Körper dalag. Ob ich wirklich nichts gehört habe. Ob er Geräusche von sich gegeben hat. Wie sein Stuhl in den letzten Tagen aussah.

Ob er über Schmerzen klagte. Ob er seine Medizin genommen hat. Ob das Leiden in der Brust in letzter Zeit schlimmer wurde.

Er zieht mir die Antworten raus mit seinen Glubschaugen, raus aus meinem Mund. Er lag einfach da. Morgens lag er einfach da. Aufgerissen. Ich kann mich nicht erinnern. Nein. Nein. Normal. Hat er nicht. Welche Medizin? Davon weiß ich nichts. Darüber haben wir nicht gesprochen. Ich kann nicht mehr und laufe los.

Hoch den Berg. Himmelwärts. Den Eselspfad zu unserem Garten hoch, mitten in der Hitze, aber es ist mir egal. Obwohl ich mit den neuen Schuhen viel besseren Tritt habe und nicht mehr so stark hinke, will mein Bein heute nicht so, wie ich es will, immer wieder bleibe ich an einem Stein hängen oder einer Wurzel.

Die Kurgetten und Domates hängen schlaff, ich muss sie heute Abend unbedingt gießen. Der Vielblättrige kommt gut. Ich ernte ein paar Patatas, eine Kurgette und ein paar Zwiebeln und bringe sie dem Müller.

Er lässt mich im Schatten sitzen, gibt mir Wasser, Oliven und Brot, aber ich kann nicht essen. Du musst, sagt er, und da nage ich an einer Olive. Der Müller ist auch traurig, so wie ein Stein traurig sein kann, ganz tief in sich drinnen. Er setzt sich zu mir, stellt mir keine Fragen, lässt mich, wie ich bin. Wir schauen einfach in die Welt.

Jakup Jakupsohn und der Vorsteher kommen auf zwei Eseln aus Richtung der Siedelei über den Berg. Jakup muss gleich losgeritten sein, als er vom Tod hörte. Ich möchte sie aufhalten, zurückschicken, möchte ihnen sagen, dass das alles ein Missverständnis ist, ich mach das jetzt, ich werde Bethaus-Vater, ich schaffe das allein.

– SiesindBrüder, sagt der Müller und spuckt einen Olivenkern aus.

— Ich weiß.

Wir grüßen nickend. Für die machen wir unseren Mund nicht auf. Aber sie haben uns gar nicht bemerkt.

— SollichdeinMesserschleifen, fragt der Müller, als sie an uns vorbei sind. Ich ziehe es wortlos aus der Schürze.

Der Nachmittagswind kommt auf und der Müller gibt einer Mühle Flügelfläche, ich höre das Gebälk knarzen und den Stein mahlen. Alles wirkt so friedlich, so wie immer, die Berge, das Meer, aber nichts, nichts ist mehr wie immer. Mein Finder ist gestorben, meine Jahjah hat ihr Bein gebrochen, das Haus ist voller Menschen, da ist kein Platz mehr auf der Welt, der sich richtig anfühlt. Die Welt hat mich ausgespuckt, und nicht einmal die Aussicht auf den nächsten Vollmond, auf das nächste Wiedersehen mit Yael gibt mir Halt, und auch nicht die Götter, nicht die Khorabel, nicht die Gesetze und nicht das Dorf. Ich bin so losgelöst von allem, und alles, was um mich ist, ist nicht mehr nur, was ist, sondern was ohne Finder ist. Das übersteigt meinen Verstand. Es kann doch nicht sein, dass er für immer gegangen ist. Ich habe doch seine Stimme noch im Ohr. Seinen Blick noch im Blut. Seine Güte noch im Herzen. Sein Lachen im Bauch. Seine Gewohnheiten in meiner Zeit.

Irgendwann breche ich auf, wässere den Garten. Das Notizbuch! Mir fällt ein, wo es sein könnte, ich stolpere zurück zum Bethaus.

Die Menschenmenge in unseren Räumen hat sich verdoppelt, noch immer klagen die Frauen unablässig. Der Tischler hat das Totenbrett gebracht, es lehnt am Bethaus wie ein harmloser Gegenstand. Jakup Jakupsohn greift meinen Arm und zerrt mich zum Vorsteher der Siedelei, der nun bald neuer Bethaus-Vater werden wird.

— Was genau ist passiert?

Ich erzähle wieder, was ich vorhin schon gesagt habe, dass ich den Bethaus-Vater auf dem Boden gefunden habe. Der Vorsteher zieht seine Mundwinkel so weit nach unten, dass sie gleich aus dem Gesicht zu rutschen drohen. Was hat er gefragt? Er erinnert mich an einen hageren Vogel. Vogelvorsteher. Ob er krank war? Nein, weiß ich nicht, wir sprechen nie darüber. Über den Körper. Wir sprachen nie darüber, meine ich. Mich friert wie jedes Mal, wenn ich neben ihm stehen muss.

— Du hättest sofort das Totensignal geben müssen. Für die Riten sind wir zuständig.

Jakup Jakupsohn steht auf seinen Stock gestützt und nickt den Boden an, seine Falte zwischen den Augen gräbt sich noch tiefer ins Gesicht. Es stinkt, irgendwer hat gefurzt.

— Er ist mein Vater.

— Nein, ist er nicht. Er ist der Bethaus-Vater. War. War er.

— Es tut mir leid. Ich wollte alles richtig machen. Ich bitte Euch, lasst mich heute Nacht noch einmal kurz mit ihm allein. So viele Menschen, ich möchte mich einmal noch in Ruhe verabschieden. Wenn er erst im Satvastan liegt, bleibt für das Dorf noch genug Zeit.

— Nein.

— Er war mir ein Vater. Bitte. Bitte.

Michalis kommt mit Stift und Buch dazu und will etwas von Jakup Jakupsohn.

— Jakup, hast du einen Augenblick?

— Habt ihr schon die Inventarliste gemacht, fragt der Vorsteher Michalis.

— Bin ich noch nicht zu gekommen. Es hat doch noch –

— Tu, was er dir sagt, Michalis!, raunzt Jakup ihn an.

— Was ist mit dem Mädchen?

— Sie will noch mal Abschied nehmen. Allein.

— Bitte Michalis, bitte, lasst mich noch einmal zu ihm. Ihr kennt das Dorf, ist er erstmal im Satvastan, lässt es mich nicht mehr durch. Bitte.

Michalis wird weich, sieht den Vorsteher an, aber der schüttelt bloß den Kopf. Dann verschwinden die beiden Jakupsohn-Brüder ins Bethaus, lassen Michalis und mich zurück. Er flüstert mir zu:
– Nach Sonnenuntergang. Einen Augenblick, bevor wir ihn rüber in den Satvastan bringen.
– Ich danke Euch.

Das Notizbuch, in das der Bethaus-Vater alle Wünsche der Männer im Dorf notiert hat, liegt, wo ich es vermutet habe: Unter seiner Matratze.

DREIUNDACHTZIGSTE STROPHE

(Der Abschied)

Ich habe während der Satva kaum geschlafen, stets ist das Bethaus voller Menschen. Wenn sie nicht klagen, halten sie Totenwache. Wenn sie nicht Totenwache halten, bringen sie alles durcheinander. Meine Kammer ist nur durch einen Vorhang vom Haus getrennt, und ich höre jeden Schritt, jedes Flüstern, jedes Klagen, Singen, Räumen. Sofia bot mir gestern an, mit zu ihr zu kommen, aber als wir ihr Haus betraten, schmiss ihr besoffener Mann mich raus. Also bin ich nachts mit dem Mondlicht den Berg hoch und habe mich oben auf einem Fell eingerollt. Zum Müller wollte ich nicht, wollte allein sein. Das Notizbuch habe ich oben unter einem Stein versteckt, der die Form eines Fisches hat. Ich wusste nicht, wohin damit.

Der Sommer hat seinen Höhepunkt erreicht, es ist jetzt schon am frühen Morgen sehr heiß und kühlt nachts nicht mehr richtig ab. In ein paar Tagen ist Vollmond. Ich sehne mich nach Ruhe, nach Halt, nach einem Punkt, auf den ich mich beziehen kann. Alles zerfällt. Heute endet die Satva, und statt der Pujachatt halten wir die Totenfeier ab. Unten auf dem Platz ist auf der Feuerstelle bereits das Holz für die Verbrennung gestapelt. Alle Fenster sind mit schwarzen Tüchern verhängt. Ich habe Mariah am frühen Morgen besucht, in der Hoffnung, sie könnte irgendwie hoch zu uns zur Totenfeier kommen, aber sie war fiebrig und an einen Transport nicht zu denken. Kristof sagt, er stellt ihr das Bett auf den Platz, damit sie wenigstens die Verbrennung sieht.

Die Frauen in Schwarz haben das Schmücken des Bethauses übernommen, für mich bleibt nichts zu tun übrig, niemand will, dass ich helfe. Ich blicke durch die offene Tür: In der Mitte des Raumes hängt wieder das Tuch, das die Geschlechter trennt. Alle Betmänner und Betschüler aus der Siedelei werden heute hier sein, und der Vorsteher wird die Zeremonie leiten, bevor dann er der neue Bethaus-Vater wird. Vorne auf dem Totenbrett liegt bereits ein Ding, ein Mann, im bis zum Hals zugenähten Leichentuch. Im ersten Moment erkenne ich das Gesicht nicht mehr wieder. Wächsern. Eingefallen. Der Bauch bläht sich unter dem Tuch. Darauf war ich nicht vorbereitet. Ich kann nicht glauben, dass das mein Finder ist. Die Leiche ist viel zu unförmig, zu klein. Zu schmal.

Ich gehe zur Quelle, wasche mir das Gesicht. Ich werde stark sein. Ich pflücke ein paar Blüten und kehre zurück zum Bethaus, das jetzt schon voll ist. Ich betrete den Raum, und es wird still, als ich meinen Kanah vollziehe, nach vorne gehe, meinem Bethaus-Vater die Blüten um den Kopf lege. Die Stille hat tausend Augen und Ohren. Die Stille hat Fühler bis unter meine Haut. Die Stille ist ein Skelett aus Zeit.

Ich sehe mir sein Gesicht genau an, das sich in den letzten Tagen so verändert hat. Jetzt haben die Fährfrauen ihn wirklich mitgenommen. Hier liegt nur noch eine Hülle. Ich küsse die graue Hüllenstirn und flüstere *Vergib mir* in ein Hüllenohr. Ich wünschte, ich hätte keine Geheimnisse vor ihm gehabt, ich wünschte, zwischen uns wäre alles ausgesprochen gewesen. Jetzt ist es zu spät, das kommt nie wieder, und plötzlich begreife ich die Stelle in der Khorabel, in der es heißt: *Es gibth keine Vergangenheit, es gibth keine Zukunft, es gibth nur diesen Augenblick / Und den Augenblick sollest du mit deinem Bewusstsein aufsuchen / Denn du wirsth in der Zukunft nicht Freiheith erlangen / Wenn du im Augenblick unfrei bisth /*

Auf der Frauenseite sind vorne, wo sonst die Angehörigen sitzen, bereits alle Plätze belegt, ganz hinten finde ich eine Ecke. Mit der

Wand im Rücken schließe ich die Augen, versuche, still zu werden. Ich höre das Dorf tuscheln, höre die Frauen in Schwarz, ihre Stimmen rau und heiser von der tagelangen Totenklage. Ich höre die Betmänner und Schüler auf der Männerseite den Raum betreten, und alle anderen Männer verstummen. Ich höre ihre Gewänder, höre den Stoff rascheln, höre die Stimme des Vorstehers, hoch und streng und kalt. Ich öffne die Augen. Er hat einen Gehilfen, der ihm bei der Zeremonie zur Seite ist. Es ist, wie sollte es anders sein, der Enkel, dem ich einst das blaue Auge verpasste … Das Helfen wäre eigentlich meine Aufgabe, und da vermisse ich den Bethaus-Vater noch mehr, mit seiner dunklen, weichen Stimme, seiner Gutmütigkeit.

Irgendwo auf der anderen Seite sitzt Yael. Könnte er doch nur meine Hand nehmen. Ich brauche nicht viel, nur ein winziges Zipfelchen Beistand. Ich halte mich mit letzter Kraft zusammen. Die Klage der Betmänner beginnt. Sie besingen ihren Bethaus-Vater, ihren ehemaligen Vorsteher und Glaubensbruder.

Wie er mich als Kind mit Honigbrot vom Wunschbaum gelockt hat, weil ich nicht mehr runterkommen wollte, bis meine Wünsche in Erfüllung gehen. Wie er mir das erste Mal ein Messer gab und ich es nicht nehmen wollte, weil ich nichts besitzen darf. Wie er zu mir sagte: Das ist nicht dein Messer, aber du darfst es bei dir tragen. Wie wir uns im Regen gewaschen haben. Wie sein Mundwinkel immer zuckte. Sein Lachen. Wie er dasaß und die Wunschzettel las. Ganz selbstverständlich. Wie er die Wut gekriegt hat, wegen einer Ungerechtigkeit. Wie er mir das Lexikon erklärt hat. Wie es ihm stets unangenehm war, dass ich seinen Nachttopf leerte. Sein heimliches Naschen nachts.

Irgendwann ist es endlich vorbei, die Klagen, die Gesänge, die Khorabelstellen, irgendwann ist das Leichentuch zugenäht. Endlich entzündet der Vorsteher eine Lampe am heiligen Feuer und geht mit seinem Gehilfen voraus. Endlich tragen die Betmänner den Leichnam mit den Füßen voran hinunter ins Dorf, zum Platz. Endlich steigen die Betschüler zurück zur Siedelei. Und endlich verlassen auch alle anderen das Bethaus. Nur ich, ich bleibe sitzen.

Zum ersten Mal seit Tagen ist es wieder ruhig. Jetzt ist er weg. Weg aus dem Bethaus, weg aus unseren Räumen, weg aus unserem Leben. Ich stehe auf und schließe die Tür, gehe langsam nach vorne zum heiligen Feuer, das seit Tausenden von Jahren brennt. Ich öffne den schützenden Glaskasten. Ich drücke den Docht ins Öl. Die Flamme erlischt. Tja. Mit der anderen Hand suche ich in meiner Schürze nach dem Feuerzeug. Und klick. Jetzt brennt hier nur noch das unheilige Feuer.

VIERUNDACHTZIGSTE STROPHE

(Der Salzgarten)

Der Fastenmond schiebt sich über den Berg. Prall. Rund. Riesig. Voll. Es wirkt, als könnte man ihn erreichen, wenn man nur wollte, so nah scheint er. Ich habe den Mond im Blut und steige den Berg hoch. Der Müller sitzt vor einer Mühle und raucht.

— Brauchstduwas?

— Nein.

— Seidvorsichtig.

Yael wartet schon an unserer Stelle. Er sitzt auf dem Salzsack, sein Kopf in die Hände gestützt. Die Locken versuchen seinen Fingern zu entkommen. Wird er erst Betmann, schneiden sie ihm die Pracht ab. Als er mich sieht, steht er auf und kommt mir entgegen.

— Es tut mir so leid.

Er nimmt mich in den Arm, und ich fühle nichts, nicht seine Hände, nichts, da könnte er auch einen Fels umarmen.

— Was brauchst du?

— Weiß ich nicht. Wirklich nicht. Ich möchte nicht stillstehen. Arbeiten ist gut. Bewegung ist gut.

Er streicht mir über das Haar, hält meinen Kopf in seinen Händen.

— Komm. Ich zeige dir den Salzgarten. Hast du noch Kraft in den Beinen? Wir brauchen eine Weile dorthin.

— Ja. Gut. Gehen wir.

Wir lassen den Sack liegen, Yael geht vor, mein Tritt ist viel besser geworden mit den neuen Stiefeln, ich bin fast genauso schnell wie er. Heute ist der achte Vollmond im Jahreszyklus. Es ist der heißeste Monat. Es ist noch immer warm, auch hier oben auf dem Bergrücken. Alles ist ausgedörrt und trocken. Ich schirme meine Augen

vom Mondlicht ab, sehe in den Himmel, frage mich, ob der Bethaus-Vater das alles jetzt gerade irgendwie noch fühlen-sehen-bestaunen kann. Dann gewöhne ich meine Augen wieder an den Boden.
– Was, glaubst du, kommt nach dem Tod?
– Erlösung.
– Nein, nicht, was die Khorabel sagt. Was du denkst.
– Ich weiß es nicht.
– Ich will vom Leben nicht erlöst werden. Das alles hier, Erde, Himmel, Sonne, Mond, Sterne, die Tiere und Pflanzen, dass wir das alles sehen, riechen, fühlen können. Wenn die Götter in allem sind, was ist, warum müssen wir dann sterben? Können sie uns nicht leben lassen?
– Sie sind eben auch in allen unschönen Dingen. In der Scheiße. Im Schmerz. Und auch im Sterben.
– Glaubst du das wirklich, Yael?
– Ja.
– Was sind das für Götter, die uns das alles fühlen lassen?
– Zweifelst du?
– An den Göttern?
– An der Khorabel.
– Ja, manchmal schon in letzter Zeit.
– Ach, Alina, ich doch auch.
– Ich weiß.
– Woher?
– Sonst wärst du nicht mit mir.
– Ja.

Yael führt uns erst Richtung Siedelei und dann parallel zum Meer wieder weg von ihr. In einem Tal zwischen zwei Bergen beginnt ein kleiner Pfad, der sich abwärts schlängelt. Irgendwann sind wir fast auf Meereshöhe. Das Rauschen. Die Luft. Zum ersten Mal seit Tagen fühle ich mich besser. Das Meer mit seinem Drübenversprechen. Das salzige Meer, in dem man schwimmen kann, das Meer, in dem einem das schlimme Bein leicht wird. Wir gelangen in eine Bucht, klein und nur aus Felsen, die wie Fächer vor dem Meer ausliegen, flach und von den nimmermüden Wellen weichgewaschen.

— Das ist der Salzgarten.

In einer Halbhöhle stehen Bottiche.

— In denen sammeln wir das Salz.

Yael zeigt mir die Rinnen und Mulden in den Felsen, sie glitzern im Mondlicht.

— Wir schöpfen Wasser aus dem Meer und gießen es am Tag über die Felsen. Das Wasser verdunstet und das Salz bleibt in den Vertiefungen übrig.

— Warst du schon einmal im Meer, Yael?

— Nein. Das ist gefährlich.

— Ich schon.

— Was? Wann? Das darfst du nicht!

— Ich weiß. Aber in meinen Träumen schon.

Wir legen uns nebeneinander auf die Felsen, Hand in Hand, Blick in den Mond. Ich weine, und als Yael das merkt, beginnt er, meine Tränen wegzuküssen.

— Du schmeckst wie das Meer.

Ich lasse ihn, und er ist zärtlich wie nie. Er berührt mich, um mir Freude zu bereiten, und will wohl selbst nichts für sich. Er schält mich aus meinen Kleidern, streicht über meinen Leib, und da weicht die Taubheit langsam. Er fasst mich. Hält mich. Leckt mich, saugt, küsst meinen Mund, meine Brüste, meinen Bauch, mein schlimmes Bein.

— Ich schäme mich dafür.

— Für was?

— Mein Bein.

— Bein, hast du das gehört? Dabei finde ich dich so wundervoll, weil du mir immer zeigst, wer Alina ist. Stünden alle Dorffrauen nackt mit dem Rücken zu mir, ich würde meine Alina sofort erkennen. Gingen alle im Zwielicht, ich wüsste gleich, wer Alina ist. Hörst du Bein, du bist wunderbar.
— Wirklich?
— Alina, dein Bein ist dein Bein. Es macht dich unverwechselbar. Ich liebe dich auch für dein Bein.

Dann löse ich ihm den Riemen von seinem Gewand und schäle ihn frei. Weil wir wissen, dass uns niemand außer dem Meer hören kann, sind wir frei für einen Augenblick. Am Ende blutet mein Rücken.

— Yael, lass uns weggehen. Weg vom Dorf. Weg von der Insel.
— Alina.
— Yael, bitte.
— Wo willst du denn hin?
— Zu einer anderen Insel. Da, irgendwo in diese Richtung muss doch eine sein. Vielleicht kommen wir sogar bis ans Feste Land. Dann können wir gehen, wohin wir wollen.
— Andere Insel. Festes Land. Und wie willst du bitte da hinkommen?
— Schwimmen.
— Schwimmen?
— Ja. Ich zeigs dir.

Ich lege mich auf den Bauch und mache die Bewegungen. Yael lacht.
— Lach nicht. So geht es.
— Du siehst aus wie ein Frosch.
— Mach mit.

Yael rollt sich auf den Bauch, aber er bekommt es nicht richtig hin. Die Bewegungen seiner Arme und Beine sind nicht miteinander verbunden. Ich führe sie ihm, so wie Mariah es mir gezeigt hat. Wir lachen, und Yael dreht sich unter mir um.

— Hab mir die Knie aufgeschürft. Komm her.

Yael greift mein Haar an den Zöpfen und zieht mich nach unten.

— Au.

— Was.

— Ich hab mich geschnitten. Am Fels.

— Lass sehen.

Mein Handballen blutet. Er lutscht daran, aber sein Salzmund brennt.

— Lass.

Ich setze mich neben ihn und sauge selbst, neben mir sein Körper im Mondlicht, er reibt sich seinen Stachel und sieht mich dabei an. Tierwerdung.

— Oh, Alina …

Er zuckt und seine Augen flackern. Er gibt den Kehlkopf frei. Ist außer sich. Ihn zu sehen. Ihn so zu sehen.

— Tut mir leid.

— Warum.

— Weil es ohne dich war.

— Muss dir nicht leidtun.

— Tust du sowas auch?

— Ja.

— Wie nennen wir das, was wir machen.

— Was meinst du?

— Wenn wir es tun. Schrauben?

— Nee. Gegen das Dorf anfliegen?

— Kapier ich nicht.

— Tierwerdung?

— Hä?

— Fliegen. Schwimmen. Erkennung.

– Ich erkenne, dass wir losmüssen, sonst schaffen wir es nicht vor Tagesanbruch. Zurück müssen wir bergauf.

– Noch ein bisschen.

– Alina.

Yael richtet sich auf.

– Komm.

Wir stehen auf, ziehen uns an, schnüren unsere Körper wieder ein und steigen zurück. Der Mond ist inzwischen auf die andere Bergseite gewandert, deswegen sehen wir schlecht und müssen vorsichtig sein. Unsere Augen sind Lichtsammler, jedes kleinste Fünkchen, jeden kleinsten Strahl, den uns das Meer zurückwirft, sammeln und vergrößern wir mit dem Schwarz in unseren Augen, bis wir den Bergrücken erreichen und für einen Augenblick wieder gute Sicht haben, ehe der Mond auf der anderen Inselseite hinter dem Berg verschwindet. Yael hebt den Salzsack auf seine Schultern. Wir steigen gemeinsam zum Bethaus hinunter. Der Müller schläft, wir sind leise. Ab jetzt kein Wort mehr. Abgemacht. Bis zum nächsten Vollmond also. Ja.

Und dann beginne ich zu bluten.

FÜNFUNDACHTZIGSTE STROPHE

(Der Vorsteher)

Ich stopfe das Stroh in die Stoffhülle, die der Weber gebracht hat, aber ich stopfe nicht beim Stopfen. Ich denke an das Verbrennen des Bethaus-Vaters.

Ich kam erst, als das Feuer schon brannte, wollte mich am liebsten mit zu Mariah ins Bett legen, hielt aber nur ihre Hand. Kristof hatte es ganz dicht an den Scheiterhaufen tragen lassen, so dass wir gute Sicht auf das Feuer hatten und auf den Körper, der darin knackte. War das noch der Bethaus-Vater? Ab wann ist man nicht mehr? Und wie geht der Name von dem, was man nicht mehr ist? Es gibt Nichtmaterie, ich habe einen Nichtnamen, und was da knackte, war der Körper vom Nicht-mehr-Bethaus-Vater.

Mariah weinte hemmungslos und starrte auf den brennenden Leib, ich aber sah irgendwann nicht mehr in die Flammen, ich sah auf die Tausendminusdreiaugen, sah, wie der Vorsteher befriedigt lächelte, und mich ekelte es.

Über das Stroh stopfe ich eine Schicht weicheres Heu. Mir brennen die Augen, weil ich immer wieder in der Tiefe der Matratzenhülle verschwinden muss.

Vierzig Tage nach dem Tod des alten Bethaus-Vaters wird der Vorsteher zum neuen Bethaus-Vater ernannt werden. In der Übergangszeit muss er seine Belange in der Siedelei regeln. Dazu gehört auch, dass für sie ein neuer Vorsteher unter den Betmännern gewählt wird, damit ihre Ordnung fortbesteht, wenn er die Siedelei verlässt. Bis dahin lebt er weiterhin in der Siedelei, leitet aber hier im Bethaus die Zeremonien. Bis zur Ernennung ist er dem Ältestenrat unterstellt, der versucht, ihm Übergang und Umzug zu erleichtern. So ist es Gesetz, hat Michalis mir erklärt, der jetzt öfter hier oben ist, um so lange nach dem Rechten zu sehen, bis der Vorsteher ganz einzieht.

Wann immer ich in die Nähe des Vorstehers komme, wird mir kalt. Ich kann mir nicht vorstellen, mit ihm im Haus zusammenzuwohnen. Er hat schlimmen Mundgeruch, als würde die Fäulnis der Welt in ihm wohnen. Ich weiß nicht, warum mir das bei den Begegnungen vorher nicht so stark aufgefallen ist. Vielleicht, weil wir uns bisher nur im Freien und immer nur kurz gesehen hatten. Ich weiß, dass er dafür nichts kann, und versuche, ihn nicht zu beurteilen und in seiner Gegenwart nur durch den Mund und so selten wie möglich zu atmen. Ständig nestelt er an den Falten seines Gewands herum, alles muss immer ganz glatt sein. Er trägt jetzt die Kordel des Bethaus-Vaters. Die alte Matratze und das Gewand, in dem der Finder starb, haben sie verbrannt, damit der Tod niemanden ansteckt.

Irgendwelche Fähigkeiten wird er wohl haben, sonst hätten die Betmänner der Siedelei ihn nicht zum Vorsteher gemacht. Es kommt mir vor, als habe er vor etwas Angst, nur habe ich noch nicht herausgefunden, was es ist. Immer ist er angespannt, immer huschen seine Augen in alle Richtungen, als fühle er sich von irgendetwas Unsichtbarem bedroht. Ich muss daran denken, wie mein Finder und ich hier gelacht haben, wie ausgelassen die Zeit manchmal verging.

Wie der Bethaus-Vater mir die Erbsen mit einer Pinzette aus der Nase pulte, die ich mir da reingesteckt hatte. Wie er es einen Tag später wieder tun musste. Wie wir Stoppessen spielten. Wie er mir das Schielen beibrachte. Wie ich zum ersten Mal das Signal geben durfte und meine Kraft für die Schnüre noch nicht ausreichte und er mir helfen musste. Wie ich ein kostbares Glas zerbrach und er nicht die Wut bekam. Wie wir eine Quatsch-Sprache erfanden und wir uns tagelang nur mit Fantasieworten unterhielten und uns dennoch verstanden.

Jetzt wird alles anders.

Der Vorsteher hat mir aufgetragen, das ganze Haus zu säubern und für ihn eine neue Matratze zu füllen. Als oberste Schicht stopfe ich die Schafswolle mit dem Schieber bis in die letzten Winkel. Arbeit ist besser als nichts tun. Die Abende und Nächte sind am schlimmsten. Der Enkel hat jetzt schon als neuer Gehilfe das Zimmer des Bethaus-Vaters bezogen. Was mit mir werden soll, wenn der Vorsteher erst zum Bethaus-Vater ernannt ist, hat mir noch niemand gesagt. Ich muss dann wohl meine Kammer für den Enkel räumen. Nur wo soll ich dann hin? Die Gehilfen müssen immer aus dem Dorf kommen. Sie sind die Brücke zwischen dem heiligen Bethaus-Vater und der Gemeinschaft. Ich war vielleicht keine gute Brücke, aber eben doch eine gute Gehilfin.

Jetzt ernte, koche, putze, stopfe, wasche ich nur noch. Der Enkel trinkt schon am Morgen Wein, liegt fast den ganzen Tag im Bett, schläft und liest. Seine Kleidung lässt er auf dem Boden liegen, seinen Nachttopf stellt er nicht vor die Tür. Abends holt er sich sein Essen in der Küche ab, nimmt einen Krug Wein mit, und dann sehe ich ihn nicht mehr. Manchmal raucht er im Garten eine Gedrehte und lässt den Stummel liegen. Weil er die Signale am Nachmittag nicht geben will, muss ich alle übernehmen, das bindet mich ans Haus, ich komme zu nichts mehr.

Ich nähe die Matratzenhülle zu, alleine kriege ich die aber nicht ins Zimmer.

Der Vorsteher hat all das Goldzeug aus dem Schrank geholt und im Zimmer verteilt. Schalen, Becher, Leuchter, Krüge stehen überall herum, der Enkel trinkt seinen Wein jetzt immer aus einem goldenen Kelch. Ich klopfe an seine Tür.

— Jakup, rufe ich.

— Was?

— Ich brauche Hilfe.

— Ich arbeite.

— Ohne dich schaffe ich es nicht.

Ich höre seinen schlurfenden Schritt, er öffnet die Tür im Unterhemd.

— Was ist?

Seine Haare verstrubbelt, sein Weinatem. Er ist vielleicht der schönste Junge im Dorf. Lange Wimpern. Kleine Narbe unterm linken Auge. Lippen wie Kissen. Er stützt eine Hand an den Türrahmen.

— Die Matratze ist fertig. Ohne dich schaffe ich es nicht, sie reinzutragen.

— Ohne Euch, sagt er, aber dann lacht er.

— Was arbeitest du, frage ich, während er nach seinen Schuhen sucht.

— Was arbeitet Ihr, meinst du?

— Haha. Also was?

— Ich denke nach.

— Worüber?

— Das verstehst du nicht. Also was jetzt, wo ist die Matratze?

Ich zeige hinter mich.

— Über die Khorabel?

— Nein, über ein anderes Buch.

— Wie heißt es?

— Der unbewegte Beweger. Aristoteles.

— Ein Gott?

— Verstehst du nicht.

— Meinetwegen. Um die Matratze ins Bett zu bekommen, musst du dich aber bewegen.

Er folgt mir in den Hof. Wir bücken uns, und für einen winzigen

Augenblick sind unsere Köpfe, unsere Gesichter, unsere Nasen und Lippen sehr nahe beieinander.
— Vielleicht geht es, wenn wir sie etwas zusammenrollen?
— Hast du sie?
— Ja.
— Und hoch.

Im Zimmer legen wir die Matratze erstmal auf den Boden und sammeln die Felle vom Bett zusammen, auf denen der Enkel bisher geschlafen hat. Dann wuchten wir die Matratze ins Gestell. Weil die falsche Seite oben liegt, wenden wir sie noch einmal. Ich steige auf die Matratze und klopfe sie weich.
— Er muss sie erst einliegen. Ich bringe gleich frische Betttücher.

Dem Enkel läuft der Schweiß von den Schläfen, er wischt ihn sich mit dem Ärmel ab, streckt mir eine Hand hin und zieht mich vom Bett. Wir stehen voreinander und atmen, er sieht mich so an, so, ich weiß nicht wie, dass es komische Sachen in mir macht und ich ihn berühren will, obwohl ich es nicht will. Dann kippt sein Blick ins Spöttische und in mir steigt Scham auf.
— Wo hast du ihn gefunden?
— Hier im Zimmer. Da drüben.
— Und da war er schon tot?
— Ja.
— Die alten Weiber glauben, du hast ihn umgebracht.
— Kann ich mir denken.

Es war nur ein Augenblick, ich verstehe nicht, was passiert ist, bücke mich nach den Fellen, trage sie raus, hänge sie auf zum Lüften.

Nach dem Abendsignal sitze ich an der Grabplatte des Bethaus-Vaters und stelle seine Piata darauf, mit frischem Essen. Ich frage mich, ob er noch irgendwo existiert. Wenn er gut auf die andere

Seite gelangt ist, die Fährfrauen ihm gnädig waren, wird er wie alle von den Göttern für seinen langen Weg belohnt, und vielleicht wird seine Seele wiedergeboren. Das hängt davon ab, ob es etwas gibt, das er noch lösen muss, ob er etwas im Leben vergessen hat zu erledigen. Aber was, wenn er einfach ganz weg ist? Wenn nichts mehr von ihm übrig ist? Nur noch diese Platte mit seiner Piata darauf und seiner Asche darunter? Das wäre das Unerhörteste überhaupt. Dann wäre ja der Tod der Knotenpunkt, an dem alles aufgehängt ist, und nicht die Götter. Dann gäbe es nichts anderes, von dem aus wir uns denken könnten, als vom Ende her. Oder aber: Solange ich an ihn denke, so lange gibt es ihn, und sei es nur in meinen Gedanken.

Ich sitze vor seiner Grabplatte und frage ihn, was ich machen soll. Alles ist aus den Fugen. Meine Gefühle sind verrückt, nichts ist mehr am richtigen Ort. Denke ich an den Enkel, werde ich gleich wieder rot. Denke ich an die Zukunft, schwindelt mir. Ich stelle mir vor, dass mein Finder und ich in der Küche am Tisch sitzen, mit Wein und einer Lampe. Ich stelle mir vor, wie ich ihn frage: Was soll ich mit den Lexikonbüchern machen? Mit den ganzen Schreibsachen? Er trinkt einen Schluck, reibt sich seinen Bart, wie immer, wenn er nachdenkt, sagt dann: Bring alles zum Müller. Alles auf einmal? Das fällt doch auf! Nein, natürlich nicht, mein Mädchen. Nach und nach. Geh gleich morgen hin und frag ihn, ob es möglich ist, bei ihm etwas zu verstecken. Ja, gut, das mache ich. Und dann stelle ich mir vor, wie wir anstoßen. Es ist also beschlossen. Das ist der nächste Schritt: Die Sachen zum Müller bringen.

Dann fege ich die runtergefallenen Zettel mit den Wünschen vor dem Baum zusammen, wage aber nicht, sie zu lesen. Weil ich sie nicht dem Enkel überlassen will, stopfe ich sie Stück für Stück zurück ins Astloch und in die Ritzen in der Rinde.

Die Frauen in Schwarz haben während der Satva meine ganze Küche durcheinandergebracht, ich finde nichts mehr wieder und habe keinen Überblick über die Vorräte mehr. Morgen muss ich in den Laden, wir brauchen Käse und Eier. Und als ich an Käse denke und daran, wie gerne der Bethaus-Vater ihn gegessen hat, überschwemmt mich eine Vermissungswelle, und es weint mich einmal durch. Ich setze mich an den Küchentisch, Kopf auf der Tischplatte, da kommt der Enkel rein mit seinem Kelch.

— Hast du mich nicht gehört?

— Verzeih, nein.

— Ich brauche mehr Wein.

Er setzt sich betrunken auf einen Stuhl. Ich stehe auf, gehe in die Vorratskammer und hole den Wein. Als ich zurückkomme, sieht er mich wieder so an wie vorhin, mustert mich, bleibt an meinen Brüsten hängen.

— Du bist groß geworden.

Ich schenke ihm ein.

— Weißt du noch, das blaue Auge?

— Ich würd es wieder tun!

Er steht abrupt auf, unsere Gesichter sind schon wieder viel zu nah beieinander, so nah bin ich sonst nur Mariah, Yael und Sofia, aber ich weiche wieder nicht zurück.

— Dein Bein. Das hast du nur wegen mir.

— Nein. Weil ich weggelaufen bin.

— Weggelaufen bist du nur, weil du Angst hattest, ich könnte dich verpetzen.

— Hast du ja auch.

— Ja.

Er lächelt. Mit der einen Hand greift er um meine Taille, zieht mich ran zu sich, mit der anderen Hand nimmt er meinen Kopf und zieht mich noch näher zu sich, wie zu einem Kuss, und sein Daumen berührt plötzlich meinen Mund, ich will was sagen, dass

er aufhören soll, dass er mich nicht anfassen soll, aber ich kann nicht, und in mir drinnen macht es wieder komische Sachen.
– Glaubst du tatsächlich, ich würde mir meinen Zipfel an deiner dreckigen Kutt beschmutzen?

Er lässt mich los, nimmt seinen Kelch, dreht sich um, schlurft ganz langsam aus der Küche. Mein Herz hämmert. In meinem Bauch kocht Wut, sie will durch meinen Hals raus, ich will etwas schreien, brüllen, irgendetwas tun, aber ich bleibe einfach nur stehen, weil mir mein innerer Bethaus-Vater sagt, ich solle den Weg des Friedens wählen. Also schließe ich die Augen, atme dreizehn Mal ein und aus, schenke mir dann auch vom Wein ein und trinke das Glas in einem Zug leer. Lange halt ich das mit dem Weg des Friedens aber nicht mehr aus. Ich dachte, der Enkel hätte sich geändert. Ich habe ihn schon als Kind gehasst.

Hier im Haus kann ich nicht mehr lesen, nicht mehr schreiben, nicht mehr ruhig schlafen. Ich muss wachsam sein.

SECHSUNDACHTZIGSTE STROPHE

(Das Backen)

Sofia winkt mir schon von weitem, als sie nach dem Morgensignal zum Bethaus hochkommt. Ich kann nicht zurückwinken, habe keine Kraft, fühle mich hohl und leer. Das Leben im Dorf geht weiter, die Sonnen gehen auf und unter, der Mond nimmt zu und wieder ab, dabei ist der Bethaus-Vater erst seit vierzehn Tagen tot. Ich habe keine Familie, die mich tröstet, Mariah kann das Bett nicht verlassen, ihr Zustand ist insgesamt nicht gut. Seit der Verbrennung meines Finders hat sie nicht mehr gesprochen, und auch mir ist nicht mehr nach Reden. Ich bin ständig müde, dazu noch diese Hitze …

– Wie geht es dir?

– Ach, Sofia.

Sie nimmt mich in den Arm.

– Wir backen heute Dakosbrot bei Irini. Komm doch auch.

– Ich weiß nicht, ob ich das Gestichel aushalten kann.

– Kein Gestichel. Die Frauen haben es versprochen.

– Ich weiß nicht.

– Irini hat eben begonnen, das Mehl für den Teig zu sieben. Es ist ein riesiger Haufen. Los, komm mit. Gesellschaft tut dir gut, du musst hier mal raus.

Wir steigen gemeinsam runter ins Dorf, nehmen die kleineren Gassen, haben die Kinder im Nacken, aber sie lassen uns in Ruhe, seltsam. Ich halte mich trotzdem geduckt.

Die Ladentür ist zu, also nehmen wir den Hintereingang. Irini knetet einen riesigen Klumpen Teig. Bis zu den Ellbogen stecken ihre Arme drin. Nizra gibt etwas Wasser dazu, Noura macht Tee für alle. Irinis Tochter Merah hat schon begonnen, den Ofen einzuheizen.

Die Frauen begrüßen mich und fragen, wie es mir geht, wie es Mariah geht, ob ich etwas brauche, ob Mariah etwas braucht, wie es mit dem Vorsteher ist. Ich erzähle, dass er bis jetzt immer nur kurz im Bethaus war und noch nie über Nacht geblieben ist. Ich erzähle von den Goldsachen überall und von Jakup Jakupsohns Enkel. Sie wollen alles ganz genau wissen.

Irini würgt den Brotteig ein letztes Mal, keine hat so kräftige Arme wie sie, und keine macht so gutes Feuer im Ofen wie ihre Tochter.

Während der Teig aufgeht, tratschen die Frauen, tauschen Neuigkeiten aus, aber nur gute, sonst gelingt das Brot nicht, sagen sie. Sie sind geschickt darin, jede noch so schlimme Nachricht in etwas Gutes umzudrehen.

– Was machen die Rippen, Sofia, gehts besser?

– Ja, ich glaube, die sind verheilt.

– Habe ich dir schon erzählt, dass meine Knie nicht mehr so geschwollen sind?

– Trotz der Hitze nicht?

– Nein!

– Zeig mal.

– Das sieht viel besser aus als beim letzten Mal.

– Ich wünschte, das könnte ich von meinen Knöcheln auch sagen.

– Noch jemand Tee?

Dann geht es um den Strom. Irini, deren Mutter, Groß- und Urgroßmutter schon für das Dorf gebacken haben, setzt ihr Teeglas mit Wucht auf den Tisch. Ihre behaarte Oberlippe bebt. Sie und ihre stets vom Ofenruß verschmierte Tochter sind dagegen. Gut gebacken wird nur mit echtem Feuer, sagen sie, und keine traut sich, ihnen zu widersprechen. Schon reden alle über den Honig, der letztes Jahr wirklich besser war, und dann wird besprochen, ob jemand von den Jungvermählten schwanger ist, so langsam müsste es doch mal bei einer klappen, und wer beim Arzt einen Antrag auf eine Brille gestellt hat, und dass das Schiff mit ihm schon längst hätte ankommen müssen, und ob diesmal jemand unfruchtbar gemacht werden soll, aber außer den Katzen fällt ihnen niemand ein.

Merah legt noch einmal Holz im Ofen nach und wir stechen, kneten und rollen aus dem Teig die Brotlaibe heraus. Nizra legt sie in Körbchen, stellt sie auf einen langen Tisch neben dem Ofen und deckt sie mit einem Tuch ab, jetzt müssen sie ruhen. Noura verteilt wieder Tee, und die Frauen gehen in die zweite Runde ihres Tratsches über das Dorf. Sie sagen, wie sehr sie hoffen, dass der Vorsteher die Gesetze in Zukunft etwas lockert oder zumindest nicht verschlechtert, wo er doch der Bruder von Jakup Jakupsohn ist. Sie hoffen auf gute Veränderungen.

Wenn es nur nicht andersrum kommt, denke ich.

Merah räumt mit einem langen Schaber den Ofen aus, die Asche kommt später auf die Felder. Dann wird der Ofen mit einer Drahtbürste an einem langen Stiel gebürstet und zum Schluss mit einem nassen Jutesack ausgewaschen. Merah schließt die Ofentür wieder und macht mit ihrer Kelle ein Zeichen in den Ruß über der Ofentür: Drei Striche, für jeden Gott einen, sie ergeben ein Dreieck. Möge das Backen gelingen.

Nizra deckt die Brotkörbe auf, wir schneiden den Brotlaiben die Stellen ein, an denen wir sie nach dem ersten Backen aufbrechen werden. Irini ist am schnellsten. Dafür brauchst du Gefühl, du darfst nicht zu tief schneiden, aber auch nicht zu wenig, sonst bekommst du sie hinterher nicht auseinander.

Die Laibe kommen das erste Mal in den Ofen, danach brechen wir sie an den Schnittstellen, holen uns Brandblasen, arbeiten so schnell wir können, bevor der Ofen seine Hitze verliert. Die Scheiben werden das zweite Mal gebacken und hinterher von uns zum Abkühlen überall ausgebreitet. Sie erfüllen erst die Bäckerei und dann das ganze Dorf mit ihrem Duft, der jeder Nase erzählt: Heute ist Dakostag. Und da läuft dem Dorf der Speichel.

SIEBENUNDACHTZIGSTE STROPHE

(Der Arzt)

Mit dem nächsten Schiff kommt der Arzt, kommt mit seinen Koffern und Taschen, mit seinen Kisten und Kästen, kommt mit seinen Instrumenten, den spitzen und den stumpfen. Kommt mit seinen Fläschchen und Tuben, mit Spritzen und Verpackungen, mit Pasten, Salben, Tropfen und Pillen. Und mit dem Schiff kommt auch die Hoffnung wieder, dass Schmerzen gestillt oder zumindest gelindert werden, kommt die Hoffnung auf neue Brillen und Gebisse, kommen endlich wieder Bananen, kommt wieder kein Antriebsriemen. Der Ältestenrat stürzt sich auf die wenigen Waren und auf die Post. Der Händler stürzt sich auf unseren Schnaps. Die Kinder stürzen sich auf den Händler: Erzähl uns vom Wächter! Wie sieht er aus? Hat er Krallen? Wie lang sind seine Arme? Glibbern seine Augen raus? Und die Kranken stürzen sich auf den Arzt: Ich habs im Knie, was kann das sein? Ist das normal, dass es hier so gelb ist? Wovon kann das hier nur kommen, seht Ihr? Der Arzt bleibt nur bis zum nächsten Schiff, deswegen haben die dringenden Fälle Vortritt. Als Erstes macht er die Menschen, dann die Nutztiere, dann vielleicht ein paar Katzen. Er wohnt beim Heiler, und jeden Tag siehst du jetzt Kranke und Gesunde vor seinem Haus Schlange stehen, denn auch alles, was in Zukunft womöglich weh tun könnte, muss genau jetzt angeschaut und abgeklärt werden. Ein Jahr ist lang, und der Arzt kommt erst nächsten Sommer zurück. Kristof hat es geschafft und ihn gleich zu sich ins Haus und in Mariahs Kammer gelotst. Da begutachtet der Körperkenner noch vor jeder Stärkung Mariahs Bein, entfernt die Schienen, gipst es ein, gibt ihr endlich und viel zu spät etwas gegen die Schmerzen.

Der Arzt ist groß, größer als alle aus dem Dorf, er raucht den Tabak aus einer Pfeife, hat einen sehr gepflegten silbernen Bart, stets gekämmtes Haar und eine Brille mit dickem dunklem Rand. Wenn du ihn dir anguckst, dann weißt du, dass er mit Messer und Gabel isst. Seine Hände aber sind wie unsere: Kräftig und groß. Sie scheuen die Arbeit nicht, sind aber, anders als unsere Hände, sehr, sehr sauber. Nie sah ich sauberere Hände. Und wenn der Arzt spricht, dann blüht eine unbekannte Wortelandschaft vor dir auf. Geschwungen, weich, du verstehst nur die Hälfte, weil du nur jedes zweite Wort kennst, aber du denkst, er weiß alles. Und obwohl der Arzt ein Fremder und von drüben ist, hat er hohes Ansehen bei uns im Schönen Dorf, weil er zuhört, weil er fragt, weil er lindert und hilft. Und weil er wieder geht. Und da das Dorf ihn nicht bezahlen kann, er nimmt keine Oliven mit wie der Händler, nimmt keinen Schnaps mit, nimmt kein altes Geld von uns, deswegen bekommt er, solange er hier ist, alles, was wir bieten können, alles, wonach ihn verlangt. Fleisch, Salami, Fisch, Gemüse, Honig, Handarbeiten, Schnaps, Kristof bedient ihn wie einen Gott, das Dorf gibt ihm gerne. Ich war erst einmal bei ihm, als Kind, da war mein geknüppeltes Bein schon schief zusammengewachsen, und er konnte nichts mehr machen.

In den letzten Jahren wollte der Bethaus-Vater mich dann nicht im Dorf haben, wenn der Arzt da war. Ich fragte nicht warum und war nie krank, hatte jedenfalls nichts, was Mariah und der Heiler nicht hinbekommen hätten mit ihren Kräutern. Und wie ich ihn jetzt so sehe, zum ersten Mal seit Jahren, sehe, wie die Frauen ihn umschwärmen, fast meint man, er trage einen riesigen Frauenmantel, bin auch ich verzaubert von seiner Andersartigkeit und möchte ihn berühren, die Nase in seinem weichen Schal vergraben und flüstern: *Arzt mit deinen sauberen Händen, nimm mich mit, mit nach drüben, oder mach mich dorfsicher, oder gib mir wenigstens eine Spritze gegen das Vermissen eines Toten, eine Pille gegen die*

Trauer, oder ein Pulver gegen den Schmerz in meinem Zahn, der neuerdings öfter weh tut.

Ich stehe auf dem Platz bei den Dakosbrot-Frauen und kann mich nicht sattsehen und satthören am Arzt, der sich jetzt im Lokal von Kristof bedienen lässt. Irini sagt, dass der Arzt Doktor genannt werden will, dass er mit Frauen eigentlich nicht viel redet, dass er, nachdem du bei ihm warst, dir nichts über deine Krankheit sagt, dass er nur deinem Mann oder Vater sagt, was mit dir ist, weil der Ältestenrat es so will. Sofia sagt, dass manchmal eine Frau aus dem Dorf eine Nacht mit ihm verbringen muss, auch das sei Teil der Bezahlung. Sie sagen, dann zieht er sich ein Plastikding über seinen Stachel und steckt ihn den Frauen rein, das ist mit dem Ältestenrat so ausgemacht. Sie sagen, dass er nicht grob ist, und sauber, und dass er sehr gut riecht. Sie sagen, dass es besser ist als mit den meisten Dorfmännern.

– Warum muss eigentlich eine Frau mit dem Körper bezahlen, wenn doch auch Männer zum Arzt gehen, frage ich die Dakosbrot-Frauen.

– Ja, genau, warum? Irinis Tochter sieht uns an.

– Er bekommt ja auch Essen und Getränke, sagt Nizra.

– Darüber habe ich noch nie nachgedacht, sagt Sofia.

– Warum nimmt er kein normales Geld?

– Weil unser Geld drüben keinen Wert hat, sagt Irini.

– Dann eben Öl, oder Schnaps, wie der Händler.

Sie wissen es nicht.

Und wie ich da stehe und über den Arzt nachdenke, fällt mir das Notizbuch mit den Wünschen der Dorfmänner ein. Es liegt noch immer oben auf dem Berg unter dem Stein, der aussieht wie ein Fisch. Sofia glaubt, dass der Arzt sich diesmal einen der Zwillinge gewählt hat, Selma heult schon den ganzen Tag. Zum Glück nicht meine Noura, sagt Sofia, zum Glück nicht ich.

ACHTUNDACHTZIGSTE STROPHE

(Das Wunschbuch)

Liest du das Wunschbuch des Bethaus-Vaters, dann denkst du, dass alles verkehrt ist, das Dorf, die Gesetze, wie wir leben, unser Glauben. Du denkst, du lebst mit lauter Fremden zusammen. Kein Mann scheint glücklich, obwohl sie doch so viel mehr dürfen als die Frauen und als Drübenich. Liest du das Wunschbuch, dann denkst du, dass im Dorf fast jedes einzelne Männerleben nur aus Unzufriedenheit gestrickt ist. Niemand scheint an seinem Ort, in seiner Familie, Schwiegerfamilie oder in seinem Körper richtig zu sein. Liest du das Wunschbuch, dann denkst du, dass man Gefühle nicht in Schachteln sperren kann. Dass wir die Gesetze lockern sollten. Oder die Häuser weiter voneinander entfernt bauen. Liest du das Wunschbuch, dann weißt du, dass manche Leute einfach kaputt im Kopf sind, weil sie Gewalt und Tod und Rache im Sinn haben. Liest du das Wunschbuch, dann möchtest du lieber nicht mehr im Dorf leben, weil fast alle nur an sich denken. Da bekommst du das Gefühl, die Götter werden mit Schiffen verwechselt, die möglichst schnell bringen sollen, was bestellt wurde. Bezahlt wird mit Opfern und Gebeten, als sei Glaube ein Handel. Nur wenige Dorfmänner sind so bescheiden, dass es mich rührt. Die meisten wollen Besitz, viele wollen mehr von dem, was sie bereits haben. Mehr von allem Möglichen. Zu jedem Namen hat der Bethaus-Vater immer wieder die dazugehörigen Wünsche notiert. Manche wollen immer anderes, manche Männer wünschen sich immer wieder dasselbe. Das Wunschbuch macht mich traurig. So ist unser Dorf? So fremd? So weit weg von der Khorabel?

Mir fällt ein, dass die Zufriedenen wohl keinen Wunsch in den Baum stecken und deshalb auch gar nicht im Buch stehen können. Das mit dem Wünschen machst du ja nur, wenn du unzufrieden bist. Und könnten die Stoffstreifen der Frauen an den Wunschbaumästen sprechen, so hörtest du wohl auch mehr Klagen als Zufriedenes. Darunter auch meine immer wieder gestellte Bitte, meine Mutter möge mich bitte endlich, endlich besuchen.

Die Schlimmsten aus dem Dorf:
Der Lehrer (war mir klar)
Sofias Mann (war mir klar)
Jakup Jakupsohn (war mir klar)
Der Flicker (war mir nicht klar)
Die Säge (wäre ich nie drauf gekommen)

Was mich erst erleichtert, dann traurig und dann mit einem Mal sehr wütend macht: Ich war nicht die Einzige beim Lehrer. Der Bethaus-Vater hat es also gewusst und mich trotzdem zu ihm hingeschickt! Wie konnte er das nur zulassen? Ich möchte das Universum zusammenschreien, möchte die Sterne, das Schwarz, alles, alles, zusammenbrüllen. Ich möchte die Erde zertrümmern, das Schöne Dorf, den Lehrer, den Bethaus-Vater.

Ich frage mich, wozu er das Wunschbuch angelegt hat. Hat er mit seiner Hilfe vielleicht die Ansprachen der Pujachatt ausgewählt? Wenn er die geheimen Wünsche der Männer kannte, konnte er sie besser lenken, sie besser leiten.

Ist ein Gedanke erst ausgesprochen oder aufgeschrieben, dann ist er in der Welt, dann hast du keine Kontrolle mehr darüber, was er auslöst oder anstößt. Bleibt der Gedanke aber in dir drin oder bloß ein Streifen Stoff an einem Baum und kennt ihn niemand außer dir und den Göttern, dann kann auch niemand ihn benutzen, um dich zu lenken.

Wär doch nur mein Denken selbst so scharf wie eine frisch geschliffene Messerklinge, so klar wie Quellwasser. Dann würden ihm meine Worte, meine Sprache und mein Handeln doch irgendwann von selbst folgen. Vielleicht war es das, was der Bethaus-Vater sein Leben lang versucht hat. Vielleicht wollte er mir auch deshalb das Lesen und Schreiben beibringen.

Mit dem Wunschbuch in der Schürze hinke ich zum Müller.
— Müller, bist du da?
— Jawasist?

Er kommt aus seiner Hütte. Zerzaustes Haar. Dunkle Ringe unter den Augen. Er krümmt sich unterm Türstein durch und stöhnt beim Bücken. Dann kneift er die Augen zu und hält zum Schutz die Hand davor.
— Wie gehts?
— Gehtsoderrückengutgutundselber?
— Ich, ich brauche deine Hilfe.
— Waskannichtun?
— Ich muss bei dir ein paar Sachen verstecken.
— Sachen?
— Ja.

Der Müller zeigt mir im Lager der letzten Mühle eine Kiste mit Kornsäcken obendrauf.
— Reichtdie?
— Ja, danke. Ich bringe die Sachen nach und nach her.
— Machwieduwillst.

Der Müller geht raus und ich wuchte die Säcke von der Truhe, öffne den Deckel und lege das Notizbuch mit den Wünschen hinein.

NEUNUNDACHTZIGSTE STROPHE

(Die Hosensehnsucht)

Sofia und ich haben den Schmerz geübt, unsere Handknöchel sind rot. Wir trauen uns, immer fester zuzuschlagen. Wir sagen uns, wie sehr welcher Schlag weh tut: sehr, doll, etwas, mittel, kaum, nicht. Wir sagen uns, wie der Schmerz ist: dumpf, spitz, kurz, flach, lang, tief. Neben dem Schlagen musst du auch gut ausweichen können. Da musst du schnell sein und jedes Zucken und Zögern der Anderen aufnehmen können, noch bevor sie zuschlägt. Da brauchst du schnelle Hände, schnelle Füße, schnelle Beine. Immer sind unsere Schürzen, Röcke, Kleider im Weg. Wir liegen auf dem Boden, unser Atem geht heftig.

— Sofia, hattest du schon einmal eine Hose an?

— Eine Hose?!

— Ja.

— Eine Hose?!

— Ja, eine verdammte Hose.

— Nein.

— Ich auch nicht.

— Würdest du gerne mal?

— Mhm. Ich stell es mir gut vor. Praktisch.

— Und wenn du auf dem Feld mal musst? Dann sieht jeder deinen Arsch.

— Stimmt.

— Mit einem Kleid hockst du dich hin und basta.

— Ich muss hoch. Zum Abendsignal.

— Spuck dem Enkel in den Tee.

— Mach ich.

— Kommst du zur Versammlung?

— Ja.

NEUNZIGSTE STROPHE

(Die Zersammlung)

Der Platz ist bereits voll, als ich vom Bethaus zurückkomme. Alle sind gekommen, alle außer Mariah. Die Männer sitzen auf den Stühlen vor dem Lokal, auch der Arzt ist unter ihnen. Die Männer rauchen, trinken, befingern ihre Betperlen, sprechen laut. Die Frauen sitzen auf ihren Decken und tuscheln, viele haben eine Handarbeit dabei. Ich sehe mich um, entdecke schließlich Sofia bei den Dakosbrot-Frauen und setze mich dazu. Vorne am langen Versammlungstisch hat der Ältestenrat mit dem Vorsteher bereits Platz genommen. Der Vorsteher sitzt auf dem Platz meines Finders. Sie sitzen also wie immer, nur der Bethaus-Vater wurde einfach ausgetauscht. Dass das so einfach möglich ist, schnürt mir alles ab. Dass er nicht mehr da ist und das Leben weitergeht … Jakup Jakupsohn spricht angeregt mit seinem Bruder, dem Schon-bald-Bethaus-Vater, alle Ältestenköpfe sind in ihre Richtung gedreht. Gleich daneben hockt Michalis an einem Tisch und schreibt über sein Buch gebeugt die Zahlen und Buchstaben des Dorfes auf, neben ihm der Enkel. Natürlich trinkt er Wein. Er sieht stolz aus. Sitzt da ganz gerade und überschaut die Dorffrauen, die am Boden auf Decken sitzen. Jannis wartet auf Anweisungen für seine Nachrichten. Alle sind nervöser als sonst. Selbst der Müller ist gekommen, steht aber abseits unter einem Baum und raucht.

Es ist die erste Versammlung ohne meinen Finder. Wie schnell alles wieder einen Alltag hat, wie schnell ein Toter für das Dorf normal geworden ist. Mir ist übel. Sofia nimmt meine Hand, ich will sie zurückziehen, nicht, dass ihr Mann es sieht, aber Sofia lässt es nicht zu.

Die Musiker spielen die Nachrichtenmelodie, Jannis beginnt mit einem Andenken an den Bethaus-Vater, und für einen Augenblick wird es tatsächlich ruhig. Dann quengelt irgendein Kind, jemand versucht, es zu beruhigen, jemand anderes steht auf. Allgemeine Unruhe setzt ein, die ersten Leute kommentieren Jannis' Worte, und er versucht vergeblich, das Dorf wieder zu bändigen.

Ich sehe alles wie von sehr weit weg, höre alles durch eine dumpfe Schicht. Ich bin da, aber ich bin nicht da. Trauer ist ein Biest, das dich jederzeit anfallen kann. Mal würgt es dich und raubt dir den Atem, mal pustet es dir Wolken in den Kopf, mal reißt es dir die Gedärme raus, mal tropft es still durch deine Augen, mal liegt es bergschwer auf dir, saugt dir jedes Gefühl aus dem Leib und drückt dich zu Boden, dass du denkst, du kommst nie wieder vom Fleck.

– Jannis, halt die Klappe, ruft jemand.

– Sag uns: Wann kommt der Strom, ruft eine Frau.

– Ruhe, ruft Jannis.

– Wir wollen den Strom!

– Genau!

– Ruhe, ruft der Vorsteher.

– Wir wollen die Maschinen, rufen die Frauen.

– Es wird keinen Strom geben, ruft der Ältestenrat.

– Wir wollen die elektrische Hilfe und die Geräte vom Beamten, rufen die Frauen.

– Ruhe, rufen die Männer.

– Wir wollen weniger arbeiten und mehr Zeit für uns.

– RUHE!, ruft Jakup Jakupsohn, steht auf und haut mit seinem Gehstock auf den Versammlungstisch, dass es laut kracht. Es wird keinen Strom geben! Was zur Hölle ist nur in euch gefahren, brüllt er, und da ist es kurz still. Wirklich still.

Aber schon ergießt sich eine neue Welle Frauenfragen über Jannis, der so nicht Nachrichten verkünden kann und seinen Platz verlässt, über Jakup Jakupsohn, der vor Wut seine Stimme verliert, über den Ältestenrat, der keine Antworten hat, und über den Vorsteher, der noch zu leise ist, um sich durchzusetzen, er muss das üben.

— Und wo wir schon dabei sind, ruft Irini, warum kann man den Arzt nicht mit Öl bezahlen, oder mit Geld?

Sie steht jetzt auf, und auch einige andere ältere Dorffrauen richten ihre Fäuste in den Himmel. Die Männer blicken sich ratlos um. Der Arzt erhebt sich und ruft:

— Ich muss hier nicht herkommen, wisst ihr? Muss nicht jedes Jahr im Sommer die Strapazen der Reise hierher auf mich nehmen. Aber ich tue es, freiwillig und gerne. Und wisst ihr warum? Ich will euch helfen! Habt ihr eine Vorstellung davon, was ich in der Stadt verdienen könnte, in der Zeit, in der ich hier bin?

Dann setzt er sich wieder und Kristof klopft ihm auf die Schulter.

— Seht ihr, wie großzügig der Doktor ist, da könnt ihr doch auch etwas Großzügigkeit zeigen, rufen die Männer den Frauen zu.

— Und warum seid ihr nicht großzügig?

— Weil wir es nicht können, ihr wisst schon.

— Wir arbeiten aber genauso hart wie ihr, wir stehen auf dem Feld, im Garten, wir gebären eure Kinder, wir kochen und schrubben und weben und flicken, wir backen euer Brot und während ihr euch schon wieder ausruht, versorgen wir noch Haus und Feld und Kind und Tier.

— Es reicht!, ruft Jakup Jakupsohn.

— Genau! Es reicht, ruft Irini.

— Setz dich wieder, alte Frau, ruft der Vorsteher.

Sofia steht jetzt auch auf. Sie ruft:

— Wollt ihr ewig so weitermachen? Ich sage: Nein!

Und Nein! rufen jetzt auch andere Frauen mit leuchtenden Wangen, und da bin ich wach. Was passiert hier gerade? Nein! Nein! Nein, aus immer mehr Frauenmündern. Ganz wach. Und auch aus meinem Mund: Nein! Nein alles. Nein der Tod vom Bethaus-Vater. Nein Gesetze. Nein Dorf. Nein Insel. Nein alles, alles.

Da steht Sofias Mann von seinem Tisch auf, torkelt, brüllt.

— Wo bist du, Weib?

— Nein! Nein! Nein!

Er sieht sich mit matschigem Blick um und findet sie.

— Genug jetzt, Weib!

Er kommt auf uns zu, wankt zwischen den letzten noch am Boden sitzenden Frauen hindurch, macht eine Faust und schlägt sich damit gegen die eigene Brust. Das Nein wird schwächer.

— Wer ist der stärkste Mann im Dorf? Ich bin der stärkste Mann im Dorf! Wer trägt den Koloss am weitesten? Ich!

Und schwächer. Bis es erlischt.

— Du wagst es, Weib, deine Stimme gegen das Dorf und gegen mich zu erheben?

— Du bist besoffen, ruft Irini.

Alle wissen, was jetzt kommt, die Dakosbrot-Frauen und ich machen einen Kreis um Sofia. Ein paar andere Frauen machen mit. Wir weichen langsam zurück und versuchen, Sofia in unserer Mitte an den Rand des Platzes zu bringen. Sofias Mann tobt und seine Spucke fliegt, er rempelt und tritt. Wir bringen sie am Müller vorbei, der sich plötzlich zu unser aller Verwunderung zwischen uns und Sofias Mann stellt.

— Dubistbesoffen. Beruhigdich.

Von hinten kommen jetzt die anderen Männer, einige der Frauen versuchen, sie zurückzuhalten. Der Müller und Sofias Mann stehen sich gegenüber. Von hier aus kann es in jede Richtung weitergehen. Die Ordnung ist hinüber, das Dorf hat die vorgeschriebene Bahn verlassen, unser Lenker, der Bethaus-Vater, hat uns taumelnd zurückgelassen und keiner hier hat die Kraft, das Dorf zu einen.

Ich weiß nicht, woher ich den Mut nehme, aber ich stelle mich plötzlich zum Müller und Sofias Mann entgegen.
– Ich bin der stärkste Mann im Dorf, brüllt er und schwankt dabei.
– Jadasbistdu, sagt der Müller.
– Der Stärkste! Ich trag den Koloss einmal um den Platz.
– Jadastustdu.
– Und du bist besoffen, sage ich und versuche eine feste Stimme zu haben.
– Bringt seinen Esel!, ruft Michalis.
– Reite nach Hause.
– Schlafdeinenrauschaus.

Sofia ist längst durch eine Gasse davongeschlüpft, Noura ihr gefolgt. Hinter dem Müller und mir stehen die Dakosbrot-Frauen. Wir sind nicht viele, aber wir sind ein Schirm.
– Guck dir meine Hände an, Eselshure.
– Groß sind sie, stark sind sie, sage ich.
– Einbauerbrauchtsolchehände, sagt der Müller.
– Ich bin der stärkste Mann im Dorf!
– Das bist du, sage ich.
– Nimm deinen Esel, reite nach Hause und schlaf deinen Rausch aus, sagt Michalis.
– Ich brings fertig und hau ihn mit einem einzigen Faustschlag tot!

Keiner sagt etwas.
– Ihr glaubt mir nicht, dass ich den Esel schaff? Mit einem Schlag?
– Doch, doch, wir glauben dir.
– Guckt meine Fäuste an. Guckt! Große Fäuste sind das. Gute Fäuste sind das!
– Ja, das stimmt.

Kristof kommt mit dem Esel.

– Lass gut sein für heute, sagt er.

– Ein Schlag nur, Eselshure.

Sofias Mann guckt mir direkt in die Augen.

– Ein Schlag, und er ist tot. Hierhin.

Er zielt mit seiner Faust auf die Blesse seines Esels.

– Siehst du. Genau hierhin.

Dann zielt er auf meine Stirn.

– Bleib von meiner Frau weg.

Er geht zu Kristof, nimmt die Schnur seines Esels.

– Ich könnt ihn töten, sagt er.

– Wissen wir, wissen wir, jetzt geh nach Hause, Michalis klopft ihm auf die Schulter.

– Mit einem Schlag. Hierhin.

Er zeigt sich auf die Stirn und sieht uns alle der Reihe nach an.

EINUNDNEUNZIGSTE STROPHE

(Der Umzug)

Der Arzt ist wieder abgereist, er ließ das Dorf im alten Trott zurück. Der Vorsteher wird bald ganz ins Bethaus ziehen. Der Enkel braucht meine Kammer. Ich muss also umziehen, nur weiß keiner, wohin. Der Vorsteher möchte mich loswerden und weiß nicht, wie. Aber ich, ich habe einen Plan: In den Hühnerstall werde ich erstmal ziehen und dann, nach einer Weile, wenn sie mich hier nicht mehr brauchen, vielleicht hoch zum Müller. Ich muss es so drehen, dass der Vorsteher denkt, er wird mich los, und dass die Idee ganz allein von ihm kommt.

Im Bethaus gibt es jetzt mehr Arbeit, ich muss mehr Wäsche waschen, mehr kochen, mehr ernten, mehr im Haus tun, muss alle Signale selber geben. Mir bleibt wenig Zeit, runter ins Dorf und zum Laden zu gehen oder am Nachmittag auf dem Feld zu arbeiten. Kaum bin ich angekommen und habe die Pflanzen gewässert, muss ich schon wieder los, um die Schnüre zu ziehen und die Zeit zu hüten. Da bleibt kein Moment für die Pflanzen im Garten übrig, da bleibt kaum ein Augenblick, das Wenige zu ernten, das der Sommer uns ließ, keine Zeit, um Beikraut zu ziehen und Schädlinge zu sammeln. So wie jetzt kann es nicht weitergehen.

Der Vorsteher will Ordnung, die kann er auch bekommen. Der Hühnerstall stört mich nicht. Ich schlafe überall, auf irgendeinem Fell unter irgendeinem Himmel.

Der Enkel kommt in die Küche.

— Mach uns Frühstück.

— Bin schon dabei.

Mein Essen schmeckt ihnen, auf das werden sie nicht verzichten wollen. Wenn man mir nur das Hüten der Zeit abnähme … Ich richte Oliven und Käse auf einer großen Piata an und bereite auf der kleinen Gasflamme Kaffee.

Jetzt ist der Zeitpunkt gekommen, alles mit dem Vorsteher zu besprechen, sagt mein innerer Bethaus-Vater. Ich öffne die Tür und rufe zum Frühstück. Und rufe noch einmal.

Vorsteher und Enkel kommen beide, die Stirnen in Falten, die Schritte in Eile, die Blicke unstet.

– Du hast in der Küche eingedeckt, wir wollten aber drüben essen.

– Können wir heute eine Ausnahme machen? Ich muss mit Euch sprechen.

– Aber nicht zu lang, ich habe zu tun.

– Ich fasse mich kurz.

Sie setzen sich.

– Bring mir Wein.

Der Vorsteher sieht den Enkel scharf an, presst seine dünnen Lippen aufeinander und räuspert sich. Seine Augen huschen auf der Tischplatte umher.

– Was ist?

– So früh?

– Lass mich.

Sie duzen sich also. Ich laufe in die Kammer, bringe vom Wein, versuche, dumm zu schauen.

– Also, was gibt es, Kind? Was willst du besprechen?

Ich schenke dem Enkel Wein ein und setze mich.

– Nun, Ihr wisst, dass der alte Bethaus-Vater für mich wirklich wie ein Vater war. Zwischen uns war alles eingespielt, die Aufgaben hier waren zwischen uns aufgeteilt.

– Wenn du darauf hinauswillst, dass du weiterhin in der Pujachatt behilflich sein möchtest, kann ich unser Gespräch abkürzen. Meine Antwort ist: Nein. Ich will einen männlichen Gehilfen,

Jakup macht das fabelhaft. Und auch für das Dorf ist das besser. Es vertraut dir nicht.

— Ich weiß, aber darum geht es mir nicht. Ihr wollt nun bald einziehen, dann wird es hier eng.

— Darüber wollte ich auch schon mit dir sprechen. Gut, dass du es auch so siehst. Die Stellung, die du hier bisher hattest, kannst du natürlich nicht mehr haben. Diese Zeiten sind vorbei. Vielleicht musst du ganz weg von hier oben.

— Aber wo soll ich hin?

Er denkt nach und sagt zum Enkel:

— Sie kocht wirklich sehr gut. Es wär schade drum.

— Wie Ihr wisst, ist mein Stand im Dorf nicht einfach …

Der Enkel lacht.

— Also? Was schlägst du vor?

— Nun, ich glaube, Ihr braucht mich hier oben. Ich koche, es schmeckt Euch. Ich versorge das Haus, es ist ordentlich, ich wasche die Wäsche und das Geschirr, ich zerbreche nichts, ich flicke und nähe gut. Ich versorge den Garten und das Feld. Ich kenne hier alles. Lasst mich erstmal hier. Ich kann dann Jakup nach und nach alles zeigen. Aber natürlich räume ich meine Kammer und mache Platz für ihn.

— Das klingt vernünftig.

— Was wäre, wenn ich den Hühnerstall ausmiste und dort schlafe?

Der Enkel starrt mich angewidert an.

— Freiwillig?

— Im Hühnerstall?

— Ja. Das macht mir nichts.

— Du wirst stinken.

— Ich wasche mich jeden Morgen, ehe ich ins Haus komme.

Der Vorsteher isst vom Käse, isst von den Oliven. Der Enkel trinkt seinen Becher Wein in einem Zug und schenkt sich selbst nach.

— Es ist die beste Lösung, sagt er. Dann haben wir das Haus für uns.

— Wie viele Hühner haben wir?

— Nur zwei, aber sie legen nicht mehr.

— Schlachte sie. Miste aus. Zieh in den Stall.

— Wie Ihr wünscht.

Ich trinke rasch vom Kaffee und esse vom Brot, um meine Freude zu verbergen.

— Ich mag übrigens keine schwarzen Oliven, merk dir das. Nur die grünen für mich.

— Verstanden. Aber … eine Sache ist da noch.

— Welche?

— Die Signale. Es ist unmöglich, alle Signale zu geben und dazu noch meine Arbeit zu schaffen.

— Wie ist es bisher gegangen?

— Der Bethaus-Vater hat die Signale nachmittags gegeben.

— Hm. Jakup, das wirst ab jetzt du machen.

— Ich?

— Ja. Alle Signale.

— Danke, Eselshu–.

— Mäßige dich. Oder willst du im Hühnerstall schlafen?

— Nein.

— Na also. Zeig es Jakup, ab heute Mittag gibt er die Signale. Und dann ist da noch etwas: Bedeck bitte dein Haar.

— Mein Haar?

— Muss ich es zweimal sagen?

— Nein. Warum soll ich es bedecken?

— Es reizt.

— Es reizt?

— Das Auge, ja.

– Und womit soll ich es bedecken?
– Meine Güte, denk dir etwas aus. Ein Stück schwarzer Stoff wird es wohl tun.

Der Vorsteher erhebt sich und verlässt die Küche, der Enkel trinkt eilig seinen Becher leer, knallt ihn auf den Tisch und sieht mich dabei herausfordernd an. Dann winkelt er seine Arme an, bewegt sie auf und ab, gackert leise, schiebt seinen Kopf vor und zurück und folgt schließlich dem Vorsteher.

Es sollte ein Triumph für mich sein, ich habe doch bekommen, was ich wollte, warum aber fühlt es sich nicht danach an? Mein Haar reizt nicht. Mein Haar ist doch nur mein Haar. Ich möchte mich auch so bewegen können wie der Enkel. Möchte auch Gedrehte rauchen, Hosen tragen und Wein zum Frühstück trinken, wenn mir danach ist, und Bücher lesen über den unbewegten Beweger … Warum sind unsere Gesetze so? Warum darf Jannis nicht singen? Warum Kristof nicht kochen? Warum dürfen Frauen nicht mit abstimmen? Warum müssen sie nach dem dritten Kind unfruchtbar gemacht werden? Warum darf ich nicht lesen und schreiben? Einen Namen haben? Warum muss ich das alles heimlich und gegen die Gesetze tun? Warum wird alles so getrennt in ein Mann-Frau, Entweder-Oder? Ich will einfach nur ein Mensch sein. Und wenn es hier nicht geht, dann will ich weg, mit Yael, weg von hier, weg von der Insel, in ein besseres Dorf, auf eine bessere Insel, in ein besseres, festeres Land vielleicht.

Wo bekomme ich jetzt so ein verdömmeltes Stück schwarzen Stoff für meine Haare her? Aber dass ich mich das frage, ist das nicht bereits ein Stützpfeiler des Falschen? Götter, lehrt mich das Denken, macht meine Worte scharf wie ein Müllermesser! Doch dass ich dafür die Götter anrufe, ist das nicht ebenso falsch? Ich habe Halt und Orientierung verloren. Der Bethaus-Vater ist nicht mehr, Mariah liegt stumm und gebrochen im Bett, Sofia weiß nicht um die Dinge hinter ihrer Welt, und ebenso wenig die Dakosbrot-Frauen, sie können nicht lesen. Sie haben keine Bücher, sie wissen nichts über die Dinge, die der Bethaus-Vater mir beigebracht hat. Und Yael? Wir sehen uns bloß bei Vollmond, und er zögert, von hier wegzugehen. Prahan, wie geht das alles nur weiter?

ZWEIUNDNEUNZIGSTE STROPHE

(Das Schwimmenüben)

Jedes Mal wenn ich hochkam, habe ich etwas aus dem Hühnerstall mitgenommen und in mein Versteck beim Müller gelegt, jetzt ist alles erstmal hier und sicher. Das Feuerzeug aber lasse ich in meiner Schürze, wenn mich jemand erwischt, hab ich's halt gerade erst gefunden. Der Stall ist ausgemistet, aber ich teile ihn mir noch immer mit den beiden Hühnern, habe es immer noch nicht fertiggebracht, sie zu schlachten.

Yael ist schon da. Er wartet, auf dem Salzsack ruhend, den Blick zum Vollmond.

– Hallo.

– Endlich! Was hast du denn da auf dem Kopf?

– Der Vorsteher will, dass ich das trage.

Yael nimmt mir das schwarze Tuch ab. Wir halten und küssen uns. Er will immer gleich an die Haut, löst ungeduldig die Bänder meines Kleides.

– Halt. Yael. Warte.

– Was ist?

– Ich möcht jetzt noch nicht.

– Ist etwas geschehen?

– Nein.

– Was ist denn dann?

Ich lege mich neben Yael auf den Rücken, lasse den Mond rein und höre den Nachtpfeifern zu.

– Wie könnt ihr alle eigentlich so weiterleben, als sei nichts, als sei der Bethaus-Vater nicht gerade erst gestorben?

– Verzeih. Für mich fühlt es sich lang her an.

– Für mich nicht.

— Übermorgen wird der Vorsteher das Amt übernehmen.

— Ich weiß. Er besetzt schon das ganze Bethaus mit Jakup. Ich wohne jetzt im Hühnerstall.

— Darf ich dich da besuchen?

Ich sehe ihn an, er meint es ernst.

— Yael, übst du das Schwimmen mit mir?

— Jetzt gleich?

— Ja, hier.

— Wozu?

— Zum Wegkommen, zum Wegkommen natürlich.

— Alina.

Jetzt nimmt er mein Gesicht, wird weich und lieb.

— Yael.

— Ja?

Er beginnt mich zu küssen, ich mache mich von ihm los, stehe auf und schäle mich aus meinen Kleidern. Er tut es mir nach und will mich fassen, aber ich halte ihn von mir weg.

— Erst das Wegkommen üben.

Bäuchlings lege ich mich auf den Salzsack und rühre mit Armen und Beinen in der Luft. Yael küsst meinen Po.

— Schau.

— Mein Frosch.

Er will sich auf mich legen.

— Schhh. So geht das, siehst du?

— Ja.

Ich winde mich unter ihm hervor und stehe auf.

— Dann zeig!

Ich spiele, dass ich der Lehrer bin, und stehe über ihm, die Beine breit, die Arme in die Hüften gestützt, die Mundwinkel nach unten.

— Na los! Zeig, was du kannst. Hast du geübt?

Mir stürmt unerwartet eine Banane den Kopf, die ich aber sofort mit einem Messer zerlege. Yael liegt da und kichert.

– Hä? Was ist daran lustig, Betschüler? Schwimm!

Seine dünnen Schreiberarme machen die falschen Bewegungen, seine Beine hängen schlaff.

– So schaffst du es nicht einmal durch eine Pfütze. Ich zeig es dir!

Ich lege mich auf ihn und führe ihm die Arme mit meinen Armen. Und flüstere ihm ins Ohr:

– Lass deine Beine an meinen Beinen.

– So?

– Ja, ganz genau.

Ich küsse seinen Nacken. Er stöhnt. Ich küsse die Stelle hinter seinem rechten Ohr.

– Oh, Alina.

– Weiterschwimmen.

– Ja.

– Zehn Züge noch.

– Eins.

– Zwei.

– Drei.

– Warte.

Und dann dreht er sich unter mir um. Oh, Mann.

Danach atmen wir im Gleichtakt und haben die Augen zu. Warum muss es eigentlich immer so enden, dass wir miteinander schlafen. Es gibt so Wichtiges zu besprechen.

DREIUNDNEUNZIGSTE STROPHE

(Die neuen Gesetze)

Die Frauen in Schwarz sind jetzt immer öfter im Bethaus, sitzen in der kühlen Küche und nähen, sitzen da und nähen schwarzen Stoff mit ihren alten krummen Fingern, heben sich das Nähzeug dicht an ihre Augen, wenn ihnen der Faden entwischt, zitieren leiernd Stellen aus der Khorabel, als gäbe es dafür einen Preis vom neuen Bethaus-Vater.

Der Weinmond, der zehnte Jahresmonat, hat begonnen, und die tägliche Umklammerung der Sommerhitze lässt langsam nach, wir bekommen wieder Luft, dösen weniger durch die Tage, sparen aber trotzdem weiter unsere Kräfte. Jetzt ist Weinernte, bald sind die Zitrusbäume dran und ein paar Wochen später die Oliven. Da stehen wir dann alle in den Bäumen und darunter, schlagen und pflücken, bevor der Regen kommt und die Oliven sich voll Wasser saugen. Danach pflügen wir die Felder für die nächste Aussaat, stecken die Samen vom Getreide, vom Fava und vom ersten Gemüse in den Boden. Dafür horten wir unsere Kräfte.

Täglich bin ich auf unserem Feld, das für mich immer noch das Feld vom alten Bethaus-Vater und mir ist, und in unserem Garten, der für mich immer noch unser Garten ist, obwohl das nicht mehr stimmt, obwohl sich meine Welt und mein Leben schneller verändert haben als mein Gefühl. Vom Bethaus bin ich kaum noch ein Teil, ich diene nur noch stumm, wasche, putze, koche und bin unsichtbar. Und weil die Ernte nicht mehr reicht, der trockene Sommer lässt uns wenig, und jetzt gleich zwei hungrige Männer satt zu bekommen sind, muss ich oft im Laden zukaufen, denn ich bin ja auch noch da. Oft verlangt der neue Bethaus-Vater nach Fleisch, aber wo soll ich es denn hernehmen, die beiden Hühner sind längst aufgegessen. Wenn mir im Laden kein Fleisch gegeben wird, weiß ich nicht, woher ich es nehmen soll. Es wird Zeit für neue Hühner, dann sind wenigstens wieder regelmäßig Eier da. Nur wo soll ich dann wohnen?

Sooft ich kann, helfe ich Mariahs Familie auf dem Feld. Kristof und seine Frau schaffen es nicht neben der Arbeit im Lokal, und ihre Tochter schafft nur die Feldarbeit am Morgen, also wässere ich abends. Die Zwillinge sind schwanger, man sieht noch nichts, aber es wurde auf der letzten Versammlung verkündet, beide leben jetzt bei ihren Männern, beide sind ganz mit ihren neuen Rollen in ihren neuen Familien beschäftigt. Mariah erholt sich einfach nicht, das Bein müsste längst verheilt sein, der Gips ist ab, aber sie steht und steht nicht auf, das Bett hat ihr über die Wochen die Muskeln gestohlen. Sie spricht kein Wort, noch immer nicht. Ihr Traum, der Sturz, Prahans Tod stecken ihr noch immer in den Augen und machen ihr die Zunge schwer. Darf ich sie besuchen, bring ich ihr Gekochtes mit, immer eins von ihren Rezepten. Ich kämme ihr das Haar, küsse ihre Stirn, erzähle ihr, was ich weiß aus dem Dorf. Was ich nicht laut sagen kann, versuche ich ihr mit den Augen zu sagen: Dass meine Sachen in Sicherheit sind, dass ich weiterhin das Lesen und Schreiben übe, nur eben seltener und oben beim Müller im Versteck. Dass ich darauf warte, mit ihr zusammen wieder in die Berge zu ziehen, zur Höhle und zum Orakel. Ich erzähl ihr mit den Augen, dass Yael mich im Hühnerstall besuchen will, wann immer er sich in der Siedelei nachts davonstehlen kann. Ich erzähl ihr von unserem ausgemachten Klopfzeichen, und dass ich den Stall wegen dem Enkel von innen verschließe. Ich erzähl ihr vom neuen Bethaus-Vater, dass ich bei ihm nie weiß, woran ich bin, dass ich mich zwinge, ihn zu mögen, mir aber noch immer kalt wird in seiner Nähe. Ich erzähle ihr, dass er keine schwarzen Oliven mag und dass ich meine Haare jetzt bedecken muss mit einem Tuch, und das erzähle ich ihr nicht nur mit den Augen. Auch das rote Band musste ich von meiner Taille abnehmen, stell dir vor, Mariah. Du heiratest eh nicht, nächstes Jahr, wenn der Arzt wiederkommt, lass ich dich unfruchtbar machen. Das hat er gesagt, als sei ich eine Katze.

Ich bitte Mariah, dass sie bald gesund werden soll, weil ich sie brauche. Aber das sage ich ihr mit dem Mund und nicht mit den Augen, und da drückt sie meine Hand. Aber wenn du mich fragst, ist sie schon mehr weg als hier, wenn du mich fragst, haben die drei Fährfrauen sie schon auf ihre Barke geladen, vielleicht hat Mariah sie schon längst bezahlt. Das könnte ich nicht ertragen, Mariah, dass du jetzt auch noch stirbst, hörst du? Und sie antwortet mit ihren Augen: Mein Mädchen. Mein Mädchen. Wenn du wenigstens wieder sprechen würdest, Jahjah.

Vor ein paar Tagen erst wurde der Vorsteher der Siedelei zum Bethaus-Vater ernannt, mit Pomp und großer Feierlichkeit in der Pujachatt. Das Bethaus ist jetzt dauerhaft mit dem großen Tuch getrennt, doch haben sie es nun quer gehängt: Vorne sitzen die Männer und hinter dem Tuch, ohne Blick auf den Bethaus-Vater und den Opferaltar, ohne Blick auf all das Goldzeug, das da jetzt aufgestellt ist, ohne Licht und vor der Welt versteckt, da sitzen nun wir Frauen. Es hieß erst, das sei nur für die Ernennung so geplant, aber das Tuch hängt immer noch und die nächste Pujachatt ist schon morgen früh.

Am Brunnen wird darüber getratscht. Keiner Frau gefällt es hinter dem Vorhang, auch den Frauen in Schwarz nicht, die ihr letztes Augenlicht herschenken und die Stoffe für das Bethaus nähen, sie wollen freie Sicht auf die Opferschalen, freie Sicht auf den Bethaus-Vater, sie wollen die erste Reihe, wollen das Versprechen auf Erlösung, eine sanfte Fährfahrt und eine gute Wiedergeburt. Zum ersten Mal, seit ich denken kann, sehe und höre ich bei allen Frauen gleichermaßen den Unmut wachsen.

Langsam füllt sich der Platz zur außerordentlichen Versammlung, zu der der neue Bethaus-Vater und der Ältestenrat gerufen haben. Die Stimmung ist gereizt. Jannis, unser Nachrichtensprecher, ist aufgebracht, es sind noch keine Musiker in Sicht. Ohne sie kann er nicht anfangen, das wissen alle. Michalis schreibt in seine Bücher, sein dürrer Gehilfe bringt ihm Schnaps. Ich suche den Platz mit meinen Augen ab, sehe Sofia, sie ist schon wieder blaugeprügelt. Als ich mich ihr nähere, schüttelt sie unmerklich den Kopf, also gehe ich an ihr vorbei in die Richtung von Irini.
– Kann ich mich zu dir setzen?
– Ja, nur zu.
– Danke.
– Wie geht es Mariah?
– Nicht gut. Sie spricht nicht und ist noch immer so schwach.
– Bei den Göttern.

Der neue Bethaus-Vater steht auf und brüllt so laut er kann, was nicht sehr laut ist.
– Ruhe!

Es wird trotzdem still.
– Der Ältestenrat und ich als euer neues Oberhaupt haben beschlossen, dass sich ein paar Dinge verändern müssen, um das friedliche Zusammenleben im Dorf weiter zu garantieren. Das Chaos der letzten Versammlung war unerträglich. Also haben wir zu eurem Schutz neue Gesetze erlassen.

Das Dorf murmelt.
– Ruhe! Ab sofort wird es keine Nachrichten mehr geben. Ab sofort werden alle wichtigen Neuigkeiten von mir persönlich nach jeder Pujachatt verkündet!

Das Dorf wird laut.

— Ruhe, brüllt Jakup Jakupsohn.

— Ruhe, brüllt auch der neue Bethaus-Vater, dessen Stimme langsam an Kraft gewonnen hat.

— Weiter werden ab sofort alle Frauen ihr Haar und ihren Mund bedecken. Nach dieser Versammlung kann sich jede Frau ein Tuch und eine Binde dafür bei uns abholen. Es ist für Frauen ab sofort Gesetz der Götter.

— Warum das denn, rufen die Dorffrauen, warum war es bisher nicht Göttergesetz?

— Was soll das mit den Binden?

— Weiter gehen die Frauen nach Einbruch der Dunkelheit nicht mehr allein draußen herum.

— Warum das denn?, rufen die Frauen.

— Richtig so, ruft ein Mann.

— Weiter ist der Verzehr von Wein und Schnaps im Dorf ab sofort untersagt.

— Ihr spinnt wohl, ruft das Dorf.

— Ruhe!

— Die Zeiten des Lasters und der Sittenlosigkeit sind vorbei! Viel zu lange haben mein Vorgänger, die Götter haben ihn selig, und der Ältestenrat diesem Verfall tatenlos zugesehen!

— Und was sollen wir dann trinken?

— Weiter wird die Verteilung des Geldes ab sofort anders geregelt. Jede Tätigkeit wird jetzt mit Geld bewertet!

— Wer bewertet das?

— Ruhe!

— Was soll der ganze Schwachsinn!

— Wir wollen unseren Jannis!

— Hör auf mit Jannis, wir wollen Schnaps!

— Wir wollen Schnaps und gerechte Geldverteilung!

— Wir wollen, dass alles so bleibt.

– Wir wollen den Strom!
– Nein, den wollen wir doch nicht mehr!
– Jakup, sorg für Ruhe.
– Doch!
– RUHE!
– Strom wird es hier nicht geben. Dafür haben wir gesorgt. Selbst wenn das Land ihn herbringt bis zur Insel, wir lassen ihn nicht hoch ins Dorf. Das wurde einstimmig im Ältestenrat beschlossen. Wir brauchen keinen Strom!
– Was? Kein Strom?
– Was ist mit den Maschinen, die Wäsche waschen können?
– Was ist mit dem Wein?
– Genau!
– Seht euch diesen Lappen an! Und den soll ich mir vor den Mund binden?
– Also, ich trage das Ding nicht.
– Ich auch nicht!
– Wie soll man da sprechen?
– Wie essen?
– Wie trinken?
– Ich sag nur Wein her, sofort!
– Und was arbeitet Jannis jetzt?
– Was ist mit den Musikern?
– RUHE!!!
– Ihr wollt Veränderung? Ihr wollt Fortschritt? Modernität? Hier ist sie. Wir haben neue, fortschrittliche Gesetze erlassen. Die Betmänner haben in der Siedelei die Khorabel überarbeitet. Ab sofort gilt die neue, fortschrittliche Khorabel, nicht mehr die alte! Meine Ansprachen in der Pujachatt werden sich danach richten. Und auch die neuen Gesetze treten ab sofort in Kraft. Sie werden am Ältestenhaus ausgehängt, die Männer lesen sie sich durch und erklären sie ihren Frauen und Kindern. Jeder Verstoß gegen die Ge-

setze wird am Pfahl bestraft. Das Ausmaß der Strafe bestimmen der Ältestenrat und ich. So! Hiermit ist die außerordentliche Versammlung geschlossen!

Das Dorf ist in Aufruhr. Alle laufen, sprechen, rufen durcheinander. Irini und ich tauschen einen Blick, tief wie das Meer, tief wie Blutsverwandtschaft. Der Ältestenrat steht geschlossen auf, sie hieven ihr Gewicht auf Stöcke gestützt hoch, doch ihre alten Rücken bleiben krumm, mit langsamen Schritten schlurfen sie zum Ältestenhaus. Vor dem Lokal kippen sich alle anderen den letzten genehmigten Schnaps in die Münder. Michalis und die Ältestenfrauen beginnen, unter den Frauen und den Mädchen, die ihre Weihe schon empfangen haben, Tücher und Binden zu verteilen.

Das Dorf braust, das Dorf windet sich, die alte Ordnung ist hin. Es ist Sturm.

VIERUNDNEUNZIGSTE STROPHE

(Die schwarzen Stellen)

Der Himmel ist grau. Ich gehe die Treppe runter ins Dorf, in der Schürze eine neue Khorabel, in der Hand einen Stapel Zettel. Mir wurde gesagt, ich solle beides ins Ältestenhaus bringen. Auf allen Zetteln steht dasselbe: *Die neuen Gesetze* steht da als Überschrift, und dann stehen die Gesetze so da, wie der neue Bethaus-Vater sie uns in der Pujachatt erklärt hat, Buchstabe für Buchstabe, Wort für Wort: Das mit den Frauen-Haaren und Frauen-Mündern, die jetzt zu bedecken sind, das mit der Dunkelheit, in die die Frauen nicht mehr rausdürfen, dass sie sich nicht mehr versammeln dürfen und sie von der Pujachatt ausgeschlossen sind, wenn sie bluten. Das mit dem Wein und Schnaps, die jetzt verboten sind und nur noch für den Tausch mit dem Händler hergestellt werden dürfen. Und das alles ist jetzt auf einmal Göttergesetz? Ich denke, das wird nicht klappen und alle werden heimlich saufen, das gibt noch was.

Dann steht da noch, wie die Sache mit dem Geld und dem Land ab sofort geregelt ist. Jeder soll ein Stück Land zugeteilt bekommen und erntet, was darauf wächst. Und dass das Dorf ab jetzt die Waren im Laden und beim Händler mit Geld bezahlen soll. Mit neuem Geld, richtigem Geld. Wie soll das gehen, frag ich dich. Ich denke, dass bald einige viel Geld haben werden und einige wenig und dass das Chaos bringen wird.

Und als letzter Punkt steht da, dass die neue Khorabel ab sofort in Kraft tritt und die alten Gebrauchskhorabeln, seltsames Wort, im Ältestenhaus abgegeben werden müssen und man für sie die neuen bekommt.

Mir kommt eine Idee: Was, wenn ich die alte, die jetzige und die neue Khorabel vergleichen könnte? Buchstabe für Buchstabe, Wort für

Wort. Seite für Seite. Ich beschließe, nur die Zettel im Ältestenhaus abzugeben und die neue Khorabel in meiner Schürze zu lassen. Ich vergesse sie da einfach. Nur für heute. Morgen gebe ich sie ab.

Ich mache mich weg und die Dorftarnung an. Die Gassen sind heute seltsam leer. Nicht einmal die Kinder lärmen. Vor dem Lokal diskutieren die Männer beim Kaffee über die Sache mit dem Geld. Der Imker will jetzt Geld für die Arbeit seiner Bienen. Kristof sagt, er sei verrückt, dann wolle er auch Geld für den Schatten seiner Bäume. Ich klebe meinen Blick beim Überqueren des Platzes auf den Boden und glotze dumm, als ich schließlich an die Tür vom Ältestenhaus schlage. Es dauert, dann öffnet mir Michalis' Gehilfe, Irinis Sohn.

— Ich soll die hier abgeben.

— Gib her.

Ich reiche ihm den Stapel Zettel.

— Deine Binde.

— Das gilt schon jetzt?

— Ja.

— Verzeiht.

Ich zerre mir im Gehen das Kopftuch von einer Seite her vor den Mund und mache mich mit Zwischenstopp im Laden und einem Stück Lammfleisch wieder auf den Rückweg. Verbundene Frauen und Mädchen in den Fenstern und Türen, wir erkennen uns kaum noch.

Nachdem ich das Fleisch in Öl, Knoblauch und Kräuter eingelegt habe, steige ich zum Müller, steige zu den Mühlen, steige mit der neuen Khorabel hoch zur Truhe und zu meinen Sachen.

— Hallo Müller.

— Nimmdiebindeab.

— Ich bins.
— Weißich. Nimmsieab.
— Ist jetzt Gesetz.
— Hierobengiltdasnicht. Hiergiltmeingesetz. Undichsehlieberindeingesicht. Alsaufeinstückstoff.

Ich zerre mir die Mundbinde runter.
— Bravo. Waswillstdu?
— Muss was nachsehen, in meinem Versteck.
— Nurzu.

Ich setze mich hinter die letzte Mühle, setze mich hin mit drei Khorabeln, der ganz alten von Mariah, der vom Finder mit den schwarzen Stellen und der neuen ohne schwarze Stellen, und lese. Die ersten Seiten sind gleich, da steht überall dasselbe.

Aber dann, ich schlage einfach irgendwo eine Seite auf.

In der alten Ausgabe steht:

Die drei Götter haben eine Quelle, und diese Quelle hat das weibliche und das männliche Prinzip inne. Die Götter sind weiblich und männlich zugleich, in ihnen vereint sich beides. Vollkommenheith entstehet, indem sich das weibliche und das männliche Prinzip vereinen.

In der mit den schwarzen Stellen:

Die drei Götter haben eine Quelle, und diese Quelle hat das weibliche und das männliche Prinzip inne. [redacted] *Vollkommenheith entstehet, indem sich das weibliche und das männliche Prinzip vereinen.*

Und in der neuen Khorabel steht:

Die drei Götter haben eine Quelle, und diese Quelle hat das männliche Prinzip inne. Die Götter sind männlich. Vollkommenheith entstehet durch das männliche Prinzip.

Was? Wiebitte? Das dürfen sie nicht!

Und in der nächsten Strophe:

So wie jedem Gott, wohnen auch dem Menschen beide Prinzipien inne. Sie sind im Kern weder weiblich noch männlich, sondern beides, sie sind vollkommen. Das männliche Prinzip ist dem weiblichen Prinzip nicht überlegen. Das weibliche Prinzip ist dem männlichen Prinzip nicht überlegen. Um Frieden herzustellen, seih stets das Gleichgewicht zu suchen. Wenn ein Prinzip das andere dominieret, entstehet kein Frieden, kein Gleichgewicht, sondern Unruhe, Chaos, da das unterdrückte Prinzip sich einen Ausweg sucht.

In der mit den schwarzen Stellen:

[redacted]. [redacted] *Das weibliche Prinzip ist dem männlichen Prinzip nicht überlegen.* [redacted] *Wenn ein Prinzip das andere dominieret, entstehet kein Frieden, kein Gleichgewicht, sondern Unruhe, Chaos*[redacted].

Und in der neuen Ausgabe:

Das männliche Prinzip ist dem weiblichen Prinzip überlegen. Wenn ein Prinzip das andere dominieret, entstehet Frieden und Gleichgewicht.

Das dürfen die nicht! Die können doch nicht einfach die heilige Khorabel umschreiben! Das ergibt ja so einen völlig neuen Sinn! Warum wusste ich das mit der Vollkommenheit nicht und den beiden, wie sagt man, Prinzipien? Warum wusste ich nicht, dass jeder Mensch beides hat? Warum hat mein Finder das dem Dorf nicht gesagt? Warum hat er sich an die schwarzen Stellen gehalten, die alles aufteilen in zwei? Und jetzt in der neuen Khorabel ist es nochmal ganz anders! Das sind die Worte aus den alten Khorabeln, aber sie lassen das Wichtigste weg! Was, wenn sie sich das ab jetzt so weitererzählen, es ihren Kindern und Enkeln und Urenkeln beibringen. Und die dann wieder ihren Kindern und immer so weiter. Was, wenn das ab jetzt die Geschichte ist, die man sich im Dorf erzählt. Wie könntest du als Mädchen dann jemals glauben, dass es einmal anders war? Dass ein Mensch ein Mensch ist und jeder beide Prinzipien hat. Wie die Götter.

Vom Bethaus singt das Signal, die Mittagsruhe ist um.

Wenn Menschen die heilige Schrift der Götter so einfach umschreiben können, heißt das dann, dass die Khorabel gar nicht heilig ist? Mein Denken verrenkt sich, mein Kopf tut weh. Die Welt ist mir verrückt geworden.

Ich muss wieder runter ins Bethaus. Die alten Khorabeln verstaut, die neue zurück in meine Schürze und los, und den Müller sehen, und ihn nicht hören.

— Was?

— Wasmitdirlosisthabichgefragt.

— Glaubst du an die Khorabel?

— Nein.

Das Kleid gerafft, bergab, bergab, und weiter bergab. Das Haus, der Hof, das Holz, der Ofen, das Fleisch, die Patates, der Rosmarin, der neue Bethaus-Vater:

— Kopftuch! Mundbinde!

— Entschuldigt. Es gibt heute Abend Lamm. Und dann ist da noch etwas …

— Was?

— Ich habe heute früh vergessen, die neue Khorabel im Ältestenhaus abzugeben.

Sein Seufzen. Sein Mundgeruch. Mein angehaltener Atem.

– Du bist zu dumm für die kleinsten Aufgaben!

– Ich muss sowieso noch einmal ins Dorf, ich hole es nach.

– Gib sie her. Ich mach es selbst.

Die Übergabe. Mein Herzschlag.

– Setz dir endlich das Tuch auf und bedeck deinen Mund.

– Auch hier drinnen?

– Ja, oder sind wir etwa verwandt oder verheiratet?

– Nein.

Mir brennt das kostbare Fleisch an. Zum ersten Mal brennt mir das Lamm an und wird zäh und hart. Ich habe mich vertanzt.

FÜNFUNDNEUNZIGSTE STROPHE

(Die Küken)

Seit der Sache mit ihrem Mann und dem Esel auf der Versammlung empfängt Sofia mich nicht mehr, sie hat zu viel Angst, um sich, um Noura, um mich. Sie steht in der Haustür, wirkt verdunkelt und schlapp, den Mund hinter der Binde versteckt nuschelt sie, dass ich gehen soll.

Also besuche ich Mariah, streichle ihre Hände, erzähle ihr die Dorfneuigkeiten. Panos hat eine neue Tür, alle finden die Mundbinden furchtbar, man erkennt und versteht sich kaum, Sofias Mann lässt mich nicht mehr zu ihr. Ich flüstere:

– Ich habe die Khorabeln verglichen. Sie haben sie umgeschrieben, Mariah. Es ergibt jetzt einen völlig neuen Sinn.

Sie drückt meine Hand und öffnet die Augen.

– Was sollen wir jetzt machen, Mariah? Sie biegen sich die Khorabel zurecht. Ich muss darüber mit jemandem sprechen. Sag doch bitte, bitte etwas.

Und ich meine fast, dass sich ihre Lippen bewegen, aber genau da kommt Kristofs Frau die Treppe hoch und Mariah schließt wieder die Augen. Ich verabschiede mich mit Stirnkuss und gehe noch kurz bei Irini vorbei. Wir verabreden uns wieder zum nächsten Dakosbrotbacken. Ich muss den Frauen die Sache mit den Stellen aus der Khorabel erzählen, sobald sich die Gelegenheit bietet.

Vom Bethaus kommt das Mittagssignal, ich mache mich auf den Rückweg, meide die Kurve und gehe mitten über den Platz. Die neuen Gesetze hängen schon am Ältestenhaus. Mist. Schon wieder habe ich vergessen, die Binde vor den Mund zu ziehen, rasch schiebe ich sie hoch.

Vor dem Lokal streiten erneut die Männer beim Mittagskaffee

über die Landverteilung und das Geld und darüber, welche Arbeit ihrer Meinung nach wertvoller ist. Der Heiler findet seine Arbeit am wichtigsten, Gesundheit sei das höchste Gut. Woraufhin ein Olivenbauer ausflippt, wer nichts zu essen habe, sei nicht lebensfähig, und Oliven seien gut für die Gesundheit. Wenn du mich fragst, haben die neuen Gesetze bisher weder Gleichgewicht noch Ruhe noch Fortschritt geschaffen.

Treppauf, nichts blüht jetzt mehr zwischen den Ritzen, alles trocken, alles braun, alles brüchig, und du sehnst dich nach Regen, damit das Grün bald zurückkommt. Trotzdem die beste Zeit zum Holzsammeln. Ich versuche, im Takt des Zikadengesangs zu gehen, der aus den Olivenbäumen wabert. So riecht der späte Sommer. So hört er sich an. Und so sieht er aus.

Das Meer gibt jetzt schon früh den Horizont auf, so dass bereits vormittags alles milchig verläuft, Himmel und Wasser zu einem Dunst verschmelzen. Das Tuch klebt mir am Haar und die Binde am Mund. Bei jedem tiefen Atemzug wölbt sich der Stoff in meine Mundhöhle und bläht sich, wenn ich ausatme. Ein verlaustes Hirtenkind sitzt heulend auf einer Treppenstufe. Dem Mädchen laufen dicke Tränen über das dreckverschmierte Gesicht. Ich nehme die Binde ab.

— Hast du dir weh getan?

Kopfschütteln.

— Jemand bei dir zu Hause?

Kopfschütteln.

Ich setze mich dazu, sie rückt von mir weg. Ich reiche ihr die Binde.

— Hier, schnäuz dich aus.

— Da rein?

— Was Besseres hab ich nicht.

— Aber … das issoch dein Mundschutz.

– Zum Angstmann damit.

Die Kleine grinst.

– Darf ich wirklich?

– Immer raus mit dem Schnodder und rein damit in die Binde.

Sie lacht.

– Wirklich? Ich machs.

– Nur zu!

Und sie schnaubt, faltet die Binde auf und guckt sich ihren Schnodder an.

– Jetzt is alles voll mit meim Schleim!

– Bravo!

– Du bistne Hexe, stümmts?

– Nein.

– Is deine Mutter n Esel?

– Nein.

– Meine Mutter auch nich. Kannsu mich verzaubern?

– Nein.

– Hassu schonma den Wächter gesehn?

– Nein.

– Den Angstmann?

– Ja. Schau.

Ich hebe mein Kleid und zeige der Kleinen mein Bein. Sie starrt es an.

– Hatta dir das Bein zerkrüppelt … Hatta draufgehaun … Darfich anfassn?

– Ja.

– Tutass weh?

– Nicht mehr.

Sie zieht ihre dreckige Patschehand zurück, ich bedecke mein Bein wieder.

– Magst du mir sagen, wer dir weh getan hat?

– Dorfjungs. Von unten. Vom Platz die.

– Das sind die Schlimmsten.
– Ja! Kloppe. Hierhin. Und da. Und hier. Und da. Und so Sachen gesagt.
– Was für Sachen?
– Dassich ne dreckige Hirtenmädchenschlampe bin. Dassich Läuse hab. Dass meine Mudder es mit jedem macht, der sie bezahlt. Dass sies mitn Ziegen treibt. Dassich stink. Dassich ne Missgeburt bin …
– Und, glaubst du ihnen?
– Weißnich. Ja. Ich stink.
– Alle stinken.
– Ich hab Läuse.
– Sollte dir mal jemand rauskämmen.
– Meine Mutter liegt besoffen inner Hütte.
– Dann komm hoch zu mir ins Bethaus. Ich wasch dich. Ich kämm dir die Läuse raus. Musst keine Angst vor mir haben. Was die Jungs sagen, stimmt nicht. Ich bin keine Hexe, keine Eselshure. Und du keine Schlampe. Du bist das mutigste Mädchen im Dorf!
– Binich nich.
– Doch. Du hast dich getraut, mit mir zu reden.
– Ja.
– Machen das die Dorfjungs vom Platz?
– Türlich nich!
– Macht das eines der anderen Kinder?
– Nee.
– Na siehst du.
Die Kleine gibt mir die vollgeschnodderte Mundbinde zurück.
– Hassu den Bethaus-Vater umgepracht?
– Nein.
– … Wollte weglaufn.
– Das will ich auch dauernd.

– Muss los. Meine Schwestern findn. Sagstu niemandem, dassich mit dir geredet hap.
– Mach ich nicht.
– Schüß!
– Komm baden, wenn du magst.
Dann haut sie ab, und ich rappel mich auch wieder auf.

Als ich oben ankomme, bin ich schweißnass, zwischen meinen Brüsten spüre ich die Tropfen laufen. Ein leichter Wind kommt auf, weht den Berg hoch, mir unters Kleid, zwischen die Beine, und kühlt mich ab. Der neue Bethaus-Vater und der Enkel ruhen jetzt, und darum wage ich es, das Tuch vom Kopf zu nehmen. Nur einen Augenblick Freiheit. So stehe ich vor dem Bethaus, stehe breitbeinig da und sehe über das Meer, lasse Haare und Haut trocknen und denke an die Zeit, in der alles noch einfacher war. Es war einmal, da hatte ich noch einen Finder, eine Mariah mit heilem Bein, die mir das Orakel zeigt, eine Freundin, die mit mir küsst und näht und den Schmerz übt. Es war einmal, da brauchten Frauen keine Binden vor den Mündern, da wurde noch Schnaps getrunken und Wein, und alle waren ausgelassen und miteinander, jetzt huschen wir schnell durch die Gassen und sind am Abend zu Hause. Es war einmal, da hatten wir noch die Nachrichtenversammlung, da wurde gelacht und Musik gemacht und kam das Dorf zusammen. Es war einmal, da war ich die Gehilfin des Bethaus-Vaters. Jetzt ist alles hin, jetzt ist alles weg, jetzt bleibt nur noch Yael. Ein Blinker über mir pflügt fauchend das Blau und hinterlässt zwei weiße Himmelsfurchen. Ich versuche mir vorzustellen, dass im Blinker Menschen sind, die auf unsere Schöne Insel blicken. Können sie mich sehen, wie ich hier klein auf der Insel stehe? Ich winke, winke den Menschen im Blinker zu, winke, in der Hoffnung, gesehen zu werden und für immer gesehen worden zu sein, winke meinen Zeugen zu, hier bin ich, seht, ich lebe, ich habe gelebt, vergesst mich nicht, ich winke jetzt mit beiden Armen und wünsche mich nach da oben.

— Was machst du?

Ruckartig drehe ich mich um. Es ist Yael, in den Händen hält er einen piepsenden Karton, auf den Schuhe gemalt sind.

— Ich winke dem Blinker.

— Warum?

— Und was machst du hier?

— Ich bringe die Küken. Er hat sie bei uns bestellt.

Mit den Augen deutet er auf das Bethaus.

— Zehn Stück, sie sind gerade erst geschlüpft.

Er hebt kurz den Deckel der Schachtel an.

— Oh, sind die süß. Komm, wir bringen sie in den Hühnerstall.

Im Gehen streife ich mir das Tuch wieder übers Haar und ziehe es seitlich vor den Mund. Yael sieht mich irritiert an.

— Falls uns jemand sieht. Die Binde ist vollgeschnoddert, eigentlich müsste ich die auch …

Im Hühnerstall schließt Yael die Tür und stellt die Küken auf den Boden. Ich reiße mir das Tuch wieder runter, wir küssen uns. Er löst sich sein Gewand, ich hebe mein Kleid, ziehe meine Unterhose aus. Wir grinsen. Dass wir entdeckt werden könnten, erregt uns umso mehr.

— Alina.

— Wir müssen leise sein.

— So geht es nicht. Dreh dich um.

— So?

— Ja.

Yael beugt mich vor, ich stütze mich mit den Händen an der Wand ab. Er reibt mich von hinten mit seinem Stachel an meinem Po. Er beißt meinen Nacken. Ich reibe meine Knospe. Jederzeit könnte jemand reinkommen, ich schließe die Augen, vielleicht ist der Enkel wach, vielleicht liegt er in der Mittagshitze in meiner alten Kammer und weiß nicht, was wir hier tun, weiß nicht, dass es einen Mann gibt, der mich will, der mit mir Tier werden will. Yael versucht in mich einzudringen, aber der Winkel stimmt irgendwie nicht.

— Warte.

— Was machst du?

— Komm auf die Knie.

— Jetzt geht es.

— Ja!

— Sei leise, Alina.

So haben wir noch nie. Wir machen Tierwerdung, schneller und immer schneller stößt Yael zu, immer schneller klatschen unsere schwitzigen Unterleiber aneinander, diese Geräusche, Yael greift mein Haar, greift meine Hüfte, ich reibe mich unter seinen Stößen, jederzeit können wir entdeckt werden, jederzeit kann die Küchentür aufgehen, kann ich gerufen werden, vom Enkel, vom neuen Bethaus-Vater gerufen werden, vom Lehrer, von Sofia, vom Einsiedler gerufen werden, aber ich kann jetzt nicht, da müssen sie schon reinkommen in den Hühnerstall, weil ich kann jetzt nicht mehr aufhören, kann nicht, irgendwas bohrt sich in mein Knie, es schmerzt, aber ich kann nicht aufhören. Yael, Yael, Yael, wir können nicht aufhören, aber es geht gar nicht um uns und wir und du. Sondern nur ich, ich, ich. Mit der einen Hand stütze ich mich am Boden ab, die andere habe ich an der Knospe. Während die Küken aufgeregt piepsen, halten wir unsere Geräusche so gut wie möglich in uns drin, nur das Keuchen und Schmatzen verrät was, und schließlich seine letzten Stöße, Hände, die meine Hüfte greifen, fest greifen, sie bewegen, dirigieren, und während er sich erlöst, folge ich ihm mit kleinem Abstand nach und knalle mit dem Kopf auf die Legebank. Hallo. Du. Da bist du ja doch.

Wir sinken auf den Boden und lachen leise. So schnell haben wir noch nie … Mitten am Tag … Mitten vor den Küken, vor der Nase des Enkels, des neuen Bethaus-Vaters … Noch außer Atem ziehen wir uns wieder an, und mit Tuch überm Haar öffne ich die Tür, als sei nichts gewesen.

– Ich hol Wasser und Futter für die Küken, bist du auch durstig?

Yael lacht.

Während ich Wasser aus der Quelle schöpfe, kommt der Enkel aus der Küchentür, um das Signal zu geben. Als er mich sieht, ruft er: Binde!

Ich fingere das vollgeschnodderte Ding aus meiner Schürze und binde es mir mit dem Schnodder nach außen vor den Mund. Eklig.

Yael spricht den Enkel an.

– Ich habe die Küken gebracht. Aus der Siedelei.

Der Enkel mustert ihn kurz.

– Achtung, da hinten ist ein Weib. Unsere Magd. Ich kümmere mich gleich, bleib besser hier stehen. Dann setzt er seinen Weg zum Turm fort und verschwindet um die Ecke.

– Sie sind schon im Hühnerstall, ruft Yael ihm hinterher.

Keine Antwort. Yael blickt mich ratlos an. Ich reiche ihm rasch das Wasser und er trinkt durstig, während das Signal das Ende des Mittags ankündigt.

Der Enkel ruft, dass ich im Stall bleiben soll, bis er mir sagt, dass ich wieder rauskommen darf. Dann geht er zusammen mit Yael ins Haus.

Die kleinen Küken sind so niedlich, sie haben noch ganz weichweichweichen Flaum, suchen die Wärme, kuscheln sich aneinander oder an mich und vermissen ihre Mutter. Ich vermisse meine Mutter auch, wenn ich die Kleinen so ansehe. Wieder stelle ich mir vor, wie sie ausgesehen hat, wie sie war, warum sie mich hiergelassen hat. Ich nehme ein Küken in die Hand, streichle sein Köpfchen. An den Fingern spüre ich seinen raschen Herzschlag, spüre seine Angst, setze es schließlich wieder zu den anderen.

Ich höre, wie Yael aus der Küchentür kommt und sich vom neuen Bethaus-Vater verabschiedet. Ich schaue durch ein Astloch in der Tür. Yael blickt nicht in Richtung Hühnerstall, er tut so, als wüsste er nichts von mir, als würden wir uns nicht kennen.

Dann höre ich in der Küche etwas zerbrechen und den Enkel fluchen.

SECHSUNDNEUNZIGSTE STROPHE

(Der Riss)

Es war das Stundenglas, der Enkel hat es fallen lassen, es zersprang in tausend Splitter und ein Häufchen feinster Sand verlor seine Aufgabe. Weil der Enkel die Signale nicht im Blut hat wie ich, wurde beschlossen, dass ab jetzt die Uhr am Ältestenhaus alle Signale gibt und uns die Zeit ansagt. Irinis Sohn muss die Dorfuhr jeden Morgen aufziehen. Alle zucken bei jedem Ton zusammen, so ungewohnt ist das neue Signal.

Wir backen Dakos und fragen uns, ob das schon eine Versammlung ist. Irini hat die Arme bis zu den Ellenbogen im Teig. Ihre Tochter schürt das Feuer. Sofia ist noch nicht da, es sind nicht so viele Frauen wie beim letzten Mal. Wir alle haben die Mundbinden und die Kopftücher abgenommen. Keine von uns spricht, keine will mit ihren Worten den Teig verderben. Ich mache Tee, während das Wasser heiß wird, zupfe ich die schlechten Blätter von den Minzstängeln. Plötzlich geht die Tür auf, wir erschrecken.

— Was starrt ihr so? Ich bins!

Sofia nimmt ihr Kopftuch und die Mundbinde ab.

— Ich hasse diese Scheißdinger.

— Verdirb mir nicht den Teig mit deinen Worten, schimpft Irini.

Sofia hat eine Wunde an der Wange. Sie wirft ihre Binde auf den Boden.

— Ich krieg da drunter keine Luft.

— Ich auch nicht!

— Es ist stickig!

— Es juckt.

— Was hast du da an der Wange?

— Schürhaken. Das ist der einzige Vorteil von den Dingern, dass nicht sofort jeder sieht, wie scheißzerbeult man wieder ist.

— Sofia! Irini hebt den Drohfinger.

— Ist doch wahr!

— Lass mich mal sehen.

Ich untersuche Sofias Wunde und streichle ihr über die gesunde Wange.

— Lass.

— Mach eine Paste aus Gelbwurz drauf, sagt Nizra, das ist gut gegen Entzündung.

Wir warten darauf, dass der Teig aufgeht, Wasser und Mehl sich gut verbinden. Wir trinken Tee, essen Trauben, sprechen aber kaum. Ich fasse Mut.

— Ich muss euch etwas sagen.

Und dann erzähle ich alles, was ich über die neue Khorabel weiß. Die Frauen sind aufgebracht.

— Du kannst lesen?

— Warum kannst du lesen?

— Wer hat dir das beigebracht?

— Das ist verboten.

— Warum weiß ich das nicht?

— Sag schon, wer?

— Dafür kommst du an den Pfahl.

— Warum weiß ich nicht, dass du lesen kannst!

— Kannst du es mir beibringen?

— Nein.

— Warum nicht?

— Es braucht viel Zeit. Du musst täglich üben.

— Wo soll ich die noch hernehmen.

— Weißt du das sicher, was du da über die Khorabel sagst?

— Ja.

– Bei den Göttern.
– Woher weißt du das?
– Wie kannst du es vergleichen? Woher hast du die Khorabeln?
– Ich kann es euch nicht sagen. Ihr müsst mir vertrauen. Ich weiß es.
– Was machen wir jetzt?
– Was sollen wir schon machen.

Der Fragenschwarm kommt zur Ruhe. Wir schlürfen vom Minztee.

– Erinnert ihr euch an die Versammlung, als wir alle *Nein* gerufen haben?

Nicken.

– Da habe ich etwas gefühlt. Verbundenheit … Ich weiß nicht. Stärke …
– Kraft.
– Ja.
– Ich auch.
– Ging mir auch so.
– Es war egal, dass ich ich war, versteht ihr? Ich war ein Teil von etwas Großem. Wir standen da zusa–
– Ich erinner mich nur daran, dass mein Mann besoffen war und dann waren alle wieder still!

Sofia ist richtig schlecht gelaunt.

– Wir sind das Problem. Hätten wir nicht *Nein* gerufen und uns zusammengetan, wären die neuen Göttergesetze und die neuen Khorabeln nie gekommen!, sagt sie.
– Stimmt.
– Sofia hat recht!
– Glaubt ihr das wirklich? An so einer Khorabel schreibt man doch lange. Das wurde doch vorbereitet.
– Vielleicht haben sie Angst vor uns bekommen, seit der Versammlung.

– Angst? Vor uns?
– Vielleicht wollen sie uns einschüchtern?
– *Sie*, wen meinst du damit?
– Weiß nicht. Die Ältestenmänner? Den neuen Bethaus-Vater?
– Glaubst du wirklich, dass sie Angst vor uns haben?
– Ja, sage ich.

Oder wo kommen diese neuen Göttergesetze auf einmal alle her, denke ich, während wir weiter Tee schlürfen. Warum verbieten sie uns sonst, dass wir uns versammeln. Warum wollen sie nicht, dass wir miteinander sind. Warum die Binden. Oder das Verbot, nach Dunkelheit draußen zu sein. Sie versuchen uns zu bändigen wie die Schafe vorm Scheren.

– Das Männliche ist dem Weiblichen nicht überlegen. So ähnlich steht es in der alten Khorabel.
– Sagst du. Der alte Bethaus-Vater hat das nie gesagt.
– Es steht aber drin.
– Woher wissen wir, dass du nicht lügst?
– Woher wissen wir, dass das da drinsteht?
– Weil ihr nicht lesen könnt und mir vertraut?, sage ich.
– Vielleicht war die Schrift falsch.
– Oder sie hat es falsch gelesen!
– Die Khorabel ist doch heilig.
– Genau.
– Von den Göttern!
– Wie kann es da unterschiedliche Abschriften geben?
– Wenn ichs euch doch sag.
– Vielleicht ist das alles nur ein Hexentrick von dir.

Irini blitzt ihre Tochter an:

– Hör auf!

Dann ist es still. Wir schlürfen wieder und tupfen uns die Oberlippen. Was, wenn es so bleibt und irgendwann kein Mensch mehr im Dorf lebt, der noch die alte Khorabel kennt? Und warum ist niemand von den Dakosbrot-Frauen deswegen beunruhigt? Haben sie vielleicht recht? Aber warum fühlt es sich falsch an?

— Glaubt ihr denn, dass Frauen weniger wert sind?

Kopfschütteln.

— Nein.

— Natürlich nicht.

— Ich weiß, wie es ist, nichts zu dürfen. Für mich ändert sich …

— Du denkst also, du bist so besonders, ja? Auch für uns ändert sich nichts. Mein Mann schlägt mich, das hat er schon immer. Was soll sich also bitte ändern, mit der neuen Khorabel, den neuen Gesetzen!? Nichts! Für mich und mein vergammeltes Leben …

— Verdirb nicht den Teig!

— … ändert sich nichts.

— Noch jemand Tee?

Sofia funkelt mich an.

— Ja, gerne.

— Doch, Sofia, es ändert sich etwas. Dein Mann ist ein Säufer, der zuhaut, aber jetzt denkt er vielleicht, dass das auch in Ordnung ist, weil es in der neuen Khorabel so drinsteht: Das männliche Dings, das *Prinzip,* ist dem weiblichen überlegen.

— Aber das Gefühl hat er doch eh schon immer gehabt!

— Vielleicht, aber es war kein Göttergesetz.

— Na und? Für mich ändert das nichts. Meinen Leib schlägt er mit oder ohne Gesetz blau und grün.

— Aber jetzt ist es nicht mehr gegen die Khorabel.

— Na und?

— Aber … Er darf dich nicht schlagen!

— Wo steht das?

— Hab ich doch gesagt. In der alten Khorabel. Einer ganz ohne schwarze Stellen.

— Und woher weißt du das alles?

— Genau!

— Woher hast du so eine Khorabel?
— Die muss ja uralt sein. Davon habe ich noch nie etwas gehört.

Irini schenkt Tee nach.

— Warum hat der alte Bethaus-Vater es dann nie erwähnt? In keiner einzigen Pujachatt?
— Aber er wusste davon! Und ich habe es gelesen. Sie haben es geändert.
— Sind die Männer denn nicht stärker? Sind sie uns nicht überlegen? Was soll ich schon gegen meinen Mann ausrichten?
— Dich wehren! Ihn verlassen.
— Du bist so dumm.
— Sofia –
— Jetzt hör endlich auf.
— Wir haben aber auch Macht, Liebes. Wir bestimmen durch unsere Ehemänner und Kinder, wir lenken sie genau dahin, wo wir sie haben wollen, sagt Irini.
— Aber das kannst du nicht verstehen, denn du wirst nie heiraten und nie Kinder bekommen! Du wirst nie eine von uns sein, sagt Sofia.

Aua, gut getroffen. Diesen Schlag hat sie gut geübt, auf diesen Schmerz war ich nicht vorbereitet. Keine der Dakosbrot-Frauen sagt etwas. Nicht einmal Irini verteidigt mich. Ich ringe mit dem Klumpen in meinem Hals, kämpfe mit Wut und Enttäuschung.

— Vielleicht werde ich das nicht, aber das liegt nicht an mir!

Ich stehe auf und will raus.

— Nix da, setz dich wieder hin!

Irini will mich zurück auf den Hocker ziehen, aber ich bleibe stehen. Die Wut schnürt mir den Hals zu. Ich quetsche jedes Wort einzeln raus.

— Fragt ihr euch denn nie, warum der Ältestenrat nur aus Männern besteht?

– Weil sie lesen und schreiben können und Erfahrung haben.
– Aber warum können Frauen nicht lesen und schreiben?
– Komm, halt endlich deine Klappe! Sofia steht jetzt auch auf.
– Weil es uns nicht beigebracht wird!, brülle ich sie an.
– Weil es Gesetz ist!, brüllt sie zurück.
– Seid endlich still! Beide! Wenn euch jemand hört! Und jetzt setzt euch wieder hin.

Aber wir können nicht aufhören. Sofia und ich ballen unsere Hände zu Fäusten. Das ist jetzt keine Übung mehr. Wir warten nur darauf, wer von uns zuerst zuschlägt.
– Und wer macht die Gesetze?!
– Die Männer ….
– Da hast du es!
– So war es aber doch schon immer!
– Warum gibt es Betschüler, aber keine Betschülerinnen!? Warum ist Irini nicht Bethaus-Mutter!?
– Weil ich Bäckerin bin und der Teig jetzt so weit ist! Schluss jetzt! Na los! Auf gehts!

Irini steht auf und geht zum Bottich. Das ist für alle das Zeichen. Wir machen uns gemeinsam an die Arbeit. Irini sticht den Teig ab, ihre Tochter heizt den Ofen weiter ein, wir anderen formen die Laibe, legen sie wie Neugeborene in ihre Körbchen und decken sie zu. Überall stapeln sich die schlafenden Brotteigkinder. Alles geht reibungslos, Hand in Hand, und ich frage mich, wie wir das jetzt gerade hinkriegen, gemeinsam Brot zu backen. Und irgendetwas in mir ist unendlich traurig, so traurig, dass ich überzeugt bin, dass man es im Brot später schmecken wird.

SIEBENUNDNEUNZIGSTE STROPHE

(Die Trennung)

Während die Laibe ruhen, sitzen wir wieder mit Tee zusammen und warten darauf, dass sie aufgehen und wir sie einschneiden und in den Ofen schieben können. Sofia tut so, als sei nichts gewesen, als hätten wir uns nicht gerade erst angebrüllt, als sei die Wut nicht mit uns durchgegangen, tut so, als habe sie gute Laune. Ich bin still und nachdenklich. Es fühlt sich wie ein Ende an. Oder kann eine Freundschaft so etwas aushalten? War das bei Mariah und Panagiota auch so, haben sie vor dreißig Jahren auch so gestritten? Die Dakosbrot-Frauen plappern miteinander, versuchen zu scherzen, aber ich höre kaum zu. Bis Nizra auf einmal laut zu lachen beginnt.

– Was ist?

– Warum lachst du?

– Mein Mann hat mich gestern nicht erkannt.

– Er hat dich nicht *erkannt*?

– Nein. Nicht mit der Mundbinde im Gesicht.

– Das gibt es doch nicht!

– Mir ist das neulich auch passiert. Ich ging mit meinem Mann zur Pujachatt und auf einmal sprach er eine andere Frau an, die zufällig auf der Treppe neben ihm ging, und erzählte ihr, was ihm heute alles weh tat. Und ich lief direkt dahinter!

Die Frauen lachen.

– Ich muss sie im Laden jedes Mal kurz abnehmen, wenn ich anschreiben lassen will. Ob ich auch ich bin.

– Das macht die Säge bei mir auch!

– Ich finde die Mundbinden eigentlich ganz gut.

– Was?

– Nizra!

— Verurteilt mich nicht. Es … Ich weiß nicht, es schenkt mir Freiheit. Ich bin so schüchtern, und jetzt bin ich irgendwie geschützt. Ich bewege mich viel sicherer. Außerdem sieht mir nicht jeder sofort an, was für eine Laune ich habe.

Keine sagt etwas.

— Wie macht ihr es abends? Wenn ich mit dem Wässern draußen im Garten fertig bin, ist es schon dunkel, eigentlich darf ich nicht mehr auf der Straße sein.

— Ich schleiche immer an den Hauswänden entlang.

— Ich nicht, ich gehe ganz normal. Was soll schon passieren?

— Aber was, wenn dich jemand sieht, Irini?

— Was dann? Was soll dann passieren?

— Dafür gibts eine Strafe am Pfahl!

— Weil ich den Garten gewässert habe? So weit kommt es noch.

— Mein Mann ist jetzt abends immer im Haus, weil der Schnaps draußen verboten ist.

— Meiner auch.

— Jetzt säuft er sich am Küchentisch den Kopf zu. Mir war es lieber, als er ins Lokal ging.

— Mein Mann langweilt sich abends zu Hause. Er hilft mir mit allem.

— Was?

— Er hilft dir?

— Womit?

— Putzen. Kochen. Abwasch.

— Kochen?

— Putzen!

— Ist er krank?

— So einen wünsch ich mir auch.

— Kochen! Das ist doch verboten!

— Ja.

— Aber?

– Er macht sich nichts draus, ich soll es nur niemandem sagen. Und er kocht wirklich gut. Besser als ich eigentlich.
– Na, das hast du ja gut hinbekommen.
– Ihr sagt es doch nicht weiter?
– Keine Sorge.
– Nein.
– Ehrlich gesagt hat mein Mann schon Mühe mit den Namen von den Kräutern.
– Das gibts doch nicht!
– Er schaufelt alles einfach in sich rein. Ist ihm egal, wie es heißt.
Irinis Tochter hebt den Ofen aus. Sie macht das Zeichen mit der Kelle. Drei Striche, für jeden Gott einen. Es geht los.

Zwölf Augen funkeln. Fünf Münder lächeln. Zwölf Hände machen sich an die Arbeit. Zwölf Hände decken die Brotlaibe auf. Zwölf Hände arbeiten zusammen. Zwölf Hände machen zweifach gebackenes Dakosbrot, aber nur fünf Münder beginnen dazu zu singen. Alle außer mir, weil ich es nicht hinkrieg, so zu tun, als sei alles so wie immer. Weil ich Angst habe, durch meinen Mund käme nur noch Wut raus. Weil ich keine Dakosbrot-Frau mehr bin.

ACHTUNDNEUNZIGSTE STROPHE

(Das Schwarz)

Schwarz ist die heiligste Farbe. Im Schwarz sind alle Farben der Welt enthalten. Wenn du alles mit allem zusammenmengst: Den Kosmos, die Sonne, den Mond, die Sterne, die Erde, das Meer, den Himmel, die Götter, die Menschen, die Männer, die Frauen, die Kinder, solche, die was besitzen, und die Armen, solche, die gesund sind, und solche, die krank sind, solche, die lesen können, und solche, die es nicht können, die Mutigen, die Feigen, den Arzt, den Angstmann, den Wächter, die Fährfrauen, alle Tausendaugen und alle Kosmosaugen mit allen Farben, alle, alle Drübenmenschen, das Meer, das Öl, das Korn, das Mehl, alles, alles, was geerntet werden kann, das Salz, die Bäume, die Blumen, die ganzen Pflanzen, alles, was wächst, die Schöne Insel und das Feste Land, die Tiere, die laufenden, die fliegenden, die kriechenden, die schwimmenden und die tauchenden, die Musik und alle Töne, alle Buchstaben aus allen Büchern der Welt, alles was im Lexikon steht, alle Zahlen, die es gibt, wenn du alles, alles, alles mit allem zusammenmengst, dann ergibt es Schwarz. Meine Seele ist auch schwarz, in ihr ist alles enthalten.

NEUNUNDNEUNZIGSTE STROPHE

(Das Holzsammeln)

Die Küken denken, ich bin ihre Mutter. Jede Nacht kommen sie und kuscheln sich in meine Armbeuge. Sie wachsen so schnell. Manche haben schon kleine Federansätze an den Flügelstummeln. Eines ist gestorben, ich fand es heute schlaff und tot.

Jeden Morgen sitze ich in Stille an der Grabplatte des Bethaus-Vaters. Jedes Mal bringe ich ihm eine Kleinigkeit mit und lege sie ihm hin. Eine Blüte. Ein Steinchen. Eine Feder. Eine Brotkrume. Eine Traube. Eine Walnuss. Eine Mandel. Eine der Esskastanien, die jetzt reif geworden sind. Jeder im Dorf, der einen Baum im Garten, auf dem Hof oder am Feldrand hat, sammelt nun seine Nüsse. Früher haben wir zusammen geerntet, jeder half jedem. Dieses Jahr ernten alle für sich allein, weil die Angst umgeht, bestohlen zu werden. Nur noch Freunde helfen einander. Die Sache mit dem Geld macht alle wahnsinnig.

Wenn mein Finder wüsste, wie sich hier alles in so kurzer Zeit verändert hat … Noch sehe ich sein Bild vor mir, wenn ich mich konzentriere, aber es verblasst von Tag zu Tag. Irgendwann wird es wohl unscharf werden. Und dann ganz weg sein. Jemand müsste uns alle malen, um uns für die Nachwelt zu erhalten. Mit geschlossenen Augen erinnere ich mich an sein Lachen, sein Schmatzen, sein Gebrüll und sein Gesumme. Ich nehme mir vor, mich täglich an einen anderen Teil von ihm zu erinnern, ihn mir immer weiter aufzusagen, mit jedem Haar, jeder Schuppe, jedem Geruch und jedem Ton, damit er sich niemals ganz auflösen kann.

Das Feuerholz wird knapp, also mache ich mich mit dem Sammelkorb auf dem Rücken auf den Weg. Im Vorbeikommen wässere ich den Garten und das Feld. Beim Aufstieg am Berg ist aber nur wenig Holz zu holen, das haben die anderen längst weggesammelt. Bei den Mühlen ist der Müller nirgends zu sehen, es ist windstill und ich halte kurz inne. Noch ist die Sonne nicht über den Gipfel. Am Horizont erkenne ich ein Schiff, das auf unsere Insel zusteuert. Dann wird morgen der Händler da sein. Das Meer mit seinem tanzenden Sonnenglitzer in der Ferne. Das Meer, meine Freundin, mit ihrer sanften Kühle. Das Meer, in das ich tauchte. Das Meer mit seinem Salz, das meine Haare struppig macht. Das sanfte, schöne Meer, das ich bezwingen möchte, eines Tages. Ich ziehe Binde und Tuch vom Kopf und lasse mein Gesicht kühlen.

Ein Hirte pfeift nach seinem Hütehund. Der Pfiff geht durch Mark und Bein, er hallt durchs ganze Tal. Ich steige seitlich an der Bergflanke wieder ab und sammle, was ich an Holz finden kann. Ich sammle mich hinunter bis zum Olivenhain, der immer noch dem ganzen Dorf gehört. Was im Hain an Holz auf dem Boden liegt, darf man nehmen, man darf nur nicht an die Äste ran.

Hinter einem Baum höre ich jemanden weinen. Ich bin mit Absicht laut, damit der Heuler merkt, dass ich da bin.

– Wer ist da?, ruft eine Männerstimme.

– Ich bins.

– Wer?

– Ich.

– Sag deinen Namen.

– Ich hab keinen.

Da schaut Jannis hinter dem Olivenbaumstamm hervor. Seine Augen sind verquollen und rot. Er trägt eine Drübenjacke.

– Ach, du.

– Ja.

– Du trägst keine Mundbinde. Kein Tuch.

– Nein, nicht hier, nicht so weit weg vom Dorf.

– Das ist verboten.

– Das ist schwachsinnig, ich krieg keine Luft.

— Niemand kriegt hier Luft.

Jannis verschwindet wieder hinter dem Baum. Ich nehme den Korb ab, mein Rücken ist schweißnass, ich reibe mein Bein.

— Was dagegen, dass ich mich setze?

— Nein.

Woher kenne ich diese Jacke, hatte der Beamte nicht auch so eine?

— Hast du keine Angst, erwischt zu werden?

— Nein. Nicht hier draußen. Wer soll mich schon sehen.

— …

— Schöne Jacke.

— Hab sie am Lokal gefunden.

— Wasser, Jannis?

— Ja. Danke.

— Warum habt Ihr geweint?

— Ich habe nicht –

Er will weitersprechen, aber da laufen ihm schon wieder die Tränen runter. Noch nie habe ich einen Mann weinen sehen, der nicht betrunken ist.

— Was ist passiert?

— Ich habe heute etwas Schreckliches entdeckt. Ich kann darüber nicht sprechen, es ist so furchtbar. Und ich kann es nie wieder nicht gesehen haben! Ich bekomme es nicht mehr aus meinem Kopf heraus!

— Ich weiß, was Ihr meint.

— Nein, das weißt du nicht.

— Doch. Dieses Dorf ist das Tor zur Hölle.

Jannis nickt und beginnt, sein Herz wie einen Abfallkübel vor mir auszuschütten. Er sagt, dass er sich überflüssig fühlt, weil er jetzt ohne Arbeit ist, seit es keine Nachrichtenversammlungen mehr gibt. Und weil die Arbeit jetzt mit Geld bezahlt wird, hat er Angst, dass er am Ende verhungert. Er ist ja unverheiratet, bisher hat das Dorf ihn mitversorgt, und er fragt sich nun, wovon er in Zukunft leben soll. Das Schlimmste aber, sagt er, sei das Gefühl, nicht mehr gebraucht zu werden. Er sei zu schwach und unbegabt für die grobe Dorfarbeit und könne mit den anderen Männern nicht mithalten. Er sei ängstlich und feige, er bringe es ja nicht mal fertig, sich an diesem Olivenbaum aufzuhängen, so ein verachtenswerter Schwächling sei er. Dass er sich ausgerechnet bei so jemandem wie mir ausheule, sage ja schon alles, und dass er darum jetzt seine Klappe halten werde.

Und ich antworte ihm, dass ich an ihm genau das alles mag, eben dass er so weich und feinfühlig ist und dass er eine so wunderschöne Stimme hat, die man an jeder Pujachatt sofort heraushört. Dass seine Begabung das Feine und Schöne ist und dass er auf die Gesetze pfeifen soll, dass wir alle wissen, dass er Frauensachen macht, und als ich das sage, beruhigt er sich langsam.

— Darf ich du sagen, Jannis?

-- Ja. Aber nicht vor den anderen.

— Einverstanden.

— Du singst gerne.

— Ja.

— Gibt es noch andere Männer, die gerne singen, aber nur an der Pujachatt dürfen?

— Natürlich, wenn du wüsstest …

— Ich würde auch so gerne Männersachen machen.

— Welche denn?

— Zum Beispiel lesen und schreiben. Ich kann bestimmt auch die Sense führen. Guck meine Arme, wie kräftig. Ich wär ein guter Schnitter.

— Ja.

— Und ich würde lieber eine Hose tragen.

— Wir können tauschen.

– Hä?
– Nur für einen Augenblick. Du darfst meine Hose tragen. Und ich dein Kleid?
– Jannis!
– Was?
– Wenn uns jemand sieht?
– … Vergiss es.
– Ach, komm, was solls, lass uns tauschen. Ist aber verschwitzt.

Ich springe auf, löse die Bänder und streife mir das Kleid über den Kopf. Jannis zieht sich die Schuhe, die Jacke, das Hemd und die Hose aus. Schon stehen wir in Unterwäsche voreinander, der ehemalige Nachrichtensprecher und ich, mitten im Olivenhain, und tauschen unsere Kleidung. Jannis ist größer und runder als ich. Mein Kleid sitzt ihm sehr eng, er braucht die Bänder nicht zum Festbinden in der Taille.
– Nimm auch noch mein Kopftuch. Es hängt am Holzkorb.

Ich bleibe mit meinem Schuh in einem Hosenbein hängen und muss mich setzen, weil ich auf dem schlimmen Bein das Gleichgewicht nicht halten kann. Die Hose schlackert, das Hemd lasse ich weg, die Jacke schlackert auch. Jannis hat sich das Tuch auf eine ganz andere Art um den Kopf gebunden, als wir das tun, bei ihm wirkt es wie ein Schmuck. Vorne neben dem Ohr hat er sich den Knoten gemacht, fast sieht das aus wie eine Blüte. Wir schauen uns an. Ich spiele Mann und er spielt Frau. Ich laufe etwas breitbeiniger, befehle den Oliven zu wachsen und dem Boden fruchtbar zu sein, befehle der Sonne, nicht zu schnell zu ziehen, und den Ameisen auf dem Boden, fleißig zu sein. Ich spiele, dass ich rauche. Jannis singt und sitzt mit übergeschlagenen Beinen wie ein junges Mädchen auf dem Boden. Er sieht sehr glücklich aus.
– Wie frei man sich bewegen kann in einer Hose!

Ich laufe ein bisschen zwischen den Bäumen hin und her, ver-

schränke die Arme vor der Brust, halte Ausschau nach nichts, spiele, dass ich wichtig bin. Dann wird es Zeit.
– Jannis, ich brauche mein Kleid zurück.
– Jetzt schon?
– Ja. Ich muss los, es gibt so viel zu tun.
– Schade.

Wir ziehen uns aus und wieder an. Der einzige Vorteil, den ich am Kleid erkennen kann, ist die Luftigkeit um die Beine.
– Sag nur niemandem etwas von unserem Tausch.
– Natürlich nicht.

Ich verabschiede mich und zickzacke aus dem Olivenhain hinaus. Ich steige die Bergflanke wieder hoch, die Sonne hat es inzwischen über den Gipfel geschafft, die Eidechsen stieben vor mir nur so auseinander. Ich spiele, dass ich ein Gott bin und die Eidechsen Menschen. Elende ängstliche Kreaturen.

EINHUNDERTSTE STROPHE

(Der Schlüsselbund)

Draußen auf dem Tisch liegt die Zukunft, liegen Maiskörner und Bohnen zum Trocknen auf Blechen aus. Sobald sie durchgetrocknet sind, kommen sie in Vorratsgefäße und in die Kammer.

Wir werden die Bohnen im Herbst und Winter brauchen, sie werden uns Kraft bei der Olivenernte geben, sie werden uns Ausdauer zum Pflügen und Säen spenden und uns bis ins Frühjahr tragen. Das ist viel Verantwortung für die kleinen Bohnen und den Mais. Wir brauchen wieder eine Katze, damit uns im Winter die Mäuse nicht alles wegknabbern.

Ich schneide Orangen in der Küche. Aber ich schneide nicht beim Schneiden. Ich denke an die Hose vom Bethaus-Vater in meinem Mühlenversteck. An den Pullover. Ich denke an den Schlüsselbund. An das Lexikon. An die Khorabel ohne schwarze Stellen. Ich schäle Zwiebeln. Und schäle nicht beim Schälen. Ich denke an Yael, an die Tierwerdung und ans Schwimmen. Ich denke an die Nachbarinsel und ans Feste Land. Denke, wie hier alles immer schlechter wird. Ich schneide und die Mundbinde fängt meine Zwiebeltränen auf. Aber ich schneide nicht beim Schneiden. Ich versuche meine Finger nicht zu treffen und zähle mir neue Worte auf. Kapital, aber Kapitel. Kammer, aber Kummer. Kater, aber Krater. Kasachstan. Kronjuwelen. Kualalumpur. Kaugummi. Kalaschnikow. Konsum. Ich stelle mir vor, wie Yael und ich bergab laufen, wie ich den Wächter mit meinem Messer besiege, wie ich mir das Boot vom Händler schnappe, aua, das war mein Zeigefinger, ich blute in die Zwiebelscheiben. Ich stelle mir vor, wie der neue Bethaus-Vater den Orangensalat mit meinem Blut isst und es nicht weiß.

EINHUNDERTERSTE STROPHE

(Der Handel)

Diesmal bringt der Händler Fisch, diesmal bringt er Sachen aus Metall für die Küche: Reiben, Messer, Schöpflöffel, Töpfe. Und für die Handarbeit: Nadeln zum Häkeln, zum Stricken, zum Nähen, Werkzeuge, Messer, Rasierklingen. Aber wieder keinen Antriebsriemen für die Nähmaschine. Der Händler weiß, was das Dorf will, nach der Ernte kommt der Regen, dann sitzen alle drinnen und arbeiten an den Kostümen für den Großen Tanz. Der Händler kennt sein Dorf und bringt bunte Stoffe und bunte Wolle, betörend grell leuchtet sie in unsere Schwarz gewohnten Augen. Der Händler bringt Gas in Kartuschen, Reis in Säcken, er bringt abgepackten Kaffee und Tabak, bringt drei Ferkel.

Wegen den neuen Gesetzen geht alles noch mehr durcheinander als sonst. Der Ältestenrat will bestimmen, was bleiben darf und was nicht, aber das Dorf sagt: Wenn wir selbst zahlen, dann dürfen wir auch selbst bestimmen, wofür wir unsere Waren tauschen und wozu wir unser Geld hergeben. Der Ältestenrat zieht sich daraufhin mit dem neuen Bethaus-Vater und Michalis zur Beratung zurück, und der Händler hat schon ein halbes Fläschchen Schnaps intus, obwohl das verboten ist. Er sagt aber, ohne Schnaps kommt er nicht mehr hoch zu uns, und weil wir ihn brauchen, kriegt er natürlich welchen. Da sind die Männer außer sich, sie wollen auch den Rausch, aber Kristof schenkt ihnen aus Angst vor Strafe nichts aus. Tumult. Die Frauen sind auch außer sich, und das nicht nur, weil der Fisch zu verderben droht. Es geht überhaupt alles zu langsam. Sie hocken vor den Warenstapeln, sie wollen die Nadeln, sie wollen die bunte Wolle und die Stoffe, alle Frauen nähen, stricken und häkeln in Gedanken schon an den Kostümen. Jede von ihnen will die ausgefallensten Farben für sich und ihre Familie. Sie haben bereits alles untereinander aufgeteilt, in Gedanken zumindest, das ging natürlich nicht ohne Streit, sie sprühen noch immer gelbe Funken, werfen Blitze mit den Augen, schnalzen mit den Zungen unter ihren Mundbinden. Sofia und Noura stehen bei den Dakosbrot-Frauen, kein Gruß, kein Blick, kein Wort zu mir. Die Säge bettelt beim Händler um Kredit. Nur den Kindern ist das alles egal, sie stecken Stöcke zu den quiekenden Ferkeln in den Gitterkäfig und quieken zurück.

Der Händler ruft, was ist das für ein Durcheinander bei euch? Wir haben neue Gesetze, antwortet das Dorf. Der Händler ruft, was für neue Gesetze? Jeder kann jetzt selber kaufen, und nicht mehr nur die Materialverwaltung, ruft das Dorf.

Ihr habt doch gar kein Geld, kein richtiges, nur euer altes, falsches, für das ich nichts bekomme, antwortet der Händler. Gib uns Kredit, ruft das Dorf. Oder zahl uns was für unser Öl, zahl uns richtiges Geld und keine Bananen, dann können wir unser Kapital auch in deine wohlfeilen Waren stecken. Euer Olivenöl ist für mich nicht viel wert, ruft der Händler, ein Ferkel aber ist für euch viel wert. Fünfzehn Liter für ein Ferkel, so war der Preis immer, ruft das Dorf. Jetzt aber ist er anders. Warum, fragt das Dorf. Weil ich die Ferkel habe und ihr sie wollt, deshalb ist der Wert gestiegen. Wir haben auch Schnitzereien, Webarbeiten und Stickereien, da steckt viel Zeit drin, viel Können, viel Wissen, viel Liebe und viel Leben. Da lacht der Händler nur und kippt sich weiter Schnaps hinter die Augen, bis sie glasig werden. Dann nimm doch deine Scheißferkel wieder mit und sieh zu, wie du sie loswirst! Unsere Ernte war gut, wir brauchen nichts. Der Händler ruft: Wartet nur, bis der Winter da ist, ein paar Monde noch, wartet weiter, bis der Winter euch die Vorräte und das Holz weggefressen hat. Wartet nur bis zum Großen Tanz, wenn der Frühling keimt, aber noch nichts reift, spätestens dann kommt ihr gekrochen. Dann wollt ihr Linsen, wollt ihr Reis, wollt ihr Kohlen und Gas. Und wo bekommst du deinen Schnaps her, Händler?

Und so geht der Kanon hin und her und keiner gibt nach. Weil keiner hinsieht, nicht mal die Kinder, strecke ich meine Hand nach einer Wolle aus, die eine Farbe hat, für die ich keinen Namen finde. Ich will diese Wolle, will sie besitzen, will sie habenhabenhaben. Und weil immer noch keiner hinsieht, stecke ich die Wolle in meine Schürze. Einfach so. Weder die Götter noch der Händler, weder das Dorf noch mein Gewissen strafen mich.

Da kommt der neue Bethaus-Vater mit seiner spitzen Nase, kommt der Ältestenrat über Gehstöcke gebeugt, kommt Michalis mit seinem Buch aus dem Ältestenhaus zurück. Es wird verkündet, dass folgende Änderungen an den neuen Gesetzen vorgenommen werden: Erstens kauft weiterhin die Materialverwaltung unseres Schönen Dorfes beim Händler ein. Der Händler wird vom Ältestenrat weiterhin in Waren bezahlt. Die Bewohner des Dorfes können dann gegen Geld in der Materialverwaltung und im Laden einkaufen. Aber das ist ja genau wie früher, ruft das Dorf. Nein, nicht ganz, entgegnet Michalis: Niemand bekommt mehr automatisch etwas zugeteilt. Alle Waren müssen gekauft werden. Holz, Gas, Schuhe, Honig, Reis, alles. Hä? Das Dorf grübelt. Wird es hier gerade betrogen, und wenn ja, von wem und um was? Zweitens darf nun wieder an Feiertagen Alkohol getrunken werden. Das Dorf jubelt, vergessen ist die Frage nach dem Betrug. Feiertage, sagt der Bethaus-Vater, sind die vollen Monde. Feiertage sind runde Geburtstage, sagt das Dorf. Feiertage sind die Weihe, die Hochzeit, ist der Große Tanz, sagen die Ältesten. Feiertage sind nicht: alle anderen Tage, sagt der Bethaus-Vater. Was ist mit den Pujachattabenden, ruft das Dorf. Kein Feiertag. Die Aussaat? Kein Feiertag. Was!?

Und das Einbringen der Ernte? Kein Feiertag, außer bei den Oliven. Das Dorf grübelt, um irgendwas wird es betrogen, doch von wem und um was? Und was ist eigentlich mit heute? Kein Feiertag. Aber, beschwichtigt Michalis, in zwei Tagen ist der Mond wieder voll!

Das Dorf jubelt, und der Ältestenrat sortiert die Waren. Michalis schreibt alles auf. Und alle freuen sich, als sei etwas Großes geschehen, dabei ist noch nicht einmal alles wie früher. Der Händler tänzelt um die Ältesten herum, und für die Ferkel wird ein Tauschpreis ausgehandelt. Das Ferkel ist einen Liter teurer geworden. Auf Betteln der Frauen darf die bunte Wolle bleiben, aber, klar, sie darf nur für die Kostüme vom Großen Tanz verwendet werden.

In meiner Schürze ist ein Wollknäuel, für das ich an den Pfahl käme, für das mir der Angstmann die Finger zerknüppeln könnte. Du weißt doch, was sie mit Dieben machen, weißt es doch mit deinem Bein, wie weh die Strafe tut. In meiner Schürze ist ein Wollknäuel, für das ich mich jetzt plötzlich schäme. Immer muss man noch etwas haben, etwas Neues dazu besitzen, wenn man der Gier erstmal nachgegeben hat. Besitzt man ein Ding, kommt ein anderes hinzu, und wegen diesem Ding kommt dann wieder etwas hinzu. Das alles musst du dann mit dir durch das Leben schleppen. Was brauche ich denn wirklich? Ich will gar nichts mehr haben wollen, das ist jetzt beschlossen.

Meine Scham ist rot, aber ich weiß nicht, welche Farbe die Wolle hat, die so schwer in meiner Schürze wiegt.

EINHUNDERTZWEITE STROPHE

(Die Haare)

Habe mir meine Haare abgeschnitten. Jetzt sind sie männerkurz unter meinem Kopftuch.

EINHUNDERTDRITTE STROPHE

(Der Weinmond)

Endlich, endlich ist der Mond wieder voll. Ich warte, bis das Licht im Haus erloschen ist, dann mache ich mich auf den Weg. Ich steige mit dem Wollknäuel, mit einem Bündel Haare in der Schürze, steige den Berg hinauf zu den Mühlen, am Müller vorbei, steige zur Truhe mit meinen Schätzen. Lege die Wolle und meine Haare hinein, nehme mein Tuch ab, ziehe mein Kleid aus, streife mir Hemd und Hose vom Bethaus-Vater über. Ha! Das ergibt gleich wieder ein ganz anderes Gefühl in mir. Ich stelle mich breitbeiniger hin. Lege mein Kleid zusammen, schnüre es in der Schürze zu einem Bündel und mache mich auf den Weg zur Yael-Minki-Vollmond-Stelle. Yael wartet schon, liegt auf dem Boden, hat den Kopf auf dem Salzsack und die Hände hinterm Kopf. Als er mich sieht, springt er hastig auf.

— Ich wollte mich nur kurz ausruhen!

Er zerrt sich den Sack auf die Schultern.

— Yael! Ich bins.

Er starrt mich an.

— Hä?

— Ich bins, Alina.

Er lässt den Sack sinken, kommt auf mich zu, lächelt, nimmt mein Gesicht in seine Hände.

— Deine Haare, deine schönen Haare.

— Sind ab.

— Sehr ab. Ja.

— Magst du mich nicht küssen?

— Nein. Doch! Was? Es ist nur … Es ist so ungewohnt. Ich dachte du wärst ein Mann.

— Ich will das Mannsein lernen, bringst du es mir bei?

Ich packe seinen Po, so wie er sonst meinen packt. Er lacht.

— Wozu denn das, du gefällst mir auch als Frau.

— Und du gefällst mir als Yael.

— Wozu machst du das?

— Wegen der Ausgangssperre. Damit ich mich nachts bewegen kann im Dorf.

— Alina. Jeder erkennt dich immer sofort. Du hinkst.

— Und? Es hinken doch noch andere Männer im Dorf. Manche sind krumm, manche haben Stöcke. Alle gehen komisch!

— Was? Wozu willst du das überhaupt?

— Hab ich doch gesagt. Wegen der Ausgangssperre, ich schaffe sonst meine Arbeit einfach nicht. Und ich will nachts ins Badehaus. Schwimmen üben.

— Schon wieder diese Idee? Glaubst du wirklich, du könntest jemals von hier weg? Wo willst du denn hinschwimmen? Das ist doch verrückt.

— Es kann woanders nur besser sein als hier. Du weißt ja nicht, wie es ist, hier ich zu sein. Du weißt nicht, wie es ist, hier eine Frau zu sein. Und jetzt haben sie auch noch die Khorabeln neu geschrieben! Alles, was mit dem weiblichen Prinzip zu tun hat, fehlt jetzt darin.

— Ich weiß. Ich habe selbst daran mitgeschrieben.

— Bei den Göttern! Yael! …

— Ja.

— Und das findest du richtig?

— Nein.

— Und, und … warum hast du sie dann umgeschrieben?

— Das war doch nicht ich alleine. Das verstehst du nicht. Es gibt einen Aufseher, wir sitzen in der Schreibstube und schreiben, was man uns sagt.

— Aber dir muss doch aufgefallen sein, ich meine, das ist deine Aufgabe, du studierst doch die Götter und die Khorabel, es muss

dir doch aufgefallen sein, dass der Sinn ganz neu zusammengeschrieben wird.
– Das ist mir natürlich aufgefallen! Aber was hätte ich tun sollen?
– Die Arbeit nicht machen? Dem Aufseher sagen, hallo, da ist ein Fehler, das hier ergibt ja einen ganz neuen Sinn? Das ist doch gegen die Götter?
– Und du hältst mich für so blöd, dass ich darüber nicht nachgedacht hätte?
– …
– Ich hab dich etwas gefragt! Alina? Hältst du mich für so blöd?
– …

Ich kriege die Wut. In meinem Bauch rumpelt ein Viech, das mir an die Kehle langt, ich bekomme kaum noch Luft, geschweige denn ein Wort raus. Das ist unser erster Streit. So fühlt es sich also an.
– Du weißt nicht, wie es ist, ständig beaufsichtigt zu sein.
– Ach nein? Yael, mein ganzes Leben lang bin ich schon beaufsichtigt. Der Ältestenrat denkt, ich bin zu blöd zum Denken, zu blöd, eigene Entscheidungen zu treffen, zu blöd zum Lesen und Schreiben. Weil ich eine Frau bin? Und immer heißt es: Das steht so geschrieben, das ist unsere Ordnung, das ist Göttergesetz. Und jetzt hilfst du auch noch dabei. Ich dachte, du bist anders.
– Ich bin anders, Alina.
– Verstehe ich trotzdem nicht, wie du da einfach deine Arbeit machen kannst, als sei nichts, nur weil irgendein Aufseher dir das so befiehlt. Es ist Unrecht! Und du weißt es. Das Schlimme ist, dass du es wusstest und trotzdem mitgemacht hast. Was ist nur mit euch los, mit den Dakosbrot-Frauen, mit Sofia, und jetzt auch noch mit dir! Was ist nur mit euch allen los!
– Alina, bitte lass uns jetzt nicht mehr streiten.
– Ich kann nicht aufhören. Ich hab die Wut. Richtig doll.
– Guck mich an, Alina.

— Ich habe es so satt. So sehr. Bis hier. Und noch viel weiter hab ich es satt. Du, du weißt ja nicht, wie es ist, wenn gegen deinen Willen Dinge mit dir gemacht werden.
— Was für Dinge?
— …
— Alina?
— Dinge eben!
— Alina, beruhig dich doch.
— Ich will mich aber nicht beruhigen!
— Wovon sprichst du denn?
— Vergiss es, Yael.
— Ich will es wissen.
— Achja? Dann lass dir mal das Bein zerknüppeln, weil du weglaufen wolltest. Dann weißt du es. Oder geh mal als Kind zum Lehrer und hilf ihm mit der Wäsche. Da holt er sein Ding raus und cremt dich ein und du kannst nie mehr Bananen essen. Und dann leb mal damit. Frag mal Sofias Mann, was er mit dem Schürhaken macht. Frag mal die Mauern neben der Treppe, welche Frauen kein Messer dabeihatten. So viele Hände zum Aufzählen kannst du gar nicht haben!
— Alina. Ich frage dich doch.
— Ich bin so wütend, Yael, in mich passt nichts mehr rein, ich bin zum Überlaufen voll. Und du sitzt da in der schönen Siedelei, betest, redest mit den Göttern, bist weich, hast zarte Hände, Schreiberhände mit Tintenflecken dran, Hände, die das Feld nicht kennen, Hände, die die Khorabel mit Absicht falsch schreiben! Sitzt da und hast vielleicht einen klugen und gebildeten Geist, aber einen Körper, der nichts weiß von Bananen und Mauern.
— Achja? Nichts davon weiß? Was denkst du denn, wie es dir in der Siedelei ergeht? Als junger Betschüler? Du schaffst es nicht, alle Berührungen abzuwehren. So viele Ausreden kannst du dir gar nicht ausdenken, um niemals einen Gefallen tun zu müssen. Aber

was weißt du schon darüber. Du bist noch nie ein Teil davon gewesen. Warst schon immer außerhalb der Gemeinschaft, schon immer eine –

– Missgeburt?

– Nein! Außenseiterin.

– …

– Alina.

– Es tut mir leid.

– Mir auch. Den Gedanken ertrage ich nicht, dass dir irgendwer weh getan hat.

– Ich doch auch nicht, Yael. Mir tut der Hals weh.

– Dann hör auf zu brüllen.

Er nimmt meinen Kopf in seine Hände und küsst meine Stirn. Wir schluchzen beide, heulen, lecken unsere Tränen, wischen uns den Schnodder von den Nasen.

– Gib mir den Salzsack. Ich trag ihn dir runter zum Bethaus.

– Alina.

– Was?

– Ach. Ich weiß auch nicht. Ich dachte, wir lieben uns noch.

– Dazu hab ich jetzt keine Lust mehr. Nächstes Mal wieder.

– Aber das ist noch so weit hin.

EINHUNDERTVIERTE STROPHE

(Die letzte Freundin)

— Jahjah, denk dir nur, was für eine Tragödie, Irini steht draußen, sie steht auf dem Platz, steht am Pfahl. Das halbe Dorf regt sich auf deswegen. Hörst du die Stimmen, hörst du sie schreien, hörst du sie klagen? Irini hat gestern Abend wie immer noch Feld und Garten gewässert. Sie wollte bei einbrechender Dunkelheit nach Hause gehen, du weißt ja, ich habs dir ja erzählt, sie pfeift auf die Ausgangssperre, aber sie ist nicht zu Hause angekommen. Zwei Jungs haben sie aufgegriffen, als sie beim Töpfer um die Ecke kam. Rafael, einer der Jakupsohn-Enkel, und Stanis, der Kaminbauersohn. Die beiden packen Irini und sie schreit sofort: *Lasst mich los! Was soll das! Finger weg!* Doch die Jungs zeigen auf ihre linken Arme, zeigen auf ein Stück roten Stoff, das sie sich umgebunden haben, ich habe es heute selbst gesehen, sie zeigen auf die Binde und sagen: *Wir sind jetzt die Wacht.* Und Irini: *Welche Wacht, ihr spinnt doch, lasst mich los. Hilfe!* Da gehen endlich Fensterläden und Türen auf, die Leute rufen: *Was ist da los*? Und Irini schreit: *Lasst mich sofort los!* Und die Jungs brüllen, dass alle still sein sollen, und wer jetzt noch brüllt, kommt genau wie Irini an den Pfahl. Die Leute waren aber nicht still und die Jungs nur zu zweit, also haben sie Irini schnell abgeführt, bevor jemand ihr zu Hilfe kommen konnte, und ins Ältestenhaus gebracht. Seit heute früh steht sie am Pfahl, noch bis zum Sonnenuntergang. Die Nachricht hat sich schnell verbreitet. Wir bringen ihr abwechselnd Wasser, sogar Kaffee und Süßes. Was für ein Unglück, Mariah. Ich glaube, es gibt einen Aufstand, die Leute sind so aufgebracht.

— Zu Recht, krächzt Mariah.

— Jahjah! Du sprichst!

— Nicht gern, aber ja, ich spreche. Eine Wacht also?

– Ja! Du sprichst wieder, ich bin so froh!
– Rafael und Stanis?
– Ja!
– Götter, warum lasst ihr mich nicht einfach sterben. Was ist das nur für eine Welt geworden da draußen.

Dann wird sie wieder still, versinkt wieder. Ich will meine alte Mariah zurück, will meine Jahjah zurück, die sich nicht unterkriegen lässt, die sich niemals beugt und nie aufgibt.

EINHUNDERTFÜNFTE STROPHE

(Der Aufstand)

Alle Männer aus dem Dorf müssen zur Kontrolle: Über Nacht hat jemand mit blauer Farbe etwas an das Ältestenhaus geschrieben, KEINE MACHT DER WACHT, IHR HURENSÖHNE. Ich war auf dem Weg zu Sofia, mir fielen fast die Augen aus dem Kopf, als ich es mir Zeichen für Zeichen buchstabierte.

Jetzt kontrolliert der Ältestenrat die Hände aller männlichen Dorfbewohner nach blauen Farbresten. Was steht da, was steht da, rufen die Frauen in Schwarz. Aber keiner sagt es ihnen. Ich eile zu Sofia und klopfe. Sie macht die Tür nur einen Spalt weit auf.

— Was willst du?

— Kann ich kurz reinkommen?

— Nein. Geht nicht.

— Wer ist das!?, ruft ihr Mann aus der Küche.

— Niemand, reg dich nicht auf.

— Es hat doch geklopft, also ist da jemand!

— Komm zum Platz. Sieh es selbst, jemand hat etwas an das Ältestenhaus geschrieben.

Als ich wieder am Platz ankomme, ist Michalis mit seinem Gehilfen und den Frauen in Schwarz dabei, die Worte vom Ältestenhaus zu schrubben, aber die Farbe will nicht richtig abgehen. Der Ältestenrat ist mit der Handkontrolle noch nicht fertig, sie haben die Wacht losgeschickt, die fehlenden Männer zum Platz zu bringen. Der neue Bethaus-Vater kommt mit dem Enkel auf dem Platz an. Das Dorf schreit aufgeregt:

— Seid ihr verrückt geworden? Eine Wacht? Irini an den Pfahl stellen? Seid ihr verrückt? Was hat sie verbrochen?

Und Jakup Jakupsohn versucht, sie zu bändigen:

— Gegen das Gesetz hat sie verstoßen!
— Sie hat nur den Garten gewässert, ruft das Dorf.
— Nach Einbruch der Dunkelheit, antwortet der neue Bethaus-Vater.
— Ihr seid verrückt, ruft das Dorf.
— Verrückt ist, wer das schöne Ältestenhaus beschmiert, ruft Jakup Jakupsohn, und Michalis schrubbt noch schneller.
— Wenn wir ihn kriegen, landet er auch gleich am Pfahl.

Da wirft das Dorf, was es hat, Steine, Faules, Dreck aus der Rinne. Der neue Bethaus-Vater schreit um Ruhe, aber niemand hört auf ihn, und da bekommt er Angst, das kann ich sogar von hier, vom Brunnen aus sehen. Rafael und Stanis bringen den Gerber mit seinen Söhnen, aber auch die haben keine blauen Farbreste an den Händen. Michalis beginnt, die Buchstaben mit weißem Kalk zu übertünchen, aber sie scheinen durch. Die Ältestenfrauen klagen und schrubben weiter. Es ist zu komisch, ich habe zum ersten Mal seit dem Tod meines Finders eine Leichtigkeit in mir, mir steckt das Lachen über die Tausendaugen im Hals, ich bohre meine Fingernägel in die Handflächen, um an etwas anderes zu denken.
— Was soll das mit der Wacht, ruft das Dorf.
— Sie soll euch Sicherheit geben, genau wie das Gesetz, erwidert der Ältestenrat.
— Indem die Jungs unsere Bäckerin überwältigen und an den Pfahl bringen? Eine Schande ist das, ruft das Dorf.

Der Ältestenrat weiß nicht, was er darauf sagen soll.
— Was sind das nur für Gesetze! Was soll das mit den Binden vor den Mündern? Wir erkennen unsere Frauen nicht mehr! Wir verstehen kaum, was sie sagen. Wir wissen nicht mehr, ob sie lügen! Können ihre Züge nicht mehr deuten! Und warum diese verfluchte Ausgangssperre? Jetzt müssen wir Männer die Felder und Gärten am Abend wässern. Die Tage werden jetzt immer kürzer, unseren

Frauen bleibt immer weniger Zeit für ihre Arbeit. Sogar im Haus nehmen sie die Binden kaum mehr ab! Wir fühlen uns wie Fremde in den eigenen vier Wänden. So rufen die Männer auf den Ältestenrat und den neuen Bethaus-Vater ein.

– Ständig sind unsere Männer jetzt zu Hause! Gebt ihnen den Schnaps wieder, den Wein, sonst drehen sie durch. Sie sind gereizt, sie werden wild, überall nur Streit und Heimlichkeiten! Gebt ihnen die Nachrichtenversammlungen wieder. Nehmt das mit dem Geld wieder ganz zurück, und das mit dem verteilten Land, überall Misstrauen und Gehaue, wegen ein paar Oliven oder Bohnen! So rufen die Frauen auf den Ältestenrat und den neuen Bethaus-Vater ein.

Sofia steht plötzlich neben mir. Der neue Bethaus-Vater presst seine Lippen aufeinander, zittert und tritt von einem Bein aufs andere, er grübelt, ist verunsichert. Der krückstockgebeugte Ältestenrat umringt ihn, will Rat spenden. Hektisch murmeln und zischen sie sich an, bis Jakup Jakupsohn sich umdreht und verkündet:

– Die Gesichter der Frauen dürfen ab sofort wieder unverdeckt bleiben! Nicht aber das Haar! Und die Ausgangssperre bleibt bestehen!

Die Frauen beginnen sofort, sich die Binden von den Mündern zu reißen und ihre Männer oder Kinder zu küssen. Ich zögere kurz, gleich bin ich wieder nackt, habe wieder ein Gesicht, bin wieder die, die nicht von hier ist. Zum Glück kann ich das kurze Haar weiterhin verstecken.

– Na toll.

Sofia ist genauso enttäuscht wie ich.

– Wann kann ich dich besuchen?

– Es geht nicht mehr. Mein Mann … Und jetzt ist auch noch Noura krank. Ich meine schon, ich hab ihr die Traurigkeit vermacht. Sie wälzt sich nachts und seufzt das Haus zusammen. Das macht ihn

wild. Ich will ihm keinen Anlass bieten. Ich, mir geht es auch nicht so gut. Mein Gemüt ist am Boden.
– Verstehe. Wollen wir uns vertragen?
– Ja. Tut mir leid wegen neulich.
– Das hat weh getan.
– Es tut mir leid.
– Sehen wir uns an der Pujachatt?
– Ja.
– Nimmst du vom Alleskraut?
– Ich schütte es nur so in mich.

Wir verabschieden uns und ich gehe zum Lokal, um Mariah zu erzählen, was im Dorf los ist. Ich schleiche mich an Kristof und seiner Tochter vorbei. Jahjah liegt schlaff in ihrem Bett. Ich nehme ihre Hand, sie ist von blauen Farbresten gesprenkelt. Jahjah! Meine Jahjah! Ich beginne, sie abzuküssen. Sie sieht mich an, aber ihr Blick ist leer. Entweder ist ihre Dorftarnung fantastisch oder ihr Geist wirklich wirr, ich kann es nicht sagen.

EINHUNDERTSECHSTE STROPHE

(Die Kostüme)

Gestern Nacht war der Himmel dunkel, heute ist wieder eine hauchdünne Sichel zu sehen, ein neuer Mond wächst über dem Dorf. Du nimmst dir die fünf Elemente auf die Nadel und schließt den Kreis. Dann stichst du dreizehn Mal eine heilige Dreiermasche durch die Kreismitte. Dreizehn Mal drei Götter. *Schöpfer, Bewahrer, Zerstörer* denkst du dabei, dein Gebet steckt in jedem Winkel deiner Arbeit.

Ich wickle den Faden um meinen Zeigefinger und hole ihn mit der Nadel durch die nächste Schlaufe. Wir haben begonnen, an den Kostümen für den Großen Tanz zu arbeiten. Wenn der Milchmond im neuen Jahr wieder voll wird, tanzen die Männer und vertreiben das Böse. Und damit sie sicher sind, wenn sie sich so weit vorwagen in den Höllengrund, machen die Frauen ihnen Kostüme, die sie beschützen sollen. Zottige, grausige, fremde, drübenige, traumbilderige Kostüme. Dein Kostüm behältst du dein Leben lang, wenn du ein Mann bist. Die Frauen aus deiner Familie verzieren es jedes Jahr neu, arbeiten immer weiter daran, bessern aus, verlängern Arme und Beine, wenn du gewachsen bist, kürzen sie wieder, wenn du krumm geworden bist. Die Frauen dürfen sich natürlich nicht verkleiden.

Der Enkel will, dass ich an seinem Kostüm arbeite. Die Hölle kann nur eine Hölle abschrecken, hat er gesagt. Ich nehme für jeden Gott eine Masche auf, ziehe sie durch den Kreis in der Mitte. Bei dem Muster hat jeder Stich und jede Masche den richtigen Platz, da musst du dich konzentrieren, damit alles seine Ordnung hat.

In der Nacht des Großen Tanzes hat der alte Bethaus-Vater mich nie ins Dorf gelassen. Auch als Kind nicht. In den Ästen des Wunschbaums versteckt hockte ich und sah die lärmende Monstermeute den Berg hochziehen. Da war mein Bein noch heil. Da konnte ich noch gut klettern.

Wie ich das erste Mal danach nachts aufgewacht bin und der Bethaus-Vater mir einen Tee mit Honig kochte. Wie er mir sagte, dass in den Kostümen die Männer aus dem Dorf drinstecken. Dass es keine Monster sind, keine Angstmänner, keine Wächter. Und dass sie mich nicht holen kommen. Wie ich letztes Jahr mit ihm stritt, weil ich wie alle im Dorf mitfeiern wollte, wenn die Männer vom Großen Tanz zurückkehren. Wie ich vor Wut weinte, als er sagte, nein, und das sei zu meinem Schutz. Wie ich den ganzen nächsten Tag nicht mit ihm sprach und am Abend sagte: *Ich hasse mein Leben, ich hasse dieses Dorf und die ganze Scheißinsel.* Wie er antwortete: *Du hast nur dieses eine Leben, nur dieses Dorf, nur diese Insel.*

Jetzt habe ich mich verzählt und vierzehn Monde in meinen Kreis gehäkelt. Wenn du beim Häkeln häkelst, dann passiert dir das nicht. Wenn du beim Häkeln an etwas anderes denkst, gerät die Ordnung durcheinander.

EINHUNDERTSIEBTE STROPHE

(Die Ahnung)

Wir raufen unsere Kräfte zusammen. Bei Vollmond beginnt die Olivenernte, danach erst wird es ruhiger. Ich bin dieses Jahr so erschöpft, als seien die Oliven schon zu Öl gepresst, als sei die Saat schon ausgebracht, der Winter schon da. Mein Atem geht flach und reicht nur noch für die halbe Strecke, immer bin ich müde und wache morgens zu spät auf. Mein Zahn schmerzt wieder, vielleicht muss ich damit zum Heiler. Ich bin auf dem Weg nach oben zum Bethaus und komme beim Lehrer vorbei. Im Hof wringt das Hirtenmädchen von neulich Wäschestücke aus und hängt sie auf. Das Mädchen mit seinem filzigen Haar, in seinen dreckigen Lumpen, hat aufgeschürfte Knie. Ich bleibe stehen.

— He! Was machst du da?

— … Wäsche waschn.

— Wie heißt du eigentlich?

— Sagich dir nich.

Das Mädchen sieht mich an. Es hat auf einmal Angst. Vor mir?

— Du musst das nicht machen.

— Die Wäsche?

Ich schüttele den Kopf.

— Das Andere musst du auch nicht machen.

Sie wird rot.

— Ich hap nix –

— Geh nach Hause. Erzähl deinen Eltern, was passiert ist. Komm hoch ins Bethaus, baden, wenn du willst.

Ich schleppe mich die Treppe hoch, unter meinem Kopftuch kleben klitschnass die kurzen Haare, mein Atem geht flach, auf dem Rücken der Korb mit frisch geernteten Orangen, und unter meinem Herzen eine Ahnung, die jetzt plötzlich Wissen wird: Der neue Mond hat längst begonnen, meine Blutung aber, die ist ausgeblieben. Mein Zyklus hat nicht von neuem begonnen! Mehr als eine Woche bin ich überfällig! So lange wie noch nie, einen Tag, zwei Tage, das kam schon mal vor. Aber mehr als eine Woche?

Nein. Das kann, das darf nicht sein.

Ich setze mich auf eine Treppenstufe und zähle die Tage nach. Elf. Und zähle sie nochmal nach. Wieder elf. Dann fällt mir der Hühnerstall ein, der Tag, an dem Yael die Küken gebracht hat. Da muss es passiert sein. Aber das geht doch nicht. Das geht jetzt auf keinen Fall. Sie werden mich, ich weiß nicht, was sie mit mir machen werden, wenn man es erst sieht. Oh nein, oh nein, oh nein. Es muss weg. Nur wie. Was hatte die Hebamme gesagt, denk nach, Alina, denk! Erinner dich! Petersilie und Rosmarin, Thymian, Salbei. Und wenn das nicht hilft, sammle heiligen Rainfarn.

Ein Baby. Oh, Alina. Was sollst du tun?

Ich muss zu Yael. Sofort muss ich zu meinem Yael. Vielleichtvateryael. Einteilvonmiryael. Ein Baby, wirklich? Ist das wahr? Wir müssten von hier fort, wenn das so ist. Ein Baby. Ein … Ich kann nichts anderes denken als dieses Wunder: Ein Alinayaelbaby. Mein Herz klopft. Ich stehe auf, mir schwindelt. Ich fliege, taumle, hinke die Treppen hoch zum Bethaus, und mit jedem Schritt steigt aus meinem Körper das Wissen auf. Ich habe jetzt eine neue Mitte, ein Baby im Bauch ist so unaufhaltsam wie der Tod. Das darf aber jetzt nicht sein. Ich kann jetzt nicht Mutter werden. Götter, habt Erbarmen und nehmt es mir wieder weg.

Was soll ich tun, wo soll ich hin. Zu Mariah kann ich nicht damit, mein Finder ist tot, und Sofia zieht sich von mir zurück. Yael ist in der Siedelei. Es gibt niemanden, mit dem ich jetzt sprechen könnte. Es ist heiß, aber mir ist kalt. Auf dem Weg zum Bethaus schneide ich vom Salbei, schneide ich Petersilie, schneide Rosmarin und Thymian. Ich weiß gar nicht genau, was ich mit den Kräutern machen soll, also braue ich damit einen starken Tee. Bringe es dann aber doch nicht übers Herz, ihn zu trinken.

EINHUNDERTACHTE STROPHE

(Das Ältestenhaus)

Ich spiele wieder Mann. Habe mich jetzt schon einige Male in Hose und Hemd und ohne Kopftuch nachts runter ins Dorf gewagt, bin leise, gehe breitbeiniger, versuche, mein Humpeln noch mehr zu verbergen als sonst, damit man nicht schon von weitem Verdacht schöpft. Ich bin immer müde, kann aber nachts nicht schlafen. Alles in mir ist in Bewegung, also bewege auch ich mich. Heute Nacht will ich in das Ältestenhaus, da habe ich mich bisher nicht hingetraut. Ob die Wacht noch ihre Kontrollgänge macht, weiß im Dorf niemand mit Sicherheit, bei meinen Ausflügen habe ich sie bisher nicht gesehen, vielleicht hatte ich aber einfach nur Glück. In jedem Fall ist seit Irinis Bestrafung allein die Möglichkeit, dass es die Wacht geben könnte, so einschüchternd, dass die Gassen jetzt nach Einbruch der Dunkelheit wirklich frauenleer sind. Ich sah in den letzten Tagen nur vereinzelt schwankende Männerschatten, die sich an Häuserwänden entlangdrückten und sich bemühten, nicht vom Boden aufzusehen, um ihren Zustand zu verbergen. Heute aber ist alles ruhig, ich höre nur die Tiere, höre nur die Nacht, höre nur die Götter, die sich zum letzten Gezirp des Jahres in der Welt zur Ruhe legen. Noch singen die Tierchen, bis auch der letzten Grille zu kalt geworden ist.

Mit dem neuen Bethaus-Vater, seinem Bruder im Ältestenrat, mit der neuen Khorabel und den neuen Gesetzen ist ein großes Durcheinander ins Dorf geraten. Dieser Zickzackführung ausgeliefert, schwankt das Dorf vorwärts, um sich winterfest zu machen, hat keine Zeit, das Durcheinander zu beheben und eine klare Richtung einzufordern.

Noch immer ist nicht alles geerntet, noch ist die Frühsaat nicht auf den Feldern, noch sind die Mauern nicht ausgebessert, die unsere Erde bei Regen auf den Feldern halten müssen, noch sind des Dorfes Holzvorräte nicht aufgestockt, noch brauchen wir alle unsere Anstrengungen zum Überleben. Beschwichtigt durch Wein und Schnaps an den Feiertagen und durch die Freiheit, wieder das Gesicht zu zeigen, hat sich das Dorf so weit beruhigt, dass Alltag möglich ist, und wagt nicht, seine Kraft zu verschwenden, sie sagen, das muss warten, bis die Felder schlafen und in ihrem Schoß die Saat aufgeht. Nur die Frauen aus der Kurve verdecken voller Trotz weiterhin ihre Münder hinter den Binden. Sie häkeln unser Muster, häkeln dreizehn Monde aus schwarz gefärbter Wolle, verknüpfen die Kreise miteinander, machen Decken und Tücher daraus. Häkeln ihren Gram und ihr Gejammer mit hinein, so eine Decke willst du dir nicht umlegen, die wiegt zu schwer. Das Holz wird jetzt schon knapp in den Bergen, und der Händler kommt immer seltener und bringt jetzt fast nur noch Kohlen und Gas, dagegen häkeln die Frauen in Schwarz an, bitten die Götter mit jeder Masche um einen milden Winter in diesem Jahr, beklagen ihre Hüften, Knie und was sonst noch weh tut. Das Dorf folgt dem Takt ihrer Nadeln und steigt nach getaner Arbeit in ein paar Wochen mit in ihren Häkelnadel-Kanon ein.

Im Haus des Kaminbauers höre ich etwas zerbrechen und jemanden fluchen. Ich gehe rasch weiter. Links, geradeaus, links, weg von dem Geräusch. Wie viel einfacher es ist, sich in Männerkleidung fortzubewegen. In Hose und Hemd hast du außerdem immer die Hände frei, vielleicht rauchen ja deshalb so viele Männer und so wenige Frauen. Das Rauchen möchte ich auch noch lernen. Ich bin aus Gewohnheit ständig bemüht, an den Treppenstufen mein Kleid zu raffen, um nicht auf den Saum zu treten, und greife dann verwundert in die Luft oder an das Hosenbein. Wie viele meiner Bewegungen mache ich nur, weil ich genau mein Leben lebe?

Könnte ich mich anders bewegen, wenn ich ein anderes Leben lebte, und würde dieses andere Leben ebenso zur Gewohnheit werden? Gibt es ein Leben, in dem ich frei sein könnte, Kaffee trinken, diskutieren, spielen und rauchen könnte wie die Männer? Und würde sich das normal anfühlen? Gibt es irgendwo ein Leben für Yael und mich, in dem wir Mann und Frau sind und ein Baby haben? Gibt es ein Leben, in dem mein Alltag ganz anders wäre, ein Leben, in dem ich Bücher lesen würde? Auf einer anderen Insel, oder auf dem Festen Land? Ein Leben, in dem ich nicht fortwährend das Kleid raffen, den Rücken krümmen, mich wegmachen, das Bein nachziehen müsste? Und wäre ich eine andere, hätte meine Mutter mich dann nicht weggegeben, oder mein Vater? Bewegte ich mich anders? Schneller? Besser? Und wenn das mit dem Körper so ist, vielleicht verhält es sich ja auch mit dem Geist so, und mit der Liebe auch? Hätte ich in einem anderen Leben einen Yael? Hieße ich dort auch Alina?

Meine Gedanken kreisen auch tagsüber immerzu um das Vielleichtbaby, und um das Hierwegkommen. Wenn doch nur endlich wieder Vollmond wäre und ich Yael sprechen und mit ihm Pläne machen könnte. Ich war schon vor ein paar Tagen nachts im Bücherhaus und habe versucht, ein Buch zu finden, das mir sagt, wo wir hier sind und wie wir von hier wegkommen. Oder wie ich das Vielleichtbaby auf die Welt bekomme. Oder wie ich die Nerven behalte und es liebe. Das hier ist doch eindeutig ein Notfall. Mein Finder hätte doch gewollt, dass ich für so etwas den Schlüsselbund benutze? Mein Ziel ist es, die Schlüssel alle einmal ausprobiert zu haben.

In den Lexikon-Büchern, die ich von meinem Finder mitgenommen habe, war nichts zu finden außer die Beschreibung der Worte an sich und was sie bedeuten. Geburt. Gebärmutter. Mutterkuchen. Mutterschaft. Nabelschnur. Nachgeburt. Schwangerschaft. Wehen. Aber für das Verstehen der Beschreibung brauchst du dann schon wieder das Lexikon, weil es so kompliziert aufgeschrieben ist, dass du nichts verstehst, und immer so weiter. Immerhin weiß ich jetzt, dass es 280 Tage dauert, bis das Vielleichtbaby zur Welt kommt. 280 Sonnen. Zehn Monde.

Aber wie man es liebt, wie man sich damit verbindet, wie man es vor einem Schönen Dorf schützt, das steht im Lexikon nicht. Auch nicht, wo ich hier bin und wie ich von hier wegkomme. Deswegen bin ich ja nachts ins Bücherhaus, mehr Bücher, andere Bücher, da muss doch so etwas Wichtiges drinstehen, dann war ich aber vollkommen überfordert. Wie soll sich da jemand zurechtfinden, so viele Worte, so viel Wissen, wie soll man so viele Buchstaben jemals gelesen haben, da bräuchte man mehrere Leben und Leute, die einem währenddessen das Feld, das Bett, das Essen machen. Denk dir, du müsstest nichts tun außer lesen, oder ein Mann sein oder vom Ältestenrat, und du müsstest nichts tun außer Wissen ansammeln. Ich ging staunend durch die Reihen, einzig die Flamme meines Feuerzeuges gab mir Licht. Die Bücher standen in Regalen dicht an dicht nebeneinander. Du siehst nur ihre Rücken mit den Namen drauf. Sie haben sie nach dem Alphabet geordnet. Ich versuchte, die Titel einiger Bücher zu erkennen, vom Titel auf den Inhalt zu schließen, und zu entscheiden, ob es sich lohnt, das Buch zu stehlen. Es waren einfach zu viele. Wenn ich nur gewusst hätte, wonach ich überhaupt suchte. Was will ich? Was will ich wissen? Was ist meine Frage? Und welches Buch hat die Antwort? Und woher weiß ich, welches Buch das ist? Als das Feuerzeug zu heiß wurde, entschied ich mich zu gehen.

Es war einmal, da fühlte ich mich als eine Mitte, um die alles kreist. Jetzt bin ich zwischen den Sternen und den Buchstaben verlorengegangen. Es kommt mir so vor, als ob ich, je mehr ich weiß, umso weniger weiß. Es gibt nichts, was es nicht gibt. Es war einmal, da war das Schöne Dorf, die Schöne Insel die ganze Welt. Jetzt ist das alles zu klein und zu unbedeutend für das Lexikon.

Ich höre etwas. Bestimmt nur ein Tier. Das Badehaus wird nicht einmal abgeschlossen. Ich habe mich geärgert, dass ich nicht schon viel früher nachts dort hinein bin. Warum hat mich meine Angst vor dem Pfahl, meine Angst vor dem Angstmann nur so lange von so vielem abgehalten? Weil ich den Schmerz seines Knüppels kenne?

Am Platz angekommen, bleibe ich versteckt in einer Gasse stehen und lausche. Alles ist ruhig, ich höre niemanden. Ich gehe an den Hauswänden entlang bis zum Eingang des Ältestenhauses: Ein dunkler Mund mit Eisenzähnen. Der Schlüssel passt, es geht ganz leicht, mit einem Klack ist die große Holztür auf. Hinter mir schließe ich wieder ab, sperre mich freiwillig ein. Plötzlich fährt mir ein Schock in die Glieder, wie konnte ich nur annehmen, dass nachts niemand im Ältestenhaus ist. Ich warte ab, lausche, höre aber nichts.

Ich benutze das Feuerzeug nur, um mich umzusehen, lösche die Flamme dann wieder und versuche, meine Augen so gut es geht an die Dunkelheit zu gewöhnen. Vom Flur gehen mehrere Zimmer ab, im hinteren Teil, direkt gegenüber vom Eingang, lockt eine große Doppeltür. Nach einer Weile wage ich mich vor und gehe auf die Tür zu. Sie ist unverschlossen.

Dahinter ist ein Versammlungsraum, er liegt zur Gasse hinter dem Platz hin. Die Fenster sind mit Holzlamellen verschlossen. In der Mitte ein großer Tisch, um den Stühle stehen. Eine kleine Öllampe brennt auf dem Hausaltar, ich nehme sie und leuchte mit ihr durch den Raum. Auf dem Tisch stehen zwei schwere Marmorschalen, sie gleichen den Opferschalen aus dem Bethaus. Eine ist schwarz, die andere weiß. In die weiße Schale ist *JA* eingraviert, in die schwarze *NEIN*. In der Schale mit dem *NEIN* liegen Steine. Ich zähle sie. Dreizehn. Für jeden aus dem Ältestenrat einer.

An den Wänden stehen auch hier Regale mit in Leder gebundenen Büchern. Ich ziehe ein Buch heraus, habe überhaupt den Drang, alles hier zu berühren, all das Verbotene zu berühren und in mein Leben zu holen. Ich schlage das Buch auf dem Tisch auf. Es ist in alter Sprache, wie die Khorabel. Es sind die berühmten Stammbücher, von denen die Ältesten immer erzählen. Irgendwo da drin muss doch meine Mutter sein oder mein Vater. Von irgendwo muss ich doch kommen. Manchmal sind auch hier im Buch schwarze Stellen. Gestrichene Namen bestimmt, Sünder und Sünderinnen. Ich blättere nach hinten, lese die Namen, kenne keinen einzigen. Ziehe ein neues Buch aus dem Regal und kenne wieder keinen. Nehme das letzte Buch aus der Reihe. Da. Jakupsohn. Ich blättere bis zur letzten beschriebenen Seite. Der letzte Name ist Sakis Tomassohn, Kajahs Totgeburt aus diesem Frühjahr. Ich blättere zurück, Seite für Seite reise ich in der Dorfzeit rückwärts. Aber ich finde mich nicht, ich tauche nicht auf, wie auch, für sie habe ich keinen Namen, wie sollten sie mich da aufschreiben. Wie soll ich nur meine Mutter finden, wenn ich nichts von ihr weiß. Ich blättere, eine schwarze Stelle, ich versuche in dem Schwarz einen Namen zu erkennen, das Licht tanzt auf der Buchseite, meine Augen schmerzen. Draußen höre ich plötzlich eine Stimme.

— Jetzt habe ich es auch gesehen. Das Licht hat sich bewegt.

— Sag ich doch.

— Komm, lass uns nachsehen.

Das war die Wacht, das waren Rafael und Stanis, ich bin mir sicher. Hastig stelle ich das Buch zurück und das Öllämpchen wieder auf den Hausaltar, was soll ich jetzt machen? Links geht eine Seitentür ab. Aber sie ist verschlossen, der Schlüsselbund zittert in meinen

Händen, ich probiere es mit den kleineren Schlüsseln vom Bund. Einer passt, da höre ich schon, wie sie vorne aufschließen. Schnell, rein da. Ich halte den Schlüssel noch in der Hand und schließe stochernd hinter mir wieder ab. Es ist stockdunkel, aber ich wage nicht, das Feuerzeug anzuzünden. Wenn sie diese Tür öffnen, dann haben sie mich. Dieser Gedanke macht mich irgendwie ruhig, weil dann eben einfach alles vorbei wäre. Mein ganzes Leben laufe und ducke ich mich schon vor dem Dorf weg. Ich bin müde, will kein Krummrücken mehr sein, will gerade stehen, mich nicht mehr wegmachen müssen, will sagen, was ich denke, will genau das sein, was ich bin.

Die Tür zum Versammlungsraum wird geöffnet, ich höre die beiden reinkommen und halte die Luft an.

— Komisch, vielleicht kam es vom Altar?

— Ich dachte, das Licht hätte sich bewegt.

— Ja, ich auch.

— Sei mal still? Nee. Nix.

Ich höre, wie ein Stuhl verschoben wird. Dann ein zweiter.

— Wein?

— Ja, einen vorm Schlafengehen.

Ich höre Schritte, höre, wie ein Schrank geöffnet und wie eingeschenkt wird, dann wieder Schritte.

— Gesundheit.

— Gesundheit.

— Mann, so viele Bücher, was steht da nur drin?

— Hast du da noch nie reingeschaut?

— Nee, ich kann gar nicht lesen.

— Was?

— Also, nichts Langes oder so.

— Rafael Jakupsohn kann nicht lesen, ha!

— Es geht nicht. Da ist etwas wie eine Sperre. Verstehst du?

— Klar.

— Sag das nur nicht meinem Großvater.
— Ja, nee, klar nicht.
— Noch Wein?
— Na gut, einen noch.
— Glaubst du, Jannis hält dicht?
— Glaube schon. Wenn sie ihn dafür das mit der Musik machen lassen.
— Ich weiß nicht. Der hat eine Weiberseele. Bin mir nicht sicher, ob die das aushält.
— Was soll schon passieren. Selbst wenn er es jemandem erzählt. Wenn irgendwer dort nachgucken will, ist nichts mehr da. Verstehst du. Alles nur seine Phantasie.
— Verstehe.
— Gesundheit.
— Gesundheit.
— Wenn nur die Erde nicht so verschissen hart gewesen wäre.
— Aber unter den Steinen ist es doch auch gut. Den findet keiner.
— Hoffentlich.
— Wird langsam kühl nachts.
— Ja. Die Oliven müssen bald runter.
— Ja, wird Zeit.
— Hab übrigens einen neuen Schmetterling in meiner Sammlung.
— Was für einen?
— Ein Vierauge. Hab ich heute erst gefangen.
— Die sind so schön.
— Die besten.
— Sind bald die letzten vorm Winter.

Mir explodiert hinter der Tür der Kopf. *Dieses Dorf ist das Tor zur Hölle.* Jetzt erst verstehe ich, was Jannis gesehen, wen Jannis entdeckt hatte, als ich ihn im Olivenhain traf. Ich harre aus, höre mein Herz, höre mein Blut, höre ihr Lachen, ihre Schritte. Ich höre, wie Stühle über den Boden geschoben werden, höre ihre Stimmen, ihre Mörderstimmen, höre sie darüber sprechen, wann wohl der erste Herbstregen kommen wird, wie die Olivenernte sein wird, höre, dass sie ihre Frauen wieder schwängern wollen, noch diesen Winter, höre, wie der Schrank geschlossen wird, die Tür geöffnet und abgeschlossen, höre ihre Mörderschritte im Flur und wie sie das Ältestenhaus abschließen. Dann warte ich, warte länger, als ich eigentlich warten kann, mache schließlich das Feuerzeug an.

Mir bleibt die Luft weg, als ich erkenne, was da vor mir hängt. Vor mir hängt der Angstmann, hängt da fellig, zottig und angsteinflößend, hängt da schlaff und wartet darauf, mit Leben gefüllt zu werden. In der Ecke lehnt sein blutverkrusteter Knüppel und am Boden steht der Koffer vom Beamten.

EINHUNDERTNEUNTE STROPHE

(Die Ernte)

Die Nacht klaut dem Tag immer weitere Stunden, der nahende Winter stiehlt dem Sommer immer weiter Sonnenwärme, das Dorf nimmt den Bäumen und Feldern alle Früchte, aber nächsten Monat zahlt es den Raub dann mit Saatkörnern zurück.

Wir breiten die Tücher unter den Bäumen aus. Es gibt die Schläger und die Pflücker. Der Mond ist endlich, endlich wieder voll. Mit unseren Holzstangen beginnen wir, die Oliven von den Ästen zu holen. Du darfst nicht zu stark schlagen, dann geht die Olive kaputt, aber auch nicht zu schwach, dann fällt sie nicht ab. Was die Schläger nicht erwischen, holen die Pflücker mit der Hand runter. Wir alle haben jetzt wunde Hände, unsere Schultern und Rücken schmerzen, wir reden nicht darüber, wir denken nicht einmal mehr darüber nach, wir ernten einfach nur und träumen vom Winter, vom Regen, von den Tagen, die frei sein werden von der Arbeit auf dem Feld, an der Mühle, an der Presse. Die besten Kletterer sind oben in den Baumkronen, sie schlagen und pflücken bis in die höchsten Wipfel. Von unten brüllen die ältesten Olivenbauern, welche Äste rausmüssen, die Kletterer holen sie dann mit einer Säge runter. Da gibt es oft Streit: Nein, nicht diesen Ast, du Depp, den daneben hatte ich gemeint. Die Kinder pflücken die am Boden liegenden Äste leer und sortieren Blätter und Zweige aus der Ernte. Es ist jetzt kühl, vor allem nachts, wir lassen unsere Ärmel wieder runter, tragen in den Pausen Wolljacken und die gehäkelten Dreieckstücher mit den vielfach dreizehn Monden darin. Wir arbeiten uns am steilen Hang von oben nach unten, schlagen im Takt, und die Frauen singen dazu.

Im Hühnerstall wird es langsam enger, aus den Küken sind Junghühner geworden. Wir teilen uns den winzigen Raum, einige schlafen auf der Legebank, einige schlafen noch immer bei mir. Das geht so nicht mehr lange weiter. Einen ganzen Mond bin ich nun überfällig mit meiner Blutung, immer öfter wechselt der Gedanke von *bin ich schwanger* zu *ich bekomme ein Baby*. Ich habe mir angewöhnt, immer ein paar Nüsse dabeizuhaben, der Hunger kommt wie ein Überfall und fordert meinen Verstand ein. Bisher habe ich niemandem etwas erzählt, weil ich will, dass Yael es als Erster weiß. Andererseits, wem sollte ich es auch sagen?

Sofia und ich sprechen kaum noch, seit ihr Mann mich nicht mehr im Haus haben will. Ich glaube, bei ihr ist die große Traurigkeit jetzt zurück, nur dass sie nicht im Bett bleiben kann, weil Ernte ist.

Wir stehen unter demselben Baum und sind trotzdem weit voneinander entfernt, unsere Köpfe im Nacken, die Schlagstöcke in der Hand. Die Vorsängerin singt die ersten Zeilen der neuen Strophe, um die wir unsere Stimmen wie einen Kranz winden, bevor wir die Worte wiederholen.

Jetzt ist es Zeit, auf die Bäume zu steigen
Wir klettern umher in fruchtprallen Zweigen!

Hörst du die Vorsängerin, dann weißt du, wie tief uns die Ernte in der Seele sitzt, sie schreit die letzte Silbe fast und zieht am Ende ihre Stimme nach oben, als wollte sie die Götter damit erreichen, bis sie sie abrupt wieder fallen lässt. Ein Teil ihrer Melodie zu sein ist wunderschön inmitten dieser ganzen unbegreiflichen düsteren Zeit, so schön, dass ich heulen möchte.

Wir müssen uns recken, müssen uns bücken,
Die Oliven zu schlagen, zu sammeln, zu pflücken.

Der Text ist einfach, erst unser Stimmenblumenstrauß und der Takt unserer Schläge gegen die Zweige machen den Gesang zu einem großen Ganzen. Das Lied beschreibt die komplette Ernte und das Pressen bis zum schwappenden Olivenöl in seinen Krügen, Kannen und Kanistern, es geht endlos und erleichtert uns die Arbeit.

Die Alten füllen die geernteten Oliven in Säcke, die Stärksten des Dorfes laden sie auf die Esel. So arbeiten wir uns die steilen Hänge hinab, bis alle Kraft aus unseren Armen gewichen ist. Wir machen eine Pause. Sofia sieht nachdenklich aus. Ich setze mich zu ihr, doch sie beginnt, sich hektisch nach ihrem Mann und Noura umzuschauen.

— Es ist nur wegen ihm.

— Ich weiß.

— Er haut mich noch tot. Ich hab mich gewehrt, zum ersten Mal, wie du es mir in unseren Übungen beigebracht hast, so hab ich zugehauen.

— Und?

— Das hat alles nur noch schlimmer gemacht. Ich kann einfach nicht mehr.

— Ich sehe es. Soll ich mich wegsetzen?

— Vielleicht. Ja.

Wir haben beide Tränen in den Augen. Ich stehe auf und suche Halt. Plötzlich wird mir schwindelig und ich muss mich übergeben. Nizra ruft:

— Was ist?!

— Nur die Erschöpfung, antworte ich.

EINHUNDERTZEHNTE STROPHE

(Der Erntemond)

Ich streue Kaffeepulver auf eine Zitronenscheibe und falte sie einmal zusammen. Ich trinke vom Schnaps, beiße in die Zitronenscheibe und sauge den Saft raus. So hältst du bei uns deinen erntemüden Körper wach. Und der Vollmond hilft dir auch dabei. Er lässt dein Blut sprudeln, und der Schnaps ist erlaubt. Er pumpt dir die Yaelvorfreude in das Herz.

Der Enkel und der neue Bethaus-Vater sind unten im Lokal. Es ist Feiertag, das Dorf säuft endlich wieder, die Männer im Lokal, die Frauen zu Hause, alle füllen ihre Bäuche mit Schnaps und Wein, es muss einen ganzen Mond lang halten.

Alina steigt den Berg hoch, sie steigt zu den Mühlen, steigt zu Yael. Den Schlüsselbund und das Feuerzeug hat sie in das Hemd, das Hemd in die Hose eingewickelt. Eine Schatzzwiebel. Alinas nächtliche Ausflugstarnung. Sie will jetzt alles oben haben, alles in der Truhe, sie traut dem neuen Bethaus-Vater nicht mehr, der Mörderwacht nicht, und nicht dem Dorf. Wer weiß, wie lange sie im Hühnerstall noch sicher ist. Was, wenn eine Dakosbrot-Frau irgendwem erzählt, dass Alina lesen kann. Dann dauert es nur einen Brunnengang, und alle werden es wissen. Und dann … Yael ist der Einzige, der ihr noch bleibt. Sie haben sich seit dem letzten Vollmond nicht gesehen. Jetzt tut es ihr unendlich leid, dass sie überhaupt gestritten haben. In der Mühle verstaut sie ihre Schätze, hier in der Truhe ist jetzt alles, was sie besitzt.

Yael ist schon da und wartet. Als er mich bemerkt, kommt er auf mich zugelaufen. Unter seinem Schritt knirschen die Steine. Wir küssen uns die Münder, Nasen, Augenlider, Hände, Ellenbogen.

Duit duit, ruft ein Nachtpfeifer.
— Ich hatte solche Angst, dass du nicht kommst.
— Wieso sollte ich nicht kommen, du Dummkopf.
— Weil wir gestritten haben.
— Komm her, komm her.

Yael zieht mich zu unserer Stelle. Wir sind wie Schlangen und legen schnell unsere Kleiderhäute ab. Kalt ist es, wir zittern, reiben uns warm und machen gegen den Streit vom letzten Mond an Tierwerdung. Keiner hat mich so gesehen. Keinem habe ich so in die Augen geschaut, keinen so gegriffen, mich an keinem so gehalten. Wir löschen die Welt um uns aus. Bin ich eine Flamme, dann entzünde mich. Bin ich ein Feuer, dann ersticke mich. Bin ich Alina, dann ertrinke ich in Yaels Armen.

Hinterher bleiben wir nackt, obwohl es so kalt ist, decken uns mit unseren Kleidern nur zu und liegen, die Finger ineinander, die Blicke nebeneinander zum Himmel, zum Erntemond, der sich hinter einer dünnen Wolkenschicht mit einer Aura schmückt.

Jetzt. Jetzt muss ich es ihm sagen.
— Yael.
— Ja.
— Ich glaube, ich bin schwanger.
— Was?!
— Ich denke, ich erwarte unser Kind.
— Warum? Aber wie kann das …
— Ich habe seit über einem Mond nicht geblutet.
— Bist du sicher?
— Ja.
— Und es ist von mir?
— Yael!
— Ich frag ja nur.

– Freust du dich?
– Alina.
– Freust du dich?
– Was soll jetzt werden?
– Du freust dich nicht?
– Nein. Doch. Was? Wie konnte das …
– Wir müssen weg von hier.
– Ja. Das müssen wir.

Und dann küsst er mich endlich und nimmt mein Gesicht in seine Hände.

– Lass dich mal ansehen. Ein Baby? Unser Baby?

Ich lache.

– Du Mutter.
– Du Vater.
– Ist es wirklich wahr?
– Yael …

Er küsst meinen Bauch.

– Kleines Würmchen, bist du da drinnen? Erkennst du mich?

Er legt sein Ohr an meinen Bauch.

– Was sagst du? Mhm. Ja, genau, ich bins. Mach da drinnen keinen Quatsch, hörst du?

Ich wünsche uns ein Boot, wünsche uns Segel, Ruder, Flügel, wünsche uns eine Zukunft und fühle mich als Dreieck, als Muttervaterkind. Ein Ganzes, aber aufgeteilt in drei Körper.

Wir ziehen uns wieder an, mein Kleid riecht nach Hühnerstall und Ernteschweiß. Wir reiben uns warm und schmieden Pläne. Im Frühjahr nach den Winterstürmen wollen wir über das Meer. Wir legen uns die Zukunft wie einen Mantel um die Schultern, und für einen Augenblick ist alles gut, für einen Augenblick ist da nichts als Wahrheit.

— Komm, wir sollten gehen.
— Ja, sollten wir. Du weißt nicht, was im Dorf los ist.
— Und du nicht, was alles in der Siedelei passiert.
— Gib mir den Sack, ich trag ihn runter.
— Bist du verrückt. Jetzt doch nicht mehr! Nicht mit dem Baby.
— Komm schon, ich fühl mich gut.

Yael schultert den Salzsack und wir steigen gemeinsam hinunter zu den Mühlen. Den Müller haben wir beide schon länger nicht gesehen, wir steigen weiter den Eselspfad bergab, und als es zuzieht und die ersten Tropfen fallen, steigen wir vorsichtiger, weil die Steine rutschig werden. Je näher wir dem Bethaus kommen, desto leiser sind wir, je näher wir dem Bethaus kommen, desto schwerer wird mir, der nächste Vollmond ist noch so weit hin. Ach, wenn doch nur schon Frühling wäre. Die Tropfen fallen immer dichter, sie sind kalt und mich ergreift große Müdigkeit.

Als wir am Bethaus ankommen, leuchtet uns eine Laterne an.
— Da sind sie!

Ich spüre einen Schlag auf den Kopf, meine Knie werden weich, ich falle, ich sinke, ich lasse los.

EINHUNDERTELFTE STROPHE

(Das Bewusstsein)

Es ist dunkel. Es ist kalt. Mein Kopf schmerzt. Mein Rücken schmerzt. Alles schmerzt. Mein Kleid ist nass. Wo bin ich? Wo ist Yael?

– Yael?

Meine Hände sind hinter meinem Rücken um etwas gefesselt. Ich taste. Holz. Holz, an das ich schon einmal gebunden war. Holz, das ich schon tausendfach angestarrt und tausendfach gehasst habe. Ich bin am Pfahl. Ich sitze auf dem Platz, ich sitze am Pfahl.

EINHUNDERTZWÖLFTE STROPHE

(Das Urteil)

Es wird Tag. Rafael und Stanis kommen aus dem Ältestenhaus. Sie setzen sich vor das Lokal und rauchen. Sie reden über Schmetterlinge.

– Wo ist Yael?, rufe ich.

– Halts Maul, Eselshure.

– Yael!

Rafael kommt zu mir rüber. Er hockt sich vor mich hin.

– Maul halten, hab ich gesagt.

– Sag mir, wo er ist!

Er reißt von meiner Schürze einen Streifen Stoff ab, knüllt ihn zusammen, greift nach meinem Kiefer, öffnet ihn mit Gewalt und steckt mir den Stoffknebel in den Mund. Dann schlendert er zurück zu Stanis. Der Gedanke an Yael macht mich wahnsinnig. Was haben sie ihm angetan.

Michalis kommt mit seinem Gehilfen, Irinis schwächlichem Sohn, und spricht mit den beiden. Der Gehilfe läuft los. Nach und nach kommt das Dorf auf den Platz, alle lockt die Neugier, warum ich an den Pfahl gefesselt bin. Kinder spucken. Frauen keifen, Panagiota, Linda und Kajah vorneweg und am lautesten. Der Platz ist jetzt voll. Sie sitzen und warten, sitzen und schimpfen, die Ältestenfrauen machen Handbewegungen, und die Sonne steigt immer höher. Die Ältestenmänner verschwinden im Ältestenhaus. Der neue Bethaus-Vater erscheint auf seinem Esel, und im Schlepptau hat er die ganze Siedelei. Alle drängen sie ins Ältestenhaus. Was passiert hier? Oh Götter, wenn das auch mit dazugehört, dann könnt ihr jetzt damit aufhören, ich habe verstanden.

Zeit vergeht. Wie viel? Sehr viel Zeit. Die Fesseln schneiden in meine Handgelenke. Ich habe Durst und davon Kopfweh. Der

Knebel hat sich längst voll Speichel gesogen, aber ich bekomme ihn nicht ausgespuckt. Ich traue mich nicht mehr zu weinen, weil ich Angst habe, dass meine Nase wieder verstopft und ich keine Luft mehr bekomme. Der Platz füllt sich immer noch weiter mit Menschen, mit dem ganzen Dorf. Die Frauen aus der Kurve haben sich ihre Stühle geholt und im Halbkreis aufgestellt, sie fauchen mich an, senden Blitzeblicke, flucht nur, spuckt nur, ja, ich habe gegen das Gesetz verstoßen, und, ja, das könnt ihr bestrafen, aber lasst Yael, lasst ihn, lasst ihn und lasst das Würmchen unberührt. Jagt uns weg, verstoßt uns, wir gehen gerne! Plötzlich steht Sofia vor mir. Steht da und sieht mich einfach nur durchdringend an. Dann geht sie wieder, wortlos, ohne irgendeine Geste. Was ist nur geschehen.

Die Menge teilt sich, aus dem Ältestenhaus kommt Noura. Sofia läuft auf sie zu und schließt sie in die Arme. Dann öffnet sich die Tür ein zweites Mal und die Betmänner strömen heraus. In ihrer Mitte führen sie den gefesselten Yael. Sein Gesicht ist verbeult und blutverschmiert, auch er ist geknebelt. Ich versuche zu schreien, versuche seine Aufmerksamkeit zu erregen, aber der Knebel dämpft alles. Sie binden Yael an einen Stuhl, dann verdeckt das Dorf mir die Sicht. Angetrieben vom neuen Vorsteher hasten die Betmänner vom Platz, mit den Blicken am Boden eilen sie, weg von den Frauen und Mädchen des Dorfes, zurück in ihre Siedelei.

Ich versuche, am Pfahl aufzustehen, aber die Fesseln sind zu stramm.

Kinder laufen durch die Gassen und verkünden schreiend eine Versammlung auf dem Platz. Alle Männer sollen zur Abstimmung kommen. Wem verkünden sie es, es sind doch eh schon alle da.

Das Dorf wendet mir den Rücken zu, alle blicken in Yaels Richtung. Der neue Bethaus-Vater bittet um Ruhe.

– Männer und Frauen unseres Schönen Dorfes, wir versammeln

uns heute, um zwei Verbrecher, die letzte Nacht auf frischer Tat ertappt wurden, ihrer gerechten Strafe zuzuführen. Es sind Yael, Betschüler aus der Siedelei, und das Mädchen, das bei uns oben im Bethaus Obdach und Zuwendung erfährt, seitdem es gefunden wurde. Beide haben die Mildtätigkeit von euch Bewohnern des Schönen Dorfes schamlos ausgenutzt. Sie wurden von unserer treuen Noura Sofiastochter beobachtet, wie sie mehrfach bei Vollmond, an unseren heiligsten Tagen also, Unzucht in den Bergen trieben. Aus zugewandter Gnade sehen wir davon ab, Noura für das Vergehen der Missachtung der Ausgangssperre zu bestrafen, da sie den Mut hatte, sich selbst zu stellen und uns von dem viel größeren Verbrechen zu berichten. Wie ihr wisst, ist es einem Betschüler verboten, in dieser Weise mit einer Frau zusammenzukommen. Wie ihr wisst, dürfen in der Siedelei nur unberührte Männer leben und den Göttern in Reinheit dienen. Jede Zukunft in der Siedelei ist Yael darum verwehrt. Wie ihr ebenso wisst, ist es einer unverheirateten Frau ebenfalls verboten, mit einem Mann in dieser Weise zusammenzukommen. Insbesondere dem Mädchen aber war es nicht erlaubt. Hinzu kommt die Wiederholung der Tat durch die beiden. Weiter kommt erschwerend hinzu, dass die Handlungen nicht dazu dienten, sich zu vermehren. Das Mädchen hat auch mein Vertrauen schamlos missbraucht und gegen das Ausgangsverbot nach Dunkelheit verstoßen. Wir fordern deshalb für beide die Große Strafe.

Das Dorf johlt wie bei einer Hochzeit. Jakup Jakupsohn und der neue Bethaus-Vater kämpfen um Ruhe, dann setzt er wieder an.
— Wie ihr wisst, dürfen über einen Schüler der Götter nur die Götter selbst richten, und die Betmänner der Siedelei sowie ich sind ihre Vertreter. Wir haben einstimmig entschieden, dass die Große Strafe an Yael vollzogen werden soll.

Ich brülle in meinen Knebel, muss würgen, bekomme keine Luft mehr. Das kann nicht sein. Das ist alles nicht wahr, gleich wache ich auf. Yael, mach, dass wir eingeschlafen sind und ich schlecht träume.

Das Dorf ist völlig außer sich, es wittert ein Spektakel. So etwas gab es nicht, seit ich denken kann. Noch nie wurde die Große Strafe ausgesprochen, seit ich im Dorf bin. Eine schimpfende, rufende Meute geifert um Yael und mich herum. Das ist das Ende. Götter, das könnt ihr nicht zulassen!

– Euch steht es nun zu, Männer des Schönen Dorfes, über die Strafe des Mädchens zu richten, das uns alle hintergangen hat. Wie ihr wisst, muss dieses Urteil einstimmig gefällt werden, um gültig zu sein. Ruhe! Ruhe. Alle Männer, die über achtzehn und ins Stammbuch eingetragen sind, müssen sich einstimmig dafür aussprechen.

Die Dorfmänner reißen ihre Fäuste in die Höhe. Endlich dürfen sie etwas bestimmen. Eine Frau ruft zur Mäßigung, war das Irini? Sofia und Nizra reden vor dem Lokal auf ihre Männer ein. Jakup Jakupsohn sorgt wieder für Ruhe. Jetzt erhebt er die Stimme, stellt die Frage:

– Wer von euch Männern des Schönen Dorfes stimmt also dafür, dass die Große Strafe auch am Mädchen vollzogen wird?

Lauter Männerarme zeigen in die Höhe, ein ganzer Männerarmewald wächst da vor meinen Augen. Mir ist es recht, bindet mich doch mit Yael zusammen an den Pfahl.

– Und ist jemand dagegen?

Es wird still. Alle wollen wissen, ob sich jemand traut, sich dem Urteil zu widersetzen.

– Ich!, krächzt Mariah. Niemand hat sie kommen sehen, aber jetzt steht sie da und stemmt sich gegen das Dorfgesetz.

– Was seid ihr nur für Menschen!

Mariah, meine Jahjah, die seit Wochen gelegen, die seit Wochen nicht gesprochen hat, steht da vorm Lokal, mit gelösten grauen

Zöpfen, in ihrem Nachtgewand auf wackeligen Beinen, und kommt auf mich zu. Lass das, Mariah, lass es doch hier zu Ende sein.

– Du bist eine Frau, Mariah. Wie du weißt, zählt deine Stimme nicht, ruft Jakup Jakupsohn. Und Kristof schnappt sich seine Mutter und bringt sie zurück ins Haus, hebt sie einfach hoch und trägt sie weg, wie einen Tisch, während sie mit gebrochener Stimme zetert und ihren Sohn verflucht.

– Also, ist niemand sonst dagegen?, fragt der Bethaus-Vater.

– Doch!

Alle Köpfe gehen in eine Richtung. Tausend Augen auf den Müller, der jetzt allein seinen Arm zum Himmel streckt.

– Ich. Ichbindagegen.

Ich wimmere und schüttele meinen Kopf. Nein, Müller, tu mir das nicht an.

EINHUNDERTDREIZEHNTE STROPHE

(Die Große Strafe)

Yael am Pfahl. Ich gefesselt und geknebelt auf einem Stuhl. Alles, alles soll ich sehen. Der Vorsteher der Siedelei fragt Yael, ob er noch etwas zu sagen hat, ob er in Demut vor Gesetz und Strafe die Götter um Vergebung bitten möchte. Sie nehmen ihm den Knebel ab.

– Sie lügt! Noura lügt.

Heiser ist er.

– Seht euch doch das Mädchen vom Bethaus an. Mit der soll ich Unzucht getrieben haben? Seht euch doch diesen Krüppel an.

Seine Stimme bricht, reißt immer wieder ab wie ein schlecht gesponnener Faden.

– Wie könnte ich mit so einer in solcher Weise zusammen sein? Mit einer, die noch nicht einmal einen Namen trägt?

Das Dorf sieht zwischen mir und Yael hin und her. Er sieht mir in die Augen, während er spricht, aber ich kann ihn durch meine Tränen kaum erkennen und ringe um Luft. Fiele ich doch einfach um. Erstickte ich doch einfach. Ich weiß, warum er das sagt, er will wenigstens mich und das Würmchen schützen, aber es tut trotzdem weh.

– Was denkt ihr über mich, dass ich so schwach bin? Dass mein Glaube so schwach ist? Ihr glaubt eher der verwirrten Noura als mir? Seht euch nur dieses hässliche Mädchen vom Bethaus an!

– Sie hat dich verhext!

– Hexe. Hexe. Hexe.

– Hure!

– Sie kann lesen!

– Sie kann was?

– Lesen!

– Schlampe. Ich schlag ihr den Schädel ein.

— Ich wusste es schon immer.
— Schande!
— Katastrophenbringerin!
— Babymörderin!
— Erntevernichterin!
— Götter, warum habt ihr diese Pest über uns gebracht.
— Hexenbrut.
— Gro-ße-Stra-fe! Gro-ße-Stra-fe! Gro-ße-Stra-fe!
— Warum, Müller, warum hast du sie freigesprochen!
— Sie hat ihn verhext!
— Gro-ße-Stra-fe! Gro-ße-Stra-fe! Gro-ße-Stra-fe!
— Ruhe! Alles der Reihe nach. Erst kommt dieser Sünder hier dran. Stellt die Körbe bereit. Wie ihr wisst, muss jeder einmal werfen. Michalis kontrolliert das. Bitte arbeitet mit ihm zusammen.

Ein paar Jungs tragen Körbe auf den Platz. Schwere Körbe, Körbe gefüllt mit Steinen. Das Dorf drängelt darauf zu.
— Bruder Yael, mögen die Götter deiner sündigen Seele vergeben.

Der neue Bethaus-Vater gibt das Zeichen. Das Dorf nimmt Steine in die Hand, Steine, die auf unseren Feldern lagen, Steine, wie auch ich sie wieder und wieder beim Pflügen und Rechen aus dem Boden unserer Felder gesammelt habe, damit die Erde fruchtbar wird. Steine, mit denen wir unsere Mauern stützen. Das Dorf feuert sich an. Einer nach dem anderen kreischt und wirft und trifft. Und Michalis ruft die Namen, jeden einzelnen Namen.

Ich habe die Augen zu, seit der erste Stein fliegt.

EINHUNDERTVIERZEHNTE STROPHE

(Das Böse)

Als ich zu Bewusstsein komme, ist der Pfahl leer. Nur Blutflecken sind noch da. Und in meinem Kopf die Geräusche von den Steinen, die treffen.

EINHUNDERTFÜNFZEHNTE STROPHE

(Danach)

EINHUNDERTSECHZEHNTE STROPHE

(Die Lücke)

Yael.

Yael.

Yael.

Yael.

Yael.

Yael.

Yael.

Yael.

Yael.

Yael.

Yael.

Yael. Yael. Yael.

Yael. Würmchen.

Yael.

Yael.

Yael.

Yael.

Yael.

EINHUNDERTSIEBZEHNTE STROPHE

(Die Taubheit)

Jemand schüttet mir kaltes Wasser über den Kopf. Vom Ältestenhaus erklingt das falsche Signal. Das ist alles nur ein furchtbarer Traum, kann nur ein Traum sein. Gleich wache ich auf. Sie machen mich vom Stuhl los. In Wirklichkeit schlafe ich friedlich. Sie ziehen mich aus. Ein neuer Tag bricht an, wie immer, wie jeden Morgen, und dass die Welt dieselbe sein soll nach gestern, das kann ich nicht begreifen. Dass die Vögel zwitschern. Die Welt hat eine Tarnung, so wie ich im Dorf, die Welt mit ihren Menschen darin ist schlecht, tut aber so, als sei sie schön mit ihren scheiß Schmetterlingen und Regenbögen und ihrem Vogelgezwitscher. Welcher Tag ist heute? Welcher Mond? Welches Jahr? Sie binden mich an den Pfahl. Der Müller brüllt zornig: Siebentage, dasistzulang! Ich liege im Hühnerstall, reibe mir den Schlaf aus den Augen, wundere mich über den Traum, wasche mein Gesicht, versorge die Hühner und den Esel, bringe die Saat ins Feld, koche Kaffee für den neuen Bethaus-Vater und den Enkel und schüttle den Traum ab. Gleich denke ich ans Würmchen, gleich treffe ich Yael und erzähle ihm alles. Gleich nimmt er meinen Kopf in seine Hände, gleich küsst er mich, wenn ich aufgewacht bin, gleich. Dann macht er mir Frühstück, oder wir gehen gemeinsam in ein Lokal mit unserem Baby, es kann noch nicht laufen. Gleich wache ich auf, meine Mutter küsst meine Schläfe und nennt mich beim Namen. Gleich wache ich auf und mein Vater streichelt mein Haar. Das Dorf ist noch auf dem Platz und glotzt meinen nackten Leib an und mein kurzes Haar. Ihre Blicke bohren sich durch meine Haut, nicht nur die der Männer, nicht nur die der Kinder, auch die der Frauen.

— Sie hat das Angstmannmal am Bein.

— Sie hat den Pfahl im Gewissen.

— Sie hat die Sünde im Blut.
— Sie hat ihre Haare dem Teufel verkauft.

Ich öffne die Augen, meine Scham ist schon längst zu Boden gerungen, und sehe das Dorf an. Jeden Einzelnen sehe ich mir an. Ich werde euch nicht vergessen. Nie mehr. Ich sehe nicht Mariah. Nicht Sofia. Nicht Irini. Nicht Irinis Tochter. Nicht Nizra. Und nicht Noura. Der Knebel wird mir von Stanis aus dem Mund gerissen, es fühlt sich an, als risse die Zunge gleich mit raus. Das Dorf starrt mich an. Das Dorf wartet. Ich soll etwas sagen. Soll ich? Der Mund vom neuen Bethaus-Vater geht auf und zu, aber ich höre ihn nicht sprechen. Was habt ihr mit Yael gemacht! Was träume ich nur für einen Wahnsinn. Gleich wache ich auf. Gleich recke ich mich, reibe meine erntemüden Glieder, gleich wasche ich mir den Alb aus den Augen.
— Niemandtutihretwas!

Der Müller steht vor mir, fest wie seine Mühlen, und hält das Dorf davon ab, mit Dreck oder Steinen zu werfen. Plötzlich geht die Tür zum Lokal auf und Mariah steht wieder da, sofort ist das Dorf still. Kristof will sie wieder reinbringen.
— Finger weg. Du bist nicht mehr mein Sohn, sagt sie und kommt langsam, langsam auf mich zu.
— Mein Mädchen.
— …
— Na los, was glotzt ihr so, bringt ihr eine Decke. Bringt mir einen Stuhl.
— Aber … Sie ist eine Sünderin, sagt das Dorf.
— Ihr seid die Sünder!
— Sie hat gegen die heiligen Gesetze verstoßen.
— Sie hat geliebt, und niemanden umgebracht, wie ihr vorhin. Und jetzt bringt mir, verdammt nochmal, einen Stuhl und Decken her.

Die Zwillinge bringen die Decken, Kristof bringt den Stuhl. Mariah wickelt mich ein, wickelt die Decke um den Pfahl mit rum, schützt meinen Körper vor den Blicken und der Kälte.

Es regnet. Es wird dunkel. Der Mond. Es wird hell. Die keifenden Kurvenfrauen. Der Müller. Wasser. Das Dorf. Kristof bringt Brühe. Das falsche Signal. Es wird dunkel. Es wird kalt. Es wird hell. Irini. Jannis. Dunkel. Der Einsiedler mit Kaktusschnaps. Hell. Kinderspucke. Dunkel. Hell. Die Zwillinge. Brühe. Dunkel. Hell. Müller. Einsiedler. Dunkel. Hell. Dunkel. Hell. Dunkel. Hell. Und immer Mariah an meiner Seite, die ganze Zeit. Niemand bekommt sie da weg. Niemand rührt mich an. Ich wache aber auch nicht auf, bin in diesem Albtraum gefangen. Die Götter kann es nicht geben, das weiß ich jetzt.

EINHUNDERTACHTZEHNTE STROPHE

(Die Dunkelheit)

Der Müller hat mich mit zu sich hochgenommen, im Dorf und bei Mariah konnte ich nicht bleiben. Hat mich mit seinem Esel vom Platz abgeholt und auf den Berg geschafft. Hat mir ein Huhn geschlachtet und eine Brühe gemacht. Hat mir Kleidung gegeben. Hat mich zugedeckt und schlafen gelassen. Ich wünschte, er hätte seine Hand nicht gehoben. Wünschte, ich wäre tot.

Auf mir liegt eine dunkle Masse, die ganze dunkle Ödnis des götterlosen Weltraums liegt auf mir drauf. Niemals kann der Müller mich dazu bringen, wieder aufzustehen. So gehen die immer kürzer werdenden Tage rum. So gehen die Nächte rum. Ich höre dem Regen zu und dem Sturm und wache nicht auf. Warum hast du deine Hand zur falschen Zeit gehoben, Müller? Wir könnten jetzt alle drei zusammen tot sein, als Familie. Jede Pore, jede Falte, jeder Winkel, jedes Haar, jedes noch so kleine Teilchen von mir will aufhören zu sein, jedes letzte bisschen, nur das Würmchen nicht. Du Würmchen. Du wächst einfach weiter.

EINHUNDERTNEUNZEHNTE STROPHE

(Der Saatenmond)

Gestern war Sofia da und brachte uns Gemüse. Rote Rüben, Kohl, Kürbis. Sie kam und gab die Sachen dem Müller. Ich glaube, sie wollte mit mir reden, aber ich konnte nicht. Kann nicht. Kann ihr nicht in die Augen sehen. Drehte mich wortlos auf meinem Lager um.

Heute ist wieder Vollmond, zwischen diesem und dem letzten liegt ein Ungeheuer und fletscht seine Zähne. Im Dorf feiern sie das Ende der Olivenernte, feiern das Aufgehen des vollen Saatenmondes, ich höre es bis hier oben, höre es mit meinen Knochen, höre es mit meinem Blut, höre die falschen Signale der Dorfuhr und die Musik. Sie feiern und leben weiter, als sei nicht die ganze Welt kaputt. Dieses Dorf hat tausend Augen und fünfhundertminusdrei tote Herzen. Dieses Dorf ist nicht das Tor zur Hölle, es ist die Hölle selbst. Wie kannst du da leben, wie kannst du da ein Mensch sein, der Gutes im Sinn hat, wie kannst du in diesem Dorf leben und nicht schlecht werden. Die Dakosbrot-Frauen belügen sich genauso wie die Frauen aus der Kurve. Alle ihre menschengemachten und zurechtgebogenen Götter sind nicht mehr meine Götter, meine Götter sind tot.

Es ist der erste Vollmond ohne ihn. Ich stehe auf, zum ersten Mal seit … Meine Beine zittern, ich wickle mich in die Decke und nehme mir Felle mit. Ich stolpere vorwärts, ohne Schuhe, ohne Strümpfe, lege mich in die Minki-Yael-Stelle und fühle nichts. Ich liege auf dem Katzengrab, liege, wo wir uns zum ersten Mal küssten, uns zum ersten Mal liebten, liege auf den Steinen, unter denen wir uns Nachrichten versteckten, den Steinen, auf denen wir glücklich waren. Versuche, mich an sein Gesicht zu erinnern, aber da ist nichts. Da ist nur das Geräusch der Steine, die einen Körper treffen. Ich schiebe alle Eindrücke zu einem verwaschenen Klumpen zusammen, der keinen Sinn ergibt. Das alles ergibt keinen Sinn mehr. Auch mein Name nicht. Mein Atem nicht. Nichts mehr. Auch du nicht, Würmchen. Ich höre den Ruf eines Nachtpfeifers und sehe vor meinen inneren Augen die Menge mit den Steinen. Soll ich mir mein Messer holen, soll ich mir die Adern öffnen? Ich glaube, ich bringe es nicht fertig, wegen dir, Würmchen. Dass du noch da bist, nach alledem noch da bist, das ist ein Wunder.

EINHUNDERTZWANZIGSTE STROPHE

(Der Schaltmond)

Heute ist die längste Nacht des Jahres. Der Müller und ich essen Bohnensuppe. Ich mach da nur mit, weil du in mir wächst. Ich mach da nur mit, weil ein Teil von dir auch ein Teil von Yael ist. Er ist nur langsam gestorben. Das hat der Müller mir nur erzählt, weil ich gedroht habe, sein ganzes Mehl in den Regen rauszubringen. Dann wollte ich wissen, ob er auch einen Stein geworfen hat. Jedermusste, hat er gesagt. Und schnell hinterher: Habemitabsichtdanebengeworfen. Und dass er vom Dorf abhängig ist.

Habe nachgedacht. Habe ihm später geantwortet, dass er kein Recht darauf hat, dass er nicht hätte werfen müssen. Dass er doch selber immer sagt, hier oben gelte sein Gesetz, ein anderes Gesetz. Seitdem haben wir nicht mehr gesprochen.

Heute feiert das Dorf Lichtfest. Wir hören das Signal. Jetzt zünden sie im Dorf Lampions an, das wissen wir, auch ohne dabei zu sein. Jetzt zünden sie Fackeln und Öllämpchen an und machen auf dem Platz und im Lokal Musik, jetzt dudelt das Grammophon mit der Musikscheibe. Sie danken den Göttern und feiern, dass die Tage wieder länger werden. Feiern und singen gegen die Dunkelheit an. Es ist erst ein Jahr her, dass ich mit meinem Finder und Mariah im Lokal saß, mitgesungen und ein neues Häkelmuster gelernt habe. Es ist erst ein Jahr her, da war es in mir hell und klar, auch wenn ich das damals nicht wusste, nicht wusste, wie kostbar das Wenige war, das ich hatte.

EINHUNDERTEINUNDZWANZIGSTE STROPHE

(Der Schnee)

Ich habe noch keinen Winter erlebt, der so kalt ist wie dieser. Der Müller ist runter ins Dorf, seine Vorräte gehen zur Neige, weil er mich und dich mit durchfüttert. Sobald er weg war, habe ich mich gewaschen, zum ersten Mal seit langem, und bin rüber in die letzte Mühle, in der die Truhe mit meinen Sachen steht.

Ich ziehe die Müller-Kleidung aus und die von meinem Finder wieder an, meine Dorftarnung bei den nächtlichen Ausflügen ins Dorf. Ich ziehe die Hose an, sein Hemd und seinen Pullover aus Wolle, den ich ihm gestrickt habe, in einem anderen Leben, Tausendbellionen Jahre ist es her. In der Truhe liegt alles, was ich habe. Da liegen die Lexikon-Bücher, das Besteck, die Schale, die Wolle, der Schlüsselbund, das Feuerzeug, das Gas, mein Messer. Da liegen die Hefte von Mariah mit ihren Rezepten und meiner Krakelschrift drin. Da liegt das Wunschbuch, liegt die alte Khorabel ohne schwarze Stellen. Ich schließe die Truhe, trete aus der Mühle, sehe das aufgepeitschte Grau des Meeres, Höllensuppe, die die toten Götter saufen, und beschließe, in die Orakelhöhle umzuziehen, wenn es wärmer wird, und nur das Wichtigste mitzunehmen.

Als ich zurück in die Hütte des Müllers komme, sitzt Sofia an der Feuerstelle.

— Hallo.

— …

— Ich … Es tut mir leid.

— …

— Der Müller hat gesagt, ich kann reinkommen und mich aufwärmen.

— …

— Hab ihn auf dem Weg getroffen.

— …

— Hab dir ein paar Sachen mitgebracht.

— …

— Wolle. Nadeln. Vorräte. Dakos. Kohlen.

— …

— Ich … Ich habe keinen Stein geworfen. Ich bin dafür selbst an den Pfahl gegangen, gleich am Tag nachdem du weg warst.

— Er ist jetzt trotzdem tot, Sofia.

— …

— Hat sich noch jemand geweigert?

— Mariah. Noura.

— Irini?

— Nein.

— Nein? Nizra?

— Nein. Sie haben beide danebengeworfen.

— Jannis?

— Ja. Er, Mariah, Noura und ich. Wir waren die Einzigen.

— Es ist … ein verdammtes Mörderdorf, Sofia. Geh jetzt.

— Es war nicht meine Schuld.

— Das sagt sich wahrscheinlich jeder, ich hab doch danebengeworfen, ich hab ja nur den einen Stein geworfen, davon stirbt doch keiner, nicht von einem Stein. Yael ist nicht an einem, aber an vielen Steinen gestorben. Sie waren wie Tiere, nein, wie Bestien.

— Ich weiß. Ich habe nicht geworfen.

— Deine Tochter hat uns verraten.

— Es tut mir so leid.

— …

— Ich wusste nicht, dass Noura euch verraten würde, als ich mit ihr ins Ältestenhaus ging. Ich wusste nicht, dass ihr, dass Yael und du … Erst war ich auch wütend. Eifersüchtig auf eure Liebe.

— Ich wollte es dir die ganze Zeit sagen. Das mit Yael und mir.

— Ging es lange mit euch?
— Seit dem späten Frühling.
— …
— Schlägt dein Mann dich noch?
— Ja. Auch Noura jetzt zum ersten Mal. Der Winter. Er ist zu viel im Haus. Seit ich mich gewehrt habe, ist es noch schlimmer. Jetzt wehr ich mich nicht mehr.
— Das tut mir leid. Du solltest wirklich gehen, Sofia.
— Von ihm weg?
— Ja, das auch. Danke für die Sachen. Ich werde sie behalten.
— Brauchst du noch etwas?
— Ja. Schuhe. Strümpfe.
— Nimm meine.

Sofia zieht sich ihre Schuhe und Strümpfe aus.

— Hier.
— Und du?
— Ich besorge mir neue. Passen sie?

Ich schlüpfe in Sofias ausgetretene Stiefel.

— Sie sind etwas zu groß. Macht aber nichts.
— Behalt sie.
— Und wie willst du jetzt runter ins Dorf kommen?
— Das schaffe ich schon.
— Sofia. Danke.
— Darf ich dich in den Arm nehmen?
— Nein.
— …
— Kurz.

Sie umarmt mich, wir halten uns einen Moment, halten uns fest, aber nichts fühlt sich mehr an wie früher.

— Bist du schwanger?
— …
— Ich spüre ein kleines Bäuchlein.

– Ja.
– Wie weit bist du?
– Ich blute seit über drei Monden nicht mehr.
– Dann ist es ein starkes Baby, wenn es all das mit dir durchgestanden hat.
– Ja.
– Weiß es noch jemand?
– Yael wusste es. Vielleicht ahnt der Müller was. Jetzt geh.
– Ja.

Ich bringe Sofia vor die Tür. Der Himmel ist grau, es ist noch kälter geworden. Wir sehen uns noch einmal in die Augen. Zum letzten Mal, wir ahnen es beide. Wir gehen zur Abstiegstelle, sehen runter auf das Dorf.
– Schaffst du es barfuß?
– Es ist arschkalt, aber ja.
– Sofia?
– Was?
– Wie geht es Mariah?

Sie kann mich nicht ansehen und schüttelt kaum merklich den Kopf.
– Sie ist krank. Du kennst sie, sie ist zäh.

Ich nicke.
– Gib ihr meine Küsse.

Sofia zeigt sich auf beide Wangen, dann geht sie, steigt mit nackten Füßen abwärts, steigt runter ins hässliche Dorf. Auf meinem Ärmel landet eine Schneeflocke. Schnee haben wir sehr selten, ich habe vorher erst einmal welchen gesehen. Ich gehe in die Hütte und schüre das Feuer.

EINHUNDERTZWEIUNDZWANZIGSTE STROPHE

(Der Hungermond)

Der Schnee bleibt lange oben auf dem Berg, der Frost krallt sich im Boden fest. Die Aussaat wird kaputt sein, wenn sie schon gekeimt hat, und was neu gesät werden müsste, kann nicht in den Boden. Das wird ein schlechtes Jahr werden. Der Müller bringt heute die letzten Mehlvorräte runter in die Materialverwaltung. Er wird nicht vor dem Frühling wiederkommen, so macht er es jedes Jahr. Er will mich nicht hier lassen, aber ins Dorf kann ich nicht mehr. Holz haben wir aber kaum mehr welches hier oben, Kohlen auch noch nur ein paar. Die Lebensmittel, die jetzt noch hier sind, reichen nur für ein paar Wochen, aber dann wächst schon wieder Kraut. Er fragt, ob ich nicht doch noch etwas brauche.

— Nein.

— Ineinpaarwochenbinichzurück.

— Müller, warum hast du deine Hand zur falschen Zeit gehoben.

— Mädchen. Sagdochsowasnicht.

— Wenn ichs doch aber denke!

— Achmädchen…

— Eine Sache muss ich noch wissen. Was, Müller, was haben sie mit ihm gemacht?

— Deinemfreund?

— Yael.

— Diegroßestrafe. Eristtotdasweißtdudoch.

— Ja, das weiß ich. Und seine Leiche?

— …

— Wer hat ihn gesalbt? Wer ihn gewaschen? Wer hat die Fährfrauen bezahlt, ihm sein Miroloi gesungen und ihm zwei Geldstücke auf die Augen gelegt?

— …

– Wo wurde er verbrannt? Gibt es ein Grab?
– … Siehabenihnnicht …
– Sag schon, Müller. Lass mich nicht hängen. Was haben sie …
– Mädchen. Niemandhatihmseinmiroloigesungen. Siehabenihn …
– Haben ihn?
– Insmeerhabensieihngeworfen. Überdieklippen. Dentotenleibüberdieklippen. Sojetztweißtdues.
– Den toten Leib über die …?
– Ja. Diewachthat … Dereinsiedlerhatsgesehen.
– Danke, dass du es mir gesagt hast.
– Hier. Schenkichdir.
– Das ist dein Schleifstein, Müller.
– Damitdeinmesserscharfist. Fallsjemandkommt. Keinenmistdamitmachen, verstanden?
– Nein.
– Bisbald, sagt er und senkt den Kopf. Es fällt ihm schwer zu gehen, er trödelt. Zieht hier noch einen Gurt fest. Ruckelt da noch an einem Mehlsack.

Dann steigt er auf den Esel.
– Sieh nach Mariah, sage ich.

EINHUNDERTDREIUNDZWANZIGSTE STROPHE

(Das Buch und das Messer)

Die Tage sind langsam. Die Tage sind grau. Der Schnee schmilzt. Dann kommt der Regen. Dann der Sturm. Dann schlägt ein Blitz im Dorf ein. Ich weiß nicht wo, aber es knallt so laut, dass ich hoffe, das Ältestenhaus war dran.

Wenn der Sturm aufhört, gehe ich los, zur Höhle, zum Orakel. Hier kann ich nicht bleiben, jederzeit kann jemand kommen, und jetzt bin ich alleine und mich beschützt kein Müller mehr. Vermutlich wissen sowieso alle, wo ich bin. Gehe ich ins Dorf, um mich von Mariah zu verabschieden, schmeißen sie womöglich Steine. Oder schneiden mir die Kehle durch, was weiß denn ich. Gehe ich runter zum kleinen Hafen, erwischen mich der Wächter, die Hirten oder der Händler und bringen mich zurück ins Dorf …

Nachts höre ich dem Regen zu, seinem Rauschen. Der Rest ist Anstrengung. Nicht frieren. Feuer zum Kochen machen. Regenwasser sammeln. Löcher im Dach flicken. Trocken werden. Die Truhe durchgehen und entscheiden, was ich mitnehme. Ein Lexikon-Buch mit einem neuen Buchstaben beginnen. Ich nehme das letzte, ich nehme das Zett. Zett wie Ende. Zett wie Ungewissheit. Zett wie Niemehrgut. Wie kriege ich nur alle Lexikon-Bücher auf meinem Rücken in die Höhle? Was werde ich brauchen? Ist ein Messer mehr wert als ein Buch?

EINHUNDERTVIERUNDZWANZIGSTE STROPHE

(Der Sturmmond)

Als der Einsiedler auf den Berg kommt, spüre ich deinen Tritt zum ersten Mal. Es ist, als wolltest du ihn begrüßen. Er kommt auf einem Esel, kommt vollbeladen, kommt mit dem, was er hat. Der Wind zerzaust ihm die letzten Haare, dem Esel die Mähne, zerzaust uns das Gesicht.

– Komm rein.

Der Einsiedler steigt ab, gibt mir die Zügel. Ich mache den Esel fest, ist das nicht Mariahs Esel, ich kenn doch die Blesse, der Einsiedler greift sich eine Flasche aus der Satteltasche, wir gehen rein. Seinen Gestank rieche ich nicht mehr. Ich gebe ihm eine Decke, mache uns Tee. Wir sitzen zusammen und trinken. Er nimmt abwechselnd einen Schluck Schnaps und einen Schluck Tee, bis ihm warm genug ist. Wir reden, ohne zu sprechen. Der Wind heult in der Türritze und erzählt uns vom Winter, erzählt uns von Kälte und Sturm. Ich lege nochmal Holz nach, stelle den Topf mit dem Rest Bohnensuppe in die Flammen. Wir reiben uns die Glieder. Und auch du scheinst dich zu strecken, wieder spüre ich einen Tritt und lege eine Hand an den Bauch. Dich gibt es also wirklich. Hast du Hunger? Ich reiche dem Einsiedler eine dampfende Schale voll Suppe. Er löffelt gierig und säuft weiter seinen Schnaps dazu. Ich lasse ihm die ganze Suppe. Er löffelt und brabbelt.

– Zehnmal grüne Kristallscheiben oben. Plus zweihundertachtzig Sonnen. Macht einundeinzigartig. Sagt die Erde. Das ist ja das Problem und es wird angebetet und ich danke ihr dafür. Mutter hat gesagt, geh zum Mädchen, gib ihr den Esel, gib ihr alles, was du hast, und nimm noch diese Vorräte mit dazu. Im Frühling, Blitzundzacken, kommt das Dorf hoch, kommt hoch zum Müller, und dann machen sie sie tot, dann machen sie ihr den Garaus, dann stückeln

sie ihr die Beine ab und die Arme, dann neun, neun, was … Wo war ich? Wo war ich denn? … Achja. Dann schneiden sie ihr die Zunge raus. Gedärme, alles. Mutter sagt … Hilf mir doch, was?
– Deine Mutter ist tot.
– Weiß ich doch. Nur: In unseren Träumen niemand nie. Mariah hat gesagt …

Dann sackt er erschöpft zusammen, spricht nicht mehr weiter und schläft einfach ein.

Am nächsten Morgen ist der Einsiedler weg, aber der Esel steht noch da, wo ich ihn gestern festgemacht habe. Steht da bepackt mit Vorräten. Mit Schnaps. Mit Decken und Stoffen. In einer Satteltasche finde ich einen Brief von Mariah.

MEIN AUGENSTERN.
GEH ZUR HÖHLE.
DIE HEBAMME KOMMT, WENN ES SO WEIT IST.
M.

Woher wusste sie es? Von Sofia? Vom Müller? Hat sie den Einsiedler geschickt? Es ist Mariahs Esel. Guter Junge. Ich warte noch bis zum Mittag, ob der Einsiedler zurückkommt. Dann lade ich meine Sachen aus der Truhe auf den Esel, nehme ihn an die Schnur und breche auf.

EINHUNDERTFÜNFUNDZWANZIGSTE STROPHE

(Die Höhle)

Der vom Regen aufgeweichte Boden rutschte dem Esel und mir unter jedem Schritt weg. Anfangs hatte ich Angst, jemandem aus der Siedelei oder einem Hirten zu begegnen. Erst als wir außer Sichtweite waren, ging es mir besser, suchte ich mit mehr Ruhe die Steine für einen festen Tritt. An der Stelle, an der Mariah und ich die Schlange gesehen hatten, machte ich eine lange Pause, um zu trauern. Um alles. Erst jetzt kommt also der Schmerz, aber immer wenn ich denke, dass ich es nicht mehr aushalte, spüre ich deine zarten Bewegungen, bin wieder ganz in meinem Körper und meinem Leben angekommen, weiß, dass ich weitermachen muss, deinetwegen.

Ich habe die Höhle genauso vorgefunden, wie Mariah und ich sie verlassen hatten, wann war das? War das damals auch ich? War das nicht ein ganz anderes Leben, eine andere Mariah, eine andere Schöne Insel? Ich habe die Höhle wieder hergerichtet, mit Fellen und Decken und der Feuerstelle. Noch sind meine Vorräte üppig. Mariah hat den Esel wirklich voll beladen, wahrscheinlich hat sie Sachen vom Lokal genommen. Auch vom Öl und vom Wein war etwas dabei, und ein großes Stück Stoff, eine Schere, ein neues Kleid, ein Laken und ungefärbte Wolle. Das sind jetzt meine Sachen.

Das Wetter wird endlich wieder milder, das erste wilde Blattkraut sprießt, nachts hole ich den Esel trotzdem rein. Am kleinen Kieselstrand hat sich über den Winter wieder Plastikmüll angesammelt. Ich sortiere ihn nach Farbe und Größe, vielleicht brauche ich irgendwann irgendwas davon.

Heute kam zum ersten Mal seit langem kurz die Sonne hinter den Wolken hervor, und in ihren Strahlen war mir warm. Ansonsten liege ich immer noch viel da, bin traurig und denke nach. Gibt es noch ein Leben für mich, ein Ohneyaelleben, das sich irgendwann normal anfühlen wird? Ein Leben ohne ihn auf der Nachbarinsel oder auf dem Festen Land? Wird es dort besser sein? Werde ich all die Dinge kennenlernen, über die ich im Lexikon lese? Pampelmuse, Zirkus, Landebahn? Wenn ich wirklich über das Meer schwimmen will, dann muss das Wasser wärmer werden. Aber zugleich wächst mein Bäuchlein unaufhaltsam immer weiter, es wird der Zeitpunkt kommen, an dem ich entscheiden muss, aufzubrechen, weil ich es sonst mit dem Bauch nicht schaffe. Ich habe heute zu üben begonnen, bin einmal ganz hinein ins Wasser gegangen, um mich und das Würmchen an die Kälte zu gewöhnen. Ich werde meinen Körper stärken und auf das Meer vorbereiten. Jeden Tag etwas länger. Ich mache Rückenschwimmen an Land. Auf dem Bauch geht das nur im Wasser, wegen dir.

Aus meinen abgeschnittenen Haaren und einem kleinen Stock habe ich mir einen Pinsel gemacht und male nun mit schwarzer Tinte und Wasser aus dem Meer die Tausendaugen. Alle, die mir einfallen, male ich. Ich male die Alten und die Jungen, die Männer und die Frauen, die Kinder. Ich will, dass ich mich an sie erinnere, will, dass ich nie vergesse, was sie getan haben. Je mehr Tausendaugen ich male, desto größer wird meine Wut auf sie. Ich glaube, ich muss noch einmal ins Dorf. Ich muss mir etwas überlegen. Nächsten Vollmond gehe ich zurück. Ein allerletztes Mal.

EINHUNDERTSECHSUNDZWANZIGSTE STROPHE

(Der Große Tanz)

Ich spiele Angstfrau. Aus den Sachen, die ich in der Höhle gefunden habe, und dem Plastik vom Strand habe ich mir mein eigenes Kostüm gemacht. An meinem Angstfraufell baumelt alles, was das Meer und die Insel mir schenkten und ich schön fand: Buntes Plastik, Knochen von toten Tieren, Kräuter, Stöcke, meerrostiges Metall. Auch ich bin wild und zottig, auch ich kann brüllen, auch ich kann die Dunkelheit und das Böse vertreiben, auch ich kann laut und gefährlich sein. Ich habe mir meine eigene Fahne gemacht, aus Stoffen, die ich in der Truhe in der Höhle fand. Auf ihr ist ein Kreis in der Mitte, der steht für Alina, und dafür, dass alles in allem enthalten ist. Und in dem Kreis ist ein Dreieck. Das steht für Yael, Alina und dich. Über dem Kreis sind alle Monde. Dreizehn Stück. Von der dünnsten Neumondsichel über den vollen Mond, bis zum letzten Hauch des abnehmenden Mondes. Das steht für uns, zusammen, durch alle Zeit hindurch. Ich bin Alina, die Angstfrau, und das ist meine Fahne. Habe sie an einen langen Stock gebunden, den das Meer mir an den Strand gespült hatte. Und so reite ich jetzt, Alina, die Angstfrau, reite mit Fell und Fahne und mit Babybauch auf dem Esel. Ich habe ihm mit weißer Farbe aus der Höhle ein schreckliches Muster auf das Fell gemalt. Auf dem Eselsrücken geht es viel schneller über die Berge, er hat sich den Weg gemerkt, guter Junge. Bin früh dran, es ist noch nicht richtig dunkel, als ich bei den Mühlen ankomme. Der Müller ist zurück, hat es nicht lang im Dorf ausgehalten. Als er mich sieht, erschrickt er, eine Angstfrau hat er noch nicht gesehen in seinem Müllerleben. Ich nehme den Kopf ab, einen Plastikeimer, den ich mit Schafshörnern, Stöcken, Muscheln und Federn verziert habe. Da erst erkennt er mich, sagt, ich soll reinkommen.

Heute findet der Große Tanz statt. Heute poltern die Männer des Dorfes den Berg rauf, angeführt vom Angstmann tanzen sie weiter bis zur Siedelei, tanzen mit Schellen und Lichtern und Gesang, tanzen in ihren Kostümen aus Wolle und Stoff, aus Schafs- und Ziegenfellen, tanzen mit ihren Hörnermasken und vertreiben den Winter, vertreiben die Dunkelheit, die Unfruchtbarkeit, vertreiben alles Böse. Währenddessen bereiten die Frauen des Dorfes wie immer die Speisen zu, bereiten den Männern ein Gelage auf dem Platz vor und empfangen sie spät in der Nacht mit Gejohle und Geträller, wenn sie lärmend und trunken von ihrem Tanz heimkehren. Dann wird das reinigende Feuer auf dem Platz entzündet und die Männer treiben dem Essen, dem Schnaps, dem Wein und den Frauen auch das Böse aus, wenn du den Geschichten glaubst, die sie heimlich und leise am Brunnen erzählen. Was in dieser Nacht passiert, darüber wird nicht laut gesprochen, in dieser Nacht fließt der Wein, fließt der Schnaps und wird das Böse besiegt, sagen sie.

— Washastduvor?

— Ich muss ein letztes Mal ins Dorf.

Der Müller nickt.

— Sobald die Männer hier vorbeigezogen sind, reite ich runter.

— Wennsiedicherwischen, Mädchen. Dannhauensiedichtot. Unddeinbabygleichmit.

— Ich weiß … Müller, du hast ein gutes Herz. Wenn ich zurückkomme, lass ich dir den Esel da. Ich kann ihn da, wo ich dann hingehe, nicht mehr versorgen.

— Dasistmariahseseloder?

— Ja. Bringst du ihn zurück?

— Machich. Dustinkstwieeineherdeziegen.

Und schon hören wir die Dorfmänner mit ihren Trommeln, ihrem Lärm, mit ihrem leiernden Gesang und ihrem Gebrüll den Berg raufkommen, und ich werde schockstill. Sehe wieder ihre Gesichter vor mir, höre, wie die Tausendaugen die Steine werfen.

– Bleibhier. Gehdarein. Gibmirdenesel. Undklappernichtsorummitdeinemkostüm.

Der Müller hilft mir vom Esel und führt ihn in einen Verschlag, ich schlüpfe in seine Hütte. Er kommt rein, nimmt wortlos eine Flasche Schnaps und von den Oliven und geht wieder raus. Bald darauf sind die Männer da. Sie rufen ihren Spruch:

– Gute Seele, böse Seele, zeig uns, wer du bist.

Und der Müller begrüßt sie mit dem Antwortspruch:

– Guteseeleguteseele, kommundtrinkundiss.

Die Männer brüllen und jaulen, rasseln mit den Schellen und dengeln mit den Glocken, dann höre ich sie prosten, spüre sie dampfen, höre, wie einer von ihnen mit einem Kohlestück das Zeichen an die Tür macht: Dieses Haus ist vom Bösen befreit.

– Was ist, Müller, du Kornzermalmer, du Sonderling, schließ dich uns an, tanz mit uns rüber zur Siedelei.

Aber der Müller sagt, sie sollen sich endlich davonscheren, endlich die Dunkelheit vertreiben und die bösen Erdhexen aus dem Boden und aus den Feldern jagen, damit das Korn trotz Schnee und Frost gut kommt und er was zu tun hat dieses Jahr, und die Männer ziehen johlend weiter, den Erdhexen auf der Spur.

Du erkennst beim Großen Tanz niemanden, und die berauschten Männer führen sich in Gemeinschaft und im Schutz der Kostüme noch wilder auf als sonst. Sie machen wirklich, was sie wollen. Sie sagen, wenn du darüber sprechen willst, was in der Nacht vom Großen Tanz passiert, dann weißt du gar nicht, wo du anfangen sollst, sie sagen, so viele Hände kannst du gar nicht von den Brüsten wischen oder von deinem Po. Sie sagen, so ist das halt, so geht die Tradition, und was ist schon eine Nacht gegen all die anderen, und sperren trotzdem ihre Töchter weg. Für mich war das immer so, auch ohne Großen Tanz. So viele Hände-Augen-Münder. So viele Witze über dich kannst du gar nicht erinnern. Da hältst du dich im Leben immer am Schönen fest, um nicht unterzugehen, und das hat meistens nicht mit Menschen zu tun. Nach den Wochen allein in der Höhle ist meine Dorfhaut dünn geworden, und als ich die Männer da draußen höre, kommt mir alles zurück, und dann kommt die Wut.

Der Müller zerschneidet meine Erinnerungen mit der Tür, er drückt sie auf.

– Siesindweg. Brauchstdunochwas?

– Ich hab alles, danke.

Endlich ist es dunkel. Ich schnüre die Fahne am Sattelkorb fest, gleich muss ich die Hände frei haben, steige auf den tapferen Esel und reite den Berg runter, der Mond zeigt uns den Weg. Viel Zeit bleibt nicht, ich muss wieder beim Müller vorbei sein, ehe die tanzende Meute von der Siedelei zurück ist. Ich reite, und in meinem Eselskorb habe ich Geschenke. Mein altes Kleid für Jannis, selbstgebastelte Puppen für die Hirtenkinder, das Lexikon für Mariah und Feuer für den Rest des Dorfes.

Unter dem Angstfraukostüm spannt mein praller Bauch. Ich reite am Bethaus vorbei, steige kurz am Friedhof ab, lege meine Hand auf die Grabplatte vom Finder. Ich duze ihn. Hallo Prahan, Finder, Vater. Mein Mädchen, schön, dich zu sehen! Du hast es gewusst, das mit dem Lehrer. Ich wusste, was er … es tut mir leid, dachte nicht, dass er mit dir … Du hast es gewusst und mich trotzdem hingeschickt. Ich dachte, dich wird er nicht anrühren, wo du doch unter meinem Schutz … Hat er aber. Ja, es tut mir leid. Du hast gewusst, was in der alten Khorabel stand, und es uns nicht gesagt. Aber ich habe dir Lesen und Schreiben beigebracht, damit du es rausfinden kannst. Du hast gewusst, was richtig und falsch war, und nichts gegen die Gesetze getan. Ich habe so gehandelt, wie ich es vermochte und für richtig hielt, mein Mädchen. Ich heiße Alina. Ein schöner Name. Den hat der

Mond mir geschenkt, und jetzt muss ich gehen, ein Notfall, verstehst du?

Es geht weiter, die Treppe runter, der Esel kennt den Weg. An meiner Gürtelschnur baumelt der Schlüsselbund, in meiner Hosentasche wartet das Feuerzeug, und in der Satteltasche lauern das Öl, der Stoff, die Fackeln und meine Feuersprühflasche. Sie lag eines Tages am Kieselstrand: Rund, aus Metall, etwas rostig und hatte einen Knopf und eine Düse. *Deo* stand darauf. Und *express your masculinity*. Weiß nicht, was das bedeutet, aber abends am Feuer versuchte ich rauszufinden, was man mit der Dose macht, drückte auf den Knopf und eine Gestankwolke schoss aus der Düse ins Feuer und ging fauchend in einem riesigen Flammenatem auf, als wär es der Zerstörer selbst, wenn es ihn gäbe.

Ich komme bei den Hirtenverschlägen vorbei, Kinder plärren. Ich steige ab und klopfe an eine Tür. Kommt von der Tür weg, ruft eine Frau. Sofort fängt ein Kleinkind an zu weinen.

– Du sollst da wegkommen! Wir ham nichts zu trinken, ruft sie.

Ich lege die Puppen vor die Tür. Im Wunschbuch hatte ein Hirte gesagt: *Puppen für meine vielen Kinder, es sind mehr als drei.*

Ich klopfe wieder.

– Wohnt hier ein mutiges Mädchen?

– Wer?, ruft die Hirtenfrau, über das Kleinkindgebrüll hinweg.

– Ein mutiges Mädchen!

Da knarzt die Tür und geht einen Spalt weit auf.

– Woah!

– Komm da weg, hab ich gesagt.

– Bissu der Angstmann?

– Nein, ich bin Alina, die Angstfrau. Und ich hab was für dich. Schau.

– Hab ich nicht gesagt, du sollst da wegkommen?

– Wassn?

– Puppen für dich und deine Geschwister.

Sie schnappt sie sich. Dann wird die Tür zugezogen.

– Wo hast du das her!?

– Vonner Angstfrau. Draußn.

– Was für ner Angstfrau?

Ich steige wieder auf.

Am Dorfrand zünde ich eine meiner selbstgebauten Fackeln an, setze den Angstfraukopf wieder auf und reite weiter ins Dorf, wie so oft früher zickzack durch die Gassen. Ich bin die Angstfrau, das ist meine Rache, und beim Lehrer fange ich an. Ich zünde dir das Haus, ich zünde dir den Hof an, Lehrer, du mit deiner verstachelten Wäsche und deinen Bananen, ich zünde dir deine Welt an. Weiter, ich reite weiter, während sich die Flammen schon durch sein Haus fressen. Dann reite ich zu Jannis, ich klopfe an seine Tür, niemand da, tanzt er tatsächlich den Großen Tanz mit? Ich lege ihm mein altes Kleid auf die Türschwelle. Und weiter zur Mörderdorf-Materialverwaltung. Und klack und klack, der Schlüssel passt. Ich suche nach Gaskartuschen und finde sie. Weiter geht's. Warum sieht mich niemand, warum hält mich niemand auf? Ich schließe die Tür zur Schule auf, gehe in den Unterrichtsraum der Mädchen, nehme eine Gaskartusche. Aufdrehen, anzünden, unter eine Bank stellen, fertig. Die Schule brennt damit fast wie von selbst. Hier lernt ihr ja doch nichts über die Welt. Ich komme zum Platz. Die Frauen schmücken ihn gerade emsig, bauen Speisen auf den Tischen vor dem Lokal auf. Noch hat niemand etwas gemerkt, die Luft ist eh schwanger vom Feuer in den Öfen, da fällt ein brennendes Lehrerhaus, eine brennende Schule nicht auf.

Als die ersten Frauen meine furchtbare Gestalt auf dem Esel sehen, beginnen sie zu kreischen. Ich klappere mit den Knochen, die am Kostüm baumeln. Ich brülle in meinen Trichter aus einer alten Plastikflasche, der meinen Mund und meine Stimme vergrößert, ich drohe ihnen und schwenke die Fackel. Ich teile das Frauenmeer, und schon bin ich vor dem Ältestenhaus. Die Tür ist nicht abgeschlossen. Ich stoße sie auf. Hinten im Versammlungsraum sitzen um den riesigen Tisch verloren drei Ältestenmänner, sie starren mich an, rufen durcheinander, ich gehe an ihnen vorbei direkt zum Regal mit den Dorfchroniken und Stammbüchern und zerre sie raus, ihr Mörderältesten mit euren bescheuerten Gesetzen, ihr Machtmänner und Anderekleinhalter! Ich zünde euch das Ältestenhaus an, zünde eure Stammbücher an, die sowieso nicht stimmen, zünde eure falsche Chronik an! Jetzt kommt meine Feuersprühdose, ich zaubere, drücke den Knopf und es stinkt, dann mache ich das Feuerzeug an, halte die Flamme in die Wolke und der Geruch wird zu Feuer. Die drei Männer schreien und laufen raus, so schnell hab ich sie noch nie rennen sehen, als wären sie auf einmal wieder jung. Ich richte meine Sprühflasche auf die Chroniken, und die Flammen fressen sich durch die falsche Dorfgeschichte. Ja, brennt nur, brennt.

Feuer! Feuer!, rufen die im Dorf Gebliebenen. Jetzt riecht man es doch überall. Der Esel wartet treu und sieht mich an. Was kommt jetzt, fragt er. Jetzt sprechen wir zu den Frauen, antworte ich.

Als ich in der Mitte des Platzes bin, werden meine Knie weich. Da ist der Pfahl. Der Pfahl, an dem Yael starb. Der Pfahl, an dem ich zwei Mal stand. Ich sehe wieder die Steinewerfer-Fratzen vor mir, werde wütend, jetzt ist der Pfahl dran, ich brülle, so laut ich kann. Und auf der anderen Seite des Platzes ist das Holz schon aufgestapelt für das Feuer, das die Männer nach ihrer Rückkehr anzünden und damit das Dorf reinigen werden.

— Frauen des nicht besonders schönen Dorfes!

Die Frauen kreischen. Sie haben Angst vor mir, vor der Angstfrau.

— Ich bin Alina, die Angstfrau, Tochter des Zerstörers, Hüterin des Feuers.

— Tu uns nichts!

— Bitte, tu uns nichts!

Die Frauen starren mich an und senden Blitzgebete zu den Göttern.

— Was willst du?

— Ich will Rache. Und ihr werdet mir dabei helfen, sonst brenn ich eure Häuser ab. Ich bin die Hüterin des Feuers, und wir zünden jetzt den Pfahl an! Ich kenne alle geheimen Wünsche eurer Männer, sie stehen in diesem Buch!

Ich hole das Wunschbuch aus der Satteltasche und halte es hoch, die Knochen an meinem Ärmel klappern.

— Seht nach, wenn ihr mir nicht glaubt.

— Wir können nicht lesen, rufen die Dorffrauen.

— Dann müsst ihr es lernen! Nicht nur ihr habt einen Schreiber-Michalis. Die Götter selbst haben auch Buch geführt. Über jeden noch so kleinen Wunsch eurer Männer. Flickersfrau, weißt du, dass dein Mann deiner Tochter und dir Krankheiten an den Leib wünscht, damit ihr endlich verreckt? Und wer von euch musste beim Lehrer Wäsche waschen? Und wer von euch schickt seine Tochter, Enkel-, Urenkeltochter zu ihm hin und weiß, was der Lehrer tut?

— Feuer! Feuer! Seht doch! Zum Brunnen! Holt Eimer!, rufen die Dorffrauen.

Hinter mir knuspert das Feuer am Ältestenhaus.

— Könntet ihr lesen, wüsstet ihr, was eure Männer all die Jahre in den Wunschbaum geschoben haben. Könntet ihr lesen, wüsstet ihr, dass die Welt mehr ist als dieses Dorf und diese Insel. Könntet ihr lesen, wüsstet ihr, dass euer Dorf so klein ist, dass es nicht einmal in den Lexikon-Büchern der Welt drinsteht.

Plötzlich taucht Mariah in der Tür zum Lokal auf. Sie ist noch kleiner, noch krummer geworden, fast meint man, da steht ein Geist, woher hat sie die Kraft, noch am Leben zu sein? Sie hat ein Beil in

der Hand, nimmt mir die Worte aus dem Kopf. Und hinter mir fauchen die Flammen durch das Ältestenhaus.
– Ihr habt gehört, was sie gesagt hat! Zünden wir den Pfahl an! Vertreiben auch wir die Dunkelheit!

Die dürre Mariah trippelt auf den Pfahl zu und alle halten für einen Moment inne. Da tritt Sofia aus der Menge, geht auf sie zu, nimmt Mariah das Beil ab, schreitet damit schnurstracks zum Pfahl und tut den ersten Schlag.
– Worauf wartet ihr. Errichtet einen Haufen um den Pfahl! Holt das Holz von der Feuerstelle! Bringt alles, was brennen kann!

Und die Frauen tragen, zögerlich zunächst, aber von Mariah, Sofia und mir angetrieben, das Holz und alles, was brennbar ist, während Sofia sich am Pfahl abarbeitet und eine Kerbe schlägt, mit ihren dünnen Näherinnenarmen, als ginge es um ihr Leben.

Ich führe den Esel zum Lokal, das Feuer und die Frauen machen ihn nervös, binde ihn an einem Baum fest, stecke meine Fackel in einen Blumenkübel und lade das ganze Lexikon aus. Einen Stapel aus allen Dingen, die es gibt, stelle ich Mariah vor die Tür. Und sie taucht wie gerufen aus der Frauenmeute auf, bleibt vor mir stehen, wortlos schauen wir uns an, erkennen uns, leuchten wir uns an. Dann gebe ich ihr das Wunschbuch.
– Du musst es ihnen beibringen, Mariah. Das Lesen und das Schreiben. Sie haben doch nur dich, das zeigt ihnen niemand sonst.
– Die Prophezeiung, Alina, die Prophezeiung, von der ich geträumt habe. Du bist die Prophezeiung! Nur du branntest nicht im Traum, denn du bist selbst das Feuer.
– Wer war meine Mutter, Mariah? Weißt du das?

Sie schüttelt den Kopf und nimmt mich, Alina, Alina die Angstfrau, in den Arm. So stehen wir da als zottigzarte Verbindung. Sie fühlt meinen runden Bauch unter dem Kostüm, du trittst zur Begrüßung.

— Du musst gehen, mein Augenstern. Wenn die Männer dich hier finden, lassen sie dich nicht leben. Nimm den Esel.

— Ich kann nicht, Mariah, ich kann nicht ohne dich.

— Du musst. Und du kannst. Du hast schon so viel überstanden.

— Hier.

Ich drücke ihr den Schlüsselbund in die Hand. Sie lächelt.

Ein letzter Blick, eine letzte Zärtlichkeit, dann lösen wir uns voneinander. Ich mache Mariahs Esel los, greife meine Fackel, hieve mich wieder auf seinen Rücken.

Sofia ist wild und ruft zum Anzünden des Pfahls auf. Die Frauen bringen gerade Feuerzeuge, Lampen und Glut aus ihren Öfen, als plötzlich die Ältestenmänner aus den Gassen auf den Platz stürmen, Mistgabeln und Sensen in den Händen. Die Frauen erstarren. Sofia sieht mich, die Frauen sehen mich, Alina, die Angstfrau, an. Ich recke meine Fackel. Da nimmt Sofia einen Stuhl vom Haufen und schleudert ihn den Ältestenmännern entgegen. Unsere Übungen haben sich doch gelohnt, denke ich.

— Los! Haltet sie auf!

Ein irrer Tanz beginnt auf dem Platz. Und ich stelle mir die Frauen in bunten Kostümen vor, hinter großen Masken, wie sie sich den Männern entgegenstellen. Das ist der Größte Tanz, den ich je sah!

Ich werfe meine Fackel in den Haufen um den Pfahl. Brenn! Brenn! Du Mistpfahl, brenn!

Ein letztes Mal reite ich durchs Dorf, mit meiner Fahne in der Hand reite ich die Treppen hoch. Klack klack klack, jeder Schlüssel hat gepasst, keiner hat mich aufgehalten. Komm Esel, guter Junge, bester Junge, komm, ein letztes Mal noch den Berg hoch mit mir auf dem Rücken. Eine letzte Anstrengung noch. Ich bin die Angstfrau, und das war meine Rache.

EINHUNDERTSIEBENUNDZWANZIGSTE STROPHE

(Die Schwimmweste)

Plastik kann im Meer schwimmen. Also habe ich mir in den letzten Wochen zwei leere Plastikflaschen an jeden Arm gebunden, wenn ich im Wasser geübt habe. Durch die Plastikflaschen blieben meine Arme über Wasser, ich konnte mich aber kaum vorwärtsbewegen. Da habe ich mir etwas ausgedacht. Aus dem restlichen Stoff, aus dem ich eigentlich etwas für das Baby nähen sollte, habe ich mir eine Weste gemacht. Mit großen Taschen, in die ich die Plastikflaschen steckte, und dann wieder zunähte. Ich brauche vorne an beiden Seiten große Plastikschwimmer, die mich gerade halten, weil sich mein Bauch schon deutlich vorwölbt.

Für mich selbst will ich schon lange nichts mehr, ich mache das alles für dich. Damit du frei bist, damit du ein gutes Leben haben kannst. Ich habe meine Hand ins Orakel gesteckt, mit reinem Herzen, so wie Mariah es mir gezeigt hat, und das Orakel gefragt, ob wir es schaffen werden. Die Antwort waren 13 schwarze, 8 weiße und 11 rote Steine.

EINHUNDERTACHTUNDZWANZIGSTE STROPHE

(Das Ende)

Die Sonne hebt sich über den Horizont, hebt sich über die schwachen Umrisse der Nachbarinsel. Ich schnüre meine Weste um meinen nackten Leib, schnüre sie mir fest über dem Bauch und über dir zusammen. Das Meer liegt ruhig, liegt still und spiegelglatt, hat keine Zähne, ist fischersatt und wohlgesonnen, ist ein Fenster, ist eine Tür, ist eine Sehnsucht aus Blei. Hallo Meer, hallo großes Blau, hallo große Unbekannte, bring mich bitte heil rüber, bring mich drüben auf die Nachbarinsel oder an das Feste Land, und ich bin dir gut bis in alle Zeit. Ein letzter Blick zurück. Lebt wohl, Insel, Berge, Höhle und Orakel, lebt wohl, Bücher, Angstfrau, meine Fahne, lebt wohl, alles, was ich hab.

Dann die ersten Schritte, herzschwer, der Übergang vom Land zum Meer, die Kiesel rutschen unter meinen Füßen, als mich das Salzwasser empfängt. Mir ist kalt, Ganzkörpergänsehaut, mein Herz schlägt bis in den Hals, und du bewegst dich aufgeregt in mir. Lasse mich sinken, lasse mich gleiten, die Weste trägt, die Weste hält. Ha! Verrückt. Es funktioniert. Und jetzt der Sonne entgegen!

Ich schwimme, ahme dem Schwimmen verwandte Bewegungen nach, die mich nur langsam vorwärtsbringen, ich strample mehr, als dass ich schwimme. Noch umschließt mich die kleine Bucht, noch kann ich zurück, noch ist Umkehr möglich. Und wie ich das denke, weiß ich, dass es nicht stimmt: Umkehr ist schon lange nicht mehr möglich. Umkehr war von Anfang an nicht möglich. Wie die Zeit, so kennt Alina und kennst auch du nur eine Richtung: Vorwärts.

Salz auf den Lippen. Salz in der Nase. Salz in den Augen. Mein Salz und das Meersalz werden eins. Ich halte mich an Mariahs

Worten fest: Atmen und Schwimmen. Mit Ruhe und Beständigkeit. Atmen und Schwimmen.

Erst mit der Sonne auf der linken Seite, später, wenn sie am höchsten steht, direkt auf die Sonne zu, und wenn sie zu sinken beginnt, lasse ich sie rechts an meinem Blick vorbei. Das ist mein Plan, und dann irgendwann wird da wieder Land sein. Wird die Nachbarinsel da sein. Oder wird irgendwann ein Fischerboot da sein, das uns aufnimmt. Atmen und schwimmen. Wage ich einen Blick zurück? Nein, vorwärts, vorwärts, vorwärts.

Die Weste rutscht mir unters Kinn. Mit strampelnden Beinen richte ich sie wieder und schnüre sie fest. Und die Zuversicht gleich mit. Und weiter. Weiter. Draußen und mit aufkommendem Wind schwappen mir Wellen ins Gesicht. Sie sind viel höher, als ich dachte. Meine Kraft lässt bereits jetzt nach, ich drehe mich auf den Rücken, da liegst du mal oben, ich treibe für einen Moment, und zum Glück versperrst du mir den Blick zurück. Ich trete und strample, paddle und drücke mit den Beinen.

Stimmt die Richtung noch? Ich drehe mich wieder um, halte die Sonne zu meiner Linken. Steht sie noch in der richtigen Höhe? Stimmt das Verhältnis zu ihr noch? Ich ziehe in Gedanken ihre Bahn, suche die Umrisse der Nachbarinsel, kann aber nichts erkennen, sie ist im Dunst am Horizont verschwunden, und kurz fliegen mir die Nerven weg. Lässt die Kraft abrupt nach. Atmen und schwimmen. Atmen und schwimmen.

Wenn ich daran denke, wie tief es unter mir runtergeht, da wird das Blau zum Schwarz, da hören die Sonnenfäden im Wasser auf. Da lauern Ungeheuer, da lauert die Tiefe, da lauert Unsagbares, Dunkles, Abgründiges, da lauert die Inselhölle, da lauert der tote Yael auf dem Meeresgrund. Wenn ich daran denke, löst mein Verstand sich auf und macht Platz für eine Angst, die ich bisher nicht kannte. Nur du hältst mich über Wasser, nur der Gedanke an dich, nur der Wunsch, dass du in Sicherheit kommst.

Der Wind nimmt zu. Wenn ich der Müller wär, hätte ich die Mühlenflügel draußen, nur zum Spaß, auch ohne Korn, aber ich bin nur ich und kämpfe mit den Wellen, so gut es geht, denn der Wind kommt direkt von vorn. Meine Arme schmerzen, mein rechtes Bein wird taub, mein Krüppelbein, das sich im Wasser doch eigentlich immer so wohlgefühlt hat, wie ein gleiches Bein unter gleichen … Hat die Sonne schon ihren Zenit erreicht, wie lange schwimme ich schon, treibe ich schon, ist denn schon der halbe Tag rum, hab ich die Stunden, die Signale denn nicht mehr im Blut? Ob es den Wächter wirklich gibt? Hat ihn jemals einer außer dem Händler gesehen? Was, wenn es nur eine Geschichte war, wenn es ihn genauso wenig gibt wie die Götter? Jetzt, wo die Zweifel an mir saugen, möchte ich wissen, ob ich es schaffen kann, und drehe mich doch noch einmal um, versuche, den Kopf über die Wellen zu heben.

Ich dachte, ich bin schon viel weiter weg, aber da liegt sie nach wie vor: die Insel, langgestreckt im Meer, wild, bergig, schön. Noch nie habe ich sie von außen gesehen. Eine große Zärtlichkeit überfällt mich, alles schaut so friedlich aus, von hier aus kannst du nichts erkennen, nicht die Menschen, nicht das Bethaus, nicht die Mühlen, nicht das Dorf. Nur das Glänzedach der Siedelei meine ich kurz aufblitzen zu sehen. Nichts weist auf den Schmerz hin, nichts auf die Demütigung, nichts auf den Hass. Nichts auf das, was ich verloren habe.

Und da weiß ich plötzlich nicht mehr, ob ich weiterschwimmen oder umkehren soll. Drehe ich mich um, dem neuen Ufer zu, werde ich es vielleicht nicht erreichen. Schwimme ich zurück, schaffe ich es womöglich auch nicht, und selbst wenn, was soll dann werden, ins Dorf kann ich nie mehr zurück.

Und da entscheide ich mich. Sage mir Mariahs Worte vor, atmen und schwimmen, ganz ruhig, Alina. Ich atme, schwimme und singe, singe gegen die Wellen an, gegen das Salz in den Augen, gegen die Angst vor dem Unten, gegen Yaels Tod, gegen die Angst vor dem Hintermir und den Tausendaugen, singe dir mein Leben vor, singe uns dein Totenlied, dein Miroloi, dein Lied vom wunderschönen Leben. Ich bin Alina. Ich bin deine Mutter.

DANKE

Der Robert Bosch Stiftung für das Grenzgänger-Stipendium, das mir die Recherchereisen und Interviews ermöglicht hat. Dem Deutschen Literaturfonds für das Jahresstipendium, das mir Zeit gekauft und den Rücken freigehalten hat. Der Hamburger Kulturbehörde für das Laudinella-Stipendium. Dem Goethe-Institut Marseille und La Marelle für das Mittelmeer.

Julia Eichhorn für die feinsinnige Begleitung.

Meinem Verlag für das Vertrauen, für die Geduld, den gemeinsamen Weg.

Πανοσ und Μαρια-Νικη für ihre Gastfreundschaft und das Übersetzen der Interviews. Θανασσισ für all die Kaffees, den Raki und die auf endlos laufende CD mit Rembetiko am schönsten Schreibplatz der Welt. Samir für die Melitzanes: Beste! Meinen Interviewpartner*innen, insbesondere Μιχαλισ, Ανιτσα, Ιρινι und Δεμετριος, für das Teilen ihrer Erinnerungen, Wünsche, Schmerzen … Fräulein Julie für die Ablenkung. Sandra und Micha für die Traineranrufe, als ich nicht mehr konnte. Monelli fürs Anfeuern auf den letzten Metern. Stephi und Saša fürs Lesen. Dem Kandie Shop für den Kaffee und die Herberge. Meinen Freund*innen fürs Dasein. Meiner Familie fürs Zuhören. Meinen beiden Lektoren: Florian für seinen ansteckenden Optimismus, das Megalektorat, seine Euphorie, die meine Zweifel erst scharf, dann stumpf gemacht hat. Und Daniel, der mich und meine Textbugwelle jahrelang begleitet hat, für seinen liebevollen Blick.

Im Schönen Dorf haben Männer das Sagen, dürfen Frauen nicht lesen, lasten Tradition und heilige Gesetze auf allem. Was passiert an einem solchen Ort, wenn sich eine Außenseiterin gegen alle Regeln stellt? Wenn sie heimlich lesen lernt, den Konjunktiv versteht, Freundschaften und Allianzen schließt, sich verliebt und endlich, endlich einen Namen bekommt?

Voller Hingabe, Neugier und Wut auf die Verhältnisse erzählt MIROLOI von einer jungen Frau, die in Frage stellt, was ist. Unbändig und feinfühlig zugleich entführt Karen Köhler an einen Ort, der nur in der Literatur existiert und dennoch allgegenwärtig ist. Ein großer Roman, in dem jedes Detail brennt und leuchtet.

Karen Köhler hat Schauspiel studiert und zwölf Jahre am Theater in ihrem Beruf gearbeitet. Heute lebt sie in Hamburg und schreibt Theaterstücke, Drehbücher und Prosa. Ihre Theaterstücke stehen bei zahlreichen Bühnen auf dem Spielplan, 2014 erschien bei Hanser ihr Erzählungsband *Wir haben Raketen geangelt*, für den sie u. a. mit dem Rauriser Literaturpreis ausgezeichnet wurde.

MIROLOI

ROMAN

HANSER